Eva Völler
Küss mich bei Tiffany

Weitere Titel des Autors:

Kiss & Crime – Zeugenkussprogramm
Zeitenzauber – Die magische Gondel
Zeitenzauber – Die goldene Brücke
Zeitenzauber – Das verborgene Tor
Leg dich nicht mit Mutti an
Der Montagsmann/Hände weg oder wir heiraten
Wenn Frauen Männer buchen
Ich bin alt und brauche das Geld

Titel in der Regel auch als Hörbuch und
E-Book erhältlich

EVA VÖLLER

KÜSS MICH BEI TIFFANY

KISS & CRIME

one

MIX
Papier aus verantwortungsvollen Quellen
FSC® C083411
FSC
www.fsc.org

Dieser Titel ist auch als E-Book erschienen

Originalausgabe

Dieses Werk wurde vermittelt durch
die Michael Meller Literary Agency GmbH, München

Umschlaggestaltung: FAVORITBUERO, München
Umschlagmotiv: © shutterstock / Ljupco Smokowski;
© shutterstock / Webspark
Satz: Greiner & Reichel, Köln
Gesetzt aus der Bembo Std
Druck und Einband: CPI books GmbH, Leck

Printed in Germany
ISBN 978-3-8466-0032-0

1 3 5 4 2

Sie finden uns im Internet unter www.one-verlag.de
Bitte beachten Sie auch www.luebbe.de

Ein verlagsneues Buch kostet in Deutschland und Österreich
jeweils überall dasselbe.
Damit die kulturelle Vielfalt erhalten und für die Leser
bezahlbar bleibt, gibt es die *gesetzliche Buchpreisbindung*.
Ob im Internet, in der Großbuchhandlung, beim lokalen
Buchhändler, im Dorf oder in der Großstadt – überall bekommen
Sie Ihre verlagsneuen Bücher zum selben Preis.

PROLOG

Aus Dickys Drehbuch:

<u>Aufblende</u>
<u>VILLA IN NEAPEL AUSSEN/TAG</u>

Eine idyllisch gelegene Prachtvilla in Neapel an einem sonnigen Frühlingstag.
Vor dem Eingang der Villa steht DICKY, ein Filmregisseur.
Er läutet an der Tür. ANTONIO, ein nervös wirkender Angestellter, öffnet ihm.

DICKY

Buongiorno. Wir hatten telefoniert.

ANTONIO

Ich hatte noch keine Zeit, mit dem Don zu sprechen. Er weiß nicht, dass Sie ihn für ein Doku-Drama interviewen wollen. Es wäre besser, Sie gehen wieder.

DICKY

Ich habe Ihrem Cousin eine Menge Geld dafür bezahlt, damit Sie dieses Interview mit dem Don einfädeln.

ANTONIO

Da wusste ich noch nicht, dass Sie einen Film über die Mafia drehen wollen. Ich dachte, es ginge bei dem Interview um seine Kunstsammlung. (Deutet in der Eingangshalle auf alle möglichen edlen Sammlerstücke.) Über seine Kunstsammlung spricht der Don sehr gern. Aber nicht über seine … (sucht nach dem richtigen Wort) … seine Arbeit.

ZOOM auf die offene Terrassentür im Salon. Draußen auf der Liege: Der DON, ein geschniegelt wirkender Typ, der alle Klischees eines Mafioso erfüllt.

DON

(brüllt)

Was ist da los, Antonio? Ist jemand gekommen?

DICKY

Ich bin's bloß! (Geht forsch auf die Terrasse hinaus, gefolgt von Antonio, der vergeblich versucht, ihn aufzuhalten.)

DON

Wer zum Teufel ist das, Antonio?

DICKY

Richard van Dyke, Filmregisseur. Aber bitte nennen Sie mich Dicky. Ich hasse es, wenn die

Leute mich Richard nennen. Glauben Sie mir, mein Film über Ihr Leben wird fabelhaft. Absolut authentisch. Und keine Sorge, Ihr Gesicht und Ihre Stimme verfremden wir komplett. Ich kann Ihnen ja mal ein paar Aufnahmen von meiner letzten Arbeit zeigen, damit Sie eine Vorstellung haben, wie das hinterher aussieht. (Macht sein mitgebrachtes Tablet an.) Da ging es um eine Frau mit einer zwanghaften Fixierung auf Schönheits-OPs. Hier als Erstes mal eine Aufnahme ohne Verfremdung …

DON
(gefährlich ruhig)
Wer hat den Kerl hier eingeschleust, Antonio?

Antonio ringt die Hände. Dicky gibt sich cool, platziert sein Tablet so auf dem Terrassentisch, dass der Don die Aufnahmen gut sehen kann. ZOOM auf das Tablet, ein grässlich starres Botox-Gesicht im Display. SCHWENK auf Gesicht des Don, das nicht minder starr wirkt.

DON
Antonio, schmeiß den Kerl raus.

Antonio packt Dicky am Kragen und schleift ihn durchs Wohnzimmer und die Eingangshalle, wo er die Haustür aufreißt und ihn rausschubst. Dicky fällt in den Kies. Rappelt sich wieder hoch und wirkt teils empört, teils niedergeschlagen. Dackelt seufzend in Richtung seines Mietwagens, der in der Einfahrt parkt. Doch dann strafft er sich und geht zum Haus zurück. Will läuten, sieht aber dann, dass die Haustür einen Spalt offen steht. Er drückt sie auf und geht rein. Will durch den Salon raus auf die Terrasse, wo auf dem Tisch noch sein Tablet liegt, das er vorhin in der Hektik hatte liegen lassen müssen. Doch er verharrt mitten im Schritt, denn durch die offene Terrassentür sieht er, dass der Don eine Pistole gezogen hat.

DON

Es war ein schwerer Fehler, dass du diesen Kerl ins Haus gelassen hast, Antonio. Du weißt, wie sehr ich unangemeldeten Besuch hasse. Aber noch mehr hasse ich Angestellte, die Fehler begehen. Deshalb sorge ich dafür, dass sie niemals mehr als einen einzigen machen können. (Hebt die Waffe und knallt Antonio ab.)

GROSS: Dickys schockiertes Gesicht. Er weicht lautlos in die Eingangshalle zurück, will zur Haustür schleichen. Da fällt sein Blick auf eine antike Konsole, darauf ein aufgeklappter hochwertiger Kroko-Laptopkoffer mit einem unglaublich edlen, schwarz glänzenden Notebook. Man sieht sofort, dass es dem Don persönlich gehört, denn seine Initialen sind in Goldlettern eingraviert. Wie elektrisiert bleibt Dicky davor stehen, denkt fieberhaft nach.

DICKY (VOICE OVER)

Die ehrenwerte Gesellschaft, die dieser Don leitete, wurde für unzählige schwere Verbrechen verantwortlich gemacht. Waffenschiebung, Rauschgifthandel, Glücksspiel, Computerkriminalität, organisierte Banküberfälle im großen Stil. Erst im letzten Monat hatte es einen spektakulären Raub in einer der größten Diamantenbörsen der Welt gegeben – in meiner Heimatstadt Amsterdam. Auch diese Tat wurde dem Don zugerechnet, aber es gab wie üblich keine Beweise. Hatte das Schicksal vielleicht *mir* die Rolle zugedacht, welche zu finden? Die Vorstellung, was auf diesem persönlichen Notebook des Don an Aufzeichnungen und sonstigen sensiblen Daten ruhen mochte, war überwältigend für mich. Natürlich hätte es gereicht, ihn wegen Mordes hinter Gitter zu bringen, schließlich konnte ich bezeugen, dass er gerade kaltblütig einen Mann erschossen hatte. Aber mithilfe der Daten auf diesem Laptop konnte ich vielleicht zusätzlich einem gefährlichen, weltumspannenden Verbrechersyndikat das Handwerk legen. Hier ruhte möglicherweise Material, das nicht nur für einen Film reichte, sondern eventuell sogar für eine ganze Serie. Worauf wartete ich noch?

Dicky greift sich entschlossen den Koffer und huscht aus der Tür, die leise hinter ihm ins Schloss fällt.

1

Es sind doch bloß fünf Tage«, sagte Pascal. »Eigentlich sogar nur vier. Denn am fünften Tag bin ich ja schon wieder hier.«

»Fünf Tage können ganz schön lang sein.« Ich gab mir Mühe, möglichst traurig auszusehen. »Du fehlst mir jetzt schon.«

»Du mir auch.« Pascal seufzte. »Diese Tagung wird garantiert schrecklich öde und langweilig.«

»Na ja. Immerhin findet sie in New York statt. Also wird es vielleicht nicht ganz so langweilig. Auf jeden Fall wird es abwechslungsreicher als in Groppenhausen, denn da ist wirklich *deutlich* weniger los als in New York.«

Das ließ sich schlecht abstreiten. Groppenhausen war ein Kaff in der Rhön, wo die regionalen Highlights darin bestanden, dass man aufs Pfarrfest oder auf die Bauernkirmes ging. Trotzdem lebte ich mittlerweile ganz gern dort, von daher war meine Bemerkung ein bisschen übertrieben. Richtig langweilig hatte ich es da nur in der ersten Zeit gefunden, vor ziemlich genau einem Jahr, als ich urplötzlich von Berlin in die tiefste hessische Provinz hatte umziehen müssen. Damals war ich mitsamt meiner Mutter, meiner Omi und meinem Hund in ein Zeugenschutzprogramm gesteckt worden und hatte mein Leben gehasst.

Auch mit Pascal war ich anfangs nicht besonders gut klargekommen. Als mein persönlicher Zeugenschützer war er dafür zuständig gewesen, dass die Typen, die hinter mir und meiner Familie her gewesen waren, mich nicht schnappten. Ich hatte mir zwecks Optimierung meiner Sicherheit ziemlich viel von ihm gefallen lassen müssen. Wenn es darum ging, andere Leute zu bevormunden, machte ihm so schnell keiner was vor.

Manche seiner Vorschriften waren allerdings unbestreitbar nützlich. Ich hatte seinerzeit viele blöde Fehler begangen – na schön, ich hatte fast *alles* falsch gemacht und dadurch am Ende sogar die Verbrecher auf meine Fährte gelockt –, trotzdem hatte Pascal die Bande in den Knast befördert und mein Leben wieder in Ordnung gebracht. Er neigte zwar immer noch dazu, mich zu bevormunden, aber mittlerweile endeten solche Versuche meist damit, dass wir uns küssten.

»Ich weiß, wie sehr du dich auf unsere gemeinsamen Ferien gefreut hast«, meinte Pascal niedergeschlagen. »Ich mach's wieder gut. Versprochen.«

Ich zog die Schultern hoch und strengte mich an, deprimiert zu wirken.

»Lieb von dir, dass du mich zum Flughafen fährst«, sagte Pascal, während er mit dem Zeigefinger über mein Ohr strich.

Ich erschauerte wohlig. Immer, wenn er mich am Ohr berührte, war ich praktisch willenlos und konnte ihm höchstens eine Sekunde lang böse sein. Das wusste er ganz genau. Noch vor drei Tagen war ich wirklich am Boden zerstört gewesen. Wir hatten uns beide monatelang auf die Osterferien gefreut, und Pascal hatte sich extra eine Woche freigenommen, damit wir die Zeit richtig genießen konnten. Endlich nicht mehr für die Abi-Klausuren lernen, endlich mal wieder chillen und was zusammen unternehmen! Wir hatten vor, nach Freiburg zu fahren und meine Freundin Yasemin zu besuchen. Aber dann – peng! Eine internationale Tagung für Kriminalbeamte, an der Pascal auf dienstliche Weisung hin teilnehmen sollte. Er musste für einen seiner Vorgesetzten einspringen, der sich im Skiurlaub ein Bein gebrochen hatte und nicht wollte, dass die teure Fortbildung ungenutzt verfiel.

Ich überholte einen Laster und schaute in den Rückspiegel, ehe ich die Ausfahrt zum Frankfurter Flughafen nahm. Allmählich stieg die Spannung. Ich konnte es kaum erwarten, Pascals verdutztes Gesicht zu sehen, wenn ich ihm meine Überraschung präsentierte.

Wir parkten vor dem Terminal, stiegen aus und gingen Hand in Hand durch die Abflughalle. Am Check-in-Schalter lud Pascal seinen Rucksack aufs Band – ein ziemlich abgewetztes altes Ding, das ihn schon auf allen möglichen Reisen begleitet hatte –, und während er seine Bordkarte in Empfang nahm, bemühte ich mich weiterhin um eine traurige Abschiedsmiene, obwohl ich es in Wahrheit vor Vorfreude kaum noch aushielt. Es war fast so weit! Die anderen mussten jeden Moment eintreffen!

Aber dann erschien jemand auf der Bildfläche, mit der ich nicht gerechnet hatte. Mir blieb vor Staunen glatt der Mund offen stehen.

»Hi, ihr zwei!« Sarah Lippmann kam winkend auf uns zu. Sie zog einen Trolley in Knallorange hinter sich her, der sich mit ihren roten Locken biss. Doch so eine Nebensächlichkeit konnte ihr tolles Aussehen natürlich nicht beeinträchtigen. Sie war die wandelnde Miss Perfect: Gesicht und Größe eines Topmodels und dazu erstklassige Schussreflexe, an die keiner beim LKA rankam.

»Du hast mir nicht gesagt, dass sie auch mitfliegt«, sagte ich zu Pascal.

»Hm, hab ich das vergessen? Ist doch auch nicht so wichtig, oder? Hi, Sarah!«

»Morgen, Kalli.« Sie klopfte Pascal kumpelhaft auf die Schulter. Anschließend umarmte sie mich, begleitet von zwei Luftküssen, für die sie sich bücken musste, um den Größenunterschied auszugleichen. »Hi, Emily. Freut mich riesig, dich zu sehen!«

Sie schien sich tatsächlich zu freuen. Und in ihren strahlend blauen Augen konnte ich auch bei genauem Hinschauen nicht den allerkleinsten Funken von Berechnung ausmachen. Sie war wirklich nur Pascals Kollegin, ich hatte also keinen Grund, mich jedes Mal wie ein mickriger Hobbit zu fühlen, sobald sie am Horizont auftauchte. Sowieso war sie überhaupt nicht Pascals Typ, denn Frauen, die fast genauso groß waren wie er und besser schießen konnten, fielen nicht in sein Beuteschema, das hatte er ausdrücklich betont. Von daher passte es gut, dass ich noch nie eine Pistole in der Hand gehabt hatte.

»Wie waren die Abi-Klausuren?«, wollte Sarah wissen. »Lief es gut?«

»Einigermaßen.« Das war ein bisschen tiefgestapelt. Ich hatte wegen der Klausuren ein wirklich gutes Gefühl, ganz im Gegensatz zum ersten Anlauf im vergangenen Jahr, als ich wegen des Zeugenschutzprogramms das Abi hatte ausfallen lassen müssen und deshalb die letzte Klasse wiederholt hatte. Was sich im Nachhinein als gute Idee herausstellte, denn ich hatte damals notenmäßig ziemlich auf der Kippe gestanden. An der neuen Schule in der hessischen Provinz hatte ich mich deutlich verbessert.

»Und wie geht es anschließend weiter?«, erkundigte Sarah sich. »Kommst du dann zurück nach Berlin, um da zu studieren?«

»Das ist der Plan«, antwortete ich.

Pascal legte den Arm um mich. »Emmy zieht dann endlich zu mir.« Er küsste meinen Scheitel, der genau bis zu seinem Kinn reichte. »Nach den Osterferien muss sie noch ein paar unwichtige Arbeiten schreiben und das Mündliche hinter sich bringen, aber das ist bloß Formsache.«

»Klingt gut«, kommentierte Sarah.

Das fand ich auch. Ich konnte es kaum erwarten, wieder nach Berlin zurückzukehren. Pascal hatte da schon länger eine Wohnung und seinen Job beim LKA; ich musste nach dem Abi nur noch meine Sachen packen und konnte dann nahtlos bei ihm aufschlagen. Sein Bett war groß genug für zwei.

Und vorher würden wir noch einen wundervollen Urlaub zusammen verbringen, der quasi schon angefangen hatte. Allerdings wusste Pascal davon noch nichts, denn es sollte ja eine Überraschung werden. Und die traf genau in diesem Augenblick endlich ein.

»Ich glaub, ich seh nicht richtig«, sagte Pascal verblüfft. »Da hinten kommt deine Omi Gerti!«

*

Omi strahlte über das ganze Gesicht. Sie war nicht allein, sondern in Begleitung von Mama und Bob gekommen, die Omis und mein Gepäck dabeihatten. Mama rollte meinen Trolley neben sich her. Bob zog mit der einen Hand Omis Trolley, mit der anderen trug er ihren Laptopkoffer. Sie hatte zwar ausdrücklich gesagt, dass sie in New York nicht arbeiten wollte, aber vermutlich hatte sie es sich wieder anders überlegt. Meine Omi ist weit über siebzig und damit in einem Alter, in dem andere Leute schon lange in Rente sind, aber sie behauptet regelmäßig, dass Schriftsteller niemals mit dem Schreiben aufhören können, selbst dann nicht, wenn sie es wollten. In ihrer Anfangszeit als Autorin hatte sie eine bekannte Krimireihe verfasst, aber mittlerweile schrieb sie hauptsächlich historische Liebesromane, von denen sie einen nach dem anderen auf den Markt warf und damit gutes Geld verdiente. Sogar Bob, der neue Mann in Mamas Leben (die Hochzeit war für kommenden Monat geplant), hatte kürzlich ein bisschen frustriert gemeint, dass Omi hochgerechnet in einer Arbeitsstunde deutlich mehr verdiente als er. Das wollte schon was heißen, denn als Anwalt hatte er einen gepfefferten Stundensatz. Um Omis Verlagsverträge kümmerte er sich allerdings kostenlos, schließlich gehörte er schon fast zur Familie. Deshalb hatte er sich auch gern bereit erklärt, Omi mitsamt unserem Gepäck zum Flughafen zu bringen, damit die für Pascal geplante Überraschung auch funktionierte. Mama hatte sich aus demselben Grund freigenommen. Sie und Bob würden nachher mit zwei Autos zurückfahren – Bob mit seinem, Mama mit meinem. Ich reichte ihr schon mal vorsorglich den Wagenschlüssel und nahm meinen Trolley entgegen.

»Sieht für mich ganz so aus, als würde da noch jemand nach New York fliegen«, stellte Sarah fest.

Pascal sah mich perplex an. »Echt jetzt?«

Ich nickte, und ein Ausdruck überschwänglicher Begeisterung breitete sich auf seinem Gesicht aus. »Wahnsinn!«

»Oder?« Ich strahlte ihn an. »Omi hat mir die Reise jetzt schon zum Abi geschenkt! Ist das nicht toll?«

Anstelle einer Antwort drückte Pascal mich fest an sich und nahm dann Omi in den Arm. »Du bist die Beste, Gerti!«

Sie grinste vergnügt. »Ich lege das mal so aus, dass es dir nichts ausmacht, wenn ich auch mit von der Partie bin.«

Pascal schüttelte lachend den Kopf. Es folgte ein allgemeines Begrüßungshallo zwischen meiner Familie und Sarah, reihum wurden Hände geschüttelt und Küsschen ausgetauscht. Sie kannten sich alle vom Zeugenschutzprogramm. Anlässlich einer wirklich brenzligen Situation hatte Sarah damals unter Beweis stellen müssen, was sie draufhatte. Ich hatte ewig gebraucht, um mich von meinem Nervenzusammenbruch zu erholen, nachdem sie und Pascal sich mit einem der Gangster eine Schießerei geliefert hatten, bei der uns die Kugeln nur so um die Ohren geflogen waren.

Wir checkten unser Gepäck ein und gingen alle noch zusammen Kaffeetrinken. Pascal hatte den Arm um mich gelegt und küsste mich ab und zu auf die Wange. Ich war mir sicher: Das würden die besten Osterferien meines Lebens werden!

*

Nachdem wir uns von Mama und Bob verabschiedet und die Kontrollen hinter uns gelassen hatten, machten wir auf dem Weg zum Gate einen kurzen Abstecher zum Duty-free-Shop. Ich schlenderte zum Parfümsortiment, begutachtete ausgiebig die Auswahl und testete ein paar Sorten, als mich plötzlich ein Typ anrempelte. Er war ungefähr Ende dreißig und nicht viel größer als ich, aber was ihm an Höhe fehlte, machte er locker in der Breite wett. Seine kugelige Figur steckte in einem teuer aussehenden, aber ziemlich verschmuddelten Sakko, das dringend in die Reinigung gehörte. Davon abgesehen schien es ihm viel zu warm zu sein, denn er schwitzte wie in der Sauna. Sein pausbäckiges Gesicht war hochrot angelaufen, und sein spärliches Blondhaar klebte in lauter platten Löckchen am Kopf. Unterm Arm trug er eine vollgepackte Einkaufstüte aus dem Duty-free-Shop.

»Sorry«, sagte er.

»Nichts passiert.«

»Tut mir leid.«

»Macht wirklich nichts«, bekräftigte ich.

»Ich war in Gedanken. Entschuldigung nochmals.« Er hatte einen holländischen Akzent.

»Kein Problem«, versicherte ich. »Kann jedem passieren.«

Er sah sich nach allen Seiten um, dann starrte er über meine Schulter und zuckte zusammen. In seinem Gesicht stand ein abgekämpfter und seltsam gehetzter Ausdruck.

Ich drehte mich um. Pascal war hinter mir aufgetaucht.

»Na, hast du was Nettes gefunden?«, fragte er. »Denk dran, alles, was du dir jetzt kaufst, musst du in New York mit ins Hotel schleppen und anschließend wieder zurück nach

Deutschland.« Er machte eine Bewegung mit dem Kinn. »Was war das denn gerade für einer? Worüber habt ihr euch unterhalten?«

Ich drehte mich zu dem holländischen Typen um. Er war weitergegangen und blickte sich erneut nach allen Seiten um. Irgendwas schien ihn schwer zu beunruhigen.

»Er ist in mich reingerannt und hat sich entschuldigt. Ich habe gesagt, dass es okay ist, und er hat sich noch mal entschuldigt. Anscheinend ist er ein bisschen durch den Wind.«

»Er hat dich angerempelt?« Pascal runzelte die Stirn. »Guck mal eben in deine Handtasche.«

»Oh, du meinst, das könnte einer von *diesen* Remplern gewesen sein? Wo hinterher alle Wertsachen weg sind?« Ich durchwühlte kurz meine Handtasche. »Alles noch da. Portemonnaie, Handy, E-Book-Reader, Pass, Bordkarte. Du solltest den Leuten nicht immer gleich das Schlimmste unterstellen. Manchmal bist du einfach zu misstrauisch.«

»Nein, nur sicherheitsbewusst. Ist schließlich mein Job. Komm mal her.« Er zog mich in seine Arme. »Hab ich dir eigentlich heute schon gesagt, wie süß du bist?«

Ich dachte nach. »Zwei mal. Oh, nein, warte. Das eine Mal war nachts vor dem Einschlafen, also war das noch gestern.«

»Dann sage ich es jetzt noch mal. Du bist zum Anbeißen süß.« Pascal beugte sich zu mir herunter, und ich freute mich schon auf den Kuss. Doch daraus wurde nichts, denn im nächsten Moment ließ er mich los und spähte stirnrunzelnd über meinen Kopf hinweg.

»Der Typ hat schon wieder jemanden angerempelt. Der ist nicht ganz sauber, da gehe ich jede Wette ein.«

»Das ist nur ein harmloser Holländer«, widersprach ich. »Wahrscheinlich hat er Flugangst und ist deswegen ein bisschen durcheinander.«

*

Beim Abflug stellte sich heraus, dass meine Vermutung zutraf. Richard van Dyke – so hieß der schwitzende Holländer – flog nämlich zufällig auch nach New York, saß obendrein neben mir und litt tatsächlich unter Flugangst. Das war so ziemlich das Erste, was er mir nach dem Start der Maschine über sich erzählte, gleich nachdem er ein Beruhigungsmittel eingeworfen und sein Tablet angemacht hatte, ein nagelneu aussehendes iPad.

»Sorry, wenn ich nervös bin«, sagte er, während er zappelig herumrutschte und mit zwei Fingern auf die Tastatur einhackte. »Flugangst. Dauert ein bisschen, bis die Tablette hilft. Kann nicht fliegen ohne Valium. Schlimm, schlimm, schlimm.«

Ich war stolz darauf, dass ich richtig getippt hatte. Nur zu gern hätte ich Pascal davon erzählt, aber zu meinem Verdruss saßen er und Sarah hinten in der Economyclass, während Omi und ich Businessclass flogen. Weil wir so kurzfristig gebucht hatten, war nur noch ein kleines Restkontingent in der teuersten Kategorie verfügbar gewesen. Wir konnten froh sein, dass wir überhaupt zwei freie Plätze ergattern konnten. Die horrenden Preise hatten mir den Atem verschlagen, aber die Kosten waren Omi ganz egal. Sie habe immer schon nach Amerika gewollt, ihr ganzes Leben lang, hatte sie nur gesagt. Und sie wolle endlich mal wieder ihre

Englischkenntnisse an den Mann bringen, wozu hätte sie die Sprache früher studiert? (Vor ihrer schriftstellerischen Laufbahn hatte sie als Übersetzerin gearbeitet.) Und da diese erste Reise in die USA wegen ihres fortgeschrittenen Alters möglicherweise auch die letzte sei, gelte der Grundsatz *Wenn schon, denn schon.*

Der Holländer bestand darauf, dass wir uns duzten und dass ich ihn Dicky nannte, weil er es nicht leiden konnte, wenn jemand Richard oder gar Mijnheer van Dyke zu ihm sagte.

Das war bloß eine der vielen Informationen, mit denen er mich im Laufe des Flugs überschüttete. Von dem Beruhigungsmittel ließ sein Gezappel nach, und auch das Schwitzen hörte bald auf, aber sein Mitteilungsdrang hielt unvermindert an. Dabei schien es ihm überhaupt nicht schwerzufallen, gleichzeitig zu reden und auf seinem Tablet herumzutippen. Gegen meinen Willen war ich von dieser Art Multitasking beeindruckt, ebenso wie von seinen guten Deutschkenntnissen. Erst nach und nach begriff ich, dass Dicky anscheinend ziemlich bekannt war. Ich selbst hatte ihn zwar noch nie gesehen und auch noch nichts über ihn gehört, aber das, was er beruflich machte, faszinierte mich auf Anhieb – er war Filmregisseur! Offenbar hatte er schon eine Menge Unterhaltungsfilme gedreht, insgesamt über ein Dutzend. Er zählte einige davon auf. Ich kannte zwar keinen einzigen davon, aber Dicky meinte, das müsse nichts heißen, denn die wenigsten Filme kämen ins Kino, eigentlich prozentual so gut wie gar keine. Die allermeisten kämen gleich auf DVD heraus. Oder auch direkt ins Fernsehen. Und da hätte ich ganz bestimmt schon mal einen Film von ihm gesehen. Beispielsweise *Frankensteins Schwester*, der fabelhafte Quoten eingefahren hatte. Auch dazu konnte ich leider nichts sagen, denn Gruselfilme schaute ich mir nur ganz selten an.

Doch darüber sah Dicky großmütig hinweg. »Diese Art von Filmen liegt jetzt sowieso hinter mir«, sagte er. »Meine neuen Projekte gehen in eine ganz andere Richtung.«

»In welche denn?«, erkundigte ich mich.

»Doku-Drama«, antwortete Dicky. »Im weitesten Sinne könnte man es auch als True Stories bezeichnen. Also Geschichten, die auf einer wahren Begebenheit beruhen, aber in eine richtige filmische Struktur eingebettet sind.«

»Also etwas in der Art wie *Plötzlich Mutter*?«

»Nein. Eher anspruchsvoll und spielfilmmäßig inszeniert, im Stil von Clint Eastwood. Kennst du Clint Eastwood?«

»Nicht persönlich. Aber ich finde ihn toll und habe schon viele Filme mit ihm gesehen. Am besten fand ich *Million Dollar Baby*.«

»Ja, da hat er auch Regie geführt. Ich verehre Clint Eastwood. Momentan arbeite ich beispielsweise an einer Story über die Mafia. Einen Mafia-Boss, um genau zu sein. Ich schreibe gerade das Drehbuch. Eigentlich ist es eher ein Tatsachenbericht. Ich habe nämlich alles, was ich schreibe, selbst erlebt. In Neapel, da, wo die Camorra ihren Stammsitz hat.«

»Du meinst, du hattest da Kontakt zu einem echten Mafia- Paten?« Ich war beeindruckt. Ich hatte hier die Gelegenheit, mit einem bekannten Filmregisseur zu sprechen. Noch dazu mit einem, der richtig spannende Geschichten zu berichten hatte.

»Ja. Ein wirklich böser Mensch. Schlimm, schlimm,

schlimm.« Dicky senkte seine Stimme und sah sich kurz nach allen Seiten um. Sein Blick fiel auf Omi, die friedlich schlafend auf der anderen Seite des Gangs saß. Die großzügige Beinfreiheit nutzte sie gar nicht aus – zu ihren Füßen hatte sie ihren Laptopkoffer deponiert.

Dicky starrte sie geistesabwesend an und sagte kein Wort mehr. Ich ging davon aus, dass er nicht mehr über seine Erlebnisse in Neapel reden wollte und zog deshalb meinen E-Book-Reader aus der Handtasche, um ein bisschen zu lesen, aber lange hielt Dickys Schweigen nicht vor.

»Deine Oma schläft aber fest.« Er schwieg eine Weile, dann fuhr er fort: »Ist das da ein Laptopkoffer? Ich habe noch nie eine alte Dame mit einem Laptop gesehen. Oder ist das deiner?«

»Nein, er gehört ihr. Sie ist Schriftstellerin.«

Damit hatte ich auf der Stelle seine ungeteilte Aufmerksamkeit. Er wollte augenblicklich alles darüber wissen und war hin und weg, als er hörte, dass Omi früher viele Krimis geschrieben hatte.

»Die Inspektor-Adler-Romane«, wiederholte er begeistert, als ich ihm den Namen der Krimireihe nannte. »Die kenne ich! Es gab sie auch auf Holländisch! Diese Krimihefte lagen früher in Stapeln bei uns zu Hause herum! Mein Vater hat sie alle gekauft! Ist lange her, aber ich weiß es noch genau. Er war ein großer Fan!«

»Das wird Omi sicher freuen.«

Von den Kriminalromanen kam das Thema ganz zwanglos auf Kriminalbeamte, speziell auf die beiden, die hinten in der Maschine saßen und in New York eine Tagung besuchen wollten.

»Dein Freund ist wirklich beim Landeskriminalamt? Das finde ich ja spannend! Wie kommt man denn an so einen Freund?«

»Na ja, ich war mal in einem Zeugenschutzprogramm, und da war er mein Bodyguard …«

Dickys Augen leuchteten auf, als hätte jemand eine Tausendwattlampe darin angeknipst. »Erzähl mir mehr! Ich will alles über diese Geschichte hören! Das schreit nach einem Film! Ein fabelhafter Stoff!«

»Ich denke, ich sollte zuerst die anderen fragen, bevor ich das einfach alles so erzähle. Uns sind damals ein paar ziemlich krasse Sachen passiert.«

»In meinen True Stories werden alle Personen und Schauplätze verfremdet. Aber okay. Frag sie, und dann erzählst du mir die ganzen krassen Sachen. Allerdings hat es keine Eile. Ich muss ja vorher noch mein Mafia-Projekt realisieren. Habe gerade erst mit dem Drehbuch begonnen.«

»Mafia klingt spannend«, sagte ich. »Vor allem, wenn du die Story selber erlebt hast. Wie war dieser Pate denn so? Was genau hat er getan?«

Dicky sah sich nervös um, dann musterte er mich mit grüblerischer Miene, als würde er es bereuen, mir überhaupt davon erzählt zu haben. Das weckte natürlich erst recht meine Neugier. Er musste etwas *wirklich* Aufregendes erlebt haben!

Doch wenn er es mir lieber nicht verraten wollte, war das nur fair. Ich wollte ihm ja schließlich auch nichts über meine diversen Zusammenstöße mit Schwerverbrechern offenbaren, jedenfalls nicht ohne Pascals und Sarahs Zustimmung.

Aber Dicky konnte oder wollte es nicht für sich behalten. Er sah sich erneut um, dann fing er mit gedämpfter Stimme an zu erzählen. »Ich besuchte den Don in seiner Villa. Er hält sich da nur sporadisch auf, denn eigentlich ist er Amerikaner. Aber seine Eltern sind in Neapel aufgewachsen, und er hat noch jede Menge Verwandte dort. Deshalb fährt er manchmal hin und macht da Urlaub.« Dicky hielt mit bedeutungsvoller Miene inne. »Mit der *Familie*. Du verstehst?«

»Hm, nein.«

»Familie. *Famiglia*. Ein anderes Wort für Mafia. Kennst du nicht *The Godfather*?«

»Meinst du den Film *Der Pate*?«

»Genau. Du solltest ihn dir ansehen, um die Zusammenhänge besser zu verstehen.«

»Den kenne ich schon.« Das war übertrieben, denn es war Jahre her, dass ich den Film gesehen hatte, und genau genommen hatte ich das meiste davon schon wieder vergessen. Aber ein paar Szenen hatte ich noch vor Augen. Vor allem eine, bei der ein blutiger Pferdekopf eine Rolle spielte. Wenn Dicky solche *Zusammenhänge* meinte, musste dieser Don aus Neapel ein wirklich übler Bursche sein. Ich setzte mich aufrecht hin. »Was genau ist denn passiert?«

»Es war ein sonniger Frühlingstag.« Erneut machte Dicky eine kunstvolle Pause, bevor er flüsternd fortfuhr: »Der mit einem grausamen Blutbad endete …«

*

Von: Dickyman@dickyfilms.com
An: Pretty@dickyfilms.com

Darling,
tut mir leid, dass ich dir schon wieder schreibe. Ich habe nicht mitgezählt – wahrscheinlich habe ich dir seit dem Abflug schon ein halbes Dutzend Mails geschickt, aber ich MUSS einfach mit jemandem kommunizieren, sonst drehe ich durch.

Das Mädchen heißt Emily, ihre Freunde nennen sie auch Emmy. Sie ist gerade nach hinten gegangen, um ihren Freund zu sehen. Nachdem ich ihr von Neapel erzählt hatte, war sie sehr verstört. Vermutlich hätte ich mich zurückhalten sollen. Aber du kennst mich ja. Wenn ich die Chance bekomme, eine gute Geschichte zu erzählen, muss ich es tun. Schon um die Wirkung von Szenenaufbau und Figurenzeichnung bei einem unvoreingenommenen Publikum zu testen. Ich will ja schließlich einen Film machen. Jetzt mehr denn je – nie wieder werde ich solch eine unglaubliche Chance erhalten, mein künstlerisches Schaffen zu vollenden!

Die Oma des Mädchens ist noch nicht aufgewacht. Zum Glück hat sie einen sehr tiefen Schlaf. Sie heißt übrigens Gerti und ist hauptberufliche Autorin. Eine interessante Persönlichkeit!

Wenn wir gelandet sind, werde ich alles genauso machen, wie du es vorgeschlagen hast. Großartige Dramaturgie, die du dir da überlegt hast! Vielleicht willst du ja doch noch eines Tages ins Regiefach einsteigen.

Die Sache mit dem Koffer ist auch schon erledigt,

keiner hat es gemerkt. Drück mir die Daumen, dass alles klappt!

Die Typen, die für meinen Schutz zuständig sind, warten wohl am Ausgang des Airports auf mich. Mit anderen Worten, die Sache muss unbedingt vorher über die Bühne gehen. Ich traue den Kerlen keine Handbreit über den Weg. Unter gar keinen Umständen werde ich mit denen irgendwohin fahren, wo es einsam ist. Auf so eine Möglichkeit warten die doch nur! Ich will Leute um mich haben, je mehr, desto besser. Viele Leute mit vielen Augen. Empfangskräfte, Zimmermädchen, Etagenkellner, Pagen, Hotelsecurity. Das bekannteste und beliebteste Hotel mitten in Manhattan ist gerade gut genug. Ich würde sagen, wir gehen ins Waldorf Astoria.

Oh, ich muss aufhören. Gerti wird wach. Ich brenne darauf, mit ihr über ihre Romane zu sprechen.
Melde mich später wieder.
Kuss,
D.

»So groß ist der Unterschied zur Businessclass gar nicht«, teilte ich Pascal mit. »Abgesehen von den kostenlosen Drinks und der Beinfreiheit. Aber wer braucht das schon.«

»Leute mit längeren Beinen. Und habt ihr da vorn nicht auch WLAN?«

»Keine Ahnung. Mein Handy ist die ganze Zeit im Flugmodus. Wenn du lieber vorn sitzen willst – ich kann ja mal die Stewardess fragen, ob das geht. Dann setze ich mich so lange auf deinen Platz.«

»Danke, aber lass mal. Ich bin nicht so der Luxustyp. Außerdem habe ich keine Lust, neben diesem Freak aus Holland zu sitzen und mir seinen erfundenen Blödsinn anzuhören.«

Ich hatte Pascal von Dicky und seiner Neapel-Story erzählt, woraufhin er nur breit gegrinst und gemeint hatte, mit dem Typen sei eindeutig die Fantasie durchgegangen, und ich solle besser noch mal einen Blick in meine Handtasche werfen. Wer erfundenen Mafiabossen fiktive Laptops klaute, würde vielleicht zur Abwechslung gern mal eine echte Geldbörse aus einer realen Handtasche mitgehen lassen.

Wir standen zusammen am Durchgang zwischen Business- und Economyclass und unterhielten uns leise. Es nervte mich, dass ich nicht neben ihm sitzen durfte. Ich hätte Sarah gern meinen Platz überlassen und dafür neben Pascal gesessen, zumal meine Beine deutlich kürzer waren als ihre und viel weniger Raum beanspruchten. Aber es stellte sich heraus, dass sie gar nicht neben Pascal saß, sondern drei Reihen hinter ihm. Die beiden Plätze in Pascals Sitzreihe hatte ein älteres Ehepaar belegt, das keine Lust hatte, sich woandershin zu setzen, außer sie bekämen beide einen Platz in der Businessclass. So einen Tausch konnte ich ihnen leider nicht bieten, denn dafür hätte auch Omi ihren Platz hergeben müssen, und das wollte ich ihr auf keinen Fall zumuten.

Zum Glück dauerte der Flug nur noch wenige Stunden, und unser gemeinsamer Urlaub würde dann eben in New York richtig anfangen. Praktischerweise hatte Omi in dem Tagungshotel, in dem Pascal und Sarah untergebracht waren, ein Doppelzimmer gebucht. Pascal würde das für ihn reservierte Einzelzimmer einfach an Omi abtreten, sodass er und ich zusammen im Doppelzimmer übernachten konnten. Tagsüber würden wir dann so viel wie möglich gemeinsam unternehmen. Das Tagungsprogramm war zwar ziemlich umfangreich – ich war ganz schön erschrocken, als ich gehört hatte, dass Pascal vormittags *und* nachmittags da hinmusste und dass die Mittagspause viel zu kurz war, um sich neben dem Essen noch was vorzunehmen –, aber uns blieben ja noch die Abende. Und die Nächte …

»Woran denkst du gerade?«, wollte Pascal wissen.

»Wieso?«

»Weil du ein kleines bisschen rot geworden bist. Ich glaube, ich muss dich jetzt küssen.«

Dagegen war nichts einzuwenden, doch leider kamen wir nicht dazu, denn im nächsten Moment wurden wir von der Stewardess aufgescheucht, die mit dem Getränkewagen vorbeiwollte und uns missbilligend beäugte. Ihre Botschaft kam an. Ich ging zurück auf meinen First-Class-Platz, und Pascal zog sich wieder auf die hinteren Ränge zurück.

Dicky tippte immer noch – oder schon wieder – auf der Tastatur seines Tablets herum. Nebenher unterhielt er sich angeregt mit Omi, die mittlerweile aufgewacht war und mit Interesse zur Kenntnis genommen hatte, dass es zwischen ihr und Dicky einige künstlerische Gemeinsamkeiten gab.

Der Einfachheit halber tauschte ich mit ihr den Platz, was unter anderem den Vorteil hatte, dass ich endlich in Ruhe mein E-Book fertig lesen konnte. Doch irgendwie konnte ich mich nicht richtig konzentrieren. Ich schaute ständig zu Dicky hinüber, oder genauer: zu seinem Tablet. Es sah wirklich *sehr* neu aus. So, als hätte er es erst ganz kurz vor der Reise angeschafft. Weil sein altes auf der Terrasse des Don liegen geblieben war.

Dann musste ich über mich selbst den Kopf schütteln. Pascal hatte sicherlich recht, Dicky war bloß ein Opfer seiner blühenden Fantasie. Kreative Menschen waren häufig verschroben, das war Teil ihrer besonderen Einbildungskraft.

Trotzdem ... Konnte Dicky sich das alles wirklich nur ausgedacht haben? Jede einzelne Kleinigkeit? Er hatte mir sämtliche Details unglaublich exakt beschrieben, bis hin zu den goldgeprägten Initialen des Don auf dem Laptop. Als ich ihn gefragt hatte, wo das Ding jetzt war, war ihm allerdings keine bessere Antwort eingefallen als *An einem sicheren Ort*. Und das hatte sich dann doch ein bisschen zu aufgesetzt angehört, um glaubhaft zu klingen.

Ich entschied, mir über Dicky nicht länger den Kopf zu zerbrechen und mich stattdessen wichtigeren Dingen zuzuwenden. Beispielsweise der Frage, wie sich die ganzen Besichtigungen in New York zeitlich am besten takten ließen. Die Liste war endlos lang, und im Vergleich dazu waren ein paar Tage jämmerlich kurz. Außerdem war zu berücksichtigen, dass ich bestimmte Sehenswürdigkeiten nur zusammen mit Pascal besuchen wollte. Leider blieben uns dafür wegen der dämlichen Tagung nur sehr kleine Zeitfenster. Vor dem Abflug hatte er zwar noch einen freien Tag, aber da ging es dann ja auch schon zurück nach Hause.

Ganz oben auf der Liste stand das allerwichtigste Ziel: Tiffany's, der legendäre Juwelier in New York, mit der größten Auswahl an Verlobungsringen auf der ganzen Welt. An zweiter Stelle folgte das Dach des Empire State Building, wo das schönste Date der Filmgeschichte stattgefunden hatte – in *Schlaflos in Seattle*.

Im Geiste hatte ich mir noch diverse andere romantische Schauplätze notiert, die ich aus Filmen, Büchern und Reisereportagen kannte, aber von denen würden wir vermutlich nur einen winzigen Teil abarbeiten können. Außerdem spielte auch das Wetter eine Rolle, jedenfalls für die von mir angedachten Außenaktivitäten. Bei strömendem Regen konnten wir zum Beispiel schlecht das Freiluftkino im Brooklyn Bridge Park besuchen, das an lauschigen Frühlings- und Sommerabenden ein absoluter Place-to-be für verliebte Paare war, wie ich gelesen hatte.

Aber bis jetzt war richtiges Traumwetter vorhergesagt. Sonnig, bis zu zwanzig Grad, kein Regen. Die besten Voraussetzungen für ereignisreiche Tage in New York. Glücklich lehnte ich mich in den bequemen Erste-Klasse-Sitz zurück und schloss die Augen. Vor mir lag eine wundervolle Zeit.

2

Vor den Beginn der wundervollen Zeit hatte das Schicksal leider die Einreisekontrolle gesetzt. Die amerikanischen Zöllner nahmen ihren Job ausgesprochen ernst. Es gab zahlreiche Schlangen an zahlreichen Schaltern. Die Schlange, in der wir anstanden, war endlos lang und schrumpfte nur sehr langsam.

Omi hielt sich wacker. Trotz ihres Alters war sie noch recht gut zu Fuß. Dicky, der seit der Landung wie ein Schatten an ihrer Seite klebte und mit ihr über die unterschiedliche Dramaturgie von Romanen und Drehbüchern fachsimpelte, trug ihren Laptopkoffer, damit sie sich nicht damit abschleppen musste. Er hatte wieder angefangen zu schwitzen, und sein Gesicht wurde auch immer röter. Ich fragte mich, was mit ihm los war. Flugangst konnte es jedenfalls momentan nicht sein.

Als hätte Pascal meine Gedanken gelesen, beugte er sich zu mir herunter. »Der Holländer hat Dreck am Stecken. Ich wette, er hat Dinge im Gepäck, die er niemandem zeigen möchte, schon gar nicht den Typen vom Zoll.«

»Meinst du wirklich? Aber das wäre doch wahnsinnig riskant für ihn!« Zweifelnd betrachtete ich Dickys großen Überseetrolley, ein teures, geräuschlos auf vier Rollen dahingleitendes Markenprodukt. Mir kam ein erschreckender Gedanke. »Vielleicht hat er ja den Laptop des Don da drin.«

Pascal grinste. »Emmy, er hat sich diese Mafia-Story nur *ausgedacht*.« Er schüttelte den Kopf. »Wenn er in diesem Angeberkoffer irgendwas Verdächtiges hat, dann nur Zeug, das man rauchen, schlucken oder sich auf sonstige Art reinziehen kann.«

Hm, da war was dran. Dicky hatte im Flugzeug etwas gegen seine Flugangst genommen. Vielleicht war die Einfuhr von Beruhigungsmitteln verboten. Ich hatte gelesen, dass der amerikanische Zoll sehr strenge Bestimmungen hatte.

In der Schlange vor uns gerieten die Dinge plötzlich auf unvorhergesehene Weise in Bewegung. Ein Reisender wurde herausgewinkt und musste sein Bordcase öffnen. Der Officer, der ihn kontrollierte, zog mit spitzen Fingern einen Gegenstand heraus und schnupperte daran. Dann sagte er etwas, das dem Typen mit dem Bordcase nicht gefiel. Eine erregte Debatte setzte ein, angezettelt von dem Bordcase-Typen, der lautstark auf seinen Rechten als freier Bürger beharrte und behauptete, der Zollbeamte sei Knecht eines totalitären Systems. Daraufhin rückten sofort zwei andere Officers an. Beide hatten die Hand an der Waffe.

Der Typ mit dem Bordcase riss dem Zollbeamten den verdächtigen Gegenstand aus der Hand und stopfte ihn sich in den Mund. Daraufhin packten ihn die beiden anderen Wachmänner und rangen ihn nieder, obwohl er sich erbittert wehrte und um sich trat.

In der Schlange breitete sich beträchtliche Unruhe aus. Vor uns diskutierten die Leute, Wortfetzen wie *Verbotene Substanzen* oder *Selber schuld, so ist das hier eben* wehten zu mir rüber. Einige zückten ihr Handy und filmten alles, aber das hätten sie besser bleiben lassen, denn damit riefen sie sofort weitere Wachleute auf den Plan, die bedrohlich in die Runde blickten und die Aufnahmen untersagten.

Der Typ, der den Aufruhr verursacht hatte, bekam Handschellen verpasst und wurde von den Beamten abgeführt. Er kaute immer noch. Im Weggehen schrie er mit vollem Mund: »Schikane! Willkür! Es war nur ein Salami-Sandwich!«

»Der arme Kerl«, meinte eine Frau vor mir.

»Das sehe ich anders«, sagte ihr Begleiter. »Er hätte mal besser die Bestimmungen richtig durchgelesen. Der Import von Wurst- und Fleischwaren ist nicht gestattet. Ein Salami-Sandwich besteht aus Wurst und darf daher nicht eingeführt werden.«

»Gilt das auch, wenn man es vorher aufisst?«

Dicky hatte den Vorfall mit starrer Miene verfolgt. Er kam als Nächster dran. Höflich gab er Omi ihren Laptopkoffer zurück und umklammerte den Griff seines Trolleys mit beiden Händen, ehe er zum Zollbeamten vortrat und die vorgefertigte, ausgefüllte Einfuhrerklärung abgab, die jeder Passagier bei der Einreise vorlegen musste.

»Jetzt überlegt er wahrscheinlich, wie er sich am besten rausreden kann, falls er den Koffer aufmachen muss«, mutmaßte Pascal.

»Ich glaube nicht, dass er was Schlimmeres dabeihat als eine Packung Beruhigungstabletten.«

Doch anscheinend hatte der Zwischenfall dazu beigetragen, die Kontrollen zu beschleunigen. Vielleicht wollten die Beamten die angespannte Stimmung unter den Reisenden auflösen. Oder einfach bloß in die Mittagspause. Jedenfalls ging es plötzlich schneller voran. Der Reihe nach wurden die Leute zügig durchgeschleust, zuerst Dicky und gleich nach ihm Omi. Sarah und ich konnten auch einfach weitergehen, nachdem wir unser Formular und unsere Fingerabdrücke abgegeben und den Einreisestempel in unseren Pässen in Empfang genommen hatten. Nur Pascal wurde kurz befragt und musste erklären, was er in den USA vorhatte, was vermutlich damit zu tun hatte, dass er mit seiner abgewetzten Lederjacke und dem Dreitagebart einen Hauch verwegener wirkte als der durchschnittliche Flugpassagier.

In der Ankunftshalle herrschte ziemliches Gedränge, und wir mussten darauf achten, uns nicht zu verlieren. Pascal hatte eine Kofferkarre besorgt und belud sie mit unserem Gepäck. Wir folgten ihm, als er das Gefährt in Richtung Flughafenausgang schob. Auch Dicky trottete immer noch hinter uns her und drehte sich dabei suchend nach allen Seiten um.

»Linda!«, rief er laut, als eine große blonde Frau auf ihn zukam.

Sie fielen sich in die Arme, und Dicky sah aus, als hätte er soeben im Lotto gewonnen. Ich hatte sogar den Eindruck, dass ihm vor lauter Wiedersehensfreude Tränen in den Augen standen. Verblüfft betrachtete ich das ungleiche Paar. Linda war fast einen Kopf größer als Dicky. Sie musste sich zu ihm runterbücken, um ihn zu küssen, was sie mit der größten Selbstverständlichkeit tat.

Freudestrahlend stellte er sie uns auf Englisch vor. »Das ist meine Verlobte Linda. Linda, das sind sehr nette Leute, die ich unterwegs kennengelernt habe. Hier haben wir Emily, und das ist Gerti. Und der große Bursche mit der Lederjacke heißt Pascal. Er ist bei der deutschen Polizei. Die rothaarige junge Dame ist seine Kollegin Sarah.«

Linda sagte Hallo, worauf wir sie ebenfalls begrüßten und uns vermutlich alle fragten, wie Dicky bloß diese Hammerfrau an Land gezogen hatte. Sie war ungefähr Ende zwanzig und atemberaubend schön. Auch wenn ich mich nicht darauf festnageln lassen wollte, wie viel von ihrem tollen Aussehen vom Schönheitschirurgen stammte (der Busen ganz sicher), war der Gesamteindruck überwältigend. Ich musste dem Impuls widerstehen, Pascal die Augen zuzuhalten, das sagte wohl alles.

»Linda ist Schauspielerin«, sagte Dicky. »Sie hat in mehreren meiner Filme die Hauptrolle gespielt, unter anderem auch in *Frankensteins Schwester.*«

Damit war zumindest geklärt, wie die beiden sich kennengelernt hatten – am Filmset. Davon abgesehen kam es wahrscheinlich gar nicht so selten vor, dass kleine dicke Regisseure Beziehungen mit schönen großen Schauspielerinnen eingingen. Jedenfalls bestimmt eine Million Mal häufiger als umgekehrt.

»Wir müssen weiter«, meinte Pascal mit Blick auf seine Armbanduhr, bevor er sich höflich an Dicky und Linda wandte. »Wiedersehen. War nett, euch zu treffen.«

»Wir sollten alle noch was zusammen trinken gehen«, sagte Dicky. »Ich lade euch ein.«

»Das ist sehr freundlich«, erwiderte Pascal, »aber ich glaube, wir fahren jetzt lieber zu unserem Hotel. Wir haben einen ziemlich engen Terminplan.«

Dicky sah ihn betroffen an. »Aber eure Tagung geht doch erst morgen los! Und wir müssen noch über so vieles reden! Über Zeugenschutzprogramme und all das!«

Pascal warf mir unter hochgezogenen Brauen einen

Blick zu. Es war nicht schwer zu erraten, was er dachte. Solche Informationen waren eigentlich nicht für jedermann bestimmt.

»Außerdem will ich noch mit Gerti über ihre Kriminalromane sprechen«, fuhr Dicky fort. »Die würden sich wunderbar als Drehbuchvorlage eignen!«

Omi wirkte verblüfft. »Wirklich?«

»Aber ja! Für eine Krimireihe zum Beispiel. Man könnte es wie die Sherlock-Holmes-Serie aufziehen. Nur mit Doku-Charakter. Alles ganz oldschoolmäßig und historisch.«

»Nun ja, so wirklich historisch ist die Inspektor-Adler-Reihe nicht. Die meisten spielen in den Siebzigern.«

»Das ist alt genug«, versicherte Dicky.

»Wenn ihr jetzt nicht zum Hotel fahren wollt, würde ich mich schon mal allein auf die Socken machen«, warf Sarah ein. »Ich will unter die Dusche. Und ich möchte mir heute noch was von der Stadt ansehen.«

»Das könnten wir doch auch zusammen machen!« Dicky wollte sich anscheinend nicht so schnell geschlagen geben.

»Ich dusche grundsätzlich nicht mit Männern, die ich erst seit einer Stunde kenne«, meinte Sarah trocken.

Dicky lachte ein wenig abgehackt. »Ich meinte die Stadt. Ich kenne New York wie meine Westentasche. Habe ich schon erwähnt, dass ich seit über zehn Jahren hier lebe? Und Linda erst. Sie ist hier geboren und kennt New York City in- und auswendig. Sie könnte euch die besten Stellen zeigen. Linda, sag doch auch mal was.«

Linda fuhr sich mit der Hand durch die makellos gestylten Haare. »Wenn deine Freunde lieber ins Hotel wollen, können wir sie doch später dort treffen, oder?«

»Meinst du wirklich?«, fragte Dicky zweifelnd.

»Sicher. Bestimmt sind sie von der Reise erledigt und wollen sich umziehen. Ich selber bin auch schon den ganzen Tag in denselben Sachen unterwegs und brauche dringend ein frisches Outfit.«

Das war Ansichtssache. Mir jedenfalls kam sie so vor, als wäre sie gerade einer frisch gedruckten *Vogue* entstiegen. Ihre beige-goldene Designerjacke harmonierte perfekt mit den blonden Haaren und schmiegte sich um ihre Kurven wie aufgemalt. Dazu trug sie einen knielangen Bleistiftrock und hochhackige Louboutins – die unverwechselbaren roten Sohlen hatte ich vorhin schon bemerkt.

Spontan überlegte ich, ob ich vielleicht auch mal solche Edeltreter anprobieren könnte. Ich musste sie ja nicht kaufen (oder genauer: ich *würde* sie nicht kaufen, weil sie viel zu teuer waren), aber Saks stand sowieso auf meiner Sightseeingliste. Wer in dieses Nobelkaufhaus an der Fifth Avenue ging, durfte auf keinen Fall die Schuhabteilung auslassen. Die war immerhin so berühmt, dass sie sogar eine eigene Postleitzahl besaß.

Während ich noch darüber nachdachte, wie ich den Ausflug zu Saks möglichst zeitsparend mit den übrigen Zielen kombinieren konnte, ertönten plötzlich aufgebrachte Rufe. Um uns herum herrschte mit einem Mal das reinste Chaos. Wenige Schritte von uns entfernt wurden Leute zur Seite geschubst und gerieten ins Stolpern. Ein Mann fiel hin und rappelte sich fluchend auf. Eine Frau ließ in einer mir unbekannten Sprache eine Schimpftirade vom Stapel und umklammerte mit beiden Händen ihre Tasche, die ein Typ ihr entreißen wollte. Der dürre Bursche in meinem Alter, der sich eine Beanie tief ins Gesicht gezogen hatte, war offenbar für den ganzen Tumult verantwortlich. Doch die Frau hielt ihre Tasche erbittert fest und schrie wie am Spieß. Im nächsten Moment ließ der Kerl von seinem räuberischen Vorhaben ab und flitzte im Zickzackkurs durch die Menge davon. Ein paar Leute versuchten, ihn festzuhalten, aber er entwischte ihnen, indem er sich schlangengleich mal zur einen, mal zur anderen Seite wegduckte. Zwischendurch setzte er mit weiten Sprüngen über hüfthohe Hindernisse hinweg – einen Überseekoffer und einen Buggy mitsamt Baby drin. Die Mutter des Babys kreischte entsetzt auf, aber dem Kind war nichts passiert.

Als Nächstes rempelte der Kerl Dicky an, woraufhin dessen Tablet zu Boden fiel. Der Beanie-Typ klaubte es blitzartig vom Boden auf und schob es sich in den Hosenbund, während er ohne innezuhalten weiterrannte. Auf seiner Flucht kam er direkt an mir vorbeigeprescht, so schnell, dass ich es gar nicht richtig mitkriegte. Dicht neben mir setzte er zu einem weiteren Sprung an und flankte über unsere Kofferkarre. Dabei brachte er das akrobatische Kunststück fertig, sich Omis Laptopkoffer zu schnappen, der ganz oben auf dem Gepäckstapel lag. Geschmeidig landete er auf der anderen Seite der Karre und rannte mit dem Koffer unterm Arm weiter, ohne sich umzusehen.

Das heißt, er *wollte* weiterrennen. Zufällig hatte er das Pech, dass ein topausgebildeter, nahkampferprobter LKA-Beamter hinter der Kofferkarre stand. Pascal warf sich mit einem Hechtsprung auf den Beanie-Typen und kriegte ihn an der Jacke zu fassen. Der Typ stürzte der Länge nach hin, und Pascal drückte ihn mit seinem gesamten Gewicht zu

Boden. Es war ein ungleicher Kampf. Beanie war nur ein dünner Hering, Pascal dagegen wog fünfundachtzig Kilo, das meiste davon Muskeln. Er bog Beanie einen Arm auf den Rücken und nahm ihm Omis Laptopkoffer und Dickys Tablet weg. Um uns herum wurden Beifallsrufe laut, die Leute fingen an zu klatschen und zu jubeln. Das fand ich ein bisschen übertrieben, zumal auf den ersten Blick klar war, wer hier der Stärkere war. Trotzdem war ich sehr stolz auf Pascal. Am liebsten hätte ich ein Schild geschwenkt, mit der Aufschrift *Das ist mein Freund*.

»Kommst du allein mit dem Kerl klar?«, wollte Sarah von Pascal wissen.

»Wonach sieht es denn aus?«, fragte Pascal zurück. Es klang lässig, so, als würde er jeden Tag ein paar Taschendiebe schnappen.

»Gut, dann gehe ich mal eben die Security holen.«

Kaum hatte sie sich zum Gehen gewandt, unternahm Beanie einen verzweifelten Versuch, sich aus Pascals Griff zu befreien. Er wand sich wie ein Aal und bäumte sich auf, wodurch Pascal aus dem Gleichgewicht geriet und auf den Allerwertesten plumpste. Beanie sprang hoch wie ein Kastenteufel und gab Fersengeld. Keine drei Sekunden später war er im Gewimmel der Ankunftshalle verschwunden.

Die Leute, die Pascal eben noch begeistert applaudiert hatten, buhten ihn jetzt aus. Mit unbewegter Miene klopfte er sich den Staub von der Jacke und tat so, als wäre es ihm völlig egal, dass Beanie ihm entwischt war. Er hob Omis Laptopkoffer auf und legte ihn zurück auf die Gepäckkarre, anschließend überreichte er Dicky sein Tablet. »Ich hoffe, es funktioniert noch.«

»Kein Problem«, sagte Dicky. »Ich kauf mir sonst einfach noch mal ein Neues.« Er wirkte ein wenig benommen, als könnte er das Ganze noch gar nicht richtig fassen.

Ich umschlang Pascal mit beiden Armen und lehnte meinen Kopf an seine Brust. Er war längst nicht so cool, wie er sich gab. Ich spürte, wie sein Herz hämmerte.

»Sieh es mal so«, sagte ich leise. »Der Kerl hätte auch bewaffnet sein können. Du könntest jetzt tot sein.«

»Das ist ein Argument.« Er küsste meinen Scheitel.

»Und du hast Omis Laptop gerettet«, fügte ich hinzu. »Da sind viele wichtige Dateien drauf.« Omi hatte den Laptop letztes Jahr neu angeschafft, und ich selbst hatte all ihre Romane darauf abgespeichert. Außerdem etliche Entwürfe und Exposés, die als Grundlage für künftige Geschichten dienten und deshalb von besonderem Wert waren. Omi verwandte immer viel Zeit auf die Planung und Entwicklung neuer Stoffe.

»Vielen Dank, mein Junge«, sagte Omi. »Das war sehr mutig von dir.«

»Ja, das war es«, stimmte Dicky zu. »Und es sah sagenhaft authentisch aus.«

»Na ja, es *war* authentisch«, meinte Sarah. »Es geht halt bei Männern nichts über das Echte.«

»Das kann man wohl sagen«, pflichtete Linda ihr bei. »Es war besser als in jedem Actionfilm.« Sie betrachtete Pascal bewundernd. Dann fuhr sie an Dicky gewandt fort: »Warum engagierst du ihn nicht?«

Dicky runzelte verständnislos die Stirn, doch dann hellte sich seine Miene auf. »Ah! Ich verstehe! Du meinst, als Bodyguard! Linda, Liebes, das ist eine fabelhafte Idee!« Er wandte sich eifrig an Pascal. »Du bist wie gemacht für den Job! Diese Reflexe! Und wie schnell du warst!«

»Der Kerl war schneller«, widersprach Pascal.

»Aber du hast ihn in die Flucht geschlagen.«

»So kann man es auch sehen«, sagte Sarah belustigt.

Dicky wandte sich ihr zu. »Du bist ebenfalls engagiert. Ich brauche sowieso mehrere Bodyguards. Gut, wenn auch eine Frau dabei ist. Wegen Linda.«

»Ja«, stimmte Linda zu. »Bodyguards sind in der Branche wichtig. Man wird dauernd belästigt und belagert.«

»Sie hat viele verrückte Fans«, bestätigte Dicky. »Und ich selbst werde auch ständig bedrängt und verfolgt. Kein Mensch kann sich vorstellen, welchen Übergriffen man als Regisseur ausgesetzt ist. In New York schreibt schätzungsweise jeder Dritte entweder an einem Drehbuch oder will Schauspieler werden. Regisseure sind für diese Leute quasi Freiwild. Neulich wurde ich beispielsweise im Central Park von einer Frau verfolgt, die unbedingt eine Rolle in …«

»Wir können keine Jobs annehmen«, fiel Pascal ihm ins Wort. »Wir müssen auf eine Tagung.«

Dicky ließ dieses Argument nicht gelten. »Das regeln wir. Ich übernehme die Ausfallgebühren. Oh, und mir fällt gerade noch was ein. Für meine Recherchen brauche ich echte und authentische Erfahrungsberichte von Leuten wie dir und Sarah. Also von jemandem, der sich beim Personenschutz auskennt. Mein Drehbuch soll in jeder Beziehung lebensecht werden.«

Pascal schüttelte den Kopf. »Es geht nicht. Wir sind dienstlich in New York und können nicht einfach tun und lassen, was wir wollen. Und vor allem dürfen wir keine ungenehmigten Nebenjobs ausüben. Wir sind Beamte, da sind die Vorschriften besonders streng.«

»Ich weiß, wie wir es machen«, sagte Linda. »Wieso buchen wir nicht für diese ganzen netten Leute hier ein paar Zimmer bei uns im Waldorf? Dann können sie während ihrer Freizeit was mit uns unternehmen. Ich kann sie ein bisschen in der Stadt herumführen, und falls mich dann irgendein verrückter Fan belästigen sollte, hätte ich eben zufällig jemanden dabei, der auf mich aufpasst. Ganz privat natürlich. Es wäre kein Job.«

»Genial«, sagte Dicky. »Liebes, du hast doch immer die besten Ideen.«

»Also ich weiß nicht …«, hob Pascal an.

Sarah schnitt ihm das Wort ab. »Waldorf?« Fragend blickte sie Linda an. »Waldorf *Astoria*?«

»Sicher«, antwortete Linda. »Da buchen wir immer, wenn wir in der Stadt zu tun haben.«

»Ich dachte, ihr wohnt in New York«, warf ich ein.

»Wohnen ist relativ. Wir leben eigentlich in unserer Villa in den Hamptons, und im Sommer sind wir in unserem Haus auf Martha's Vineyard. Aber zwischendurch kommen wir natürlich immer wieder nach Manhattan.«

»Bis vor ein paar Monaten hatten wir ein Loft an der Upper East Side«, erzählte Dicky. »Aber in dem Gebäude gab es einen Brand. Seither schauen wir uns nach was Neuem um. Bis unser Makler was Passendes gefunden hat, logieren wir im Waldorf, wenn wir geschäftlich in New York sind.«

Sarah und ich tauschten einen Blick. Wir dachten beide dasselbe. Dicky und Linda mussten wirklich schwerreich sein. Es gab im weiterem Umkreis in und um New York keine vornehmeren Gegenden als die, die sie gerade aufgezählt hatten. Wer sich Domizile in den Hamptons, auf Martha's Vineyard und an der Upper East Side leisten konnte, zahlte ein paar Übernachtungen in einem Fünfsternetempel aus der Portokasse.

Das Waldorf Astoria war so ziemlich das berühmteste, traditionsreichste und schönste Hotel in New York. Und es war traumhaft zentral gelegen. Ganz anders das Tagungshotel, in dem wir Zimmer reserviert hatten: Es lag am entferntesten Rand von Brooklyn und war eine schlichte Unterkunft mit dem Charme einer Jugendherberge, jedenfalls den Fotos und Bewertungen im Internet nach zu urteilen. Omi und ich hatten überhaupt nur deswegen dort gebucht, weil Pascal da untergebracht war und ich möglichst oft mit ihm zusammen sein wollte. Schließlich war das mehr oder weniger der Hauptzweck der ganzen Reise, zumindest von meiner Warte aus betrachtet.

Es gab unterm Strich betrachtet also wirklich keinen vernünftigen Grund, dieses generöse Angebot auszuschlagen.

Pascal hatte offenbar unsere Gedanken gelesen. »Vergiss es am besten ganz schnell wieder«, sagte er leise zu Sarah. »Das ginge eindeutig in Richtung Bestechung.«

»Nicht wirklich«, warf Omi ein. Wenn es drauf ankam, hatte sie sehr scharfe Ohren. »Wenn die Zimmer auf mich und Emily gebucht werden, ist das kein Problem. Schließlich sind wir rein privat hier. Niemand kann was dagegen haben, wenn wir euch in eurer Freizeit zu uns einladen, auch nicht das LKA.«

»Es wäre auch gar kein richtiger Nebenjob«, warb ich

für die Waldorf-Variante. »Du und Sarah, ihr wärt quasi nur Hobby-Bodyguards.«

»In unserer Freizeit«, hob Sarah hervor, was so viel bedeuten sollte wie *Stell dich nicht so an, Alter.*

Man sah Pascal an, dass er immer noch nicht überzeugt war, aber er fügte sich der geballten weiblichen Übermacht.

Dicky strahlte bis über beide Ohren. Linda ihrerseits lächelte wohlwollend in die Runde und schien ebenfalls sehr zufrieden mit dem neuen Arrangement zu sein.

Auf dem Weg zum Ausgang nahm sie mich zur Seite. »Hat Dicky eigentlich während des Flugs mit dir über sein Mafia-Projekt gesprochen?«

Ich nickte, leicht erstaunt über ihren verschwörerischen Ton.

»Dann weißt du ja schon Bescheid«, meinte sie bedeutungsvoll.

»Worüber?«, fragte ich vorsichtig.

»Dass er gewisse Ängste hat.«

»Du meinst ... Verfolgungsangst?«

»Ja, leider. Er steigt immer sehr tief in die Materie ein, wenn er einen neuen Stoff entwickelt. Er nennt es *Method Writing*. Das ist so was Ähnliches wie *Method Acting* bei Schauspielern.«

Darüber hatte ich schon was gelesen. Es war ein künstlerischer Ansatz, bei dem versucht wurde, komplett mit einer Rolle zu verschmelzen. Wenn ein Schauspieler zum Beispiel einen Boxer verkörpern sollte, ging er vorher so lange zum Boxtraining, bis er nicht nur aussah wie ein Boxer, sondern auch wie einer kämpfte und dachte. Er wurde quasi selbst zum Boxer.

Natürlich gab es bei dieser Methode gewisse Grenzen, beispielsweise für Darsteller von Serienkillern. Die mussten sich zwangsläufig ein bisschen anders auf ihre Rolle vorbereiten, etwa, indem sie sich Aufnahmen von Vernehmungen ansahen oder selber die Mörder interviewten.

Auf die gleiche Weise konnten sich logischerweise auch Autoren und Regisseure einem neuen Projekt annähern.

»Wenn man das zu ernst nimmt, können sich Realität und Fiktion leicht vermischen«, fuhr Linda fort. »Vor allem bei Leuten, die sensibler und labiler sind als andere, so wie Dicky.«

»Willst du damit sagen, dass er sich das alles nur ausgedacht hat?«

»Die Sache mit dem Laptop? Den Mord? Natürlich.«

»In Neapel war er aber, oder?«

»Selbstverständlich. Schon allein wegen des Lokalkolorits und der authentischen Atmosphäre. Darauf legt er bei seiner Arbeit immer sehr viel Wert. Vermutlich hat er da auch tatsächlich ein paar zweifelhafte Leute getroffen. Kann sogar sein, dass der eine oder andere Mafioso darunter war. Wie auch immer – jedenfalls glaubt der Ärmste seitdem, dass er bei seinen Recherchen irgendwem unangenehm aufgefallen ist.«

»Jemandem von der Mafia?«

»Genau. Er bildet sich allen Ernstes ein, die wären jetzt hinter ihm her. Du hast ja selbst gesehen, wie er momentan drauf ist. Er hat sich total darin verrannt und leidet schrecklich. Und dann auch noch dieser rabiate Taschendieb von vorhin … In New York kommt so was öfters vor, aber bei Dickys derzeitiger Verfassung ist das Gift für seine Nerven.«

»Das tut mir leid«, sagte ich mitfühlend. »Hast du deshalb die Bodyguard-Sache vorgeschlagen?«

Linda nickte. »Ich möchte ihm einfach ein bisschen mehr emotionale Sicherheit verschaffen.« Sie sah mich bittend an. »Du und deine Grandma und deine Freunde – ihr tut ihm gut. Das habe ich gleich gemerkt. Deshalb wäre ich wirklich froh, wenn ihr so viel Zeit wie möglich mit ihm verbringen könntet.«

»Wir haben die nächsten Tage ziemlich viel vor«, gab ich zu bedenken. »Meine Omi und ich sind zum ersten Mal in New York, da wollen wir natürlich auch was von der Stadt sehen.«

»Dabei werde ich euch mit all meinen Kräften unterstützen«, erklärte Linda. »Dicky und ich werden mitkommen, wann immer es geht. Wir lieben New York! Das Einzige, worum ich euch bitte – lasst ihn nicht spüren, dass seine Ängste nur auf seiner Einbildung beruhen. Tut einfach so, als würdet ihr ein wachsames Auge auf ihn und mich haben, wenn wir gemeinsam unterwegs sind. Das gibt ihm ein gutes Gefühl. Kannst du das deinem Freund sagen?«

»Ja, kein Problem.«

»Sag es ihm am besten sofort, damit er sich gleich nicht wundert«, forderte Linda mich auf.

»Worüber sollte er sich wundern?«

»Über die anderen Bodyguards.«

»Äh … andere? Du meinst – es gibt noch mehr davon?«

»Zwei. Sie warten draußen vorm Eingang. Ich kenne sie noch gar nicht. Dicky hat sie telefonisch engagiert. Sagst du es deinem Freund?«

Ich nickte sprachlos. Linda warf mir ein dankbares Lächeln zu und ging voraus, während ich stehen blieb und wartete, bis Pascal mit der Kofferkarre zu mir aufschloss.

»Ach du Schande«, meinte er, nachdem ich ihn auf den neuesten Stand gebracht hatte. Er schüttelte perplex den Kopf. »Der Typ ist gaga. Ich weiß wirklich nicht, ob es mir gefällt, dass wir für einen paranoiden Holländer den Babysitter spielen sollen.«

Sarah gesellte sich zu uns. »Was besprecht ihr gerade? Ihr seht so ernst aus.«

Pascal erzählte ihr, was ich von Linda erfahren hatte. Sie runzelte die Stirn. »Da sind echt noch zwei andere Bodyguards, die ihn bewachen sollen? Der hat wirklich ein Rad ab, was?« Dann grinste sie. »Aber hey, das Waldorf Astoria! Dafür ertrage ich gern mal ein paar Stündchen in neurotischer Gesellschaft.«

Damit traf sie den Nagel auf den Kopf. Außerdem war Dicky ein wirklich liebenswürdiger Zeitgenosse. Man konnte sich sehr gut mit ihm unterhalten. Er war gebildet, hatte Sinn für Humor und einen der spannendsten, abwechslungsreichsten Jobs, die man sich nur vorstellen konnte. Filmemacher traf man nicht jeden Tag. Und wenn man schon mal einem begegnete, sollte man das ruhig nutzen, um seinen Horizont zu erweitern.

Das sagte ich Pascal und Sarah auch. Sarah stimmte mir sofort zu, nur Pascal fand meine Argumente nicht hundertprozentig stichhaltig. »Schon viele gestörte Typen haben einen netten Eindruck gemacht, bevor jemand in ihren Keller ging und dort die Leichen fand. Und das meine ich nicht im übertragenen Sinne.«

»Du guckst zu viele Krimis«, sagte Sarah.

Das nahm Pascal widerspruchslos hin, obwohl er durchaus ein paar Erfahrungen mit gestörten Typen hatte. Zum Beispiel mit dem durchgeknallten Kerl, der mich letztes Jahr verfolgt hatte. Allerdings hatte der zu keinem Zeitpunkt einen netten Eindruck gemacht, im Gegenteil. Von daher konnte man das überhaupt nicht vergleichen. Nicht mit einem so sanftmütigen, freundlichen Menschen wie Dicky.

Der hatte gerade den Arm um Lindas Hüfte gelegt und reckte sich zu ihr hoch, um sie zu küssen. Sie fuhr ihm durch die Haare, und er lächelte sie anbetend an. Dann sagte er etwas zu Omi, woraufhin sie alle drei lachten.

»Dicky ist nicht gefährlich«, sagte ich. »Dafür lege ich meine Hand ins Feuer. Er ist absolut harmlos.«

Ich ließ unerwähnt, dass ich Dickys Mafia-Recherchen nicht ganz so harmlos fand. Im Gegensatz zu Linda war ich nicht völlig davon überzeugt, dass er sich die komplette Geschichte nur ausgedacht hatte. Auch wenn ein Teil davon sicher übertrieben war – irgendeinen wahren Kern gab es vielleicht doch. Und darüber hätte ich sehr gern mehr erfahren.

Wir hatten den Ausgang erreicht und traten hinaus in den sonnigen Nachmittag. Auf dem Vorplatz des JFK Flughafens war es windig, aber frühlingshaft warm. Heute Abend konnten wir schon zu einem ersten Stadtbummel aufbrechen. Vielleicht reichte die Zeit sogar für einen Abstecher zu Tiffany's.

Pascal legte den Arm um mich. »Alles okay? Freust du dich?«

Ich nickte. »Und wie!«

»Ich mich auch.« Er gab mir einen Kuss auf die Schläfe. »Also auf ins Abenteuer.«

Aus Dickys Drehbuch:

<u>AUTOBAHN AUSSEN/TAG</u>

Auf der Autobahn Italien – Deutschland. Ein dahinrasendes Auto. Hinterm Steuer: DICKY.

<u>MIETWAGENSTATION INNEN/NACHT</u>

Dicky gibt den Wagen ab, mietet einen anderen.

DICKY (VOICE OVER)

Auf meiner Flucht vor dem Don wechselte ich mehrmals die Fahrzeuge. Jetzt zählte nicht nur Schnelligkeit, sondern auch Vorsicht. Ich wusste, dass seine Leute mir längst auf den Fersen waren, denn ich war der einzige Mordzeuge. Er konnte mich nicht am Leben lassen.

<u>MIETWAGEN INNEN/NACHT</u>

Dicky rast mit grimmiger Miene durch die Nacht.

DICKY (VOICE OVER)

Ich tat alles, was nötig war, um meine Spuren zu verwischen und trotzdem mit meinen Kontakten in Verbindung zu bleiben.

Auf dem Rücksitz frisch ausgepackt: sein neues Tablet.

DICKY (VOICE OVER)

Mein altes Tablet hatte ich per Fernabschaltung deaktiviert und mir all meine Daten über die Cloud neu runtergeladen. Außerdem ließ ich alles verschwinden, was unerwünschte Aufmerksamkeit auf mich gelenkt hätte.

Der leere Kroko-Koffer segelt aus dem offenen Wagenfenster davon.

DICKY (VOICE OVER)

Meinen ursprünglich gebuchten Flug von Neapel nach New York ließ ich verfallen und entschied, von Frankfurt aus zu fliegen.

SCHWENK auf Frankfurter Flughafen, die Ausfahrt zum Abflugterminal.
Dann wieder Dicky, das Handy am Ohr.

DICKY (VOICE OVER)

Schließlich informierte ich auch die Behörden von dem Mord an dem armen Antonio. Allerdings rief ich nicht bei der italienischen Polizei an, denn jeder weiß, dass die Mafia da ihr eigenes Netzwerk unterhält. Stattdessen kontaktierte ich die deutsche Staatsanwaltschaft, die als unbestechlich gilt. Man versprach mir im Gegenzug für meine Zeugenaussage sicheres Geleit bis zum Abflug. Und das konnte ich wirklich brauchen, denn ich hatte ja eine höchst brisante Fracht dabei.

Auf dem Beifahrersitz: Ein neutral aussehender Laptopkoffer mit Zahlenschloss.

DICKY (VOICE OVER)

Davon sagte ich der Polizei allerdings nichts, denn ich fand, dass dieses Wissen bei mir besser aufgehoben war. Die Behörden hätten es nur unter der Decke gehalten, weil sie bekanntlich bei mafiösen Strukturen am liebsten verdeckt ermitteln. Als Dokumentarfilmer fühlte ich mich jedoch höheren Werten verpflichtet. Die Weltöffentlichkeit hatte ein Recht darauf, von sämtlichen Machenschaften dieses Verbrecherkartells zu erfahren.

Dicky fährt auf einen Parkplatz, hält an. Nimmt den Laptopkoffer, betätigt das Zahlenschloss und öffnet den Koffer. Der edle Laptop des Don kommt zum Vorschein. Dicky klappt ihn erwartungsvoll auf.

DICKY (VOICE OVER)
Ich war auf wirklich schlimme Dinge gefasst.
Aber was ich dann fand, verstörte mich zutiefst.

3

Das muss wohl die Konkurrenz sein«, meinte Sarah. »Die Typen sehen wirklich hammerhart aus, das muss man ihnen lassen.«

Wir blieben stehen und beobachteten, wie Dicky auf die beiden hochgewachsenen, muskelbepackten Männer zuging, die neben einem SUV mit dunkel getönten Scheiben auf ihn warteten.

Wir konnten nicht hören, was er zu ihnen sagte, weil ein vorbeifahrender Bus seine Stimme übertönte, aber seine Miene wirkte nicht besonders erfreut. Eigentlich sah er sogar ziemlich abweisend aus, als wollte er die beiden, kaum dass sie ihren neuen Job angetreten hatten, schon wieder feuern. Er drehte sich zu uns um und deutete nacheinander auf die zwei Typen. »Das sind Thomas und Gerald, meine neuen Bodyguards«, meinte er knapp.

»Tom und Jerry«, murmelte Sarah neben mir.

Ich unterdrückte ein Kichern.

»Gerti, Emily, Sarah, Pascal«, stellte Dicky uns vor.

Tom und Jerry nickten uns stumm und mit unbewegter Miene zu. Sie sahen genauso aus wie die Leibwächter, die man immer in den Nachrichten im Schlepptau hoher Politiker sieht – dunkle Anzüge, wachsamer Blick, blank polierte Schuhe. Beide hatten stoppelkurzes Haar, kantige Gesichter und breite Schultern. Tom war ein bisschen blonder als Jerry, aber davon abgesehen hätten sie Brüder sein können.

»Lasst uns fahren«, meinte Linda. »Mein Wagen steht gleich da vorn.«

Wir verteilten uns mitsamt unserem Gepäck auf zwei Autos – den SUV von Tom und Jerry und Lindas Escalade, der noch ein gutes Stück größer aussah als der SUV. Dicky bestand darauf, bei Linda mitzufahren. In einem Tonfall, der keine Widerrede duldete, forderte er Sarah und Pascal auf, sich ebenfalls in den Escalade zu setzen. Ich hätte problemlos auch noch zu den beiden auf die Rückbank gepasst, aber dann hätte Omi allein mit zwei ihr völlig unbekannten Typen losfahren müssen, und das wollte ich ihr nicht zumuten. Sie sah zwar nicht so aus, als würde es ihr was ausmachen, aber ich fand es nicht fair, sie auf diese Weise auszugrenzen.

Also fuhren Pascal und Sarah mit Dicky und Linda im Escalade voraus und Omi und ich mit den beiden Bodyguards in deren SUV hinterher.

Jerry saß am Steuer, Tom auf dem Beifahrersitz. Omi versuchte während der Fahrt, von der Rückbank aus ein Gespräch in Gang zu bringen, doch die beiden reagierten auf ihre freundlichen und in perfektem Englisch vorgebrachten Fragen nur sehr einsilbig.

»Sind Sie beide schon lange Leibwächter?«, erkundigte Omi sich.

»Ja, Ma'am«, sagte Tom.

»Stammen Sie hier aus New York?«

»Ja, Ma'am.«

»Mussten Sie schon richtige Gefahrensituationen meistern?«

»Nein, Ma'am.«

»Sagen Sie Gerti zu mir.«

»Ja, Ma'am.«

»Ich bin nicht sicher, ob sie mich richtig verstanden haben«, sagte Omi auf Deutsch zu mir. »Was meinst du?«

»Das ist … wow.« Ich hatte der Unterhaltung nur mit halbem Ohr zugehört, weil ich von dem Anblick abgelenkt war, der sich mir bot. Nachdem die Fahrt zuerst durch eine eher unspektakuläre Gegend mit vielen typisch amerikanischen Holzreihenhäusern und hässlichen Industriebauwerken geführt hatte, tat sich nun Manhattan vor uns auf. Abwechselnd drückte ich mir die Nase an der Scheibe platt oder verdrehte den Kopf, um so viel wie möglich zu sehen.

»Ich verstehe, was du meinst.« Omi blickte ebenfalls aus dem Fenster. »Das ist wirklich überwältigend. Es sieht genauso aus wie im Kino. Nein, viel beeindruckender. Damit ist wohl klar, dass die Bezeichnung *Wolkenkratzer* nicht übertrieben ist.« Sie nahm ihr Smartphone aus der Handtasche. »Du hast doch nichts dagegen, dass ich ein bisschen diktiere, oder? Ich weiß, ich wollte ja eigentlich nichts Neues anfangen, während wir hier in New York sind. Aber ich fürchte, ich kann nicht anders.«

»Mach nur.« Es störte mich kein bisschen, zumal ich gar nichts anderes erwartet hatte. Auch wenn Omi sich ursprünglich vorgenommen hatte, in New York das Diktieren sein zu lassen (darin bestand ihre Hauptarbeit als Autorin, sie diktierte alle ihre Romane) und stattdessen höchstens mal zwischendurch ihre Texte zu sichten, zu bearbeiten und zu ordnen (dafür brauchte sie den Laptop), hätte es mich doch sehr gewundert, wenn sie das durchgehalten hätte. Seit meiner frühen Kindheit war kaum ein Tag vergangen, an dem Omi nicht an einer neuen Geschichte gearbeitet hätte. Zuerst mit einem vorsintflutlichen Bandgerät, bei dem hinterher immer noch irgendein Schreibbüro die Aufnahmen abtippen musste, und später mit besserer Technik und Spracherkennung. Unterwegs benutzte sie dafür ihr Smartphone, mit dem sie hervorragend zurechtkam.

»Ich hatte vorhin spontan eine Idee für eine neue Story«, erklärte Omi. »Sie handelt von einer jungen Engländerin namens Margaret, die von allen Maggie genannt wird und kurz vor dem Ausbruch des Zweiten Weltkriegs nach New York kommt. Sie soll dort bei einer schwerreichen Familie eine Stelle als Gouvernante für zwei schwer erziehbare Mädchen antreten.«

»Das klingt super«, sagte ich. »Eine richtige Cinderella-Story. Lass mich raten. Maggie stammt selber aus einer reichen Familie, aber durch den Krieg haben sie alles verloren. Und natürlich ist sie adlig, aber das weiß in Amerika niemand, weil sie nach außen hin ganz schlicht auftritt. Und der Typ, der sie als Nanny für seine Kinder anheuert, verliebt sich in sie.«

»Oje«, sagte Omi. »Meine Storys sind wohl sehr vorhersehbar, oder?«

»Natürlich. Aber genau das wollen deine Leser doch.«

»Hm, ich weiß nicht. Als ich noch Krimis schrieb, war das unerwünscht. Ich war ständig auf der Suche nach unerwarteten Wendungen.« Nachdenklich hielt sie inne. »Vielleicht sollte ich wieder mehr Wert auf Qualität legen. Weniger von diesen Taschenheften schreiben, und dafür mehr ernst zu nehmende Romane.«

»Ich finde, die Geschichte von Maggie und ihrem amerikanischen Arbeitgeber klingt großartig«, widersprach ich. »Es kommt mir vor wie ein Film, den ich gern sehen würde.«

»Ich könnte trotzdem ein paar unerwartete Wendungen einbauen«, meinte Omi.

»Maggie könnte ja eine international gesuchte Juwelendiebin sein«, schlug ich vor.

»Nein, ich hatte schon zu viele Juwelendiebinnen als Hauptfigur. Aber der Grundgedanke dahinter ist fabelhaft. Maggie könnte zum Beispiel … eine Spionin sein.« Nachdenklich hielt sie inne. »Dann käme sie allerdings gar nicht aus England, sondern in Wahrheit aus Deutschland. Hm, nein, dann müsste sie für die Nazis spionieren, das schmälert das Identifikationspotenzial … Ach, jetzt weiß ich's. Sie will wirklich was stehlen, aber nicht aus Habgier, sondern aus Prinzip. Sie will ein Gemälde in ihren Besitz bringen, das ihrer Familie in den Kriegswirren abhandenkam und ein altes Geheimnis birgt.«

»Welches Geheimnis?«

»Das muss ich mir noch überlegen.«

Das war eine ihrer leichtesten Übungen. Bis morgen hatte sie garantiert den kompletten Plot im Kopf, und nächste Woche würde das Buch fertig sein.

»Du könntest einen Teil des Romans ja im Waldorf Astoria spielen lassen«, meinte ich. »Ich glaube, das ist eine tolle Kulisse.«

»Hm, mal schauen, ob es mich inspiriert. Falls ja, werde ich gleich mal eine Probeszene diktieren.«

»Ich glaube, es ist nicht mehr weit. Wir sind schon mitten in Manhattan.« Ich wusste gar nicht, wohin ich zuerst schauen sollte. Es kam mir vor, als sei ich schon hundertmal hier gewesen. Was vermutlich auch zutraf, jedenfalls gemessen an all den Filmen und Fernsehserien, die ich im Laufe der Zeit gesehen hatte und die in New York spielten. Es waren so viele, dass ich sie gar nicht alle auf Anhieb zusammenbrachte.

Kurz darauf hielten wir in der Park Avenue vor einem vielstöckigen Gebäude an, das ich ebenfalls aus Filmen kannte. Das Waldorf Astoria sah genauso aus wie ich es aus dem Kino kannte. Dass Pascal und ich hier unseren gemeinsamen New-York-Urlaub verbringen sollten, war definitiv ein gutes Zeichen. Romantischer ging es kaum.

Auch Omi war anscheinend auf Anhieb inspiriert. Sie zückte bereits ihr Smartphone und fing an zu diktieren. »Maggie konnte sich an der stilvollen Art-Déco-Fassade des Waldorf Astoria kaum sattsehen. Die überdimensionalen goldfarbenen Wandlaternen neben den Türen und die ebenfalls goldenen Lettern des Namenszugs über dem Eingangsbereich …«

»Ma'am.« Jerry war ausgestiegen und hielt ihr die Wagentür auf. Sofort erschienen wie aus dem Nichts mehrere livrierte Hotelpagen, die uns die weißbehandschuhten Hände hinstreckten, als könnten wir uns nicht aus eigener Kraft aus dem Fahrzeug bewegen.

Hinter uns hielt Lindas Escalade. Weitere Hotelangestellte eilten herbei, um Linda und Sarah auf ähnliche Weise in Empfang zu nehmen.

»Kannst du mich mal eben kneifen?«, flüsterte Sarah mir zu, während wir mit großen Augen zusahen, wie sich die

Pagen um das Gepäck kümmerten, während zwei andere Angestellte den Parkservice übernahmen.

»Krass«, sagte Pascal halblaut. Ich sah ihm an, was er dachte: Ihm ging diese ganze Luxusnummer hier jetzt schon viel zu weit. Vermutlich hätte er lieber in dem schlichten, aber dienstrechtlich garantiert unbedenklichen Tagungshotel in Brooklyn eingecheckt als in diesem vergoldeten Nobeltempel.

Und das war erst der Anfang. Ein Portier mit Frack und Zylinder führte uns durch eine der Schwingtüren in die Lobby des Hotels. Omi hatte einem der Pagen ihren Laptopkoffer zum Tragen gegeben, damit sie in Ruhe diktieren konnte.

»Die Eingangshalle erschien Maggie wie ein Märchenland aus Marmor und Licht. Eine breite Treppe mit golden schimmernden Handläufen schwang sich vor ihr hinauf zum Empfang. Sie ging mit sanft klappernden Absätzen über kunstvoll gestaltete Bodenmosaike, bevor ihre Schritte im Registrierungsbereich der Lobby von schweren orientalischen Teppichen geschluckt wurden. Dort erwartete sie der Mann, dessen Fotos sie aus den Gesellschaftsgazetten der Times kannte – Jonathan Harper, weltberühmter Tycoon und Kunstmäzen. Lässig lehnte er an einer der quadratischen Säulen, auf denen die gedämpft illuminierte Decke ruhte. Maggie betrachtete ihn unter gesenkten Lidern. Die Abbildungen in den Zeitschriften wurden ihm nicht gerecht. In der Realität wirkte Harper wesentlich beeindruckender als auf den Fotos. Er hatte mehr von einem sturmerprobten Wikinger als von einem Industriemagnaten. Mit seiner hochgewachsenen Statur, dem markanten, tief gebräunten Gesicht und dem weizenblonden Haar, das er zu einem unkonventionellen Zopf zurückgebunden trug …« Omi hielt inne und schüttelte irritiert den Kopf. »Klammer auf – neue Beschreibung für männliche Hauptfigur wählen, die besser zu zweifachem Vater passt, statt zu wildfremdem und zufällig in der Lobby herumstehendem Hotelgast – Klammer zu.«

»Kneif mich noch mal«, murmelte Sarah neben mir, den Blick fest auf den blonden Wikinger-Typen geheftet, der an einer der eckigen Säulen lehnte. »Ist das da drüben … Wie heißt gleich dieser Typ, der die Hauptrolle in *Thor* spielt?«

»Chris Hemsworth? Nein, das ist er nicht. Aber ich finde, dass er ihm wirklich ein bisschen ähnlich sieht.«

Der Typ betrachtete Sarah unverwandt, und sie schaute genauso intensiv zurück. Falls ich jemals zuvor zwei Menschen gesehen hatte, die einander bei der ersten Begegnung dermaßen anstarrten, konnte ich mich in diesem Moment beim besten Willen nicht daran erinnern. Ich selber wäre bestimmt längst vor lauter Verlegenheit unauffällig in irgendeiner Ecke verschwunden, hilfsweise hinter der prunkvollen, in der Mitte der Lobby platzierten Standuhr. Nicht so Sarah. Sie spazierte ungerührt dicht an dem Typen vorbei und ließ ihre Handtasche genau in dem Moment fallen, als sie sich auf seiner Höhe befand. Und dann ging sie weiter in Richtung Empfangstheke, als wäre nichts passiert, während der Typ sich ruckartig bückte, die Tasche aufhob und sie Sarah hinterhertrug.

»Du hast deine Handtasche verloren«, sagte er mit einer unglaublichen Stimme. Nicht ganz so rau und zugleich samtig wie bei Pascal, dessen Stimme in meinen Kniekehlen ein ganz bestimmtes Kribbeln auslöst, das ich nur bei ihm spüre, aber es kam dem schon recht nahe.

»Oh. Wie dumm von mir.« Sarah drehte sich zu ihm um und nahm die Tasche entgegen. Sie lächelte strahlend, und der Gesichtsausdruck des Typen sprach wirklich Bände. Sarah war schon mit ernster Miene ein absoluter Hingucker und mindestens so hübsch wie ein Topmodel, aber wenn sie lächelte, stach sie sämtliche mir bekannten Beautys mühelos aus. »Danke sehr. Das ist nett von dir.«

»Gern geschehen. Ich bin Leif Erikson.«

Unfassbar! Er sah nicht nur aus wie ein Wikinger, sondern hatte auch einen echten Wikingernamen. Wir kamen hier in dieses Hotel, und nach höchstens dreißig Sekunden traf Sarah einen Wahnsinnstypen und kam mit ihm ins Gespräch! Ich blieb wie angewurzelt stehen, um nicht zu verpassen, was als Nächstes kam. Auf gar keinen Fall wollte ich mir das entgehen lassen. Schon jetzt erschien mir das Waldorf Astoria wie eine sichere Bank für märchenhafte Romanzen. Dieser sagenhaft gut aussehende Wikinger hätte Sarah auch ohne den Handtaschentrick angesprochen, davon war ich überzeugt.

»Ich bin Sarah«, sagte Sarah.

»Wohnst du hier im Hotel?«, fragte Leif.

»Nur nachts«, sagte sie und ließ ihre Wimpern ein bisschen flattern.

»Ich fasse es nicht«, murmelte Pascal. »Jetzt geht *das* schon wieder los.« Er trat neben mich. Seinen heiß geliebten, aber ziemlich schäbigen Rucksack, mit dem er unter anderem schon ausgiebig quer durch das australische Outback getourt war, hatte er sich über die Schulter gehängt. Entweder hatte er sich geweigert, ihn einem der Pagen zu überlassen – verständlicherweise, denn die waren allesamt schmächtiger als er –, oder keiner von denen hatte ihn tragen wollen, was ebenfalls verständlich gewesen wäre, denn sicher kam es so gut wie nie vor, dass Gäste mit speckigen alten Rucksäcken in diesem Hotel aufliefen.

»Und was machst du so tagsüber in New York, Sarah?«, wollte Leif mit seiner rauchig-tiefen Stimme wissen.

»Ich nehme an einer Tagung internationaler Kriminalisten in Brooklyn teil.«

»Wow. Klingt spannend.«

»Und du?«

»Ich spiele Golf.«

Sarah musterte seine Oberarme, die sich deutlich unter seinem Designerhemd abzeichneten. »Ich wusste gar nicht, dass man in New York auch Golf spielen kann.«

»Oh, es gibt ein paar coole Driving Ranges und Courts.« Er zog einen Flyer aus der Hosentasche und reichte ihn ihr. »Der hier zum Beispiel. Zufällig liegt er auch in Brooklyn. Da bin ich morgen. Ist ganz leicht zu finden. Vielleicht magst du ja mal vorbeischauen.«

»Vielleicht«, wiederholte Sarah vage. Ihr Lächeln bekam etwas Geheimnisvolles. Sie wandte sich zum Gehen.

Aber kaum war sie drei Schritte gegangen, hielt Leif sie auf. »Warte!«

Sie drehte sich um. »Ja?«

Er wirkte leicht verlegen. »Kann ich deine Nummer haben? Nur für den Fall, dass du den Golfplatz doch nicht findest.«

Ich verkniff mir ein Kichern. Streng genommen hätte

Sarah ihn für diesen sehr unwahrscheinlichen Fall um *seine* Nummer bitten müssen. Doch das schien sie nicht so eng zu sehen.

»Wieso nicht?«, gab sie zurück. Die beiden tauschten ihre Telefonnummern aus. Anschließend ging sie mit uns weiter zum Empfangstresen, wo die anderen schon mit den Formalitäten des Eincheckens angefangen hatten.

Der Page, der uns wenig später erst zum Aufzug und dann in die achte Etage geleitete, führte uns in eine waschechte Suite, bestehend aus einem weitläufigen Salon, einem fast ebenso großen Schlafzimmer und zwei Bädern. Alles war aufs Edelste im Regency-Stil eingerichtet, mit Seidentapeten, Holzvertäfelungen und Brokatsesseln. Auf antiken Tischchen standen echte Blumengestecke. Es gab sogar einen Kamin. Man kam sich vor wie hoher Staatsbesuch im Buckingham Palace.

Ungläubig ließ ich die ganze Pracht auf mich wirken. »Das muss ein Irrtum sein«, sagte ich schließlich. »Ich glaube nicht, dass das hier unser Zimmer ist.«

Der Page prüfte alles und behauptete, es hätte seine Richtigkeit. Pascal und ich gingen ein paar Türen weiter zu der Suite, in der Dicky und Linda untergebracht waren.

»Das ist alles okay so«, erklärte Linda, und als wir die Räumlichkeiten sahen, die sie für sich selber gebucht hatten, glaubten wir es ihr. Die beiden hatten eine Suite, die gut dreimal so groß war wie unsere.

»Gefällt euch euer Zimmer nicht?«, fragte Dicky besorgt.

»Es ist traumhaft!«, beteuerte ich. »Es ist nur …« Ich suchte nach Worten.

»Es ist viel zu groß«, sagte Pascal.

»Hotelzimmer können gar nicht groß genug sein«, belehrte Linda ihn. »Wo soll man sonst seine ganzen Sachen unterbringen?« Wie zum Beweis deutete sie durch die offen stehende Verbindungstür in eines der Schlafzimmer, wo sich eine Vielzahl von Koffern und Taschen in allen Größen stapelten.

»Ach, übrigens«, meinte Dicky, der an einem antiken Sekretär Platz genommen hatte und dort auf seinem iPad herumtippte. »Wir wollen uns nachher alle zum Abendessen unten im Bull & Bear treffen. Das ist ein Steakhouse, auf der anderen Seite des Blocks in der Lexington. So in einer Stunde? Gerti freut sich schon«, fügte er eilig hinzu. Anscheinend war ihm nicht entgangen, dass Pascal Einwände erheben wollte.

»Hm«, machte Pascal brummig, nachdem wir in unsere eigene Suite zurückgekehrt waren. »Ich weiß nicht, ob mir diese ganze Sache gefällt.«

»Wir können ja unsere Steaks selber bezahlen.«

»Als ob es darauf noch ankommt.«

»Du musst das anders sehen. Dicky fühlt sich einfach sicherer, wenn wir ihn begleiten. Wegen dieser Mafia-Sache.«

»Der Typ hat nicht mehr alle auf der Lampe, und es ist nicht richtig, dass wir das ausnutzen.«

»Ich finde nicht, dass man das so sehen muss. Nur mal angenommen, er würde bei einem Securityservice einen Bodyguard für einen Abend bestellen – was glaubst du, was er dafür ausgeben müsste?«

»Woher soll ich das wissen? Ich bin nur ein schlecht bezahlter LKA-Beamter, der sich sämtliche Nebentätigkeiten vom Dienstherrn genehmigen lassen muss. Ganz egal, ob die Bezahlung in Euro, Dollars oder durch die Bereitstellung einer Luxussuite erfolgt.«

»Das hatten wir doch geklärt. Im Prinzip ist das hier mein Zimmer, und du bist bloß zufällig mein Gast.«

Wir vertieften das Thema nicht weiter, sondern gingen erst mal duschen. Jeder für sich, denn wir hatten ja zwei Badezimmer.

Danach trafen wir uns im Schlafzimmer wieder und setzten die Unterhaltung da fort, wo wir aufgehört hatten.

»Ich bin also dein Gast?« Pascal trat dicht vor mich hin und betrachtete mich. Er hatte sich, genau wie ich, in den flauschigen Hotelbademantel gehüllt und trug die hoteleigenen Frotteeschlappen. Ein spezielles kleines Funkeln lag in seinem Blick. »Und wie genau sieht es mit der Gastfreundschaft aus?«

Mir wurde sofort sehr warm. Wenn er mich auf diese Weise ansah, kam ich mir immer vor wie schmelzendes Wachs. Ich stellte mich auf die Zehenspitzen und legte meine Hände um seinen Nacken, um ihm ein Beispiel von meiner Gastfreundschaft zu geben. Das entwickelte sich dann auch schnell zu einer sehr überzeugenden Demonstration, jedenfalls bis zu dem Moment, in dem es an der Tür klopfte und Omi erschien. Sie hielt ihren Laptopkoffer in der Hand und machte einen ratlosen Eindruck.

»Oh, störe ich?«

»Nein«, behauptete Pascal und zog sich hastig den Bademantelgürtel fest, den ich im Eifer des Gefechts geöffnet hatte.

Ich tat so, als hätten wir nicht gerade vorgehabt, das ultrabreite Boxspringbett auszuprobieren, und gab vor, irgendwas auf meinem Handy zu suchen.

Omi bemerkte meine Verlegenheit und sah sich angelegentlich um. »Nett habt ihr es hier. Und eine wunderbare Aussicht.«

»Bist du mit deinem Zimmer auch zufrieden?«, fragte ich und hoffte, dass mein Gesicht nicht so rot aussah, wie es sich anfühlte. Pascal und ich waren seit dem letzten Jahr ein Paar, und wenn er mich in der Rhön besuchte, schliefen wir im selben Zimmer. Ich war achtzehn, also konnte kein Mensch was dagegen einwenden, und Omi sowieso nicht, denn sie war wirklich das Gegenteil von prüde. Das wusste ich schon deshalb so genau, weil ich unzählige Male zugehört hatte, wie sie ihre Liebesromane diktierte. Vor allem die vierten Kapitel, in denen es regelmäßig richtig zur Sache ging. Ihre Hauptfiguren taten im vierten Kapitel meist genau das, was Pascal und ich gerade vorgehabt hatten. Trotzdem fühlte es sich sehr befremdlich an, von ihr beim Knutschen erwischt zu werden.

»Ich bin mehr als zufrieden mit meinem Zimmer«, antwortete Omi. »Eigentlich sind es sogar zwei Zimmer, genau wie bei euch. Man kommt sich vor wie bei den Windsors.«

»Genau dasselbe habe ich auch gedacht«, stimmte ich zu.

»Habt ihr auch schon darüber nachgedacht, welche Motive Dicky haben könnte, uns hier einzuquartieren?«

»Ja«, sagte Pascal. »Der Typ ist paranoid.«

»So paranoid, dass er uns allen einfach mal eben diese prachtvollen Räumlichkeiten spendiert, kann er gar nicht sein«, widersprach Omi. »Sarah hat übrigens auch ein eigenes Zimmer, obwohl sie theoretisch eine Suite mit mir hätte teilen können. Sagte ich schon, dass in meinem Schlafraum zwei von diesen Kingsizebetten stehen? Eigentlich könnten da vier Leute übernachten.« Omi schüttelte den Kopf. »Außerdem macht Dicky keinen paranoiden Eindruck auf mich. Ich habe mich während des Flugs lange mit ihm unterhalten. Er wirkt sehr intelligent und kompetent. Ein kleines bisschen runter mit den Nerven, das ja. Aber auf keinen Fall psychisch gestört, schon gar nicht aufgrund irgendeiner Autorenneurose.«

»Aber sogar Linda sagte …«, hob Pascal an.

Omi unterbrach ihn. »Dasselbe hat sie mir auch gesagt. Aber ich glaube, sie wollte uns damit Sand in die Augen streuen.«

»Weil sie und Dicky uns unbedingt als ihre Bodyguards wollten?«, erkundigte Pascal sich skeptisch.

»Vielleicht war das zum Teil der Grund«, sagte Omi. »Aber ich wette, es gibt noch andere Gründe. Nur fragt mich nicht, welche.«

»Bestimmt ist wirklich die Mafia hinter ihm her!« Aufgeregt sah ich Omi und Pascal an. »Angenommen, Dicky hätte tatsächlich mitgekriegt, wie dieser Don seinen Angestellten erschossen hat! Dann müsste er jederzeit damit rechnen, als Zeuge ausgeschaltet zu werden! Und es würde auch Sinn machen, dass er so viele Bodyguards wie möglich um sich schart!«

»Blödsinn«, sagte Pascal. »Es gibt keinen Don, der hinter ihm her ist, das bildet er sich ein. Und selbst wenn doch – in diesem unwahrscheinlichen Fall bräuchte er sich nur ans FBI zu wenden. Die würden ihm Zeugenschützer in Hülle und Fülle zur Verfügung stellen. Und die würden ihre Zimmer selber zahlen, weil das ganz klar Spesen sind.«

»Dicky traut dem FBI nicht«, sagte Omi.

»Wie bitte?«, fragte Pascal konsterniert.

»Das war eines der Themen, über das er sich mit mir unterhalten hat. Seiner Ansicht nach ist das FBI von mafiösen Strukturen unterwandert. *Der Mob ist überall*, so hat er sich ausgedrückt.«

»Wenn das so ist, ist es doch nur logisch, dass er ehrliche, unbestechliche deutsche Beamte als Bodyguards bevorzugt«, erklärte ich.

»Nein, logisch ist dann nur eins: Wenn Dicky tatsächlich überall Mafiosi vermutet, leidet er definitiv unter Verfolgungswahn. Linda hat wahrscheinlich völlig recht.« Pascal runzelte die Stirn und blickte Omi an. »Da ist noch mehr, oder? Hast du irgendwas mitgekriegt, das wir nicht wissen?«

Sie nickte. »Tom und Jerry scheinen nicht dieselbe Vorzugsbehandlung zu genießen, die Dicky uns zukommen lässt. Die beiden müssen sich ein Zimmer teilen. Es kostet nur halb so viel wie meins.«

»Woher weißt du das? Hast du sie gefragt?«

»Nein. Die beiden sind sehr wortkarg. Außer *Ja, Ma'am* oder *Nein, Ma'am* habe ich bisher kaum was von ihnen gehört. Aber ich habe an der Rezeption mitbekommen, welche Zimmernummer sie haben. Sie sind in einer anderen Etage untergebracht. Das kam mir seltsam vor, weil wir anderen alle hier oben im achten Stock unsere Zimmer haben. Unsere *Suiten*, um genau zu sein. Also habe ich die Preiskategorien verglichen und dabei gesehen, dass sie wohl etwas schlichter logieren als wir.«

»Vielleicht war in unserem Stockwerk kein Zimmer mehr frei«, meinte ich.

»Doch. Ich habe bei der Rezeption angerufen und nachgefragt. Ich glaube, Dicky hat ein Geheimnis.«

»Das gefällt mir nicht«, meinte Pascal. »Dieser Holländer hat irgendwelchen Dreck am Stecken, das hab ich schon die ganze Zeit in der Nase. Ich würde sagen, wir checken gleich wieder aus und gehen in unser Tagungshotel.«

»Auf keinen Fall«, sagten Omi und ich gleichzeitig. Wir sahen einander verdutzt an. Omi fügte erklärend hinzu: »Es geht mir nicht darum, dass es hier schöner ist als in dem Tagungshotel. Mir ist es ganz egal, ob ich zwei Kingsizebetten oder eins habe. Und ich bräuchte auch nicht so viel Luxus, in meinem Alter hat man gelernt, genügsam zu leben. Obwohl ich sagen muss, dass dieser edle englische Stil mir das Gefühl gibt, die Hauptfigur aus einem meiner Romane zu sein. Das Ambiente ist traumhaft romantisch, findet ihr nicht?«

Ja, das war es. Ich nickte eifrig. Unter gar keinen Umständen wollte ich mit Pascal in dieses nüchterne Tagungshotel ziehen!

»Ich bin vom Thema abgekommen«, fuhr Omi fort. »Der eigentliche Grund, warum ich hierbleiben will, besteht darin, dass ich Dickys Geheimnis aufdecken möchte.«

Um Pascals Mundwinkel huschte die Andeutung eines Lächelns. »Und wenn er eine schlimme Straftat begangen hat und wir alle am Ende als seine Komplizen verhaftet werden? Oder wenn plötzlich die Killer des Don hier auftauchen und uns mit ihm zusammen abknallen?«

Omi wiegte den Kopf. »Das halte ich für sehr unwahrscheinlich. Solche Risiken sind in meinen Augen eher unbedeutend. Und selbst wenn – meine kriminalistische Neugier ist auf jeden Fall stärker.«

»Gerade du als Kriminalbeamter müsstest das verstehen«, warf ich beiläufig in Pascals Richtung ein.

»Als Kriminalbeamter bin ich froh, wenn ich mal *nicht* mit Kriminellen zu tun habe.«

»Wir wissen doch gar nicht, ob Dicky kriminell ist«, widersprach ich.

»Aber nach eurer Auslegung hat er *Probleme* mit Kriminellen, das ist so ziemlich dasselbe. Zu viel Neugier kann dann nur ungesund sein.«

»Na ja, das ist relativ«, meinte Omi. »Ich finde es irgendwie … belebend. Seit ich Dicky begegnet bin, prasseln zahllose großartige Romanideen über mich herein. Dieses Gefühl hatte ich seit Jahrzehnten nicht. Ich platze förmlich vor frischer Kreativität. Und ich bin entschlossen, das bis zur Neige auszukosten.« Ihre Augen leuchteten. »Ich glaube beinahe, ich könnte sogar einen Thriller schreiben.«

»Den Dicky dann ganz sicher verfilmt«, ergänzte Pascal. Er schüttelte nachsichtig den Kopf. »Ich hoffe, du kaufst ihm dieses Geschwätz nicht wirklich ab.«

Ich sah ihn vorwurfsvoll an, aber Omi grinste nur. »Natürlich nicht. Für wie blöd hältst du mich? Allein die Idee ist schon absurd. Ich bin nicht Agatha Christie, und mein Inspektor Adler ist nicht Hercule Poirot. Genau das ist übrigens auch der Grund, warum ich glaube, dass Dicky ein Geheimnis hat. Er wollte so unglaublich dringend, dass wir alle mit ihm in dieses Hotel ziehen, dass er sogar behauptet hat, meine uralte Krimireihe verfilmen zu wollen. Ich würde gern wissen, was wirklich dahintersteckt. Und wenn es tatsächlich eine Mafia-Connection gibt, will ich alles darüber herausfinden.«

»Ich auch«, behauptete ich, obwohl mein Hauptanliegen ganz klar darin bestand, im Waldorf Astoria bleiben zu können.

Pascal wirkte unschlüssig, aber anscheinend blieb ihm nicht verborgen, wie verzaubert ich von diesem Hotel und seinem Honeymoon-Flair war. Von den zwei Marmorbädern und den Bergen von flauschig weißer Frotteewäsche ganz zu schweigen. Und gar nicht erst zu reden von dem Kingsizebett im Schlafzimmer.

Also erhob er keine weiteren Einwände mehr. Und das war im Grunde dasselbe wie eine Zustimmung. Wir würden nicht in das hässliche Tagungshotel umziehen, sondern New York von seiner romantischen Seite erleben. Ich seufzte glücklich. Alles fing viel besser an, als ich es mir ausgemalt hatte. So durfte es gerne weitergehen!

Omi schickte sich an, auf ihr Zimmer zurückzukehren, blieb aber auf halbem Weg zur Tür stehen. »Ach, fast hätte ich vergessen, wieso ich überhaupt hier bin. Ich kriege meinen Laptopkoffer nicht auf. Das ist wirklich ein bisschen blöd, weil ich schon ziemlich viel in mein Diktiergerät gesprochen habe und das eine oder andere gern gleich hier vor Ort bearbeiten würde. Wenn ich nachts nicht schlafen kann – und das kommt in meinem Alter leider immer häufiger vor –, gibt es nichts Besseres, als zu arbeiten.«

Pascal nahm den Laptopkoffer, legte ihn auf ein Beistelltischchen und versuchte, ihn zu öffnen. »Geht nicht. Wie lautet die Kombination?«

»Ich habe alles so gelassen, wie es war. Es müsste also aufgehen, wenn alle sechs Ziffern auf null stehen.«

»Wahrscheinlich hast du versehentlich doch was verändert.«

»Das vermute ich auch.« Omi gab dem Koffer einen frustrierten Schubs.

»Ich versuch's noch mal«, meinte Pascal. »Vielleicht hat sich nur eine Zahl verstellt, dann könnten wir es rasch haben.« Er fing an, unterschiedliche Ziffern auszuprobieren.

Es klopfte, ich ging aufmachen. Linda stand vor der Tür. Sie hatte sich umgezogen und sah noch einen Hauch atemberaubender aus als am Flughafen. Zu ihren hautengen Jeans trug sie pinke Stiefeletten mit endlos hohen Absätzen und ein besticktes Oberteil von irgendeinem ausgefallenen Designer. Außerdem hatte sie sich frisch frisiert, die Haare fielen ihr in flauschig-fülligen Locken ums Gesicht.

»Hi«, sagte sie. »Ich wollte mal hören, ob es klargeht, dass wir uns gleich zum Abendessen im Bull & Bear treffen. Wir haben nämlich einen Tisch für uns alle bestellt. Natürlich seid ihr eingeladen. Ihr kommt doch mit, oder?«

»Hm, ich denke schon.« Omi würde die Gelegenheit garantiert nutzen wollen, um mehr über das Geheimnis herauszufinden, das sie hinter Dicky vermutete. Und Pascal würde seine inneren Widerstände schon noch überwinden, denn er hatte mir vorhin erzählt, dass er einen Bärenhunger hatte. Und essen mussten wir schließlich so oder so. Warum nicht in diesem berühmten Steakhouse gleich um die Ecke?

»Ach, noch was«, meinte Linda. »Wir müssen noch unsere Nummern austauschen. Dann können wir besser kommunizieren, wenn wir was zusammen unternehmen wollen.

Oder wenn einer von uns mal keine Zeit hat oder lieber woandershin will. Oder wenn wir uns während eines Ausflugs aus den Augen verlieren. Ich diktiere dir mal eben meine Nummer.« Leicht überrumpelt holte ich mein Handy und tippte ihre Nummer ein.

»Jetzt kannst du mir direkt eure Nummern schicken«, wies Linda mich an. »Am besten von euch allen.« Sie sah mich erwartungsvoll an, ihr Handy gezückt, und so schickte ich ihr notgedrungen die Kontakte von Pascal, Sarah, Omi und mir. Ich überging das leichte Widerstreben, das mich dabei erfüllte, denn eigentlich fiel mir kein vernünftiger Grund ein, ihr unsere Nummern nicht zu geben.

Linda blickte über meine Schulter zu Pascal hinüber, der sich immer noch mit dem Zahlenschloss abmühte. »Habt ihr ein Problem?«

»Ach, das da ist nur mein Laptopkoffer«, erklärte Omi. »Irgendwas hat sich an dem Zahlenschloss verstellt.«

»Ist mir auch schon passiert«, sagte Linda. »Neulich erst. Mit einem nagelneuen Schmuckköfferchen. Zum Glück gibt es hier im Hotel Experten für solche Probleme. Kein Mensch kann sich vorstellen, wie viele Leute sich die Kombinationen von ihren Kofferschlössern nicht merken.«

»Eigentlich hatte ich gar keine eingestellt. Aber das spielt vermutlich in diesem Fall keine Rolle. Haben diese Experten lange gebraucht, um deinen Koffer aufzukriegen?«

»Zwei, drei Stunden. Ich hatte ihn am selben Tag noch zurück.« Linda sah auf ihre Armbanduhr, die genauso teuer aussah wie der ganze Rest ihres Outfits. »Wenn wir den Koffer gleich abgeben, bekommst du ihn sicher nach dem Abendessen wieder. Soll ich ihn rasch zur Rezeption mitnehmen? Ich wollte sowieso gerade nach unten, noch ein paar Dinge klären.«

»Das wäre nett.« Omi wirkte erleichtert. Sie reichte Linda den Koffer und ging mit ihr zusammen hinaus. An der Tür wandte sie sich zu uns um. »Holt ihr mich ab, bevor ihr runtergeht?«

Wir versprachen es ihr. Kaum war die Tür hinter den beiden ins Schloss gefallen, unternahmen Pascal und ich einen weiteren Versuch, unserem New-York-Urlaub eine romantische Note zu verleihen.

»Wir müssen noch auspacken«, meinte ich atemlos zwischen zwei Küssen.

»Lass uns aus dem Koffer leben.« Pascal umarmte mich stürmisch, und wie so oft zog das den Boden unter mir weg. Was man in diesem Fall wörtlich nehmen kann, denn jetzt hob Pascal mich hoch, sodass meine Füße in der Luft schwebten. Ich erwiderte seinen Kuss mit begeisterter Leidenschaft (auch auf die Gefahr hin, mich zu wiederholen – erwähnte ich schon, wie unglaublich dieser Mann küssen kann?) und ließ mich bereitwillig in Richtung Schlafzimmer bugsieren.

Wir waren gerade dabei, die Tagesdecke von dem gewaltigen Boxspringbett zu ziehen – nicht ganz einfach, wenn man dabei nicht aufhört, sich zu küssen –, als mein Handy Pling machte. Ich holte es aus der Tasche meines Bademantels und wollte es auf stumm stellen.

»Oh nein«, sagte ich entnervt, als ich sah, was für eine Nachricht da reingekommen war.

Pascal nahm mir das Smartphone aus der Hand. »*Dicky and friends*? Warte mal – ist das ein Gruppenchat, den Linda da gerade eröffnet hat? Und wieso steht da *Pascal*? Bin ich da etwa auch drin? Woher hat sie meine Nummer?«

»Wir haben vorhin unsere Nummern ausgetauscht.«

»Wieso hab ich das nicht mitgekriegt?«

»Du warst mit dem Koffer beschäftigt.«

Pascal verdrehte entnervt die Augen.

»Tut mir leid, aber ich wusste nicht, dass sie mit unseren Nummern gleich eine Gruppe aufmacht«, sagte ich kleinlaut. »Aber eigentlich ist es doch praktisch. Zum Beispiel, wenn wir zusammen unterwegs sind und uns aus den Augen verlieren.« Mit einer leisen Aufwallung von Trotz setzte ich hinzu: »Betrachte es einfach als kleinen Ausgleich. Dafür wohnen wir im Waldorf Astoria. Kostenlos.«

Eine weitere Nachricht kam bei *Dicky and friends* an, sie stammte von Dicky. *Meine lieben Freunde, willkommen in unserer Gruppe! Ich freue mich, mit euch anstoßen zu können! Auf wunderbare Tage in New York!*

»Sofern wir dafür mal Zeit haben«, brummte Pascal. Er beugte sich über mich, um mich erneut zu küssen, doch dann zuckte er zusammen, weil mein Handy schon wieder einen Laut gab.

Danke für den Champagner, schrieb Sarah.

Und dann schrieb Omi: *Von mir auch! Zum Wohl!*

»Champagner? Haben wir was verpasst?«, fragte ich Pascal.

»Ja. Wir haben jetzt höchstens noch fünfzig Minuten.« Seine Lippen näherten sich meinem Mund, und ich schloss voller Vorfreude die Augen.

Da klingelte es an der Tür der Suite. Pascal stöhnte entnervt und ließ mich los. Ich sprang vom Bett, ordnete meine

Haare und ging öffnen. Vor mir stand ein vornehm befrackter Kellner vom Zimmerservice, der sich würdevoll verneigte und auf das Rollwägelchen deutete, das er mitgebracht hatte. Darauf stand ein silberner Sektkühler. »Ma'am, diesen Champagner hier bringe ich mit einer Empfehlung von Mister Richard van Dyke. Darf ich?« Er fuhr den Servierwagen in den Salon, öffnete die Flasche mit ein paar professionellen Handgriffen und schenkte zwei Sektkelche voll. Ich nahm beide und drückte einen davon Pascal in die Hand, der aus dem Schlafzimmer gekommen war und sprachlos zusah, wie ich einhändig in Dickys Chat schrieb: *Danke auch von Pascal und mir!*

Der Kellner rollte den Wagen wieder raus, den Champagnerkübel mitsamt der Flasche ließ er da.

»Wahnsinn«, sagte ich, während ich ehrfürchtig die Flasche betrachtete. »Ich glaube, dieser Champagner ist sehr teuer.« Ich nippte vorsichtig.

»Das geht jetzt aber eindeutig in Richtung Bestechung«, meinte Pascal.

»Du musst ja nichts davon trinken. Es ist deine Entscheidung.« Ich lächelte ihn an. »Er schmeckt aber wirklich sehr, sehr lecker.«

Er nahm ein paar Schlucke. »Du hast recht. Wo waren wir stehen geblieben?«

»Genau genommen hatten wir gelegen. Im Bett.«

»Stimmt.« Er streckte mir die Hand hin. »Komm her.«

Da klopfte es abermals an der Tür, danach klingelte es.

»Ich glaub's nicht«, sagte Pascal. »Ist das hier ein Luxushotel oder ein Verschiebebahnhof?«

Draußen stand Sarah. Sie hatte sich umgezogen und

machte einen sehr unternehmungslustigen Eindruck. In der Hand hatte sie eine halb volle Champagnerflasche. »Ich dachte, ich biete euch noch was an. Es wäre sonst schade drum. Alleine kriege ich die nicht alle. Und Champagner darf man ja nicht stehen lassen.« Sie wedelte mit der Flasche herum. »Jedenfalls nicht so einen.«

»Wir haben von unserem auch noch was übrig.« Ich deutete auf den Sektkühler, den der Zimmerkellner auf der Anrichte aus englischem Kirschholz deponiert hatte.

Sarah sah sich um. »Hammer. Ich dachte schon, ich hätte das ultimative Zimmer. Aber eures ist ja echt der Wahnsinn. Dieser Dicky muss wirklich schwer bei Kasse sein. Wisst ihr, was ich gerade überlege?« Ihre Augen funkelten auf eine geheimnisvolle Weise, die ich noch nicht an ihr kannte. Normalerweise wirkte sie auf mich eher sachlich, nüchtern und kompetent. Eben … dienstlich. Ich betrachtete sie genauer und stellte fest, dass sie sich geschminkt hatte. Lipgloss und Wimperntusche. Vielleicht auch ein bisschen Rouge. Ihr Haar fiel in lockeren, leuchtend roten Wellen um ihr herzförmiges Gesicht, und ihr Lächeln war außergewöhnlich breit und strahlend. Ich fragte mich, wie ein Mensch so weiße Zähne haben konnte.

»He«, sagte Pascal, der mir aus dem Schlafzimmer gefolgt war. »Du bist ja richtig in Ausgehstimmung. Was hast du da für schräge Treter an?«

Sie grinste und blickte auf ihre Füße, die in türkisfarbenen Cowboystiefeln steckten. »Krasse Geschmacksverirrung, oder? Ich trage sie zum ersten Mal. Meine Schwester hat sie mir mal aus einem Urlaub in Texas mitgebracht. Ich dachte, hier in New York kann man so was anziehen.«

»Was überlegst du denn gerade?«, erkundigte ich mich und knüpfte damit an unsere Unterhaltung an.

»Ob Dicky wohl was dagegen hätte, wenn ich jemanden zum Essen mitbringe.«

⋆

Mit *Jemand* meinte sie Leif, den Golf spielenden Wikinger. Der hatte anscheinend keine fünf Minuten gebraucht, um sie anzurufen und sie zu fragen, ob sie mit ihm was essen gehen wolle. Das wollte sie offenbar ziemlich gern, aber angesichts des wundervollen Zimmers und des leckeren Champagners wollte sie Dicky gegenüber nicht undankbar sein und sich deshalb nicht gleich am ersten Abend ausklinken.

Es stellte sich heraus, dass Dicky überhaupt nichts dagegen hatte, dass Leif mitkam. Er hatte sowieso einen Riesentisch bestellt, denn außer uns und Leif waren noch weitere Leute zum Essen eingeladen. Sie saßen schon da, als wir das Restaurant betraten – ein hagerer Mann und eine mollige, brünette Frau, beide in Dickys Alter, also Ende dreißig, Anfang vierzig. Die Frau war Dickys Ex.

»Das ist Sabine, meine Assistentin und Producerin. Seit unserer Trennung verstehen wir uns prächtig. Wir sind die allerbesten Freunde.«

Linda nickte strahlend dazu, anscheinend war sie derselben Ansicht. Nur Sabine verzog bei Dickys Bemerkung leicht vergrämt das Gesicht, möglicherweise hatte sie selbst dazu eine etwas andere Meinung. Sie stammte aus München, lebte aber seit Jahren in New York. Der Mann neben ihr hieß Roger und war Amerikaner. Er war Dickys Produzent und damit für die finanzielle Ausstattung seiner Filme zuständig. Sein Gesicht war von Lachfältchen durchzogen, und während des Essens kamen wir schnell dahinter, woran das lag – Roger war ein lustiger Mensch, der ständig irgendwelche Witzchen in die Unterhaltung einflocht.

Als er hörte, dass Leif Golfer war, fiel ihm sofort was zum Thema ein. »Mein Freund Freddie hat neulich zum ersten Mal Golf gespielt. Ich fragte ihn, wie viele Schläge er gebraucht habe, worauf er meinte, fünfzig. Ich war ehrlich beeindruckt. Fünfzig Schläge, und das beim ersten Mal! ›Wahnsinn, Freddie!‹, sagte ich zu ihm. ›Das ist ja großartig!‹ Daraufhin nickte Freddie geschmeichelt und meinte: ›Nächstes Mal versuche ich es auch mit dem zweiten Loch.‹«

Er lachte selbst am meisten über den Witz, der vermutlich einen meterlangen Bart hatte, denn Leif verzog keine Miene; bestimmt hatte er ihn schon hundertmal gehört.

Jetzt wandte Roger sich an Dicky. »Und, was liegt aktuell so an?«

»Recherche.«

»Bist du immer noch an diesem Mafia-Projekt dran? Glaubst du wirklich ernsthaft, dass die hinter dir her sind und du deshalb einen Haufen Bodyguards um dich herum brauchst? Gehören diese beiden korrekt gekleideten Muskelpakete da hinten auch zu dir?« Er deutete mit dem Kinn zu einem kleinen Tisch im Hintergrund des Lokals.

Tatsächlich saßen dort Tom und Jerry. Anscheinend waren sie nicht zum Abendessen eingeladen. Aber daran, dass sie ihren Job als Dickys Bodyguards ernst nahmen, bestand kein Zweifel: Sie äugten wachsam herüber und blickten auch nicht zur Seite, als sich von unserem Tisch aus alle

Augen auf sie richteten. Dicky machte ein Gesicht, als hätte er Zahnschmerzen. »Manche Dinge sind lästig, aber unvermeidlich.«

»Im Interesse der Kunst«, pflichtete Linda ihm bei.

Rogers Lachfalten glätteten sich, mit einem Mal wirkte er ernst. »Die Kunst steht über allem«, stimmte er zu. Dann seufzte er abgrundtief. »Es wäre wirklich wunderbar, wenn unsere Geldgeber das ebenso sehen könnten.«

»Soll das heißen, du hast noch immer nichts erreicht?«, erkundigte Dicky sich.

»Nicht wirklich. Aber ich bleibe dran. Schließlich ist das mein Job.«

»Ich realisiere den Film auf jeden Fall!«, verkündete Dicky kämpferisch. Er setzte sich aufrecht hin und starrte Roger herausfordernd an. »Wenn du es nicht schaffst, die nötigen Mittel aufzutreiben, werde ich eben selbst dafür sorgen!«

»Roger gibt sein Bestes, Dicky«, erklärte Sabine. Es klang ein bisschen angefressen.

»Er hatte definitiv schon bessere Zeiten«, wandte Linda spitz ein. »Jedenfalls beim Hereinholen von Geld für Dickys Projekte.«

»Nun, das liegt vielleicht daran, dass auch Dicky schon bessere Zeiten hatte«, erklärte Roger freundlich.

Dicky sah ihn mit verletzter Miene an und schluckte sichtbar.

»Das war gemein, Roger«, sagte Linda empört.

Dicky schüttelte niedergeschlagen den Kopf. »Nein. Roger hat ja recht. Die Wahrheit muss offen ausgesprochen werden. Wenn ich schon mit meinen Filmen nach der Wahrheit strebe, muss ich diese Devise auch für mich selbst und mein Leben gelten lassen.« Doch dann straffte er sich. »Was aber nicht heißen soll, dass ich mein Tief der letzten paar Jahre nicht triumphal überwinden werde. Mit dem aktuellen Projekt habe ich alle Trümpfe in der Hand. Das müsst ihr mir glauben! Auch du, Roger!«

»Das ist die richtige Einstellung«, sagte Roger. »Wenn du an dein Projekt glaubst, tu ich es auch. Das ist die beste Prämisse, um die nötigen Gelder zu akquirieren.«

Leif erkundigte sich mit höflichem Interesse, worum es bei der Diskussion überhaupt ging, worauf Sarah ihm erklärte, dass Dicky einen Dokumentarfilm über einen echten Mafia-Boss drehen wollte, den er in Neapel bei einem echten Mord beobachtet hatte.

»Vergiss nicht den Laptop, den er dem Don gestohlen hat und auf dem sich ein Haufen Beweise für die Mafia-Verbrechen befindet«, ergänzte Pascal die Informationslage. Er sprach mit völlig ernster Miene, aber ich erkannte an seinem Blick, dass er sich genau wie Sarah über Dickys angebliche Doku-Pläne lustig machte.

Das schien auch Dicky zu merken. Er wirkte ein wenig beleidigt, sagte aber nichts.

»Sollte man die ganze Sache nicht besser der italienischen Polizei übergeben?«, wollte Leif wissen. »Die sind bestimmt froh, wenn sie Beweise gegen die Camorra in der Hand hätten.«

»Der Don, um den es geht, ist Amerikaner«, erläuterte Omi. »Er war nur zu Besuch in Neapel.«

»Hm, dann wäre das FBI zuständig. Die würden sich bestimmt sehr für diesen Laptop interessieren.«

»Den kriegen sie aber nicht«, schnappte Linda. Sie merkte, wie böse sich das angehört hatte, und schickte ein sonniges Lächeln in die Runde.

Dicky schaute sich leicht nervös um. »Mir wäre es lieber, wir würden hier in der Öffentlichkeit nicht ständig über den Laptop sprechen.«

»Wo ist er eigentlich?«, fragte Omi interessiert. »An einem sicheren Ort, nehme ich an?«

»Hundertprozentig sicher«, bestätigte Dicky.

»Hast du die darauf befindlichen Daten schon ausgewertet?«

»Nur eine erste Bestandsaufnahme. Aber die war schon sehr aussagekräftig. Für eine vollständige Verwertung brauche ich allerdings die Hilfe von Experten. Das ist der nächste Schritt. Gleich morgen fange ich an, entsprechende Kontakte zu aktivieren. Oh, da kommt unser Essen! Endlich! Ich habe solchen Hunger!«

An der Stelle endete die Unterhaltung. Unsere Steaks wurden serviert, und die gesamte Tischrunde gab sich dem Genuss perfekt gegrillten Fleisches hin. Die Portionen waren enorm, ich schaffte meine kaum zur Hälfte. Sogar Pascal musste was auf dem Teller liegen lassen.

Zum Nachtisch bestellte Linda ungefragt Käsekuchen für alle, und ich aß aus Höflichkeit ein paar Bissen. Mittlerweile war ich todmüde. Auf meiner inneren Uhr (die sich nach der Zeit in Deutschland orientierte) war es sechs Stunden später als in New York. Ich musste dringend schlafen.

Trotzdem hatte ich noch bestimmte Pläne für einen kurzen Abendspaziergang. Morgen musste Pascal zu seiner Tagung, da hatte er keine Zeit. Es gab also nur eine Devise: Wenn nicht jetzt, wann dann?

»Lass uns noch ein paar Blocks laufen«, sagte ich, nachdem Pascal und ich den anderen gute Nacht gewünscht hatten. Omi war schon vor dem Käsekuchen aufgebrochen, und Sarah und Leif waren auf einen Absacker in die Hotelbar gegangen. Tom und Jerry saßen immer noch an ihrem Katzentisch im Hintergrund und behielten die Lage im Auge. Dicky, Linda, Sabine und Roger hatten anscheinend noch keine Lust, ihre Zusammenkunft zu beenden, sie hatten sich noch eine Runde Bier bestellt. Während ich an der Tür darauf wartete, dass Pascal unsere Jacken von der Garderobe holte, schienen sie über irgendwas zu streiten. Doch dann kam Pascal zurück, und ich hatte nur noch Augen für ihn.

*

Er legte den Arm um mich, und ich schmiegte mich an ihn, während wir losspazierten. Ich hatte mir vorher bei Google Maps genau angesehen, wo es langging, damit ich auf keinen Fall in Verlegenheit kam, erst langwierig die Gegend auskundschaften zu müssen.

»Wo willst du denn noch hin?«, fragte Pascal. »Ich dachte, wir wollten endlich dieses Wahnsinnsbett ausprobieren.«

»Ach, ich wollte nur mal ein bisschen von der Fifth Avenue sehen. Hier in der Gegend soll es ganz berühmte Gebäude geben. Zum Beispiel die Saint Patrick's Cathedral. Und der Trump Tower.« Bevor er einwenden konnte, dass man sich das auch genauso gut morgen anschauen könne, fügte ich hinzu: »Die sollen bei Nacht besonders beeindruckend sein.«

Das stimmte sogar, wie wir bald darauf feststellten. Die romantisch angestrahlte Kirche mit ihren spitzen, gotisch anmutenden Türmen wirkte inmitten der modernen Architektur wie ein seltsamer Fremdkörper, als hätte sie jemand aus der Vergangenheit hierher in unsere Zeit versetzt. Die erleuchtete Silhouette sah zwischen all den Wolkenkratzern einfach großartig aus, und ich machte spontan ein paar Fotos für Mama und Bob, die sich schon gemeldet hatten und wissen wollten, wie uns New York gefiel.

»Lass uns ein Stück in die andere Richtung gehen«, meinte ich. »Irgendwo weiter hinten ist der Central Park. Und gleich davor der Trump Tower.«

Und direkt daneben befand sich Tiffany's, aber das würde Pascal schon selber merken. Und wenn nicht, würde ich ihn eben darauf hinweisen. Wir ließen uns die belebte Fifth Avenue entlangtreiben. Auf der Straße staute sich der Verkehr, halb New York schien noch unterwegs zu sein. Dasselbe galt für die Fußgänger. Auf dem Bürgersteig herrschte das reinste Gedränge, wobei kaum zu unterscheiden war, wer als Tourist unterwegs war oder wer gerade von der Arbeit kam. Die kunstvoll dekorierten Schaufenster zu beiden Seiten der Straße waren hell erleuchtet, und ein paar der Läden waren noch offen.

»Das ist der Trump Tower«, stellte Pascal fest. Wir blieben vor dem mit Golddekor überladenen Eingangsbereich stehen, der von livrierten Türstehern flankiert wurde. Durch die Glastüren sah man, dass drinnen noch viel los war. Im öffentlichen Teil des Gebäudes gab es unter anderem ein Restaurant, ein Café, einen echten Wasserfall, einen Geschenkeshop (angeblich konnte man dort lauter Donald-Trump-Accessoires kaufen, von der Krawatte über Kuscheltiere und Duftserien bis zu Motivationsbüchern) sowieso diverse Ladenbereiche. Aber mich interessierte nur ein einziger Laden, und der befand sich direkt neben dem Trump Tower.

»Wow! Sieh mal, hier ist ja auch Tiffany's!« Ich tat restlos überrascht und zog Pascal ein Stück weiter, bis wir direkt vor einem der verheißungsvoll glitzernden Fenster standen. »Ich hatte ganz vergessen, dass das auch auf der Fifth Avenue ist. Wie seltsam, das mal in echt zu sehen! Sonst kennt man es ja nur aus Filmen.«

»Aus welchen?«

»Frühstück bei Tiffany«, sagte ich prompt. »Der Film bekam zwei Oscars, unter anderem für den besten Song.« Ich summte ihm *Moonriver* vor, woraufhin Pascal nickte. »Ja, das Lied kenne ich. Den Film allerdings nicht.«

»Einer der schönsten Liebesfilme aller Zeiten«, behauptete ich. »So unglaublich romantisch. Wusstest du, dass Tiffany's vor allem für seine speziellen Solitär-Verlobungsringe weltberühmt ist? Und für die türkisblauen Schachteln, in denen sie den Schmuck verpacken. Die türkisblaue Schachtel ist so eine Art Markenzeichen.«

Pascal sah auf seine Uhr. »Wollen wir langsam wieder zurückgehen? Ich glaube, hier kommt jetzt nicht mehr viel. Da vorn ist schon der Central Park, wenn mich nicht alles täuscht. Und da wollen wir ja sowieso in den nächsten Tagen noch hin.«

Ich konnte mich kaum von dem Tiffany's-Schaufenster lösen. Es war das reinste Gesamtkunstwerk aus blinkenden Schmuckstücken und avantgardistischer Dekoration. Doch dann merkte ich, dass ich wirklich sehr müde war. Pascal hatte recht, wir würden garantiert noch mal hier vorbeikommen. Dafür würde ich schon sorgen.

Als wir im Waldorf unsere Suite ansteuerten, lief uns Linda über den Weg.

»Oh, was für ein passender Zufall, dass ich euch hier noch treffe.« Sie deutete auf Omis Laptopkoffer, den sie bei sich trug. »Der Koffer ist jetzt offen. Ich wollte gerade bei Gerti nachsehen, ob sie noch wach ist. Aber auf mein Klopfen hat sie nicht geöffnet, und ich wollte sie nicht rausklingeln.«

»Sie schläft bestimmt schon. Nach deutscher Zeit ist es jetzt ...« – ich blickte auf meine Uhr – »fünf Uhr morgens.«

»Oh, stimmt. Die Zeitverschiebung. Ich vergesse das immer. Andererseits – Dicky liegt auch schon längst im Bett. Wird sicher ein paar Tage dauern, bis er den Jetlag verkraftet hat. Wie auch immer, das Problem mit dem verstellten Zahlenschloss ist gelöst, die Leute hier vom Hotel haben es wirklich drauf. Ihr könnt den Koffer Gerti ja morgen früh geben.« Sie reichte mir den Laptopkoffer, und ich bedankte mich. Linda wünschte uns eine gute Nacht und stöckelte davon.

Ich stellte Omis Laptopkoffer bei uns im Salon ab und ging mir die Zähne putzen. Pascal lag schon im Bett, als ich ins Schlafzimmer kam. Genauer gesagt: Er war bereits eingeschlafen. Ich schlüpfte zu ihm unter die Decke und kuschelte mich an ihn. Der erste Tag unseres gemeinsamen New-York-Urlaubs war vorbei. Ich fand, dass wir für einen einzigen Tag ziemlich viel erlebt hatten. Und das oberste und wichtigste Ziel auf meiner Sightseeingliste hatten wir schon gesehen. Es war zwar nicht so ganz optimal verlaufen, jedenfalls nicht so wie in meinen Vorstellungen. Aber wir waren dort gewesen, das war die Hauptsache. Das Ganze war ausbaufähig. Und morgen war schließlich auch noch ein Tag.

4

Ich wurde gegen acht Uhr wach. Pascal war schon weg. Die Tagung fand in Brooklyn statt und würde bis zum späten Nachmittag dauern. Er würde vermutlich nicht vor achtzehn Uhr wieder auftauchen.

Ich genoss den Luxus eines der beiden marmorgefliesten Badezimmer und ging anschließend zu Omi, die schräg gegenüber wohnte.

»Oh, das ist fein, vielen Dank«, sagte sie, als ich ihr den Laptopkoffer brachte. »Ich bin schon recht weit gekommen in meiner Geschichte und würde alles gern mal am Stück lesen. Auf einem großen Display sieht es doch immer ganz anders aus.« Sie lachte. »Vor allem die Fehler.«

Ich wusste, was sie meinte. Beim Diktat entstanden manchmal lustige Satzgebilde, über die wir dann gemeinsam kichern konnten, zum Beispiel an Stellen wie *Seine glühenden Lippen senkten sich auf die Iren.*

Sie setzte sich in einen der Sessel und öffnete den Koffer. »Geht ganz leicht wieder auf«, sagte sie. »Die bieten einem hier im Hotel wirklich guten Service.« Sie hielt inne, den aufgeklappten Koffer vor sich auf dem Schoß. »Ach du liebe Güte!«

»Stimmt was nicht?«

»Das ist nicht mein Laptop.«

Ich trat hinter sie. In dem Koffer lag ein funkelnagelneues Notebook von Apple. Omi besaß zwar auch ein recht aktuelles Gerät, aber von einer anderen Marke. Außerdem war ihres schwarz. Dieses MacBook hier war silberfarben.

»Da muss es wohl eine Verwechslung gegeben haben«, stellte ich überflüssigerweise fest.

»Anscheinend ist mein Koffer ein Allerweltsmodell. Vielleicht hatten sie unten an der Rezeption mehrere klemmende Zahlenschlösser.«

Ich rief bei der Rezeption an und fragte nach, doch da wusste man nichts von irgendwelchen Laptopkoffern, was aber vielleicht am zwischenzeitlich erfolgten Schichtwechsel beim Personal lag. Daraufhin rief ich Linda an und schilderte ihr das Problem.

»Wem hast du denn den Koffer gegeben?«, erkundigte ich mich.

»Oh, das war Jake, mein Lieblingsconcierge. Der hat heute frei. Aber ich kenne ihn persönlich und kläre das gleich. Warte eine Minute, dann rufe ich dich zurück.«

Ich wartete und betrachtete unterdessen das MacBook. »Du könntest einen schlechteren Tausch machen«, sagte ich zu Omi. »Das Gerät ist ganz neu.«

»Ja, das sehe ich. Aber es hat einen entscheidenden Fehler: Es ist nicht meins.«

Linda rief zurück, und ich stellte auf laut, damit Omi mithören konnte.

»Jake meinte, außer mir hätte in den letzten Tagen niemand einen Koffer zum Öffnen abgegeben. Und er hätte selber zugesehen, wie der Techniker ihn aufgemacht hat. Es lag ein nagelneues silberfarbiges MacBook Pro drin, sagte er.«

»Ja, das haben wir jetzt hier.«

»Kein Wunder, dass das Schloss nicht aufging«, kommentierte Omi. »Der Koffer gehört jemand anderem.«

»Dann muss die Verwechslung schon während der Reise stattgefunden haben«, schlussfolgerte ich. »Entweder in der Maschine oder auf dem Flughafen.«

Linda schnalzte mitfühlend mit der Zunge. »Kommt leider oft vor bei solchen Koffermodellen, da sieht eins aus wie das andere. Einmal kurz in der Menge zwischen all den Geschäftsreisenden abgestellt und nicht richtig hingesehen – schwupps, hat man sich den falschen gegriffen. Ist einer Bekannten von mir auch neulich passiert. Mit einem Bordcase voller Designerschuhe, neuen Parfüms und sündhaft teuren Dessous von Victoria's Secret. Sie selber kriegte dafür ein Bordcase mit lauter dreckiger Männerwäsche und löchrigen Socken. Dummerweise hing kein Namensschild dran. Sie bekam die Schuhe nie zurück, und die Versicherung wollte auch nicht zahlen, weil es Handgepäck war und sie deshalb selber für die Verwechslung verantwortlich war. Aber so einen Fall haben wir ja hier zum Glück nicht. Ich meine, wer sagt schon Nein zu einem brandneuen MacBook.«

»Ich.« Omi wirkte leicht beunruhigt. »Wenn irgend möglich, möchte ich gern mein eigenes Gerät zurück.«

»Sie möchte gern ihr eigenes zurück«, teilte ich Linda mit.

»Wieso?«

»Weil da alle meine Romane und jede Menge tolle Stoffideen drauf sind«, erklärte Omi.

Auch das gab ich an Linda weiter.

»Gibt es davon denn keine Sicherungskopien?«, wollte sie wissen.

»Doch, natürlich gibt es die.« Ich selbst fertigte laufend welche für Omi an. »Aber das ist nicht der Punkt. Es sind nicht nur Entwürfe für neue Romane darauf, sondern auch mehrere fast fertige Projekte. Die könnte sich beispielsweise jemand klauen und als eigene ausgeben.«

»Oh, das wäre in der Tat schlimm«, sagte Linda. »Gerade stelle ich mir vor, dass das mit Dickys Drehbuch passiert. Er würde sofort einen schrecklichen Nervenzusammenbruch erleiden. Unter diesen Umständen sollte man wohl wirklich besser dafür sorgen, dass Gerti schnellstens ihren Laptop zurückbekommt. Wenn ihr wollt, kümmere ich mich darum. Ich kenne Leute, die bei der Fluggesellschaft arbeiten, und weiß, wen man da fragen muss. Am besten, du bringst mir den Koffer gleich rüber, dann versuche ich, das heute noch zu klären.«

Ich brachte ihr umgehend den Koffer in ihre Suite, und sie versprach, alle Hebel in Bewegung zu setzen, damit Omi so bald wie möglich ihren eigenen Laptop wiederbekam. Dann fragte sie mich, ob ich schon gefrühstückt hätte, und als ich verneinte, erklärte sie, das sei prima, denn dann könnten wir alle zusammen gehen.

Mit *alle zusammen* meinte sie Dicky, sich selbst und mich, denn Omi hatte bereits gefrühstückt, und Pascal und Sarah befanden sich ja längst auf ihrer Tagung in Brooklyn.

Also begleitete ich die beiden. Die Auswahl an den Büfetts war erlesen und reichhaltig, und ich irrte eine Weile mit meinem Teller herum, weil ich mich kaum entscheiden konnte, was ich essen sollte. Linda hatte es da einfacher – sie holte sich ein winziges Stück mageren Käse und einen Apfel.

»Morgens für mich nur Low Carb«, meinte sie. »Kohlehydrate sind Gift.«

Dicky sah das anscheinend weniger streng. Er deckte sich mit Stapeln von Toast sowie bergeweise Rührei, Bacon und Würstchen ein. Wir aßen an einem der vornehm gedeckten Tische. Während des Frühstücks erfuhr ich den heutigen Tagesplan. Anscheinend stand eine gemeinsame Stadtbesichtigung auf der Agenda, von der ich bisher nichts gewusst hatte.

»Ich habe mir extra dafür freigenommen«, erklärte Linda.

Dicky nickte und spießte ein Würstchen auf. »Linda und ich zeigen euch heute ein paar wunderbare Highlights von New York. Wir haben einen Wagen gebucht, mit Chauffeur, dann müssen wir uns nicht um Parkplätze kümmern. Roger kommt auch mit und erklärt alles, er weiß unglaublich viel und ist der geborene Guide. Greenwich Village. High Line Park. Chinatown. Klingt das gut?«

Ich nickte überrumpelt.

»Und heute Abend gehen wir in einen der coolsten Clubs von Manhattan! Lasst euch überraschen!«

»Äh … toll.«

»Ja, nicht wahr?«, pflichtete Linda mir bei. »Und morgen machen wir eine schöne Shoppingtour bei Macy's und Saks! Da sind wir Mädels dann ganz unter uns.«

Ich überlegte, wie ich ihr möglichst schonend beibringen konnte, dass ich auch ein paar eigene New-York-Pläne hatte. Ganz besonders abends, wenn Pascal freihatte.

»Und natürlich muss ich dir Tiffany's zeigen«, fuhr Linda fort. »Da habe ich einen persönlichen Einkaufsberater. Er informiert mich immer über die neuesten Kollektionen.«

Sie lachte, als sie meinen konsternierten Blick bemerkte. »Natürlich kaufe ich da nicht ständig den Laden leer oder so was. Ich schaue mir den Schmuck einfach nur an. Für mich ist der Store in der Fifth Avenue eine ständige, wundervolle Ausstellung von hochwertiger Schmuckkunst. Ich liebe Brillanten in all ihren Facetten!« Mit bescheidener Miene fügte sie hinzu: »Aber ich muss sie nicht unbedingt besitzen.«

»Ausnahmen bestätigen die Regel«, kommentierte Dicky, den Mund voller Bacon.

Linda lächelte ihn nachsichtig an und streckte ihre Hand aus. Am Ringfinger blitzte ein Solitär der Extraklasse. »Mit dem hier hat Dicky mir letztes Jahr seinen Antrag gemacht. Direkt bei Tiffany's. Ist er nicht umwerfend?«

»Ja«, sagte ich, nicht ohne gewisse Neidgefühle. Wobei ich allerdings nicht auf den Ring neidisch war – den fand ich viel zu protzig –, sondern eher auf den Antrag bei Tiffany's. »Wann wollt ihr denn heiraten?«

»Ach«, sagte Linda vage. »Irgendwann demnächst mal.«

»Spätestens, wenn meine Scheidung durch ist«, setzte Dicky hinzu.

Ich war baff. »Du bist noch gar nicht von Sabine geschieden?«

Dicky führte sich ein weiteres Würstchen zu Gemüte. »Das ist reine Formsache. Die Anträge liegen bei Gericht. Es gab ein paar kleine Probleme wegen der unterschiedlichen Staatsbürgerschaften, dadurch zieht sich alles in die Länge. Aber allzu lange wird es bestimmt nicht mehr dauern.«

»Und Sabine weiß natürlich, dass Dicky sich mit mir verlobt hat«, führte Linda fröhlich aus.

Ich schwieg verlegen. Der Solitär an ihrer Hand schien auf

einmal deutlich weniger hell zu strahlen als vorher. Streng genommen war es gar kein Verlobungsring, ganz egal, ob Sabine damit einverstanden war oder nicht. Ein Mann mit einer Ehefrau konnte einer anderen Frau keinen richtigen Antrag machen. Außer, er war ein arabischer Scheich und wollte sich einen Harem zulegen.

*

Omi hatte nichts dagegen, mit Dicky, Linda und Roger auf Tour zu gehen. Sie fand den Plan sogar ausgezeichnet, denn der vertauschte Laptopkoffer hatte sie auf eine großartige Idee für einen neuen Roman gebracht, eine Mischung aus witzigem Krimi und Lovestory. Die Geschichte sollte in New York spielen.

»Da passt es doch großartig, wenn wir uns von Leuten alles zeigen lassen, die sich hier perfekt auskennen. Wir müssen nicht mit dem Taxi durch die Gegend fahren, niemanden nach dem Weg fragen und werden nicht aus Versehen in falsche U-Bahnen einsteigen.« Unternehmungslustig sah sie sich in ihrem Reiseführer die für heute angedachten Ausflugsziele an, während sie mir ihre neue Romanidee schilderte. »Es soll eine Story im Stil von *Is' was, Doc* werden. Erinnerst du dich an den Film mit Barbra Streisand und Ryan O'Neal? Nein? Ach, ich vergesse immer wieder, dass du fast noch ein Kind bist. Der Film ist ja schon … warte mal … über vierzig Jahre alt. Wahrscheinlich kann sich nicht mal deine Mutter dran erinnern.«

Sie erzählte mir, wovon der Film handelte. Ein trotteliger, aber gut aussehender junger Wissenschaftler ist mit einer

Tasche voller prähistorischer Steine unterwegs. Im selben Hotel wie er steigt eine chaotische Studentin ab, deren Reisetasche genauso aussieht wie seine. Außerdem gibt es noch zwei weitere Taschen, die den beiden anderen zum Verwechseln ähneln: eine mit wertvollen Juwelen und eine mit gestohlenen, hoch geheimen Regierungsakten. Im Hotel werden alle Taschen versehentlich untereinander vertauscht, was eine Reihe turbulenter Situationen zur Folge hat.

»Und am Ende kriegen sich der trottelige junge Wissenschaftler und die Studentin?«, erkundigte ich mich.

»Natürlich. Aber er will zuerst nicht so recht, und sie muss alles Mögliche anstellen, um ihn zu überzeugen.«

Bei Omis neuer Romanidee ging es nur um zwei gleich aussehende Handkoffer. In dem einen befand sich der Laptop einer weltberühmten Bestsellerautorin, und darauf gespeichert ruhte die druckfertige Fassung ihres neuesten Romans, auf den Millionen von Lesern sehnsüchtig warteten. Es war der letzte Band einer Reihe, und auf der ganzen Welt kauten sich unzählige Fans schon seit einem Jahr die Fingernägel ab, weil sie es kaum noch bis zum Erscheinen des Buchs aushalten konnten. Es wäre eine Katastrophe gewesen, wenn das Manuskript vor der Veröffentlichung in die falschen Hände gelangt wäre. Um eine Vorstellung davon zu haben, *wie* katastrophal das gewesen wäre, musste man sich nur ausmalen, dass irgendwelche fanatischen Leser beispielsweise den letzten Band von *Game of Thrones* vor der Veröffentlichung einfach mal eben so im Internet hochluden.

»Und was ist in dem zweiten Koffer?«, wollte ich wissen. »Auch ein Laptop? Vielleicht einer mit geheimen Mafia-Informationen?«

Omi schüttelte den Kopf. »Nein, das ginge zu sehr in die Richtung von Dickys Geschichte. Ich dachte eher an Diamanten.«

»Diamanten sind immer gut«, stimmte ich zu. »Zu dem Thema kannst du auch an passender Stelle recherchieren. Hab ich dir schon erzählt, dass Linda uns auch bei Tiffany's herumführen will?«

*

Der erste Ausflug an diesem Tag führte zum High Line Park, einer alten, nicht mehr genutzten Hochbahntrasse, auf der früher Güterzüge verkehrt hatten und die man vor ein paar Jahren zu einer Art begrüntem Spazierweg ausgebaut hatte – ein langer, blühender Park auf Stelzen inmitten von Hochhäusern und stillgelegten Fabriken. In dem Pflanzendickicht entlang des Wegs verbargen sich noch Teile der Schienenstränge.

»Oh, seht mal, da haben sie doch wirklich einen Haufen von dem alten Eisen vergessen«, meinte Roger gut gelaunt. Aber dann erklärte er uns, dass das natürlich Absicht gewesen sei, schließlich handle es sich bei der stillgelegten Bahntrasse um ein Industriedenkmal, das daran erinnern sollte, was sich hier in früheren Zeiten befunden hatte. Einst war der sogenannte Meatpacking District im Westen Manhattans eine ziemlich üble Gegend mit Fleischfabriken und vielen verrufenen Rotlichtclubs gewesen, hatte sich aber mittlerweile laut Roger zu einem hippen und sehr gefragten Bezirk entwickelt.

Roger wusste eine Menge über die Gegend und garnierte seine Informationen mit netten kleinen Anekdoten und Witzchen. Omi und ich hatten unsere Freude an dem Spaziergang.

Dicky gefiel es anscheinend weniger gut. Er sah sich immer wieder zutiefst entnervt zu Tom und Jerry um, die uns in ungefähr zehn Metern Abstand folgten. Mit ihren Sonnenbrillen und den korrekten Anzügen sahen sie aus wie Geheimagenten. Einmal, als wir während einer von Rogers Erklärungen stehen blieben, kamen sie bis auf ein paar Schritte heran. Das schien Dicky noch mehr zu ärgern, denn er drehte sich zu den beiden um. »Müsst ihr mir so auf die Pelle rücken? Ein bisschen mehr Abstand wäre schön.«

Omi und ich wechselten einen erstaunten Blick. Doch Tom und Jerry nahmen die Zurechtweisung kommentarlos zur Kenntnis, und als wir weitergingen, hielten sie wieder den gewohnten Abstand ein. Dicky stapfte neben uns her, beide Hände in den Hosentaschen und einen deprimierten Ausdruck im Gesicht.

Linda zog Omi und mich ein Stück zur Seite. Sie hatte anscheinend das Gefühl, Dickys unfreundliches Benehmen erklären zu müssen. »Das sind die Nerven«, sagte sie mit gedämpfter Stimme. »Er ist davon überzeugt, dass die Mafia ganz dicht an ihm dran ist. Überall sieht er Verfolger.«

»Aber dann wäre es doch erst recht wichtig, gute Leibwächter in der Nähe zu haben«, meinte Omi. »Tom und Jerry scheinen zwei kompetente Bodyguards zu sein. Ich habe den Eindruck, dass sie sogar Waffen tragen.«

Das hatte Dicky gehört. »Pistolen sind doch in Wahrheit nur ein jämmerlicher Männlichkeitsersatz. Und sie machen noch lange keinen guten Leibwächter aus. Im Gegenteil. Vielleicht werde ich genau davon erst richtig nervös. Jedenfalls habe ich wesentlich mehr Zutrauen zu Pascal und Sarah. Nur unter deren Schutz fühle ich mich richtig wohl. Ich hoffe, sie haben bald Feierabend.« Er wandte sich an mich. »Dauert es noch lange, bis sie zurück sind?«

»Die Veranstaltungen gehen bis fünf.« Pascal hatte mir geschrieben, dass die Tagung sehr interessant und anregend war, auch in den Pausen. Es waren nette Kollegen aus aller Welt da, mit denen man super über Fußball reden konnte.

Als nächste Station unserer Sightseeingtour kündigte Roger einen Bummel durchs Village an. Damit meinte er Greenwich Village, das alte Künstlerviertel mit den zauberhaften Backsteinfassaden und den vielen kleinen Shops.

Die Großraumlimousine, die Dicky für unsere Tour gebucht hatte, wartete schon mit brummendem Motor am vereinbarten Treffpunkt unterhalb der High Line. Der Fahrer, ein freundlicher Inder namens Ranjid, chauffierte uns nur ein paar Straßen weiter, die wir eigentlich auch zu Fuß hätten bewältigen können. Es kam mir fast so vor, als wollte Dicky es darauf anlegen, Tom und Jerry loszuwerden, die erst zu ihrem Wagen gehen mussten, den sie irgendwo in der Nähe abgestellt hatten.

»Wollen wir nicht auf die beiden warten?«, fragte Omi, nachdem sie mithilfe von Ranjid auf dem Beifahrersitz Platz genommen hatte. Dicky, der in der zweiten Sitzreihe neben Roger saß, schüttelte den Kopf. »Die finden uns schon.«

»Wie denn?«, erkundigte Omi sich.

»Indem sie mein Handy orten«, meinte Dicky mit griesgrämiger Miene. »Sie haben mich rund um die Uhr auf dem Schirm.«

»Wirklich?«, fragte Omi.

»Heutzutage ist das Standard bei guten Security-Firmen«, bestätigte Linda.

»Dicky, Alter, allmählich finde ich, dass du dich etwas zu sehr in diese Mafia-Story reinsteigerst«, kommentierte Roger die Unterhaltung. Sein Gesicht hatte einen besorgten Ausdruck angenommen. »Ich wollte es dir ja vorhin schon sagen. Es kommt mir einfach ein bisschen … übertrieben vor, dass du dich von diesen Jungs bewachen lässt. Ich meine – gleich zwei! Und dann noch zusätzlich Pascal und Sarah … Hast du in der letzten Zeit wieder angefangen zu trinken?«

»Du hast ja keine Ahnung!«, brach es aus Dicky heraus. »Ich habe keine Wahl, verstehst du?«

»Nein, ich versteh's nicht. Aber wir müssen nicht drüber reden, wenn du nicht willst.«

»Ich *will* aber drüber reden! Ich würde sogar den ganzen Tag drüber reden! Wenn mir nur mal einer richtig zuhören würde!«

»Dicky«, warf Linda mit einem strahlenden Lächeln ein, das jedoch nicht ihre Augen erreichte. Sie wirkte wachsam. »Wir hatten das doch geklärt, oder?« Mit einem Blick auf Ranjid fügte sie hinzu: »Pas devant les domestiques.«*

»Ich kann Französisch«, sagte Ranjid.

Linda verdrehte die Augen. »Na toll. Ein polyglotter Inder.«

Ranjid lachte. »Als Fahrer in New York kommt man sonst nicht weit.«

Dicky machte ein trotziges Gesicht. »Warum soll er's

* Frz.: Nicht vor den Dienstboten.

nicht hören? Ich mache schließlich einen Film darüber, der sich an ein breites Publikum richtet. Ranjid, ich werde von der Mafia verfolgt. Ich trage gefährliches Wissen mit mir herum und muss jederzeit damit rechnen, auf offener Straße abgeknallt zu werden.«

»Sie sollten eine kugelsichere Weste tragen«, schlug Ranjid vor.

»Das ist eine gute Idee!« Dickys Miene hellte sich auf. »Ich werde mir eine besorgen.« Er dachte kurz nach. »Ranjid, warum hast du mir nicht empfohlen, mich ans FBI zu wenden?«

»Ich habe gehört, dass das FBI von der Mafia unterwandert ist.«

»Seht ihr!«, rief Dicky mit triumphierendem Blick in die Runde. »Genau, was ich sagte! Ranjid kennt sich mit Verbrechern aus!«

»Ich habe gewisse Erfahrungen mit bösen Menschen«, stimmte Ranjid zu.

»Welche denn?«, wollte Omi interessiert wissen.

Doch Ranjid hob nur geheimnisvoll lächelnd die Schultern.

»Ranjid, unser Unterweltexperte«, meinte Roger amüsiert. »Wahrscheinlich hast du eine Pumpgun im Handschuhfach und eine .22er im Turban, was, Ranjid?«

»Das könnte gut sein«, antwortete Ranjid.

Wir lachten alle, aber Ranjid verzog keine Miene.

Dicky betrachtete ihn nachdenklich. »Ranjid, kennst du zufällig einen guten Hehler? Ich muss da noch gewisse Recherchen anstellen und bräuchte dafür einen persönlichen Kontakt. Wäre natürlich alles streng anonym.«

»Darüber müsste ich zuerst nachdenken.«

»Lass dich nicht von ihm verulken, Dicky«, sagte Roger.

»Verulkst du mich, Ranjid?«, wollte Dicky wissen.

Ich fand die Unterhaltung sehr spannend, aber bevor wir erfuhren, ob Ranjid wirklich Kontakte zu Hehlern hatte, hielt er an. Und kaum waren wir ausgestiegen, war ich so abgelenkt von der neuen Umgebung, dass ich auf irgendwelche Unterweltaktivitäten keinen Gedanken mehr verschwenden konnte.

Das hier war das weltberühmte Village! Die legendäre Kulisse so vieler wundervoller romantischer Filme und Serien, allen voran *Sex and the City*. Hier irgendwo hatte Carrie Bradshaw ihre Wohnung, wo ihr heiß geliebter Mister Big unzählige Male vorgefahren war und sie abgeholt hatte.

Wir schlenderten durch die Straßen, und ich hatte sofort das Gefühl, überall schon gewesen zu sein. Wir kamen an dem winzigen Lokal vorbei, wo Carrie mit ihren Freundinnen häufig frühstücken ging, und mein Entzücken kannte keine Grenzen, als ich ein Eckhaus mit einer roten Fassade entdeckte, das ich schon gefühlte hundertmal gesehen hatte – im Vorspann von *Friends*.

Ich hätte tagelang einfach nur weiter durch diese Idylle spazieren können, aber irgendwann hielt Ranjid neben uns und ließ uns wieder einsteigen. Als ich meinen Sitz in der hinteren Reihe der Großraumlimousine erklomm, bemerkte ich Jerry, der an der nächsten Ecke stand und mit seinem Handy telefonierte. Noch bevor wir alle eingestiegen waren, fuhr ein Wagen neben ihm vor. Tom saß am Steuer, und Jerry stieg zu ihm ins Auto.

Als Ranjid anfuhr, setzte sich auch der Wagen mit Tom und Jerry in Bewegung und folgte uns.

»Seht mal, Tom und Jerry haben uns wirklich wiedergefunden«, sagte ich. »Das ging ja echt schnell!«

»Ich sag doch, die haben mich rund um die Uhr auf dem Schirm«, bestätigte Dicky.

Eigentlich hätte er sich über so viel Effizienz freuen müssen. Doch er wirkte eindeutig unglücklich.

*

Mittags teilten wir uns auf: Dicky und Roger hatten irgendwas Geschäftliches zu erledigen, worauf Linda meinte, es sei jetzt an der Zeit für ein paar nette Frauenaktivitäten. Ranjid setzte Omi, Linda und mich am Columbus Circle vor dem Time Warner Center ab, einer Luxusmall direkt am Central Park.

In den unteren Stockwerken gab es Läden und Boutiquen aller möglichen weltbekannten Nobelmarken sowie einen Food Court mit erlesener Auswahl. Wir aßen eine Kleinigkeit zu Mittag und bummelten anschließend treppauf, treppab durch die Mall. Dabei hatte ich zwischendurch ein seltsames Gefühl – es kam mir vor, als würden wir von jemandem verfolgt. Ich schaute mich immer wieder mal um, aber mir fiel nichts Besonderes auf. Wahrscheinlich hatte ich mich von Dickys Mafia-Manie anstecken lassen.

Nach kurzer Zeit verschwand Linda in einem Swarovski Store, weil sie dringend noch ein paar Geschenke besorgen wollte, während Omi und ich uns mit allen möglichen Pflegeprodukten in einem L'Occitane Laden eindeckten.

Linda brauchte ewig bei der Auswahl ihrer Geschenke. Sie schrieb uns eine Nachricht in den Gruppenchat, dass es noch etwas dauern würde und wir ruhig noch etwas ohne sie durch die Mall bummeln sollten.

»Wir treffen uns in einer halben Stunde bei dem Schmuckladen, bis dahin will sie fertig sein«, teilte ich Omi mit.

Wir kauften in der Zwischenzeit eine Hugo-Boss-Krawatte für Bob. Wir fanden, dass er ein paar Accessoires für die Hochzeit mit Mama gebrauchen konnte, und sein Geschmack war in Kleidungsfragen ziemlich unterentwickelt. In seiner Freizeit trug Bob am liebsten Holzfällerhemden. Fürs Büro zog er ein Sakko an, aber die Krawatte ließ er meist weg. Zu Gerichtsterminen musste er zur Robe natürlich einen Schlips tragen, aber der durfte nur weiß sein, das war bei Anwälten so vorgeschrieben.

Für Mama besorgten wir in einer Lederwarenboutique einen edlen Gürtel, der ihr sicher gefallen würde. Anschließend gingen wir zu dem Swarovskiladen, wo wir uns mit Linda treffen wollten.

Als wir dort ankamen, bemerkte ich einen Mann, der in der Nähe des Eingangs stand. Er sah ziemlich gut aus und hatte eine verblüffende Ähnlichkeit mit Zorro alias Antonio Banderas, nur ohne Maske – lange schwarze Haare, funkelnder Blick, herausfordernde Haltung. Die Zorro-Optik wurde durch die dunkle Kleidung noch verstärkt.

Trotzdem hätte ich ihn nicht weiter interessant gefunden, wenn ich nicht genau gewusst hätte, dass er gleichzeitig mit uns vorhin auch im Food Court gewesen war. Schon dort war mir sein spezieller Look aufgefallen. Dass er uns jetzt schon wieder über den Weg lief, konnte Zufall sein, allerdings hatte ich das untrügliche Gefühl, dass er uns beobachtete. Vielleicht hatte Dicky ja doch recht. Was, wenn dieser Typ von der Mafia war? Ich unterdrückte meine Aufregung und tat so, als müsste ich was auf meinem Handy lesen. Dabei machte ich unauffällig ein Foto von ihm.

Dann überlegte ich mir, dass jemand von der Mafia, der es auf Dicky abgesehen hatte, ja wohl nicht hier herumhängen würde, sondern eher hinter Dicky her wäre. Möglicherweise war dieser Zorro-Typ also einfach nur ein Fan von Linda. Sie hatte davon gesprochen, dass sie manchmal regelrecht von denen verfolgt wurde.

Gleich darauf kam Linda mit ein paar Einkaufstüten aus dem Store. Sie machte einen zufriedenen Eindruck.

»Na?«, meinte sie aufgeräumt. »Alles klar bei euch? Habt ihr auch ein paar schöne Sachen gefunden?«

»Ja, wir haben schon einige nette Mitbringsel beisammen«, meinte Omi.

Ich wandte mich zu Zorro um, weil ich wissen wollte, wie er auf Lindas Auftauchen reagierte. Doch dort, wo er eben noch gestanden hatte, war niemand mehr.

*

Linda war noch zu weiteren Shoppingtouren aufgelegt, aber Omi meinte, sie müsse sich jetzt ausruhen, schließlich sei sie eine alte Frau, was Linda sofort vehementen Protest entlockte.

»Du bist doch nicht alt!«

»Ab wann ist eine Frau denn in deinen Augen alt?«, erkundigte Omi sich mit verschmitztem Lächeln.

»Das Alter misst man nicht in Jahren«, erklärte Linda im Brustton der Überzeugung. »Das ist eine Sache der inneren Einstellung. Man ist immer so jung, wie man sich fühlt.«

»Im Moment fühle ich mich ziemlich alt«, gab Omi zu bedenken. »Was unter anderem daran liegt, dass ich seit vier Uhr wach bin.«

»Oh je, der Jetlag!« Linda bedachte Omi mit einem reumütigen Blick. »Daran hatte ich überhaupt nicht mehr gedacht! Wir fahren sofort zum Hotel zurück!«

Vor der Mall winkte sie eines der typischen gelben New Yorker Taxis heran, und beim Einsteigen meinte ich, inmitten der Kunden im Eingangsbereich des Einkaufscenters wieder Zorro zu erblicken. Doch ehe ich genauer hinsehen konnte, musste ich auf der Rückbank des Taxis durchrutschen, um Omi Platz zu machen. Als der Wagen anfuhr, hielt ich noch einmal nach dem Typen Ausschau, konnte ihn aber nirgends entdecken.

»Sag mal, hast du eigentlich viele Fans?«, wollte ich von Linda wissen.

»Ja, unendlich viele«, sagte sie. »Es ist eine regelrechte Heimsuchung. Manche Männer quatschen mich auf der Straße an und wollen was mit mir trinken gehen, einfach so, obwohl sie mich überhaupt nicht kennen. Oder sie wollen Selfies mit mir machen. Am liebsten welche, auf denen sie mich umarmen und küssen. Wahrscheinlich liegt das daran, dass die Filme, in denen ich früher gespielt habe, nicht ganz so anspruchsvoll waren wie meine heutigen.«

»Was waren das denn für Filme?«, fragte ich.

»Im weitesten Sinne romantische Liebesfilme«, sagte Linda. »Es gab jedenfalls immer ein Happy End.«

Während ich noch überlegte, was sie genau damit meinte, fügte sie hinzu: »In manchen von diesen Filmen hatte ich nur ziemlich wenig an, wenn ihr versteht, was ich meine. Es war aber alles ganz harmlos. Höchstens ein kleines bisschen erotisch. Also nicht wirklich pornografisch oder so.«

Damit war das Thema für sie abgehakt, doch ich hatte eine Weile damit zu tun, ihre Informationen zu verdauen. Wenn das so war, konnte ich wohl davon ausgehen, dass Zorro höchstwahrscheinlich nicht von der Mafia war, sondern bloß einer von Lindas zahlreichen Verehrern. Wenn Omi und ich nicht dabei gewesen wären, hätte er sich vielleicht auch ein Herz gefasst und ein Selfie oder mehr von Linda gewollt.

Als Pascal am späten Nachmittag zurück ins Hotel kam, erzählte ich ihm davon.

»Hättest du gedacht, dass Linda früher mal in erotischen Filmen mitgespielt hat?«, fragte ich.

»Wirklich? Das würde erklären, wieso sie mir von Anfang an so bekannt vorkam.«

Er lachte, als er meinen entgeisterten Gesichtsausdruck sah. »Das war ein Scherz.«

»Haha«, gab ich zurück. »Superkomisch.«

»Du bist süß, wenn du sauer bist.« Er zog mich in seine Arme.

Ich legte den Kopf in den Nacken und blickte zu ihm hoch. »Nur, wenn ich sauer bin?«

»Eigentlich bist du immer süß. Aber im Moment besonders. Das liegt sicher daran, dass ich mir den ganzen Tag das hier vorgestellt habe.«

Und schon fing er an, mir zu zeigen, was er mit *das hier*

meinte. Es übertraf meine kühnsten Erwartungen. Meine Pläne, ihn zu einem kurzen Spaziergang im Central Park zu überreden (der uns zufällig wieder bei Tiffany's vorbeigeführt hätte), verflüchtigten sich mit jedem Kuss mehr. Ich wollte nur noch *einen* Spaziergang machen, und der führte geradewegs nach nebenan ins Schlafzimmer.

Wir waren gerade im Begriff, uns genau dorthin zu bewegen, als es klopfte.

»Seid ihr da?«, rief Dicky von draußen. »Stör ich?«

»Ja, und wie«, brummte Pascal, aber ich hatte mich schon aus seinen Armen gelöst und ging zur Tür, um Dicky zu öffnen.

»Hi, Emily«, sagte er. »Ist Pascal auch da? Ich brauche dringend eure Hilfe.«

»Komm rein«, sagte ich, während er bereits an mir vorbei die Suite betrat und das Sofa im Salon ansteuerte. Er legte sich der Länge nach darauf und schloss die Augen.

»Geht es dir nicht gut?«, fragte ich besorgt. »Hast du Kreislaufprobleme? Willst du einen Schluck Wasser? Oder soll ich besser Linda rufen?«

Er schüttelte den Kopf. »Es geht schon. Das ist nur die Anspannung. Ich darf jetzt keine Fehler begehen.«

»Was meinst du damit?«

Pascal verdrehte die Augen, anscheinend wollte er damit zum Ausdruck bringen, dass ich doch bitte um Himmels willen mit der Fragerei aufhören sollte, weil Dicky uns sonst garantiert wieder mit seinen Verschwörungstheorien zutexten würde. Und genauso war es auch.

»Sicher fragt ihr euch jetzt, wieso ich euch nicht einfach angerufen habe, um euch um Hilfe zu bitten.«

»Ich kann's mir denken«, sagte Pascal. »Wahrscheinlich glaubst du, dass es nicht sicher ist, wenn du dein Handy benutzt.«

Dicky schlug die Augen auf und betrachtete ihn dankbar. »Daran erkennt man den professionellen Sicherheitsexperten! Du verstehst sofort, worum es mir geht.«

»Nicht wirklich. Worum geht es dir? Ich meine, abgesehen davon, dich mit uns zu unterhalten, ohne abgehört zu werden. Wobei man übrigens auch mit entsprechender Software abgehört werden kann, wenn man das Handy nur in der Tasche hat.«

Dicky war entsetzt. »Wirklich? Ich dachte bisher, man könne nur den Standort ermitteln. Dass man auch Gespräche belauschen kann, wusste ich nicht! Himmel, ist die Abhörtechnik schon so weit?« Er sprang auf und sah sich um. »Wo ist die Minibar?«

»Möchtest du einen Drink?«, fragte Pascal. »Ich kann dir einen Whisky mixen.«

»Nein, ich will mein Handy in den Kühlschrank legen. Ich habe mal gelesen, dass die Kältedämmung sämtliche Suchtechnik abwehrt.«

»Es reicht schon, wenn du es einfach ausschaltest.«

»Oh, das wäre nicht gut. Ich wüsste nicht, wie man es wieder anmacht.«

»Du hast dasselbe Modell wie wir. Man muss einfach nur lange auf den Startknopf drücken und dann mit der PIN die SIM-Karte entsperren.«

»Ich weiß. Aber ich habe die PIN vergessen.«

»Hast du die nicht irgendwo auf einem Zettel notiert?«

»Natürlich. Aber den habe ich vernichtet. Aus Sicherheitsgründen.« Dicky legte sein Handy in den Kühlschrank und fuhr sich anschließend mit beiden Händen nervös durch seine kurzen blonden Löckchen. Das weiße Hemd hing ihm zerknittert über die Hose, seine Wangen waren von einem hektisch wirkenden Rosa überzogen. Er sah aus wie ein dicklicher, etwas zu groß geratener Posaunenengel.

»Wozu brauchst du unsere Hilfe denn?«, fragte Pascal. Er klang freundlich, aber ich hörte die leise Ungeduld in seiner Stimme.

»Ich will zu einem Hehler. Ranjid kennt da jemanden und hat den Kontakt hergestellt. Er bringt mich hin. Ich würde mich aber viel sicherer fühlen, wenn du und Sarah auch dabei wärt. Ihr müsst ja nicht mit reingehen. Nur zur Sicherheit im Hintergrund warten.«

Pascal starrte ihn an. »Du willst mit einem Hehler ins Geschäft kommen und möchtest, dass Sarah und ich dabei Schmiere stehen?«

Dicky lächelte nervös. »Nicht doch. Es ist reine Recherche. Ich will mit jemandem sprechen, der authentisch in diesem Milieu verwurzelt ist. Der mir aus erster Hand erzählen kann, wie solche Geschäfte ablaufen. Über Handelskanäle, Preise, Abnehmer, Hintermänner.«

»Hat das was mit deiner Mafia-Story zu tun?«, fragte ich interessiert. »Vielleicht sogar mit den Daten, die du auf dem Laptop des Don gefunden hast?«

Er wurde noch nervöser und sah sich ängstlich nach allen Seiten um. »Sind *eure* Handys eigentlich aus?«, fragte er. »Vielleicht werden die ja auch abgehört!«

»Das überprüfe ich jeden Tag«, behauptete Pascal. »Heute Morgen war alles noch clean. Wer ist Ranjid?«

»Ein Inder, der hauptsächlich Roger und Sabine fährt. Und manchmal auch Linda und mich, wenn wir in der Stadt sind. Er hat uns alle auch heute Morgen während unserer Sightseeingtour herumgefahren.«

»Was ist mit Tom und Jerry? Wieso nimmst du die nicht einfach mit?«

Dicky schüttelte energisch den Kopf. »Ich traue den beiden nicht.«

»Ach?« Pascal blickte Dicky erstaunt an. »Deinen eigenen Bodyguards? Du hast sie doch extra zu deinem Schutz angeheuert!«

»Trotzdem traue ich ihnen nicht. Wenn ich die beiden sehe, habe ich so ein … Brutus-Gefühl. Ihr wisst, wer Brutus war, oder?«

»Meinst du den Lieblingsneffen von Gaius Julius Cäsar, dem römischen Imperator?«

»Exakt den.«

»Du glaubst also, Tom oder Jerry könnten dich hinterrücks erstechen, so wie es Brutus vor zweitausend Jahren mit Cäsar gemacht hat?«

»Na ja, sie müssten es nicht mit einem Messer machen. Es gibt auch andere Methoden.«

»Du glaubst also, dass der Don sie dazu angestiftet hat, dich umzubringen?«, erkundigte Pascal sich. Seine Stimme klang gleichbleibend freundlich, aber mir war klar, was er dachte – Dicky befand sich seiner Meinung nach am Rande einer Psychose beziehungsweise steckte schon mittendrin.

»Ich denke nicht, dass sie mich töten wollen. Jedenfalls jetzt noch nicht. Denn ich habe ja etwas, das sie wollen.«

»Den Laptop des Don«, mutmaßte Pascal.

»Genau. Fragt mich aber bitte nicht, wo er ist. Und auch nicht, wie der Don heißt. Das kann ich euch nicht sagen.«

»Warum nicht?«

»Dann würdet ihr nur eigene Nachforschungen anstellen wollen. Und das würde euch in Gefahr bringen.«

»Wenn du Tom und Jerry so wenig traust – wieso wirfst du sie nicht einfach raus und engagierst andere Leibwächter?«, wollte Pascal wissen.

»Weil es nichts ändern würde. Die nächsten Typen wären vielleicht noch schlimmer. Die Kontakte der Mafia sind auch in der Security-Branche weit verzweigt, vor allem in New York. Außerdem haben die beiden italienische Nachnamen. Tom heißt Agostino, und Jerry Moretti.«

»Der New Yorker Bürgermeister hat auch einen italienischen Nachnamen«, gab ich zu bedenken.

Dicky nickte bedeutungsschwer, als würde dieser Umstand seine These nur untermauern.

»Hast du außer deinem Brutus-Gefühl und den italienischen Namen noch irgendeinen Beweis für deine Annahme, dass Tom und Jerry dir was Böses wollen?«, fragte Pascal.

»Nein«, räumte Dicky ein. »Aber ich will sie trotzdem nicht dabeihaben, wenn ich zu dem Hehler gehe. Sicher ist sicher.« Sein Gesicht verzog sich zu einem flehentlichen Ausdruck. »Ich wäre dir und Sarah wahnsinnig dankbar, wenn ihr mitkommen könntet! Ich würde es auch extra bezahlen!«

»Kommt nicht infrage«, sagte Pascal sofort. »Das wäre definitiv Bestechung.«

»Aber aus Gefälligkeit könnten wir doch mitgehen, oder?«, hakte ich nach.

Pascal bedachte mich mit einem verärgerten Seitenblick,

doch ich hob nur unbeeindruckt die Schultern. Ich fand Dickys Vorhaben sehr aufregend und hätte nur zu gern gewusst, welcher Fund auf dem Laptop des Don ihn dazu inspiriert hatte, sich mit einem Hehler unterhalten zu wollen.

»Geht es um Waffenhandel?«, fragte ich. »Wäre es in diesem Fall nicht ziemlich gefährlich, sich mit jemandem aus dem … ähm, Milieu zu treffen?«

»Es hat nichts mit Gewalt zu tun. Und es soll ja auch nur ein Interview werden.«

»Falschgeld? Kunst? Hightechprodukte?« Pascal ließ sich nicht so leicht abspeisen wie ich. »Ich muss schon wissen, zu welcher Art von Hehler ich dich begleiten soll.«

Dicky sah sich erneut nach allen Seiten um, dann eilte er zu dem englischen Sekretär und kritzelte etwas auf den Hotelschreibblock. Er riss das Blatt ab und zeigte es uns. Gleichzeitig legte er sich den Finger auf die Lippen, damit wir nichts sagten.

Pascal und ich lasen, was auf dem Blatt stand. Es war nur ein einziges Wort, und es lautete *Diamanten*.

*

Dicky kam mir vor wie ein kleines Kind an Weihnachten – er sah gleichzeitig erwartungsvoll und ein bisschen ängstlich aus: erwartungsvoll, weil er keine Ahnung hatte, was als Nächstes geschah, und ängstlich, weil möglicherweise Erfahrungen auf ihn zukamen, die wenig erfreulich waren.

Wir fuhren gemeinsam durch Manhattan. Dicky saß vorn neben Ranjid und tippte auf seinem Tablet herum, während Pascal, Sarah und ich uns auf die hintere Sitzbank zurückgezogen hatten und uns leise unterhielten. Dicky konnte uns nicht hören, weil eine Sitzreihe zwischen uns lag und die Musikanlage des Wagens einen Countryhit nach dem anderen dudelte.

»Ich kann nicht fassen, dass ich mich dazu habe breitschlagen lassen«, sagte Pascal zu den Klängen von *Rodeo or Mexico*. »Das Ganze ist nur noch absurd. Der Typ ist verrückt. Wieso sitze ich hier im Wagen und fahre mit ihm dorthin?«

Dasselbe hatte er in unterschiedlichen Variationen während der Fahrt schon ungefähr dreimal geäußert.

»Na ja, ich sage nur: *Waldorf Astoria*«, meinte Sarah, die beim ersten und zweiten und dritten Mal genau wie ich gar nichts dazu gesagt hatte, jetzt aber offenbar genug von dem Genörgel hatte. Sie saß zurückgelehnt rechts neben mir, die langen Beine locker ausgestreckt. Sie war bildhübsch wie immer. Im Gegensatz zu Pascal hatte sie kein Problem damit gehabt, Dickys Hilferuf zu erhören und ihn zu einem angeblichen Diamantenhehler zu begleiten. »Auch wenn wir in unserem Job die höchste Dienstaltersstufe erreichen, können wir uns so eine Hütte niemals leisten. Also genieß es doch einfach, Kalli.«

»So schlecht ist das Tagungshotel auch wieder nicht.«

»Ich glaube nicht, dass es da zum Frühstück frischen Lachs und Hummerpastete gibt. Oder Marmorbadezimmer mit superweichen Frotteebademänteln. Oder kostenlosen Schampus. Oh, und heute Morgen haben mir zwei Typen in der Kaffeepause erzählt, dass sie total zerstochen aufgewacht sind. Scheint ganz so, als hätten sie da in dem Tagungshotel Bettwanzen auf dem Zimmer.«

Pascal bedachte sie mit einem skeptischen Blick, doch Sarah ließ sich nicht beirren. »Für diese Hammersuite im Waldorf fahre ich mit Dicky bis ans Ende der Welt«, erklärte sie.

Das war ein bisschen dick aufgetragen, denn Dicky hatte versprochen, dass das Ganze nicht länger als eine Stunde dauern würde und dass wir rechtzeitig zum Dinner zurück sein würden.

Unser Ziel lag irgendwo in Chinatown. Der Hehler, den Dicky für seinen Dokumentationsfilm interviewen wollte, war ein amerikanischer Chinese. Wäre er zufällig italienischer Abstammung gewesen, hätte Dicky unter gar keinen Umständen mit ihm gesprochen, wie er uns versichert hatte. Wenn eine Sache klar war, dann die, dass der Don nicht mit Chinesen zusammenarbeitete. So viel hatte Dicky schon im Vorfeld seiner Recherchen für den neuen Film herausgefunden. Deshalb gab es selbst für ihn keinen Grund, Chinesen zu misstrauen.

Pascal hatte dazu angemerkt, dass es sich hier immerhin um einen chinesischen *Hehler* handle, doch diesen Einwand hatte Dicky beiseitegewischt. Er sei schon immer ein China-Fan gewesen, bereits als kleiner Junge hätte er die Chinesen hundertmal lieber gehabt als die Italiener. Das hätte schon mit dem Essen angefangen. Frühlingsrolle, Hühnchen Kung Pao und Glückskekse – dafür würde er jede Minestrone und jede Pasta stehen lassen. Außerdem sei er Holländer. Schon immer habe es sehr gute Beziehungen zwischen den Niederlanden und China gegeben. Chinesen hätten die Tulpen nach Holland gebracht und für das Delfter Porzellan Pate gestanden.

Pascal hatte recht, das Ganze war wirklich ausgesprochen

absurd, und irgendwie kam es mir ein bisschen gemein vor, dass wir von Dickys Freigiebigkeit profitierten und im Luxus schwelgten und dabei stillschweigend akzeptierten, wie irrational er sich aufführte. Vielleicht wäre er wirklich zur Vernunft gekommen, wenn wir alle einfach in das Tagungshotel gezogen wären und uns seinen Verschwörungsthesen und paranoiden Anwandlungen entzogen hätten. Womöglich hätte ihn genau das zur Vernunft gebracht. Das war jedenfalls Pascals Meinung – solange so viele Leute um Dicky herum ihn durch ihre Mitwirkung und Unterstützung in seinem Wahn bestärkten, würde er davon garantiert nicht runterkommen.

Es klang vernünftig, was Pascal da sagte. Trotzdem konnte ich mich seinem Urteil nicht anschließen. Und das lag nicht bloß daran, dass ich nur sehr ungern das Waldorf gegen das Tagungshotel eingetauscht hätte (o mein Gott, Bettwanzen!). Sondern es hatte auch damit zu tun, dass ich im Gegensatz zu Pascal nach wie vor an Dickys Mafia-Erlebnisse glaubte. Daran, dass er den Don bei einem Mord beobachtet hatte. Und dass er den Laptop des Don besaß und darauf Dinge gefunden hatte, die ihm zusätzlichen Grund gaben, sich verfolgt zu fühlen.

Ich hatte auch mit Omi darüber gesprochen, die zu meinem Erstaunen eher meiner Einschätzung zuneigte als der von Pascal. »Rational begründen lässt es sich nicht«, hatte sie nachdenklich festgestellt. »Es ist einfach bloß so ein Gefühl, dass alles stimmt, was er sagt. Nun ja, sagen wir: vieles davon.« Dann hatte sie den Kopf geschüttelt. »Aber natürlich können Gefühle einen Menschen trügen. Und das Ganze ist wirklich *sehr* absurd.« Womit wir wieder bei Pascals These waren. Mit anderen Worten, möglich war alles. Oder eben nichts.

Aus der Anlage tönte der nächste Garth-Brooks-Song, als Ranjid uns in Richtung Lower Manhattan chauffierte. Dicky tippte weiter auf seinem iPad herum. Sein Handy hatte er nicht mitgenommen, weil er nicht geortet werden wollte. Außerdem hatte er das Hotel heimlich über die Hintertreppe verlassen, damit Tom und Jerry nicht mitkriegten, dass er unterwegs war. Ranjid hatte Pascal, Sarah und mich vorm Hotel abgeholt, und Dicky war zwei Ecken weiter eingestiegen.

Pascal hatte gemeint, er komme sich vor wie in einem unterirdisch schlechten Spionagefilm, und so ähnlich fühlte ich mich auch, allerdings mit dem Unterschied, dass ich den Film gar nicht so übel fand. Abgefahren, das ja. Aber auch irgendwie sehr spannend. Und streckenweise sogar witzig. Jedenfalls konnte ich ein kleines Kichern nicht unterdrücken, als wir auf der Fahrt nach Chinatown zufällig Little Italy passierten, wie auf einem quer über einer Straße hängenden Schild zu lesen war. Nur einen Block weiter sah man dann überall an den Fassaden chinesische Schriftzeichen – Italiener und Chinesen schienen hier sehr nah beieinander zu wohnen. Ob Dicky diese Ironie aufgefallen war?

Ich sah mich interessiert um. In diesem Teil von New York kam man sich plötzlich vor wie in einem anderen Land. Nicht nur wegen der vielen chinesischen Schilder und der ungewohnten Auslagen in den Läden, sondern auch wegen der unzähligen chinesischen Passanten. Es war fast so, als hätte man wie durch Zauberhand schlagartig die Grenze zwischen den USA und China überschritten.

Ranjid hielt vor einem schmalbrüstigen Gebäude mit rostiger Feuerleiter und verhängten Fenstern. »Da drin ist es. Li weiß Bescheid. Sie müssen allein reingehen. Zweiter Stock.«

Dicky nickte. Er war sehr blass und atmete tief durch. »Ob ich mich bewaffnen sollte?«

»Womit?«, erkundigte Ranjid sich.

»Mit einer Pistole. Hast du zufällig eine hier?« Dicky schien ganz vergessen zu haben, dass Pistolen seiner eigenen Ansicht nach nur ein jämmerlicher Männlichkeitsersatz waren.

Ranjid schüttelte den Kopf. »Besser, Sie gehen ohne Waffe da rein, Sir. Li könnte es sonst falsch verstehen.«

Dicky straffte sich und setzte eine heroische Miene auf, dann stieg er aus. »Falls ich in einer halben Stunde nicht zurück bin, könnt ihr die Kavallerie schicken«, sagte er durch die offene Beifahrertür zu uns. Mit diesem schwachen Versuch zu scherzen schlug er die Tür zu und marschierte mit durchgedrücktem Rücken zum Eingang des Gebäudes.

»Wir könnten ja so lange ein bisschen die Gegend erkunden«, schlug Sarah vor. »Dicky kann sich im *Dicky-and-friends*-Chat melden, wenn er rauskommt.«

»Sein Handy liegt bei uns im Kühlschrank«, erklärte ich.

»Warum?«, wollte Sarah verblüfft wissen.

»Er hat Angst, von der Mafia geortet zu werden.«

Sarah sah betroffen aus. »Oh Mann. Es scheint ja wirklich schlimm um ihn zu stehen.«

»Sag ich doch die ganze Zeit«, meinte Pascal. »Aber auf mich will ja keiner hören.« Er runzelte die Stirn. »Ranjid, dieser Li – ist das jemand, vor dem man Angst haben muss?«

»Nur, wenn man ihn abzocken will. Dann kann es vorkommen, dass er dasselbe tut wie die italienische Mafia.«

»Und was wäre das?«

»Menschen töten«, erläuterte Ranjid. Beruhigend fügte er hinzu: »Aber das hat Li schon lange nicht mehr gemacht. Die Leute betrügen ihn nicht.«

»Außerdem will Dicky ja nur ein anonymes Interview für seine Doku«, warf ich ein, obwohl ich bei der ganzen Geschichte ein mulmiges Gefühl hatte.

Wir saßen eine Weile schweigend da und harrten der Dinge. Dann bekam Sarah einen Anruf und ging dran.

»Entschuldigt, aber das ist privat«, sagte sie und stieg aus. Draußen drehte sie uns beim Telefonieren den Rücken zu, aber ich hätte wetten können, dass der Anruf von Leif kam. Ihre ganze Haltung deutete darauf hin. Außerdem fuhr sie sich immer wieder mit der freien Hand durch die Haare.

»Ob da was läuft?«, fragte ich Pascal.

»Wo?«

»Zwischen Sarah und diesem Golfer. Leif.«

»Ich schätze schon. Sie waren gestern Abend noch was zusammen trinken, und was sie hinterher gemacht haben, weiß ich nicht. Und es geht uns auch nichts an. Sie ist ja ein großes Mädchen. Heute hat sie ihn jedenfalls in der Mittagspause auf dem Golfplatz besucht und sah anschließend ziemlich happy aus.«

»Wir könnten uns auch mal in der Mittagspause treffen. Dann können wir uns zusammen Brooklyn ansehen.«

»So richtig viel zu sehen gibt es da nicht, jedenfalls nicht in der Umgebung von diesem Tagungshotel. Ich würde lieber was anderes mit dir unternehmen. Jetzt. Soll ich dir verraten, was?« Er legte mir eine Hand in den Nacken und sah mir tief in die Augen. Mir wurde warm.

Ranjid betrachtete uns im Innenspiegel. »Ich kann auch ein bisschen Deutsch«, informierte er uns.

»Angeber«, versetzte Pascal. Aber er lachte und nahm seine Hand weg.

Sarah hatte inzwischen das Gespräch beendet und stieg wieder ein. Dabei fiel ihr etwas auf. »He, Dicky hat sein iPad auf dem Beifahrersitz liegen lassen. Hätte er das nicht für das Interview gebraucht?«

»Eher nicht«, sagte ich. »Er hat damit ganz schlechte Erfahrungen gemacht.«

Sie grinste. »Stimmt, hatte ich ganz vergessen. Die Sache mit dem Don. Und jetzt besucht er schon wieder einen Verbrecher. Scheint so, als hätte er einen überdurchschnittlich ausgeprägten Hang zur Gefahr.«

Gleich darauf tauchte Dicky auf. Er kam mit schnellen Schritten aus dem Haus und stieg ein. »Wir können los«, sagte er mit gepresster Stimme.

»Schon fertig?«, fragte Sarah erstaunt. »Das ging ja fix.«

»Wir konnten uns nicht über die Konditionen einigen. Fahr los, Ranjid.«

Ranjid startete den Wagen.

»Was für Konditionen?«, wollte ich wissen. »Solltest du etwa was für das Interview zahlen?«

Dicky nickte geistesabwesend. Er wirkte zutiefst empört. Seine Blässe war verschwunden und hatte einer zornigen Röte Platz gemacht. Er schaltete sein iPad an und fing hektisch an zu tippen. Während der restlichen Rückfahrt zum Hotel sprach er kein einziges Wort.

*

Von: Dickyman@dickyfilms.com
An: Pretty@dickyfilms.com

Darling,
sorry, dass ich dich nicht anrufe und dir alles persönlich berichte, aber ich habe mein Handy nicht dabei. Und ich MUSS dir erzählen, was gerade passiert ist, denn ich platze, wenn ich damit bis später warten muss. Ich bin immer noch ganz außer mir! Und dabei fing alles so gut an! Dieser Li scheint wirklich ein echter Diamantenhehler zu sein, so viel muss man ihm lassen. Ranjids Empfehlung war allerdings nicht optimal, denn es war mir unmöglich, mit diesem Chinesen ins Geschäft zu kommen. Die Konditionen, die er für unseren Deal festlegen wollte, waren schlichtweg ruinös! Natürlich hatte ich mehr oder weniger erwartet, dass er meine Situation in gewisser Weise ausnutzen würde – wer täte das nicht! –, aber nachdem ich mich unter Lebensgefahr in den Besitz des Laptops gebracht hatte, kann ich diesen Schatz nicht einfach so verschleudern. Stell dir vor, er wollte die Hälfte von allem! Nicht einfach nur vom Erlös, sondern von den Steinen! Und zwar als Vorkasse und festen Anteil. Die andere Hälfte würde er für ein Viertel des aktuellen Börsenpreises übernehmen. Das sei so üblich, hat er behauptet. Und dann wollte er, dass ich ihm die Ware zeige. Als ich ihm sagte, dass ich sie nicht dabeihabe (für wie blöd kann so ein Gangster einen halten?), hat er einen seiner Leibwächter aufgefordert, mich zu durchsuchen. Du kannst dir nicht vorstellen, wie demütigend es ist, von einem drei Zentner schweren Koloss von Chinesen (es könnte auch ein Japaner gewe-

sen sein, er sah aus wie einer dieser Sumoringer) von oben bis unten abgetastet zu werden. Überall. Leider hat der Dickwanst dabei die drei Steine gefunden, die ich als Musterstücke eingesteckt hatte. Zum Glück habe ich auf dich gehört und nur die kleinen mitgenommen! Wie auch immer, Li hat sie eingesackt und behauptet, die seien sein Honorar dafür, dass er mit mir gesprochen hat. Und dann sagte er noch, die Steine seien von ausgezeichneter Qualität, er wisse zufällig genau, woher sie stammten und wie viele es seien, und wir könnten jederzeit ins Geschäft kommen, aber seine Bedingungen seien nicht verhandelbar. Zehn Millionen bar auf den Tisch des Hauses für die komplette Ware. Natürlich habe ich abgelehnt. Es muss in einer Metropole wie New York noch bessere Hehler geben als diesen raffgierigen Chinesen.

Oh, gerade merke ich, dass wir schon fast wieder am Hotel sind. Sehe dich nachher!

Kuss,

D.

5

Im Hotel holte Dicky sich sein eiskaltes Handy bei uns ab, und ich schaute kurz bei Omi vorbei. Sie hatte ein Nickerchen gemacht und steckte wieder voller Tatendrang.

»Sekunde«, meinte sie, als sie mir öffnete. »Ich diktiere gerade den letzten Absatz fertig.«

»Nur zu«, erwiderte ich.

»Maggie hielt mit einem schwachen Keuchen die Luft an, als Jonathan sie mit einem unerwarteten Ruck in seine Arme zog. Instinktiv legte sie beide Hände gegen seine Brust, denn sie hatte das Gefühl, dass sie ein Mindestmaß an Abstand zu ihm wahren müsse. Doch seine Nähe und seine Wärme raubten ihr den Verstand und machten es ihr völlig unmöglich, einen klaren Gedanken zu fassen. ›Weißt du, was ich jetzt mit dir tun will, Maggie?‹, raunte Jonathan ihr ins Ohr. Mit glühenden Wangen schüttelte sie den Kopf, obwohl sie trotz ihrer fehlenden Erfahrung durchaus eine ungefähre Vorstellung davon hatte. Sein Körper und sein dunkel lockender Blick sprachen eine deutliche Sprache, und als er sie noch fester an sich zog, legte sie den Kopf zurück und konnte nichts anderes tun, als ihn willenlos anzustarren.«

»Wow«, sagte ich. »Kapitel vier, oder?«

»Genau«, stimmte sie zu.

»Was ist aus deiner anderen Idee geworden – die Sache mit den vertauschten Koffern?«

»Ist schon in Arbeit. Der Plot steht. Sobald ich mit Maggie und Jonathan durch bin, fange ich an. Vielleicht sogar schon vorher, weil mich der Stoff wirklich sehr reizt. New York animiert mich zum Arbeiten, glaube ich.«

»Hat Linda eigentlich schon was wegen deines Laptops herausgefunden?«

»Sie hat den falschen Koffer bei der Fluggesellschaft abgegeben und für meinen Koffer eine Verlustmeldung eingereicht. Man hat ihr da gesagt, dass wir morgen wahrscheinlich schon mehr erfahren werden. So lange muss ich mich leider noch gedulden. Aber Hauptsache, die Sache ist in Bearbeitung. Linda meinte, der Rest sei jetzt nur noch Routine.« Omi las eine Nachricht auf ihrem Smartphone. »Oh, gerade schreibt Linda im *Dicky-and-friends*-Chat. Sie fragt, ob wir heute Abend nicht alle zusammen nach einem kleinen Times-Square-Bummel in einen Nachtclub gehen wollen. Was hältst du davon? Ich bin sehr dafür, schon aus Recherchegründen, weil eine Szene in meinem Roman in so einem Club am Times Square spielen soll und ich dann gleich einen sehr authentischen Eindruck davon gewinnen könnte. Was meinst du, ob sie eine so alte Frau wie mich da reinlassen?«

»Auf jeden Fall«, behauptete ich, obwohl ich keine Ahnung hatte. Wenn sie jemanden nicht reinließen, dann höchstwahrscheinlich mich, weil ich noch keine einundzwanzig war.

Omi machte einen ausgesprochen unternehmungslustigen Eindruck, und der Times Square stand sowieso als abendliches New-York-Highlight auf meiner Sightseeingliste. Wir hatten nicht vorgehabt, in einen Nachtclub zu gehen – zu teuer –, aber Dicky schrieb als Nächstes in den Chat: *Natürlich seid ihr alle eingeladen. Leif auch! Die Drinks dort sind legendär!*

Von Sarah kam prompt zurück: *Super! Wir sind dabei!*

Damit war die Sache entschieden.

Pascals Reaktion fiel allerdings nicht sehr enthusiastisch aus. »Können wir nicht auch mal irgendwas ohne diesen Holländer und sein Gefolge unternehmen? Wir haben immer noch nicht das Boxspringbett ausprobiert. Wieso bleiben wir heute Abend nicht einfach hier?« Er fuhr mir mit dem Finger sanft übers Ohr. »Du würdest es nicht bereuen.«

Unter seinem Blick wurde mir heiß. »Omi will so gern hin, und wir müssen ja nicht die ganze Nacht in dem Club bleiben«, meinte ich sehr vernünftig. Doch meine Stimme klang eher piepsig, denn ich hatte Mühe, Luft zu holen. Pascal hatte mich mit einem kräftigen Ruck in seine Arme gezogen. Genau wie Jonathan Harper bei Maggie, schoss es mir verschwommen durch den Kopf, während Pascal seine Lippen auf meine senkte und mich küsste, bis ich mich geistig auf der Stufe von geschmolzener Butter bewegte. Wie aus weiter Ferne bekam ich mit, dass er mich hochgehoben hatte und meine Füße in der Luft baumelten, während er nicht aufhörte, mich zu küssen. Aus den Augenwinkeln sah ich das Kingsizebett, das höchstens noch drei Schritte entfernt war, als – mal wieder! – die Türklingel ertönte.

»Wir sind nicht da!«, rief Pascal.

»Ich hör dich«, kam es von Sarah zurück.

Er stellte mich seufzend auf die Beine und ging zur Tür. Ehe ich ihm folgen konnte, musste ich mich zuerst für ein paar Sekunden an einem Stuhl festhalten, weil mir von seinen Küssen immer noch schwindlig war.

»Hi«, sagte Sarah, als ich mich zu Pascal gesellte. »Stör ich euch?« Sie wartete die Antwort vorsorglich gar nicht erst ab. »Ich dachte, wir gehen vielleicht noch was zusammen futtern, bevor wir zu unserer Tour zum Times Square aufbrechen. Oder habt ihr keinen Hunger?«

»Geht so«, meinte Pascal, und im selben Moment hörte man seinen Magen so laut knurren, dass er selbst darüber grinsen musste. Trotzdem warf er einen unentschlossenen Blick in Richtung Bett, bevor er mich ansah. Ich hob die Schultern. Das musste *er* entscheiden. Eine Sekunde später kam eine WhatsApp-Nachricht von Omi. *Sollen wir noch was zusammen essen gehen? Ich hätte ein bisschen Hunger.*

»Aber bloß wir«, sagte Pascal. »Ohne den Holländer.«

»Kann Leif denn mit?«, fragte Sarah.

»Wenn's sein muss. Wo gehen wir hin?«

Ich hatte einen Vorschlag, der praktischerweise auch auf der Liste meiner Sightseeinghighlights stand. »Nicht weit von hier ist die Grand Central Station, das ist laut Reiseführer der schönste und größte Bahnhof der Welt. Außerdem kann man da nach den Beschreibungen im Internet sehr lecker und günstig essen.«

Wir holten Omi ab und fuhren mit dem Aufzug ins Erdgeschoss, wo Leif – ganz im coolen Golfer-Look – schon in der Hotellobby auf uns wartete: die Ärmel seiner Strickjacke locker über die Schultern gelegt und vor dem Ralph-Lauren-Hemd zusammengeknotet, klassische Sneaker von irgendeiner Edelmarke, golden glänzender Stoppelbart, lockig verwuscheltes Blondhaar, strahlendes Zahnpastalächeln.

»Du starrst den Typen an«, sagte Pascal.

»Er steht genau vor uns«, verteidigte ich mich. »Soll ich an ihm vorbeigucken?«

Pascal brummte etwas Unverständliches.

Ich sah ihn gerührt an. »Du bist eifersüchtig.«

»Kein Stück.«

»Ehrlich, dazu hättest du auch überhaupt keinen Grund.«

»Weil ich besser aussehe?«

»Nein, weil ich dich liebe.«

»Du findest, dass dieser Möchtegern-Hägar besser aussieht als ich?«

»Das habe ich doch gar nicht gesagt.« Ich war ein bisschen frustriert. Hörte er schlecht, oder wieso war ihm entgangen, dass ich ihm gerade eine Liebeserklärung gemacht hatte? Okay, das war nicht die erste gewesen. Aber so häufig hatte ich ihm meine Liebe auch noch nicht gestanden. Meiner Meinung nach musste man mit Liebeserklärungen sparsam umgehen. Es war wie mit besonders leckeren Süßigkeiten – stopfte man sich zu oft damit voll, bekam man sie bald über. Gönnte man sie sich dagegen nur ab und zu, war es der perfekte Genuss, und man konnte es kaum erwarten, wieder davon zu naschen. Was man immer und jederzeit kriegen konnte, schmeckte nach einer Weile fade, so war es nun mal. Manche Dinge mussten eben sorgsam dosiert werden, damit sie ihren aufregenden Seltenheitswert behielten. Für Liebeserklärungen traf das auf jeden Fall zu.

»Angeblich hat das Waldorf Astoria einen eigenen Bahnsteig in der Grand Central Station«, erzählte Leif, nachdem wir ein paar Begrüßungsfloskeln ausgetauscht hatten.

»Das stimmt«, pflichtete ich ihm bei. »Vom Hotel aus soll

sogar ein privater unterirdischer Gang zum Gleis führen. Schon Franklyn D. Roosevelt soll ihn benutzt haben, wenn er mit dem Zug reiste.«

Wir gingen allerdings auf normalem Weg dorthin und staunten, als wir die phänomenale Außenansicht des Bahnhofs erblickten. Die Grand Central Station sah mit der wunderschönen Art-Déco-Fassade gar nicht wie ein Bahnhof aus, sondern ähnelte eher einem kleinen Palast, der sich inmitten der hoch aufragenden Wolkenkratzer wie ein ungewöhnliches Relikt aus einer längst vergangenen Zeit ausnahm. Auch beim Betreten der großen Halle hatte man nicht den Eindruck, sich in einem Bahnhof zu befinden, denn die Züge fuhren hier alle auf unterirdisch angelegten Gleisen. Man kam sich eher vor wie im Inneren einer großen Kathedrale.

»Wow«, sagte Sarah, während wir über die breite Freitreppe in die gewaltige, mit Marmor ausgelegte Halle hinabstiegen. Genau wie ich fotografierte sie die enormen Kristallkronleuchter, die funkelnd von der Decke hingen, und gemeinsam bewunderten wir die riesigen Bogenfenster und das mit astrologischen Sternzeichen ausgemalte Deckengewölbe, das sich wie ein türkisblauer Sternenhimmel über der Halle spannte.

In der Mitte der Halle, die von gigantischen Säulen eingefasst war, prangte auf einem Schalterhäuschen eine überdimensionale vergoldete Uhr, die vier Zifferblätter aufwies, in jeder Himmelsrichtung eines.

»Angeblich gehen die Uhren alle eine Minute vor«, meinte Leif.

»Ja«, sagte ich. »Das ist Absicht. Damit die Leute ein bisschen Extrazeit haben, um ihren Zug zu kriegen. Ich habe gelesen, dass die Uhr viele Millionen wert sein soll.«

»Ist sie etwa aus echtem Gold?«, wollte Sarah wissen.

»Sie ist so teuer, weil die Zifferblätter aus Opalen gefertigt sind«, erklärte ich.

»Du hast dich ja wirklich vor eurer Reise gut informiert«, meinte Leif. Es klang anerkennend, aber Sarah warf mir über die Schulter einen leicht spöttischen Blick zu, was mich so verunsicherte, dass ich mir weitere Beschreibungen aus dem Reiseführer (den ich wirklich sehr ausführlich gelesen hatte) lieber verkniff. Zum Beispiel erwähnte ich die Flüstergalerie im Untergeschoss mit keinem Wort. Dort konnte man in einer Ecke leise was zur Wand sagen, und wer auch immer in der gegenüberliegenden Ecke auf der anderen Seite der Halle stand, konnte trotz der Entfernung jedes Wort verstehen, auch bei Lärm und Gedränge. Ich hätte es mir nett vorgestellt, wenn Pascal in einer der beiden Ecken gestanden und etwas ganz Bestimmtes gefragt hätte, während ich in der anderen Ecke stand und ihm mit *Ja* antwortete.

Aber in Begleitung all der anderen war an so was natürlich nicht zu denken, ganz abgesehen davon, dass Pascal erst mal darauf hätte kommen müssen. Außerdem drängten sich bereits Horden von Touristen in den beiden Ecken und machten sich einen Spaß daraus, irgendwelche blöden Bemerkungen zu flüstern. So laut, dass man im Vorbeigehen jedes Wort verstand.

Wir gingen rüber in den sogenannten Dining Concourse, eine Speisehalle, die eine Riesenauswahl an internationaler Küche bot. Man fand wirklich für jeden Geschmack das passende Gericht. Weltberühmt war beispielsweise die Oyster Bar mit ihren vielen Austern- und Fischspezialitäten, aber ich verkniff es mir, die anderen auf das legendäre Lokal hinzuweisen. Als Sarah meinte, sie hätte Megahunger auf Pizza, steuerten wir sowieso sofort den nächstbesten Italiener an.

Wir bestellten uns Pizza und Budweiser und machten es uns an einem der Tische gemütlich. Pascal saß dicht neben mir, so dicht, dass seine Nähe dieses spezielle Kribbeln bei mir auslöste, dem unweigerlich ein Pulsrasen folgte. Einmal, als die anderen nicht hinsahen, weil sie mit sich selbst beschäftigt waren, legte er den Arm um mich und küsste mich auf die Schläfe. Sarah und Leif bekamen sowieso nicht so viel mit. Sie schrieben sich offenbar gegenseitig Nachrichten auf dem Handy, denn sobald sie mal nicht tippten, summte beim anderen garantiert der Vibrationsalarm des Smartphones. Über den Inhalt ihrer Botschaften konnte man nur Vermutungen anstellen, aber ich war sicher, dass es dabei nicht um Golf ging, denn Sarah errötete in einem fort, und Leif grinste auf ziemlich anzügliche Weise. Währenddessen kontrollierte Omi eine gerade erst fertig gewordene Textpassage auf ihrem Handy.

Pascal nutzte es aus, dass alle abgelenkt waren, und küsste mich kurz, aber verlangend auf den Mund. »Habe ich dir heute schon gesagt, dass ich verrückt nach dir bin?«, flüsterte er mir ins Ohr.

»Gerade eben«, gab ich schwach zurück.

»Weißt du, was ich mich schon die ganze Zeit frage?«

»Nein.«

Sein Mund streifte meine Lippen. »Wieso wir hier mit

einem Budweiser in einem alten Bahnhof sitzen, während wir in einem Kingsize-Boxspringbett in einer Luxussuite liegen und den restlichen Champagner von gestern trinken könnten.«

Prompt wurde mir heiß. »Die Zimmermädchen haben die Champagnerflasche weggeräumt.«

»Wirklich? Sie war erst halb leer. Vielleicht kriegen wir frischen, wenn wir uns beschweren.«

Das war allerdings nicht ganz ernst gemeint. Pascal machte sich nicht viel aus Champagner. Bier war ihm viel lieber. Aber natürlich wusste ich genau, was er meinte. Nämlich das, womit wir uns in dem Kingsizebett vor oder nach dem Champagnertrinken (oder vielleicht sogar währenddessen) die Zeit vertreiben könnten.

»Wir können sagen, dass der Tag sehr anstrengend war und dass wir zu müde für ein Abendprogramm sind«, sinnierte er. Seine Stimmt nahm einen verlockenden Klang an. »Dann gehen wir einfach ins Bett. Den Times Square können wir ein andermal besichtigen. Zum Beispiel morgen.«

»Aber Omi …«

»Gerti hätte bestimmt Verständnis. Sie hat schon so viele romantische Bücher geschrieben.«

»Das habe ich gehört und stimme zu«, meinte Omi von der Seite. Sie hatte ihr Smartphone eingesteckt und trank den Schaum von ihrem Budweiser. »Wenn ihr nicht mit in den Club wollt, komme ich auch allein klar. Beziehungsweise, allein mit den anderen.«

»Also echt jetzt«, beschwerte sich Sarah. Anscheinend hatte sie ebenfalls mehr von unserer Unterhaltung aufgeschnappt, als wir gedacht hatten. »Seid doch nicht solche

Spaßbremsen! Hallo?! Wir sind in New York! Da kommt man nicht so schnell wieder hin!«

Leif wollte wissen, worüber wir gesprochen hatten (er verstand ja kein Deutsch), worauf Sarah ihm alles haarklein ins Englische übersetzte. Um Leifs wissendes Grinsen nicht sehen zu müssen, schaute ich verlegen zur Seite.

Dabei fiel mir ein Mann auf, der gerade vorbeiging und mir auf Anhieb bekannt vorkam.

»He, da ist ja schon wieder dieser Zorro«, sagte ich überrascht.

»Welcher Zorro?«, fragte Pascal.

»Der hier.« Ich zeigte ihm das Handyfoto, das ich im Time Warner Center aufgenommen hatte.

»Lass mich auch mal sehen«, sagte Sarah und schnappte sich mein Handy. »Wow. Hat wirklich ein bisschen Ähnlichkeit mit Zorro. Heiß aussehender Typ. Hast du ihn deswegen fotografiert?«

»Nein, Quatsch. Das Foto habe ich gemacht, weil er mir aufgefallen ist.«

»Sag ich doch. So ein heißer Typ würde mir auch sofort auffallen.«

»Nein, er ist mir nicht *deshalb* aufgefallen. Sondern weil ich das Gefühl hatte, dass er Linda nachsteigt.«

»Das gefällt mir nicht«, meinte Pascal stirnrunzelnd.

»Ich sage doch, ich habe ihn nicht fotografiert, weil er gut aussieht, sondern weil …«

»Wieso findest du, dass er gut aussieht?«, unterbrach er mich.

»Ich habe doch gar nicht gesagt, dass er gut aussieht! *Sarah* hat gesagt, dass er gut aussieht.«

»Das war eine rein subjektive Feststellung«, stimmte Sarah zu. Sie blickte grinsend von mir zu Pascal. »Bist du etwa eifersüchtig, Kalli?«

»Blödsinn«, sagte Pascal. »Es gefällt mir einfach deshalb nicht, weil der Kerl vielleicht ein Stalker sein könnte. Und vor denen muss man sich in Acht nehmen.«

»Wo ist der Typ denn hin?«, wollte Sarah wissen. Sie blickte sich suchend um, doch Zorro war bereits weitergegangen und im Gedränge des Dining Concourse verschwunden.

»Gerade eben war er noch da«, sagte ich.

»Worüber redet ihr?«, wollte Leif wissen, der wieder nichts verstanden hatte, weil wir ins Deutsche zurückgefallen waren.

Ich fasste es kurz auf Englisch für ihn zusammen. »Wir waren heute mit Linda im Time Warner Center, und da habe ich diesen Typ ein paarmal in ihrer Nähe gesehen. Es kam mir so vor, als wäre er ihr gefolgt.«

»Warum sollte er das tun?«, fragte Leif.

»Weil sie eine bekannte Schauspielerin ist«, erklärte ich. An die übrigen gewandt, fuhr ich fort: »Deshalb ist er sicher auch kein Stalker, sondern bloß ein Fan. Sie wird von sehr vielen Männern in der Öffentlichkeit erkannt und angesprochen. Die wollen alle ein Selfie mit ihr. Das hat sie mir erzählt.«

»Wenn man vom Teufel spricht«, sagte Sarah halblaut.

Erstaunt folgte ich ihrer Blickrichtung, und tatsächlich – da drüben stöckelte Linda vorbei, und neben ihr ging Roger. Als sie uns sahen, kamen sie zu uns herüber.

»Na so was«, sagte Linda. »Wenn wir gewusst hätten, dass

ihr auch hier im Dining Concourse essen geht, hätten wir uns zusammentun können.« Sie schaute ein bisschen pikiert auf unsere leeren Pizzateller. »Dicky hätte euch selbstverständlich eingeladen.«

»Wir wussten ja selber bis vorhin nicht, dass wir hier essen wollen«, erklärte Sarah.

»Schade«, meinte Linda. »Wir waren in der Oyster Bar und hatten dort großartiges *Seafood*. Die Oyster Bar ist wirklich legendär, müsst ihr wissen.«

»Wo ist Dicky denn überhaupt?«, fragte Sarah.

»Er wollte nur kurz zum Waschraum«, sagte Roger, und im nächsten Augenblick kam Dicky auch schon mit raschen Schritten näher. Er war in Begleitung seiner Ex. Sabine machte einen ziemlich entnervten Eindruck, was wahrscheinlich an Dicky lag, der sich mal wieder ziemlich seltsam verhielt. Beim Gehen blickte er über die Schulter zurück und beschleunigte dabei seine Schritte, als wollte er jemanden abhängen. Seine Verfolger, die man gleich darauf auftauchen sah, waren aber bloß Tom und Jerry. Die beiden gingen ebenfalls schneller, um den Anschluss nicht zu verlieren. Sie sahen genauso angefressen aus wie Sabine.

Dicky strahlte, als er uns sah. »Oh, ihr habt auch hier gegessen! Wieso habt ihr nicht Bescheid gesagt? Dann hätte ich euch in die Oyster Bar einladen können!«

»Beim nächsten Mal«, sagte Omi.

Dicky bestand darauf, mit uns zusammen zum Hotel zurückzugehen. Dort wollte er uns allen noch in der Bar einen Drink spendieren, bevor wir zum Times Square aufbrachen, doch Pascal meinte, er müsse noch ein paar Unterlagen von seiner Tagung durchgehen. Daraufhin erklärte Linda, auch sie wolle noch mal aufs Zimmer, da sie sich dringend umziehen müsse. Was natürlich Blödsinn war, weil sie seit dem Morgen schon wieder das Outfit gewechselt hatte und aussah, als käme sie gerade frisch eingekleidet von der New York Fashion Week.

Am Ende gingen Roger und Sabine allein in die Bar, und wir anderen begaben uns alle noch mal in unsere Zimmer. Nur Tom und Jerry blieben gleich unten in der Lobby. Vermutlich machten sie sich Sorgen, dass Dicky sonst später wieder versuchen würde, sie loszuwerden.

Im Aufzug erzählte ich Linda von dem Zorro-Typen und zeigte ihr das Foto. Sie betrachtete es mit hochgezogenen Augenbrauen. »Ach, dieser Kerl. Ja, der ist leider sehr lästig. Keine Ahnung, ob er ein Fan oder ein Stalker ist, aber er kreuzt andauernd auf. Er weiß meist, wo er mich finden kann, wenn ich in der Stadt bin. Und wenn er mich entdeckt hat, folgt er mir und starrt mich an.«

Dicky wirkte schockiert. »Das wusste ich gar nicht, Darling!«

»Es ist wirklich nicht weiter schlimm. Du weißt doch, wie diese Typen sind.«

»Nein, das wusste ich nicht. Bisher gab es unter all deinen Fans keinen, der dir auflauert und dich verfolgt!«

»Er tut mir doch nichts.«

»*Noch* nicht!« Dicky betrachtete sie besorgt. »Aber vielleicht wartet er nur auf den passenden Moment, um über dich herzufallen!«

»Ich bin ja immer in Begleitung«, beruhigte Linda ihn. Dann warf sie Pascal ein schmelzendes Lächeln zu. »Heute Abend geht zum Beispiel ein echter Zeugenschützer mit uns aus. Was kann mir da passieren? In Pascals Nähe fühle ich mich *so* sicher.«

Sie brachte es fertig, dem Wort »so« einen Klang zu geben, dass der Blick automatisch auf ihre vollen, sinnlich geschwungenen Lippen gelenkt wurde.

Und Pascal sah aus, als würde er sich bei diesem Kompliment ein kleines bisschen in die Brust werfen. Jedenfalls wirkte er nicht wie jemand, der bemerkte, was Lindas letzte Bemerkung vor allem war: ein Einschleimen ersten Ranges.

Er blickte Linda ernst an. »Bei Stalking sollte man als betroffene Person immer besonders vorsichtig sein. Vor allem als Frau.«

»Ich pass schon auf mich auf. Oder du tust es«, meinte Linda mit derselben Schmelzstimme wie eben.

Kaum waren wir in unserer Suite, funkelte ich Pascal entrüstet an.

»Bei Stalking sollte man als betroffene Person immer besonders vorsichtig sein«, äffte ich ihn nach. »Vor allem als Frau.« Und dann wiederholte ich Lindas Worte, diesmal mit extra viel gekünsteltem Schmalz in der Stimme: »In Pascals Nähe fühle ich mich *so* sicher.«

Er nahm mich in die Arme und blickte lächelnd auf mich herab. »Wenn hier jemand eifersüchtig ist, dann du.«

»Null«, behauptete ich. »Schon gar nicht auf Linda.«

»Wirklich nicht?«

»Doch«, räumte ich ein. »Aber höchstens auf ihre tollen Schuhe. Das meiste andere an ihr ist sowieso unecht.« Ich besann mich. »Abgesehen von ihrem Ring. Der ist von Tiffany's. Die haben da unfassbar traumhafte Verlobungsringe, eine ganze Etage voll.«

Doch Pascal hörte mir anscheinend nicht richtig zu. Er hatte den Kopf gesenkt und knabberte an meinem Nacken.

Ich erschauderte wohlig. »Was hast du vor?«

»Ich sage nur: Kingsize.« Er schlang die Arme fester um mich, hob mich hoch und trug mich in Richtung Schlafzimmer. Dort stellte er mich zurück auf die Füße und küsste mich stürmisch.

»Wir sollen in einer halben Stunde schon wieder unten sein«, murmelte ich atemlos. »Und wir müssen uns noch umziehen.« Ich schwankte und musste mich an ihm festhalten.

»Wir ziehen uns sowieso gleich aus.« Das stellte er auch sofort unter Beweis, indem er den Reißverschluss meiner Jacke öffnete und sie mir mit raschen Griffen vom Körper schälte. »Danach müssen wir uns logischerweise wieder anziehen. Und eine halbe Stunde ist ziemlich lang, wenn man jede Sekunde ausnutzt.«

Er schien fest entschlossen, keine Zeit zu verlieren. Mit einer fließenden Bewegung zog er sich die Lederjacke aus und gleich darauf sein Sweatshirt mitsamt Unterhemd. Und dann die Jeans. Als er mit nacktem Oberkörper vor mir stand, Sixpack und muskelgestählte Brust inklusive, konnte ich nicht umhin, in Schnappatmung zu verfallen.

»Wenn du nicht beim LKA arbeiten würdest, könntest du ohne Weiteres als Männermodel Karriere machen«, sagte ich heiser. »Zum Beispiel für solche Boxershorts wie die da.«

»Ach, besser nicht. Ich weiß den Wert eines sicheren Beamtenjobs zu schätzen. Außerdem liebe ich meinen Beruf.«

Und ich liebte seinen Körper und wollte mehr davon

sehen. Gerade wollte ich ihm dabei helfen, den Rest seiner Kleidung loszuwerden, als mein Handy Pling machte. Geistesabwesend zog ich es aus der Hosentasche, um es auf stumm zu schalten (Pascal hatte völlig recht, wir mussten jede einzelne Sekunde ausnutzen), als mein Blick auf die eingegangene Nachricht auf dem Display fiel. Sie stammte von Dicky und bestand aus einem einzigen, mit einem Ausrufezeichen versehenen Wort. Es lautete *Hilfe!*

*

»Du bleibst hier«, befahl Pascal mir, ehe er lossprintete.

Natürlich folgte ich ihm auf dem Fuße und rannte ihm hinterher, rüber zur Suite von Dicky und Linda. Pascal hämmerte an die Tür, die daraufhin von Linda aufgerissen wurde.

»Alles in Ordnung!« rief sie sofort. »Falscher Alarm!«

Sie stand nackt vor uns und sah aus wie eine fleischgewordene Barbiepuppe – riesiger Vorbau, ultradünne Taille, schmale Schenkel. Ich starrte sie ungläubig an. Wie konnte eine normale Frau so einen Körper haben? Erst auf den zweiten Blick erkannte ich den Grund für den Barbie-Effekt – Linda war gar nicht nackt. Sie hatte sich in einen knallengen, hautfarbenen Bodysuit gezwängt, der dafür sorgte, dass bestimmte Körperpartien an den richtigen Stellen extrem zusammengedrückt oder extrem herausgewölbt wurden.

»Oh Mann, wie peinlich«, sagte Linda. »In Spanx sollte sich ein Mädchen eigentlich nie blicken lassen.«

»Ich hab schon Schlimmeres gesehen«, meinte Pascal höflich, aber immerhin sah er schnell woandershin.

»Was meinst du mit *falscher Alarm*?«, mischte ich mich jetzt ein.

Da erschien Dicky mit reumütiger Miene auf der Bildfläche. »Es war keine Absicht. Oder genauer: Es war nur der Anfang einer Nachricht, die ich an Emmy schicken wollte. Ich hab aus Versehen zu früh auf Senden gedrückt.«

»Und wie lautete der Rest der Nachricht?«, fragte Pascal.

Dicky zeigte uns, was er, verteilt auf zwei Einzelnachrichten, in sein Handy getippt hatte.

Hilfe!

Wir haben ein echtes Problem! Roger hat mich darauf hingewiesen. Scheint so, als dürftest du nicht mit in den Club, weil du noch keine 21 bist. Was nun?

»Ich muss ja keinen Alkohol trinken«, meinte ich.

»Roger meinte, das spielt keine Rolle. Entscheidend ist allein das Alter. In dem Club achten sie darauf. Sie lassen sich im Zweifel den Ausweis zeigen.«

»Hm, das ist überhaupt keine große Sache«, meinte Pascal. »Ihr zieht einfach ohne uns los. Emmy und ich machen uns hier im Hotel einen gemütlichen Abend.«

»Kommt nicht infrage«, sagte Linda sofort. »Eigentlich ist das Problem schon gelöst. Dicky hätte zuerst mit mir reden sollen, bevor er dermaßen die Pferde scheu macht. Wir gehen einfach in einen anderen Club am Broadway. Der ist zwar nicht ganz so hip, aber da darf Emily auf jeden Fall mit rein.«

»Muss ich denen keinen Ausweis zeigen?«

»Normalerweise schon, aber das macht nichts, weil ich den Türsteher persönlich kenne.«

»Noch ein Fan von dir?«, fragte ich.

»Nein, ein Statist aus einem meiner Filme. Also im weitesten Sinne ein Kollege. Wenn er nicht gerade als Türsteher unterwegs ist, betreibt er Kampfsport oder arbeitet als Körperdouble beim Film.« Sie betrachtete interessiert Pascals nackten Oberkörper. »Du könntest übrigens auch als Körperdouble arbeiten.«

»Was macht ein Körperdouble denn?«, wollte Pascal wissen, obwohl er es ganz leicht innerhalb von zehn Sekunden selbst hätte herausfinden können. Wofür gab es Google? Momentan war er eindeutig zu dürftig angezogen, vor allem für so ein Gespräch.

»Wir sollten jetzt schnell wieder rübergehen«, meinte ich. »Sonst erkältest du dich noch. Oder es kommt jemand vorbei und sieht euch halb nackt hier rumstehen.«

»Im Waldorf ist Diskretion das oberste Prinzip«, sagte Linda, doch da hatte ich Pascal schon beim Arm gefasst und zog ihn den Gang entlang.

»Bis nachher!«, rief Linda uns hinterher.

Mittlerweile war die halbe Stunde auf eine Viertelstunde geschrumpft. Die Zeit reichte gerade noch zum Umziehen und Stylen. Pascal zog sich ein frisches Hemd an und googelte nach Körperdoubles. Er las mir den Wikipedia-Eintrag vor.

»Ein Körperdouble wird in der Regel für unangenehme Handlungen oder für Tätigkeiten eingesetzt, die der Originaldarsteller nicht beherrscht oder nicht spielen möchte, beispielsweise Reiten, Rauchen, Tauchen, Bergsteigen sowie Nackt- und Liebesszenen.«

»Wie gut, dass du den Wert deines sicheren Beamtenjobs zu schätzen weißt«, sagte ich. »Stell dir vor, du müsstest auf einmal rauchen, bergsteigen und tauchen. Lauter Handlungen und Tätigkeiten, in denen du keine Erfahrung hast.« Ich stand neben ihm im Bad und schminkte mich.

Pascal trat hinter mich, schob meine Haare auseinander und hauchte einen Kuss auf meinen Nacken. »Ist überhaupt schon entschieden, ob wir nicht doch lieber hierbleiben wollen?« Er küsste mich abermals auf den Nacken, diesmal nachdrücklicher, und legte dabei beide Arme um mich. Es fühlte sich gut an. Sehr gut sogar.

Zaudernd blickte ich ihn im Spiegel an.

Da läutete es an der Tür, wahrscheinlich war es Omi, die uns abholen wollte.

Ich seufzte. »Ich glaube, es *ist* entschieden.«

*

Ich bereute es nicht, dass wir nicht im Hotel geblieben waren, denn es war unglaublich aufregend, den abendlichen Broadway entlangzuschlendern. Von allen Seiten leuchtete und blitzte Videoreklame auf uns herab, man wurde förmlich davon geblendet. Aber auch die Ohren hatten einiges auszuhalten. Unaufhörlich schoben sich hupende Autoschlangen und zahlreiche gelbe Taxis an uns vorbei. Die Kombination aus grellem Licht und Straßenlärm war unbeschreiblich.

Auf den Fußwegen herrschte dichtes Gedränge, und es war nicht so einfach, in einer Gruppe beisammenzubleiben. Wir wurden mehrmals im Gewühl voneinander getrennt, nur Tom und Jerry schafften es irgendwie, Dicky immer auf den Fersen zu bleiben. Vorsorglich hakte ich Omi unter, damit sie nicht verloren ging. Dagegen wurden Roger und Sabine nach kurzer Zeit im Touristengewimmel abgedrängt und waren nirgends mehr zu entdecken. Zum Glück hatte Linda beide in den *Dicky-and-friends*-Chat aufgenommen, und so konnten wir ohne Probleme herausfinden, wo sie gelandet waren. Wir trafen sie vor einer riesigen Leuchtwerbung auf dem Times Square am Rand einer fröhlichen Menschenmenge wieder. Roger erklärte uns, dass wir mitten in einer Touristenattraktion standen. Wenn man lange genug an dieser Stelle des Platzes stehen blieb, wurde ein paar Minuten später ein riesiges Leuchtbild an der Wand des Gebäudes vor uns aufgeblendet. Die Leute bewunderten sich dort und konnten sich mit dem Handy abfotografieren. Pascal küsste mich ausgiebig, und so sahen wir uns kurz darauf als verliebtes Pärchen auf der großen Leuchtwand wieder. Sarah und Leif verewigten sich auf ähnliche Weise. Sarah hatte rosige Wangen und lachte vergnügt, als sie uns die Fotos zeigte, die sie von uns allen gemacht hatte.

»New York ist toll!«, rief sie mir zu, Leif Arm in Arm an ihrer Seite. Zwischen den beiden schien es großartig zu laufen.

Eher durchwachsen kam mir dagegen das Verhältnis zwischen Dicky, Linda und Sabine vor. Dicky und Linda verstanden sich wie gewohnt prächtig: Dicky schlang beim Gehen den Arm um Lindas Hüfte und schaute bei jeder Gelegenheit verliebt an ihr hoch. Sabine ging auf seiner anderen Seite und unterhielt sich über seinen Kopf hinweg mit Linda. Es ging um Drehpläne für Dickys neuen Film und die nötige Finanzierung. Doch auf einmal wurde das Gespräch lauter und dem Ton nach sogar leicht aggressiv, wenn ich wegen des Straßenlärms auch nicht verstehen konnte, worum es genau ging. Roger, der an Sabines anderer Seite ging, mischte sich mit einer beschwichtigenden Bemerkung ein, doch Sabine schüttelte nur wütend den Kopf. Linda wiederum verdrehte angeödet die Augen. Doch die allseitige Verstimmung hielt nicht lange vor. Zwei Minuten später sprachen alle wieder in ganz normaler Tonlage miteinander. Anscheinend hatten sie das Thema gewechselt, denn plötzlich ging es um Urlaubsdomizile auf Hawaii. Aber auch davon bekam ich das meiste nicht mit, weil es um uns herum so laut war. Halb New York schien sich auf dem Times Square zu tummeln.

Vor dem Club, in den Linda mit uns gehen wollte, gab es eine kurze Diskussion, weil ich meinen Ausweis nicht dabeihatte – Linda hatte mir eingeschärft, ich solle sagen, dass ich ihn vergessen hätte –, aber dann sprach sie mit einem anderen Türsteher, der von drinnen herauskam und ganz danach aussah, als wäre er das Körperdouble. Er machte ein Selfie mit Linda und sagte anschließend zu seinem Kollegen, er hätte alles im Griff und wir dürften rein.

Im Club gab es mehrere laut beschallte, psychedelisch beleuchtete Tanzflächen, auf denen sich perfekt gestylte Menschen in perfektem Rhythmus bewegten. Die meisten tanzten so, als hätten sie es jahrelang irgendwo studiert. Im Hintergrund sah ich eine Bar, vor der ziemliches Gedränge herrschte, und an den Seitenwänden des Clubs gab es diverse abgeschirmte Sitzecken, in denen es nicht ganz so laut war, sodass man eine halbwegs verständliche Unterhaltung führen konnte. Dicky und Linda nahmen eine der Nischen für uns in Beschlag und Dicky bestellte eine Runde Cocktails für alle. Mal wieder musste ich gegen mein schlechtes Gewissen ankämpfen, weil Dicky so viel für uns ausgab. Immerhin kosteten drei von diesen Cocktails ungefähr so viel, wie ich im Monat an Taschengeld erhielt. All das tat er ja nur, weil er unbedingt Pascal und Sarah als Beschützer um sich haben wollte. Auf Leif, Omi und mich hätte er sicher auch gut verzichten können. Genauso wie auf Tom und Jerry, die sich an die Bar setzten und ihre Drinks selbst bezahlen mussten, weil in der Nische kein Platz mehr für sie war. Und weil Dicky sie sowieso nicht in der Nähe haben wollte. Seine Abneigung gegen die beiden wurde mir immer unverständlicher. Wozu engagierte er Leibwächter, die er dann bei jeder Gelegenheit loswerden wollte? Sein Argument, dass die beiden vielleicht aufgrund irgendwelcher Mafia-Verbindungen nicht vertrauenswürdig waren, fand ich ziemlich an den Haaren herbeigezogen. Da musste einfach mehr dahinterstecken.

Die dritte und vierte Runde spendierte Leif, der uns unbedingt einen ausgeben wollte. Er war sichtlich in Siegerlaune und strahlte aufgeräumt in die Runde, wenn er nicht gerade Sarah abknutschte. Bei ihm hatte ich definitiv kein schlechtes Gewissen, wenn er uns einlud, denn er zahlte bar und rollte das Geld von einem enorm dicken Bündel Hunderter ab. Linda warf ihm einen aufmerksamen Seitenblick zu. Und auch den anderen war nicht entgangen, mit wie viel Bargeld er herumlief.

»Er scheint richtig gut bei Kasse zu sein«, hörte ich Sabine zu Roger sagen. »Kann man mit Golf so viel Geld verdienen?«

»Er schon. Er hat sich gerade für die US Open Championship qualifiziert. Und sein Vater ist ein dicker Fisch an der Wall Street, habe ich mir sagen lassen.«

»Von wem?«

»Von mehreren Leuten. Du weißt, ich kenne alle, die in New York Geld haben.«

Sarah und Leif gingen auf die Tanzfläche. Ein bisschen neidisch sah ich ihnen zu, als sie unter dem wild herumzuckenden Licht anfingen, sich zur Musik zu bewegen. Obwohl ich genau wusste, dass sie vorher nicht geübt hatten, sah es absolut professionell aus.

Omi machte sich mal wieder Notizen auf ihrem Smartphone. Ab und zu trank sie einen Schluck von ihrem Cocktail. Ihre Augen leuchteten, anscheinend genoss sie die Atmosphäre, auch wenn sie wahrscheinlich doppelt so alt war wie jeder andere Besucher des Clubs.

»Gefällt es dir?«, fragte ich sie.

Sie strahlte. »Und wie! Als ich das letzte Mal in so einem Etablissement war, nannte man das noch Tanztee. Wir tanzten Rock 'n' Roll und Foxtrott. Und es wurden Platten von Elvis Presley, Johnny Cash und Sonny and Cher aufgelegt. Aber wahrscheinlich sagt dir das überhaupt nichts, oder?«

»Doch, natürlich!«, sagte ich.

»Das sind doch alles Musiklegenden«, stimmte Pascal zu. »Elvis ist sowieso unsterblich. Und Cher steht immer noch auf der Bühne. Warte, ich zeig es dir.« Er suchte ein aktuelles Bühnenfoto von Cher auf seinem Smartphone heraus und präsentierte es Omi. »Da ist sie, bei ihrem letzten Auftritt.«

Omi staunte. »Unfassbar. Sie sieht genauso aus wie vor fünfzig Jahren. Kaum zu glauben.«

»Sie hatte die besten Ärzte«, sagte Linda.

»Vielleicht hätte ich auch mal öfters zum Arzt gehen sollen.«

»Na ja, ich meinte nicht *die* Art von Ärzten«, schränkte Linda ein.

Omi kicherte. »Das sollte ein Witz sein.«

»Oh. Ach so.« Linda rang sich ein dünnes Lächeln ab.

»Möchtest du tanzen?«, fragte Pascal mich.

Zaudernd betrachtete ich die topmodelmäßig gestylten Menschen um uns herum. Und kam mir prompt zu klein, zu brav und zu unauffällig vor. Sarah und Leif sahen aus wie das Traumpaar schlechthin, wie Filmstars, die für irgendwas Tolles Werbung machten, zum Beispiel eng sitzende Jeans oder schnelle Autos oder den ultimativen Duft. Der Wikinger und die rothaarige Schönheit.

Wenn Pascal mit Sarah tanzte, hätte es sicher auch großartig ausgesehen, denn hinter Leif musste er sich optisch nicht verstecken, im Gegenteil – in meinen Augen war er hundertmal anziehender. Er sah aus wie ein gefährlicher, sinnlicher Pirat. Nichts gegen Wikinger, die waren ja schließlich auch Piraten. Aber der karibische, dunkelhaarige Typ mit schwarzem Dreitagebart gefiel mir besser. Nur ich selber hatte irgendwie nicht den passenden Look. Es lag ganz einfach daran, dass ich *wirklich* zu klein, zu brav und zu unauffällig aussah, ganz egal, wie ich mich zurechtmachte. Als ich zehn gewesen war, hatte ein gemeines Mädchen aus meiner Klasse behauptet, ich sähe genauso aus wie Pippi Langstrumpfs Freundin Annika. Worauf alle anderen sofort derselben Meinung gewesen waren. Den Rest des Schuljahres hatten alle mich Annika genannt. Zum Glück war ich bald darauf aufs Gymnasium gekommen und konnte bei der

Gelegenheit den Spitznamen ablegen. Trotzdem achtete ich seitdem streng darauf, nie wieder dieselbe Frisur zu tragen wie Annika, nur für alle Fälle, denn ich ahnte, dass ich ihr in Wahrheit immer noch ähnlich sah.

An diesem Abend im Club fühlte ich mich wieder wie mit zehn. Und dabei hatte ich extra meine coolsten Klamotten angezogen – kurzer Rock, Schuhe mit Plateauabsätzen (die einzigen, mit denen ich größer wirkte *und* darauf laufen konnte) und ein großzügig ausgeschnittenes Top. Den Ausschnitt hatte ich mit einem Push-up-BH ein bisschen aufgepeppt, aber das war natürlich nichts gegen Lindas offenherziges Doppel-D-Dekolleté oder Sarahs enges Hard-Rock-Café-Shirt, bei dem man genau sah, dass sie nichts drunter trug, weil sie es nicht nötig hatte.

»Ich weiß nicht«, antwortete ich auf Pascals Frage.

»Also lieber nicht«, stellte er fest, und es schien ihm nicht viel auszumachen, denn er legte zufrieden den Arm um mich und zog mich an sich. »Vielleicht können wir einfach schon ein bisschen früher ins Hotel zurückgehen«, meinte er. »Habe ich dir schon gesagt, dass du in diesem kurzen Rock unglaublich süß aussiehst?«

»Ja, im Hotelzimmer.«

»Ich kann es dir nicht oft genug sagen«, murmelte er und küsste mich auf den Hals.

»Auf mich müsst ihr keine Rücksicht nehmen«, erklärte Omi, die wieder mal mehr mitgekriegt hatte als gedacht. »Ich kann auch mit den anderen zum Hotel zurückgehen. Und wenn es mir zu spät wird, rufe ich mir ein Taxi.«

»Das kann in New York schwierig werden«, warf Sabine ein, die neben Omi saß. »Vor allem am Broadway.«

»Dann lasse ich mich einfach von Tom oder Jerry fahren. Die beiden haben interessanterweise immer irgendwo ein Auto bereitstehen, ist euch das schon mal aufgefallen? Und es ist nicht jedes Mal dasselbe.«

»Ja, der Fuhrpark von dieser Securityfirma, für die sie arbeiten, muss ziemlich groß sein«, stimmte Sabine zu. Sie wandte sich an Linda. »Welche Firma ist das eigentlich?«

»Ich weiß nicht«, gab diese zurück. »Aber sie ist sehr renommiert.«

Trotzdem hatte Dicky panische Angst, dass sie von der Mafia infiltriert war, überlegte ich. Ich blieb dabei, irgendwie passte das nicht richtig zusammen.

Linda erhob sich. »Ich muss mal für kleine Mädchen. Will jemand mit?«

Ich musste ebenfalls und stand auf. Sarah, die gerade mit Leif von der Tanzfläche zurückkehrte, schloss sich uns an. Zu dritt bahnten wir uns einen Weg durch das Gedränge der Clubbesucher. Linda ging voraus, sie kannte den Weg offenbar sehr gut. Mit den Leuten hier schien sie ebenfalls auf gutem Fuß zu stehen. Ihr Kopf drehte sich nach links und nach rechts, und überall entdeckte sie jemanden, der anscheinend ein wichtiger Teil ihres Lebens war. Ständig verteilte sie Luftküsse an vorbeigehende Menschen oder hob die Hand und winkte irgendwem strahlend zu, und dabei rief sie Sätze wie: »Wie toll, dich hier zu treffen! Du siehst traumhaft aus, wer hat dir die Haare gemacht?« oder: »Liebes! Du hier! Was hast du da für eine unglaublich zauberhafte Bluse an! Ist die aus Paris?«, oder: »Meine Güte, du bist es wirklich! Wie klein die Welt ist!«

Zwei-, dreimal blieb sie stehen, weil irgendwelche Männer Selfies mit ihr machen wollten. Einer wollte sie auf die Tanzfläche ziehen, aber sie wehrte ihn lachend ab. Trotzdem gelang es ihm noch, sie an sich zu drücken und ihr einen Kuss auf die Wange zu verpassen.

»Himmel«, sagte Linda, während sie mit den Augen rollte. »Diese Typen kennen aber auch wirklich keine Distanz! Sie hängen sich an einen dran wie die Kletten!« Gut gelaunt sah sie Sarah an. »Wie praktisch, dass ich eine erfahrene Personenschützerin dabeihabe. Wenn es hart auf hart kommt, kannst du einschreiten.«

Sarah zog die Brauen hoch. »Soll ich dem nächsten Kerl eine reinhauen?«

Als sie das sagte, hatte ich das seltsame Gefühl, dass irgendjemand hinter uns stand und ihre Worte hörte. Unwillkürlich drehte ich mich um, sah aber in dem Gedränge rund um die Tanzfläche niemanden, der mir besonders aufgefallen wäre.

Zu den Toiletten führte eine Treppe ins Untergeschoss, und auf dem Weg dorthin hatte ich erneut das Gefühl, dass jemand uns beobachtete. Wieder sah ich mich um – Fehlanzeige.

Im Untergeschoss ging es noch einen ziemlich langen Gang entlang, von dem schließlich ein weiterer Gang zu den Damentoiletten abzweigte. Und da, ein paar Schritte vor der Tür, passierte es. Ein Mann überholte mich mit raschen Schritten und fasste Linda am Arm.

»Hallo Blondie«, sagte er. »Schön, dich zu sehen.«

Es war der Zorro-Typ. Ihr Stalker. Alarmiert sah ich mich nach Sarah um, doch die war schon vorausgegangen und im Toilettenraum verschwunden.

Zorro hatte Linda gegen die Wand gedrängt und stützte sich mit beiden Händen links und rechts neben ihr ab.

»Du weißt, was ich will«, sagte er.

»Ich habe keine Ahnung«, widersprach Linda. Sie wirkte erstaunlich gelassen. Anscheinend half ihr die Erfahrung aus all den Begegnungen mit aufdringlichen Fans, ruhig zu bleiben. »Vielleicht ein Selfie?«

»Sofort loslassen«, forderte ich den Kerl auf.

Er blickte über die Schulter und fasste mich scharf ins Auge. Ich zuckte zusammen und widerstand dem Drang, mich umzudrehen und wegzulaufen. Sein Gesichtsausdruck erinnerte mich stark an die Typen, die in Krimis immer den irren Mörder spielten.

»Um dich kümmere ich mich auch noch«, kündigte er an. Dann wandte er sich wieder Linda zu. »Ich will, dass du mir das Zeug beschaffst. Und zwar *alles*.«

»Alles von was?«, wollte Linda wissen.

Darauf ging der Typ nicht ein. »Du würdest auch eine faire Beteiligung kriegen.«

»Keine Ahnung, was Sie meinen.«

»Verarsch mich nicht.« Zorro packte Linda bei den Schultern und schüttelte sie. »Ich weiß ganz genau Bescheid. Die ganze Zeit war ich so nah an dir dran wie nur möglich. Ich kenne alle Einzelheiten. Über alles, was da läuft, bin ich bestens im Bilde.«

»Stalking ist strafbar«, unternahm ich einen erneuten Versuch. »Sie machen damit nur sich und andere unglücklich.« Tapfer setzte ich hinzu: »Wenn Sie jetzt ganz schnell gehen, vergessen wir Sie einfach. Wenn nicht, könnte das unangenehme Folgen für Sie haben. Ich habe Sie nämlich schon im Time Warner Center fotografiert und das Foto an die Behörden weitergeleitet.«

Das hätte ich vielleicht besser nicht sagen sollen, denn Zorro ließ Linda los und fuhr zu mir herum. Sein Gesicht verzerrte sich zu einem ausgeprägten Serienkillerausdruck.

»In Wahrheit hab ich das Foto nicht weitergeleitet«, versuchte ich abzuwiegeln. »Ich hab es nur meinem Freund gezeigt. Er ist zwar bei einer Behörde, aber die ist hier in New York gar nicht zuständig. Wenn Sie wollen, kann ich es auch wieder löschen.«

Er machte einen Schritt auf mich zu, und ich überlegte, ob es vielleicht *jetzt* angebracht wäre, vor ihm wegzulaufen. Aber bevor die Lage weiter eskalieren konnte, ging die Tür zum Damenwaschraum auf und Sarah kam herausspaziert. Sie erfasste die Lage sofort.

»Wenn das nicht der Zorro-Stalker auf deinem Foto ist«, sagte sie. »Und er sieht *wirklich* heiß aus.«

Zorro blickte sie überrascht und ein bisschen geschmeichelt an. »Wer bist du denn?«

»Jemand, den du gleich näher kennenlernen wirst.« Sie kam auf uns zu und warf mir im Gehen ihre Handtasche zu, die ich reflexartig auffing. »Hier, halt mal. Ich bin im Nahkampf ohne Handtasche besser.« Und zu Zorro sagte sie: »Ich muss dich warnen. Ich habe den Schwarzen Gürtel in Karate.«

»Ich würde dich wirklich gern kämpfen sehen«, sagte Linda beifällig.

»Meine Spezialität besteht darin, Männer mit einem brutalen Tritt außer Gefecht zu setzen. An einer Stelle, wo es ihnen ganz besonders wehtut.«

Der Zorro-Typ schaute unschlüssig zwischen uns hin und her, zog es aber anscheinend vor, Sarahs Kampfkünste nicht auf die Probe zu stellen.

»Wir seh'n uns«, sagte er zu Linda. Dann drehte er sich um und schlenderte davon.

»Soll ich ihn mir schnappen?«, fragte Sarah.

Linda schüttelte den Kopf. »Er hat mir nichts getan.«

»Er hat dich belästigt«, protestierte ich. »Und er hat dich angegriffen!«

»Nicht wirklich. Der Mann ist nur ein armer Spinner.«

»Woher willst du das wissen?«

»Ich kenne genügend von diesen Typen.«

Stirnrunzelnd blickte ich sie an. »Was wollte er eigentlich von dir?«

»Keine Ahnung, wirklich. Ich sage doch, er ist ein Spinner. Das hat man schon daran gemerkt, was er so sagte.«

»Was hat er denn gesagt?«, erkundigte Sarah sich.

»Lauter Unsinn.«

»Dass Linda ihm irgendwelches Zeug beschaffen soll«, führte ich aus. »Und dass sie einen fairen Anteil davon kriegt.«

»Da siehst du es«, stellte Linda fest. »Lauter Unsinn. Lasst uns doch um Himmels willen keine Zeit damit verschwenden, über irgendwelche unterbelichteten Fans zu reden. Das erwarten die doch nur – dass man sie wichtig nimmt. Ich habe keine Lust, mir von so was den Abend ruinieren zu lassen. Also bitte lasst uns über was anderes sprechen, ja?«

Und daran hielten wir uns. Für den restlichen Abend im Club blieb der Vorfall unerwähnt.

*

»Klingt in meinen Ohren so, als hätte der Typ was ganz Bestimmtes von ihr gewollt«, meinte Pascal später im Hotel, nachdem ich ihm von der Unterhaltung vor dem Damenklo erzählt hatte. Im Club hatte ich das Thema nicht mehr angeschnitten, aber ich fand nicht, dass es verschwendete Zeit war, darüber zu reden, denn Zorro war mir keineswegs wie ein unterbelichteter Fan vorgekommen.

»Er klang wirklich nicht wie ein Stalker«, entgegnete ich. »Jedenfalls nicht wie einer von der klassischen Sorte. Die stalken aus anderen Gründen.«

»Wieso stalkt denn der klassische Stalker deiner Meinung nach?«, wollte Pascal wissen.

»Ein Stalker stalkt, weil er das Stalken an sich toll findet und weil er Kontakt mit dem Opfer will, oder? Er will die Kontrolle. Dieser Zorro will von Linda irgendein *Zeug*.«

Genau genommen hatte Zorro »*stuff*« gesagt, weil er natürlich Englisch gesprochen hatte. Pascal machte mich darauf aufmerksam, dass es dafür auch andere Übersetzungen gab.

»Es kann auch Stoff heißen«, erklärte er.

»Du meinst, Stoff im Sinne von Samt oder Baumwolle?«

»Eher Stoff im Sinne von *verbotene Substanzen*.«

»Du denkst, er wollte Drogen von Linda? Was könnte er denn dann mit *fairer Beteiligung* gemeint haben?«

»Kann sein, dass sie ihn beliefert, und er vertickt das Zeug dann weiter und teilt seine Gewinne mit ihr. Bei diesem Geschäft gibt es immer mehrere Stufen, vom Importeur über Großabnehmer und Zwischenhändler bis hin zum kleinen Straßenverkäufer.«

»Also ist er deiner Meinung nach kein Stalker, sondern ein Dealer?«

»Vielleicht ist er beides. Ein stalkender Dealer. Oder ein dealender Stalker. Gerade überlege ich, ob es dafür eine Abkürzung gibt. Dalker? Stealer? Hm, nein, das ginge mehr in Richtung Klauen.«

»Du machst dich über mich lustig.«

»Nein, ich versuche nur, die komische Seite an der ganzen Sache herauszuarbeiten. Aber eigentlich gibt es keine. Mir gefällt das alles nicht. Solche Fälle sind heikel.«

»Welche Fälle?«

»In denen es um Drogen geht.«

»Das wissen wir doch gar nicht.«

»Jedenfalls weiß ich, dass es ganz sicher nicht um Samt oder Baumwolle geht. Du solltest dich von Linda fernhalten.«

»Sie will morgen mit uns zu Macy's und Saks.«

»Was immer das ist – du gehst besser ohne sie hin. Ich will nicht, dass du diesem Dalker noch mal begegnest.«

»Ich glaube nicht, dass er so gefährlich ist. Jedenfalls hat er sofort Reißaus genommen, als Sarah ihm gesagt hat, dass sie den Schwarzen Gürtel hat.«

»Er ist vielleicht nur weggegangen, um sich zu bewaffnen. Fürs nächste Mal.«

Ich wollte Pascal sagen, dass er sich nicht so anstellen solle, aber ich kannte ihn. Er hat einen sehr ausgeprägten Beschützerinstinkt, vor allem mir gegenüber. Am Ende würde er noch von mir verlangen, dass ich auf dem Zimmer blieb und nur abends in seinem Beisein das Gebäude verließ. Widerspruch war sinnlos, er konnte ziemlich rigoros sein.

»Lass uns über was anderes reden.« Pascal legte den Arm um mich. Wir saßen nebeneinander auf dem Brokatsofa im Salon unserer Suite und vernichteten gemeinsam die Reste von Omis Champagner. Sie war kurz nach unserer Rückkehr aus dem Club mit der halb vollen Flasche aufgekreuzt und hatte erklärt, der müsse dringend noch weg, aber allein schaffe sie das nicht. Er sei zwar schon einen Tag alt, aber sie hätte ihn im Kühlschrank aufbewahrt und er sei kein bisschen abgestanden. Da wäre es doch schade um den guten Tropfen.

Pascal trank gerade sein Glas aus und küsste mich auf den Hals, dann stand er auf und zog mich hoch. »Jetzt sollten wir aber endlich ins Bett gehen.«

»Gute Idee«, stimmte ich zu. Wir hatten das Boxspringbett immer noch nicht auf seine Honeymoon-Qualitäten hin getestet. Vorhin waren wir schon so gut wie unter der Decke gewesen, als Omi mit dem Schampus auf der Bildfläche erschienen war. Pflichtschuldig hatten wir noch ein Gläschen mit ihr geleert, bevor sie in ihre eigene Suite zurückgekehrt war. Inzwischen war es wirklich höchste Zeit, schlafen zu gehen. In Deutschland hätte ich um diese Zeit schon wieder aufstehen und mich für die Schule fertig machen müssen.

Auf dem Weg ins Schlafzimmer bemerkte ich, dass ich einen langen Tag hinter mir hatte. Heroisch unterdrückte ich ein Gähnen.

»Bist du etwa müde?«

»Keine Spur«, behauptete ich. »Ich gehe nur noch rasch Zähneputzen.«

»Ich warte auf dich und wärme schon mal das Bett vor.« Pascal zwinkerte mir zu.

»Tu das.«

Im Bad fielen mir fast die Augen zu. Als ich anschließend ins Schlafzimmer kam, lag Pascal auf der Seite und schnarchte leise vor sich hin.

»Schläfst du etwa schon?«

Doch er brummte nur irgendwas Unverständliches und schlief weiter. Was mir wieder nur bewies, wie sehr wir auf einer Wellenlänge lagen, jedenfalls bei den wirklich wichtigen Dingen. Er war zu müde, ich war zu müde, also stand Schlafen für den Rest der Nacht ganz oben auf der to-do-Liste. Ich machte das Licht aus und legte mich neben ihn. Morgen war schließlich auch noch ein Tag.

Aus Dickys Drehbuch:

ÜBLE GEGEND IN DER BRONX
AUSSEN/INNEN/NACHT

Eine heruntergekommene Straße in der Bronx. Eine Ratte huscht über den Gehweg. An der Ecke eine umgekippte Mülltonne mit Essensresten, aus denen Kakerlaken krabbeln.

DICKY
(OFF)

Die Gegend sah genauso aus, wie man sich den Rückzugsort eines New Yorker Hehlers vorstellte – schäbig, verdreckt und ein Paradies für Ungeziefer aller Art. Und wieder musste ich allein die Höhle des Löwen betreten. Mein treuer Chauffeur, der mir auch diesmal den Kontakt vermittelt hatte, wartete an der nächsten Ecke.

Im Hintergrund zu sehen: eine wartende Limousine, am Steuer: ein indischer Chauffeur mit Turban.

Vor dem Eingang eines verrufenen Lokals mit defektem, flackerndem Neonschriftzug, demzufolge die Bar den Namen *Bob's best Buddies* trägt, steht Dicky, der Filmregisseur.

Er klopft an die Tür. Ein Mann mit Tattoos und der Statur eines Kleiderschranks öffnet ihm.

DICKY

Hi. Wir hatten telefoniert. Ich bin Richard, aber du kannst mich Dicky nennen.

KLEIDERSCHRANK

Ich sag dir meinen Namen nicht, aber du kannst mich *Master* nennen. Komm rein. Aber zieh vorher die Schuhe aus.

DICKY

(betrachtet den verdreckten Boden)

Aber sie sind total sauber. Italienische Marke. Ganz neu.

KLEIDERSCHRANK

Ja, deswegen. Der Boss liebt neue italienische Schuhe. Er sammelt sie. Deine sehen gut aus. Er will sie garantiert haben. Also zieh sie am besten schon mal aus, dann kannst du sie ihm gleich geben.

DICKY

(verschreckt)

Stammt er etwa aus Italien? Vielleicht aus Neapel?

KLEIDERSCHRANK

Nein, ist bloß so ein Hobby von ihm.

DICKY

Aber woher willst du wissen, ob sie ihm passen?

KLEIDERSCHRANK

Hab ich gesagt, dass er sie anziehen will?

DICKY

Nein. Aber was tut er denn dann damit?

KLEIDERSCHRANK

Ich sag doch, er sammelt sie. Als so eine Art Trophäen.

DICKY

(schluckt)

Trophäen?

KLEIDERSCHRANK

(lacht)

Das war ein Witz, Mann. In Wahrheit will er bloß nicht, dass so gute teure Schuhe versaut werden. Wenn der Beton an den Füßen erst hart ist, kann man die Schuhe nämlich vergessen.

(lacht noch lauter)

Du müssest dein Gesicht sehen, Mann. Jetzt komm endlich rein.

Dicky lächelt erleichtert, folgt dem Kleiderschrank-Typen ins Haus. Der dreht sich zu ihm um.

KLEIDERSCHRANK

(streng)

Schuhe aus, hab ich gesagt.

Dicky bückt sich, zieht die Schuhe aus. Dann geht er durch den dunklen Gang weiter ins Haus hinein und folgt dem Kleiderschrank eine knarrende Treppe hinab.

*

Von: Dickyman@dickyfilms.com
An: Pretty@dickyfilms.com

Darling,
natürlich könnte ich dir ebenso gut alles morgen schildern, sobald du ausgeschlafen hast, aber ich kann die Erlebnisse der letzten Stunde nicht für mich behalten. Es drängt aus mir heraus, ich muss es dir sofort berichten! Du kennst mich – wenn mich der Erzähldrang erst erfasst hat, gibt es für mich kein Halten mehr! In der Anlage schicke ich dir daher auch gleich die neueste Szene aus meinem Drehbuch, damit du einen ersten Eindruck gewinnst.

Die Begegnung mit dem Hehler, bei dem ich vorhin war, erfüllt alle Klischees. Er betreibt seine Gangsterhöhle in einer der hässlichsten Ecken der Bronx. Sein »Büro« befindet sich im Keller, unter einer Art Kneipe oder Bar na-

mens Bob's best Buddies, die aber offenbar nicht mehr in Betrieb ist. Jedenfalls habe ich dort niemanden was trinken sehen, und ein Bob war auch weit und breit nicht in Sicht. Es sei denn, der Chef des Hauses hieße womöglich so, was ich allerdings nicht weiß, weil Ranjid mir seinen Namen nicht gesagt hat. In der Unterwelt kennt man ihn offenbar nur als Der Schuhmacher. Allem Anschein nach hat er ein Faible für gute Schuhe. Leider musste ich ihm meine neuen Balenciagas überlassen. Aber das betrachte ich als sinnvolle Investition, denn nach meinem bisherigen Gefühl ist der erste geschäftliche Kontakt mit dem Schuhmacher sehr erfolgversprechend verlaufen. Er war viel höflicher und zuvorkommender als der Chinese und hat mir sogar einen Stuhl angeboten – soweit man das wacklige, wurmstichige Ding, das mitten zwischen einem Haufen Gerümpel, rostigem Werkzeug und alten Mörteleimern herumstand, so nennen möchte. Der Schuhmacher selbst saß in einem bequemen Chefsessel hinter einem großen und erstaunlich neuen Schreibtisch, der von diversen Laptops, Smartphones, Feinwaagen und anderem Hehlerzubehör nur so überquoll.

Er fragte mich sehr freundlich, ob ich ihm ein Musterstück aus meiner Kollektion vorführen könne, worauf ich zu meinem Bedauern zugeben musste, dass ich wegen schlechter Branchenerfahrungen nichts dabeihatte, abgesehen von den Fotos, die ich auf deinen klugen Rat hin von der Ware aufgenommen hatte. Der Schuhmacher zeigte sich sofort außerordentlich interessiert und hat mir ein Angebot unterbreitet, das sich wohltuend von den knickrigen Preisvorstellungen des Chinesen abhebt.

Ich denke, wir sollten es ernsthaft in Erwägung ziehen. Vielleicht ist es nicht so viel Geld, wie ein gewiefter Händler an der Diamantenbörse dafür erzielen könnte, aber Ranjid kennt leider nicht sehr viele Hehler in New York. Und unser Film würde durch das Angebot des Schuhmachers der Realisierung ein ganzes Stück näherrücken. Allein der Gedanke beflügelt sofort meinen Tatendrang! Am liebsten würde ich schon mit dem Casting anfangen!

Nun kehre ich also gerade in zuversichtlicher Stimmung mit Ranjid zum Waldorf zurück und freue mich, alle weiteren Einzelheiten mit dir persönlich zu besprechen!

Kuss,

D.

6

»Wir tun einfach so, als wären wir nicht da«, murmelte Pascal in mein Ohr. »Es ist viel zu früh zum Aufstehen.«

»Ich glaube nicht, dass wir damit durchkommen«, gab ich zu bedenken, während ich dem Hämmern lauschte, das von der Eingangstür der Suite herüberschallte.

»Macht auf!«, rief Sarah von draußen. »Ich weiß, dass ihr da seid!«

»Vielleicht ist es ein Notfall«, sagte ich.

»Es ist eher ihr *Ich-bin-total-sauer*-Ton.«

»Sie könnte über irgendwas sehr Wichtiges sauer sein.«

»Dann hätte sie angerufen.« Pascal küsste meinen Nacken und drückte sich eng an mich. »Ich habe noch über zwei Stunden Zeit, bevor ich zu der Tagung fahren muss. Notfalls könnten wir auch das Frühstück ausfallen lassen.«

Ich griff über ihn hinweg und fischte sein Handy vom Nachttisch. »Du hast den Flugmodus an.« Ich aktivierte die Empfangsbereitschaft. »Sarah *hat* angerufen. Gerade eben.«

Pascal setzte sich auf und schwang die Beine aus dem Bett. »Ich glaube nicht, dass mir dieser Urlaub gefällt.«

»Du hast ja gar keinen Urlaub. Es ist eine Dienstreise.«

»Ich meinte ja auch deinen Anteil an dieser Reise. Der besteht aus Urlaub. Sollte er jedenfalls.« Er griff nach seinem Unterhemd und zog es über. Ich hatte gerade noch Gelegenheit, sein Sixpack zu bewundern, bevor es unter dem

T-Shirt verschwand. Er schlüpfte in seine Jeans und ging zur Tür. Ich stand ebenfalls auf und folgte ihm, weil ich wissen wollte, was los war. Ich hatte Sarah noch nicht oft sauer erlebt. Normalerweise trat sie allen möglichen Ärgernissen sehr gelassen entgegen.

Pascal öffnete die Tür. »Morgen. Was liegt an?«

»Dein Typ ist gefragt. Dicky hat Angst.«

»Oh, das ist ja ganz was Neues. Ist irgendjemand hinter ihm her? Ich meine, in echt, nicht nur in seiner Einbildung.«

»Nein, aber er macht sich trotzdem mal wieder akut in die Hose. Eben hab ich ihn und Linda beim Frühstück getroffen. Leider hab ich einen blöden Fehler begangen. Ich fragte Linda, ob sie den Schreck von letzter Nacht gut überstanden hätte, und da stellte sich heraus, dass Dicky gar nichts von diesem Zwischenfall vor dem Damenklo wusste. Sie hatte es ihm nicht erzählt. Jetzt ist er ganz hysterisch vor Schiss.«

»Dann hättest du es vielleicht besser gar nicht erst erwähnen sollen«, meinte Pascal.

»Ja, toll. Danke für den Tipp. Das hilft mir sehr weiter.«

»Was erwartet Dicky denn jetzt von uns?«, wollte Pascal wissen. »Wir können nicht einfach blaumachen, um Linda vor diesem Stalker zu beschützen.«

»Dicky glaubt nicht an Stalking. Ich musste ihm haarklein berichten, was Zorro zu Linda gesagt hatte. Jetzt ist Dicky felsenfest davon überzeugt, dass Zorro für die Mafia arbeitet und über Linda versucht, an den Laptop des Don ranzukommen.«

»Oh, das hat Zorro also mit *Stuff* gemeint«, sagte ich interessiert.

»Quatsch«, sagte Pascal. »Er wollte genau das, was ich schon sagte – Stoff. Wahrscheinlich Kokain, vielleicht auch irgendwelche dubiosen Glückspillen. So was ist in der Filmbranche sehr verbreitet.«

»Die haben ihre Dealer in den besten Kreisen«, bestätigte Sarah. »Sogar unter Schauspielern. Manche verdienen sich eine goldene Nase damit, auch wenn es nur nebenberuflich ist. Hast du eine Ahnung, was diese Louboutins kosten, mit denen Linda ständig aufläuft? Und die Klunker, die sie spazieren trägt? Über die Hotelkosten wollen wir lieber gar nicht reden.«

»Du denkst, sie ist eine Gelegenheitsdealerin?«, fragte ich Sarah. »Und der Typ wäre dann ein Schauspielkollege von ihr?«

»Er sieht aus wie ein Schauspieler, oder nicht?«

»Und du meinst wirklich, er wollte irgendwelche Drogen von Linda?«

Sarah zuckte mit den Schultern. »Was sonst?«

»Und Linda kann's nicht zugeben, weil sie vor Dicky nicht schlecht dastehen will«, resümierte Pascal. »Deshalb behauptet sie, Zorro wäre ein etwas zu aufdringlicher Fan.«

Das klang alles sehr logisch. Aber auch irgendwie … banal. Ich war ein bisschen enttäuscht. Wenn Zorro hinter dem Laptop des Don her gewesen wäre, hätte ich das Ganze wesentlich aufregender gefunden.

Der arme Dicky! Der Vorfall von letzter Nacht musste Wasser auf seine Panik-Mühle sein.

»Er hat sich in seiner Suite verschanzt und traut sich nicht mehr raus, obwohl er sagt, dass er heute noch einen sehr wichtigen Recherchetermin hat«, sagte Sarah. »Und er will Linda zwingen, ebenfalls im Zimmer zu bleiben. Sie ist total frustriert.«

»Das wäre ich auch, wenn ich mit einem Typen wie Dicky zusammen wäre«, erklärte Pascal. »Dieser Holländer ist einfach nur voll daneben.«

»Sie will, dass wir ihm gut zureden und ihm klarmachen, dass Zorro harmlos ist.«

»Das wäre aber gelogen«, widersprach ich ihr. »Er hat einen ziemlich gewaltbereiten Eindruck gemacht. Wenn du nicht rechtzeitig dazugekommen wärst, hätte er sie vielleicht sogar verprügelt. Harmlos fand ich das nicht gerade.«

»Es geht eher um ›harmlos‹ in dem Sinne, dass er kein Mafioso ist. Linda hasst den Gedanken, den ganzen Tag im Hotel herumhocken zu müssen. Sie will mit dir und Gerti zusammen shoppen gehen, hat sie gesagt. Unter anderem wollte sie euch unbedingt Saks zeigen. Und Tiffany's.« Sarah seufzte. »Wenn die blöde Tagung nicht wäre, würde ich mitkommen. Wusstet ihr, dass Saks eine Schuhabteilung mit einer eigenen Postleitzahl hat?«

»Nein«, sagte Pascal. »Aber ich habe gehört, dass es bei Tiffany's eine ganze Etage voller Verlobungsringe geben soll.«

Sarah sah mich unter hochgezogenen Brauen an, und ich tat so, als müsste ich irgendwas Wichtiges auf meinem Handy suchen.

»Linda hat mich inständig gebeten, Dicky zu beruhigen und ihm klarzumachen, dass er sicher ist und von diesem Zorro nichts zu befürchten hat«, erklärte Sarah.

»Dann mach das doch«, schlug Pascal vor.

»Hab ich schon versucht. Er hört nicht auf mich. Linda

meinte, du solltest deine männliche Kompetenz in die Waagschale werfen. Sie hat deutlich durchblicken lassen, dass sie dich als Sicherheitsprofi für fähiger hält als mich.« Sarah verzog das Gesicht, und jetzt war auch klar, wieso sie sauer war.

»Das ist nicht fair«, sagte ich. »Sie hat selber miterlebt, *wie* fähig du bist. Schließlich hast du Zorro nur mit Worten in die Flucht geschlagen! Das war so mutig von dir!«

Sie zuckte mit den Schultern, anscheinend fand sie mein Lob überflüssig. »Ich habe Linda versprochen, dass du gleich mal zu ihnen rüberkommst und Dicky gut zuredest«, sagte sie zu Pascal. »Betrachte es einfach als kleinen Arbeitsbeitrag dafür, dass wir in diesem Wahnsinnshotel logieren dürfen. Oh, und falls du jetzt wieder mit der Idee kommst, wir könnten ja jederzeit in das Tagungshotel umziehen – die sind seit heute ausgebucht. Vorhin kam eine Info-Mail. Die haben unsere Zimmer mit anderen Leuten belegt und sind jetzt voll bis unters Dach. Also müssen wir hierbleiben, ob wir wollen oder nicht.«

»Ich will auf jeden Fall«, sagte ich.

»Ich auch«, erklärte Sarah. »Und Leif auch.«

»Hat er nicht sowieso ein Zimmer hier im Hotel?«, erkundigte ich mich.

»Das hat er zurückgegeben. Wozu braucht er hier ein Zimmer, wenn ich eine Suite mit zwei riesengroßen Betten habe? Klar, er ist ziemlich gut bei Kasse, als Golfprofi muss er nicht am Hungertuch nagen. Aber wozu Geld für Dinge ausgeben, die man sowieso nicht benutzt? Das ist eine ganz einfache Kosten-Nutzen-Analyse.«

Pascal seufzte und sah auf seine Uhr. »Wieso bist du überhaupt um diese Uhrzeit schon auf?«, wollte er wissen.

»Ich hab durchgemacht«, gab Sarah zurück. »Leif und ich sind nach dem Besuch im Club noch um die Häuser gezogen. Danach hat es sich nicht mehr gelohnt, schlafen zu gehen.«

Ich betrachtete sie bewundernd. Sie sah so taufrisch aus, als hätte sie einen erholsamen Achtstundenschlaf hinter sich. Nicht mal ein Hauch von Augenringen, dazu rosige Wangen und ein strahlender Blick.

Sarah merkte, wie ich sie ansah. »Effizienter Concealer«, sagte sie. »Dicky hat übrigens auch durchgemacht. Er war wohl letzte Nacht wieder auf Tour, um seine Recherchen zum Thema Diamantenhehlerei zu vertiefen. Wie es scheint, war der Kontakt diesmal ergiebiger. Er will unbedingt heute noch mal dorthin, um das Interview fortzusetzen.«

»Mit einem echten Hehler?«, fragte ich unbehaglich.

»Ja, in der Bronx. Aber damit will er bis heute Abend warten, weil er möchte, dass wir mitkommen. Sicherheitshalber.«

»Kommt nicht infrage«, sagte Pascal.

»Er hat uns als Bodyguards engagiert, schon vergessen?«

»Ich kündige den Job.«

»Kannst du ihm gerne selber sagen. Ich bin dann mal weg. Leif und ich wollen vor der Tagung noch ein paar Bälle schlagen. In der Grand Central Station gibt es irgendwo in einem Obergeschoss einen Tennisplatz, habt ihr das gewusst?«

»He, warte mal …«, wandte Pascal ein.

Doch Sarah spazierte bereits zur Tür und winkte über die Schulter zurück. »See you later, Alligator!«

*

Pascal hatte nicht die geringste Lust, Dicky davon zu überzeugen, dass Zorro sicherlich ungefährlich war, aber dann kam eine flehende SMS von Linda, ob er nicht bitte, bitte beruhigend auf Dicky einwirken könne, bevor er zu der heutigen Tagungsveranstaltung aufbrach.

Daraufhin gab Pascal widerwillig nach. Er duschte und zog sich grummelnd an, bevor er zu der Suite von Dicky und Linda rüberging. Ich schaute in der Zwischenzeit bei Omi vorbei, die ebenfalls schon seit einer Weile wach war und tatendurstig darauf wartete, in den Tag zu starten.

Sie dachte sich gerade eine neue Romanszene aus, als sie mir die Tür aufmachte.

»Elaine wollte den Handkoffer öffnen, um das Notebook herauszuholen. Es war höchste Zeit, dass sie endlich auch das letzte Kapitel ihres Romans vom Diktiergerät auf ihren Laptop übertrug. Dann musste sie nur noch das fertige Buch an ihren Verlag senden, damit es rechtzeitig vor dem schon lange feststehenden Erscheinungstermin in Druck gehen konnte.« Omi hielt inne und hörte sich an, was sie zuletzt diktiert hatte. Allem Anschein nach hatte sie bereits mit dem nächsten Buch angefangen, dem Krimi über die Verwechslung zweier Handkoffer, inspiriert durch das Verschwinden ihres eigenen Laptopkoffers.

»Was ist aus Maggie und Jonathan Harper geworden?«, wollte ich wissen.

»Die liegen erst mal auf Eis. Ihr wohlverdientes Happy End und ihre Verlobung im Waldorf Astoria bekommen sie, wenn wir wieder zu Hause sind. Bis dahin würde ich zuerst gern die fertigen Kapitel abspeichern und redigieren, so wie ich es sonst immer mache.«

»Ich kann ja gleich mal bei der Fluggesellschaft anrufen und nachfragen, ob dein Koffer schon aufgetaucht ist.«

»Tu das. Bis dahin mache ich einfach schon mit dem nächsten Roman weiter. Es macht Spaß, mal wieder einen Krimi zu schreiben!«

Wir gingen zusammen frühstücken. Pascal stieß eine Viertelstunde später dazu und verkündete, er habe Dicky davon überzeugen können, dass Zorro kein Mafioso sei.

»Richtig glauben wollte er es allerdings erst, nachdem er eine Beruhigungspille eingeworfen und mit Whiskey aus der Minibar runtergespült hatte. Er ist wirklich extrem labil.«

»Kein guter Zustand, um irgendwelche Hehler zu interviewen«, befand ich, worauf Omi sofort wissen wollte, um welchen Hehler es diesmal ging.

»Wieder Diamanten«, sagte Pascal. »Irgend so ein zwielichtiger Bandenboss in der Bronx hat sich wohl bereit erklärt, ein paar wissenswerte Tatsachen zu Dickys Dokumentation beizusteuern. Dicky will heute Abend dahin, und er möchte – nein, er hat mich angefleht! –, dass Sarah und ich ihn begleiten.«

»Ihr sollt mit zu dem Interview reingehen?«, erkundigte ich mich leicht erschrocken.

»Nein, natürlich nicht. Wir sollen draußen warten und nur einschreiten, wenn er nach spätestens einer Stunde nicht wieder rauskommt.«

»Das klingt, als hielte er diesen Hehler für gefährlich«, meinte Omi.

»Scheint so«, stimmte Pascal zu. »Deshalb kann er auch gern allein dorthin gehen.«

»Hast du ihm das gesagt?«, wollte ich wissen.

»Natürlich. Aber da war er schon eingeschlafen. Die Tablette und der Whiskey haben ihn binnen Minuten ins Land der Träume befördert.«

»Vielleicht überlegst du es dir ja im Laufe des Tages noch mal und gehst doch mit ihm dahin«, meinte ich. »Ich würde jedenfalls sehr gern wissen, wie es bei Dicky weiterläuft, besonders bei der Hehlerei-Recherche. Wenn wir mit der großen Limousine fahren, komme ich mit, ja?«

»Keine Chance«, wehrte Pascal ab.

»Wieso nicht? Was kann uns schon passieren? Wir würden doch nur alle zusammen im Auto warten, bis das Interview zu Ende ist! Und wenn Dicky tatsächlich nicht wieder rauskommt, rufen wir einfach die Polizei. Oder Tom und Jerry. Die tragen Waffen und sind garantiert wieder irgendwo in der Nähe. Das sind sie doch immer. Dicky behauptet zwar ständig, man könne ihnen nicht trauen, aber in dem Punkt übertreibt er wirklich. Denn wenn er recht hätte, hätten sie ihm längst den Laptop abgenommen.«

»Eben. Deshalb kann er sich auch genauso gut von denen beschützen lassen, wenn er irgendwelche kriminellen Freaks interviewt. Ich für meinen Teil habe für heute Abend schon andere Pläne. *Besondere* Pläne.« Pascal trank seinen Kaffee aus, küsste mich und brach zu seiner Tagung auf. Ich sah ihm versonnen nach.

Omi hatte mich beobachtet. »Du machst ein Gesicht, als wäre das letzte Wort in dieser Angelegenheit noch nicht gesprochen.«

Damit lag sie goldrichtig. Ich wollte unbedingt mit zu Dickys Recherchetermin. Obwohl mich Pascals *besonde-*

re Pläne auch sehr interessierten. Seine Stimme hatte einen ganz bestimmten, verheißungsvollen Unterton gehabt, als er davon gesprochen hatte.

»Ein Hehler würde sich in meinem Krimi gut machen«, sagte Omi jetzt nachdenklich. »Zumal es bei meiner Story ja auch um Diamanten geht. Falls ihr doch hinfahrt, möchte ich gern alles darüber wissen. Oder mitkommen, wenn in der Limousine noch ein Platz frei ist.«

Ich versprach, sie auf dem neuesten Stand zu halten, sofern sich was ergab. Dickys Arbeit kam mir mittlerweile unglaublich spannend vor. Hatte ich wirklich ernsthaft geglaubt, Dokumentarfilmer hätten einen trockenen Job? Mit zwielichtigen Typen aus der Unterwelt vertrauliche Interviews zu führen, war ein echtes Abenteuer. Vor allem für jemanden wie Dicky, der panische Angst davor hatte, Verbrechern in die Hände zu fallen.

Aber auch der Auftritt von Zorro und seine unbestreitbare Verbindung zu Linda gaben mir zu denken. Es war klar, dass er nicht einfach nur irgendein Stalker war, denn er wollte ja, dass sie ihm etwas Bestimmtes beschaffte. Doch was mochte das sein? Im Gegensatz zu Pascal war ich nicht bereit, mich in dieser Frage vorschnell festzulegen. Angenommen, er und Sarah lagen falsch, und es drehte sich überhaupt nicht um Drogen, sondern doch um den Laptop des Don – dann waren wir hier mittendrin in einer wirklich brenzligen Geschichte. Und eigentlich gab es keinen Grund, diese Möglichkeit von vornherein auszuschließen, oder?

Man musste daraus ja nicht unbedingt den Schluss ziehen, dass Zorro mit der Mafia unter einer Decke steckte. Vielleicht handelte er im Auftrag einer anderen Verbrecherbande, die sich die wertvollen Informationen auf der Festplatte für ihre eigenen kriminellen Zwecke unter den Nagel reißen wollte.

In dem Zusammenhang drängte sich natürlich die Frage auf, wie gut Zorro Linda kannte. Oder sie ihn. Jedenfalls kannten sie einander, so viel stand fest. Hatte Linda womöglich Kontakte, von denen Dicky nichts ahnte? Oder verfolgte sie gar eigene Pläne? Die ganze Angelegenheit warf wirklich jede Menge Rätsel auf. Mein Wunsch, mehr darüber hinauszufinden, wurde immer stärker.

Omi und ich genossen nach Pascals Aufbruch noch eine Weile den Luxus des verschwenderischen Frühstücksbüfetts, das keine Wünsche offenließ und jede Menge Köstlichkeiten bot. Mir hatten es vor allen Dingen die leckeren amerikanischen Pfannkuchen angetan, von denen ich mir einen ganzen Stapel auf den Teller lud und mit Ahornsirup übergoss. Hinterher fühlte ich mich, als hätte ich gleich für mehrere Wochen mehr als genug gegessen.

Omi beschränkte sich auf einen Marmeladentoast. Sie aß meist nur ein paar Happen zum Frühstück und behauptete, mit wachsendem Alter würde die Lust am Essen vergehen.

»Dafür darf es ab und zu mal ein Gläschen Schampus extra sein«, erklärte sie. »Aber natürlich nur in Gesellschaft.«

Nach dem Frühstück begleitete ich Omi in ihre Suite, wo wir noch eine Zeitlang gemütlich zusammensaßen. Sie nutzte die Gelegenheit und diktierte ein Stück von ihrem neuen Roman.

»Elaine stellte erschrocken fest, dass der Laptopkoffer sich nicht öffnen ließ. Sie wusste genau, dass sie keine Kombination eingestellt hatte, denn ihr Zahlengedächtnis war eine einzige Katastrophe. Das Kofferschloss hätte also bei der Grundeinstellung mit sechs Nullen aufgehen müssen. Probehalber drehte sie an allen Rädchen, doch der Koffer widersetzte sich sämtlichen Bemühungen, ihn zu öffnen. Hatte sich das Schloss verklemmt? Oder hatte sie aus Versehen vielleicht doch eine Schließkombination eingestellt, sofern das überhaupt unabsichtlich möglich war? Ihr Unbehagen wuchs, denn auf dem Laptop befand sich ihr aktuell wertvollster Besitz – der fertige Roman, der in Kürze in Druck gehen musste. Nicht nur ihr Verlag wartete ungeduldig darauf, dass sie das Manuskript endlich ablieferte – auch unzählige Buchhandlungen und Hunderttausende von Lesern fieberten dem bisher streng geheim gehaltenen Ende der Reihe entgegen. Sie musste so schnell wie möglich dafür sorgen, dass dieser Koffer sich wieder öffnen ließ.«

»Cool«, sagte ich. »Ein Laptop mit einem Megabestseller.«

»Ja, sonst wäre der Koffer nicht so wichtig. Es muss quasi alles davon abhängen, dass Elaine ihn öffnen und ihren Laptop benutzen kann. Dramaturgisch ist das unverzichtbar. Das sogenannte Alles-oder-Nichts-Prinzip. Sieg oder Untergang. Von daher bin ich froh, dass es in meinem eigenen Fall zu verkraften wäre, wenn ich nicht mehr an meinen Laptop kann. Zu Hause habe ich Sicherungskopien von allen Dateien. Und es ist garantiert kein unveröffentlichter Weltbestseller dabei.«

»Na ja, aber du hast ziemlich viele sehr gute Exposés auf dem Rechner«, gab ich zu bedenken. »Wenn die in falsche Hände kommen …« Ich führte es nicht näher aus, aber ich hätte mich wirklich besser gefühlt, wenn Omi ihren Laptop bereits zurückgehabt hätte.

Gemeinsam besichtigten wir anschließend noch einige Bereiche des Hotels, die Omi als Schauplätze verwenden wollte. Mithilfe eines Lageplans, den wir uns an der Rezeption besorgten, erkundeten wir die beeindruckenden Räumlichkeiten, die mit gigantischen Kronleuchtern, dicken Teppichen oder spiegelglattem Marmor prunkten und dazu passende Namen trugen, etwa *Grand Ballroom*, *Silver Corridor* oder *Starlight Roof*. Omi fotografierte alles und entwarf aus dem Stand noch eine Zusatzszene für Maggie und Jonathan, in der die beiden in einer der Logen des Grand Ballroom einen hitzigen Streit anfingen, der in einer leidenschaftlichen Umarmung endete.

»Beschreibungen von Örtlichkeiten sind ohne Handlung für den Leser meist langweilig«, erklärte Omi mir anschließend im Starlight Roof, einem Bankettsaal, der von einer schimmernden Art-Déco-Verglasung überdacht war. »Es muss möglichst immer was passieren. Streit und Leidenschaft sind zum Beispiel gute Spannungsträger.«

Als hätten ihre Worte es heraufbeschworen, stießen wir beim Verlassen des Starlight Roof auf einen Mann und eine Frau, die in eine lautstarke Auseinandersetzung verstrickt waren. Es waren Sabine und Roger.

Sie verstummten abrupt, als sie uns sahen. Sabines mollige Figur steckte in einem etwas zu knappen, weinroten Kostüm, Roger trug einen schlabbrig sitzenden Anzug ohne Krawatte. Gestern Abend im Club hatten sie sich die meiste Zeit angeschwiegen, vielleicht hatte sich der Streit da schon angebahnt.

Roger begrüßte uns mit routinierter Fröhlichkeit, während Sabines Gesichtsausdruck weiterhin grimmig war. Roger brach als Erster das verlegene Schweigen.

»Na so was!«, sagte er. »Was macht ihr denn hier oben?«

»Wir sehen uns bloß ein bisschen um«, erklärte Omi. »Und ihr?«

»Wir auch.« Erklärend fügte er hinzu: »Für unsere Sponsoren und Geschäftspartner geben wir ab und zu Abendgesellschaften. In der Filmbranche wird das erwartet. Da darf es gerne mal ein Bankett im Waldorf sein. Auch wenn es viel Geld kostet.« Ein Hauch von Groll schwang in seiner Stimme mit. »*Zu* viel, um genau zu sein.«

»Die Akquise von Mitteln für die Finanzierung neuer Projekte ist sicher nicht immer leicht«, warf Omi diplomatisch ein.

»Das ist alles nur eine Frage des persönlichen Einsatzes«, widersprach Sabine. Es klang gereizt. »Wer sich mit voller Kraft in neue Projekte einbringt, erreicht alle Ziele.«

Rogers Miene versteinerte. Er fühlte sich offenbar persönlich angegriffen. »Manchmal liegt es auch ganz einfach am Projekt, dass Ziele unerreichbar bleiben«, erklärte er.

»Gib doch ruhig zu, dass du nichts von Dickys neuem Projekt hältst«, blaffte Sabine ihn an.

»Ich halte nichts davon.«

»Dann solltest du ihm das vielleicht mal endlich selber mitteilen!«

»Das habe ich schon getan, und zwar mehrmals und ausdrücklich, wenn auch bisher nur unter vier Augen. Ich habe ihm erklärt, dass die Filmfirma keine ausreichende Kapitaldecke mehr hat und dass wir unter dieser Prämisse niemals die Produktionskosten für seine Mafia-Doku zusammenkriegen werden. Mit Engelszungen habe ich auf ihn eingeredet, dass es sinnlos ist. Aber er will es nicht hören. Stattdessen behauptet er sogar, es würde alles gut werden. Er würde die Mittel schon zusammenbringen, und wenn es das Letzte wäre, was er auf dieser Erde täte.« Roger schüttelte den Kopf. »Wenn du mich fragst, hat er jeden Bezug zur Realität verloren.«

Damit stachelte er Sabines Verärgerung erst richtig an. »Wie kannst du das behaupten! Dicky ist ein Künstler!«

»Auch Künstler brauchen Geld, um ihre Projekte zu realisieren. Und das sollten sie idealerweise auch nicht aus den Augen verlieren. Nichts anderes versuche ich ihm die ganze Zeit klarzumachen.« Von Rogers sonst so guter Laune war nichts mehr zu spüren. Er schien ernsthaft sauer zu sein. »Ich meine es wenigstens gut mit Dicky! Was man von dir nicht gerade behaupten kann.«

»Was willst du damit sagen?«, schnappte Sabine.

»Das weißt du genau«, schnappte er zurück. »Manchmal kommt es mir so vor, als würdest du nur darauf warten, dass er den Laden an die Wand fährt!«

»Du bist verrückt! Wie kannst du mir solche Absichten unterstellen! Warum sollte ich mir so was Absurdes wünschen?«

»Damit du dich in dem Triumph sonnen kannst, dass Dicky seine besten Zeiten mit *dir* hatte und dass es nur noch abwärts mit ihm geht, seit er mit Linda zusammen ist. Du tust immer so, als wäre er noch dein bester Kumpel, aber in Wahrheit erträgst du es einfach nicht, ihn mit Linda glücklich zu sehen!«

Sabine straffte sich. Ihre Augen loderten vor Wut. »Ich habe *ihn* verlassen, nicht umgekehrt!«

»Kann es sein, dass du dir das nachträglich ein bisschen schönredest? Wenn du zuerst ausgezogen bist, dann nur, weil du nicht diejenige sein wolltest, die sitzen gelassen wird.«

Damit hatte Roger es sich wohl endgültig mit Sabine verscherzt, denn jetzt rastete sie förmlich aus. Ihre Stimme wurde immer lauter, und es schien ihr völlig egal zu sein, dass Omi und ich zwangsläufig alles mit anhörten.

»Das ist eine erbärmliche Lüge! Frag ihn doch selber! Wir haben uns in aller Freundschaft getrennt! Ich hatte meine Koffer schon gepackt, bevor das mit Linda anfing! Dicky ist immer noch mein bester Freund, und wenn du das Gegenteil behauptest, willst du nur von deinen eigenen Defiziten ablenken!«

Die beiden hörten nicht auf, sich zu zoffen. In diesem Kessel musste schon seit längerer Zeit ziemlicher Druck geherrscht haben, und der wollte jetzt offenbar raus.

»Wir haben noch ein paar Sachen zu erledigen«, meinte ich unangenehm berührt. Die Streiterei der beiden war mir so peinlich, dass ich kaum noch wusste, wohin ich schauen sollte. Omi hingegen saugte begierig jedes Wort in sich auf, was wohl an ihrem beruflichen Interesse für emotionale Abgründe jeglicher Art lag. Wahrscheinlich hätte sie am liebsten alles aufgezeichnet.

»Emmy hat recht«, meinte sie widerstrebend. »Wir müssen leider weiter.«

Roger riss sich zusammen. »Entschuldigt bitte, dass wir uns in eurem Beisein so angiften.« Er zauberte ein sonniges Grinsen mit vielen kleinen Lachfalten auf sein Gesicht.

»Normalerweise fechten wir unsere Meinungsverschiedenheiten privat aus. Betrachtet es bitte als einmalige Ausnahme. Außerdem vertragen wir uns jedes Mal ganz schnell wieder und machen so weiter wie immer. Das ist schließlich unser Job. Oder, Sabine?«

Doch von Sabine kam kein Kommentar. Sie kniff verbittert die Lippen zusammen, ehe sie sich auf dem Absatz umdrehte und davonmarschierte.

»Da geht sie hin«, sagte Roger seufzend. »Aber es stimmt, was ich gerade gesagt habe. Wir raufen uns schon wieder zusammen. Das tun wir immer.«

»Äh … ja, wir machen uns dann auch mal auf die Socken«, erklärte ich hastig, bevor Roger auf die Idee kommen konnte, uns mit irgendwelchen Erklärungen und Rechtfertigungen noch weiter zuzutexten. Doch diese Hoffnung war vergebens, denn er heftete sich einfach an unsere Fersen und begleitete uns zu den Aufzügen.

»Sabine hat es nach der Trennung von Dicky nicht gerade leicht gehabt«, berichtete er. »Dicky schwebte mit Linda auf Wolke sieben, und Sabine saß auf dem Trockenen.« Nach kurzem Zögern fügte er mit mitfühlendem Bedauern hinzu: »Leider auch finanziell. Mittlerweile ist sie zu einer Bekannten nach New Jersey gezogen, weil sie sich ihr Apartment im Village nicht mehr leisten konnte.«

Ich wollte es gar nicht so genau wissen, aber Omi war anscheinend sehr an den näheren Hintergründen interessiert.

»Du meinst, Dicky hat ihr kein Geld mehr gegeben?«, erkundigte Omi sich.

»Ganz so schlimm ist es nicht. Ihr Gehalt kriegt sie weiterhin, sie ist ja Angestellte von *Dickyfilms*. So heißt seine

Firma. Aber das ist gemessen an dem, was sie als seine Frau ausgeben konnte, natürlich bloß ein Taschengeld.«

»Hätte er ihr nicht Unterhalt zahlen können?«, wollte ich wissen.

»Na ja, das hätte er sicher getan, zumindest im Rahmen seiner Möglichkeiten, denn Dicky ist wirklich die Großzügigkeit in Person. Aber sie hat ihn nicht danach gefragt. Dazu war sie wohl zu stolz. Außerdem hat *sie* ihn verlassen, nicht umgekehrt, sie hat es vorhin selbst gesagt. Ich glaube, sie ging davon aus, Dicky würde sie anflehen, zurückzukommen. Doch das hat er nicht getan, weil sich dann auf einmal Linda bei ihm eingenistet hatte. Für Sabine muss es ein Schlag ins Gesicht gewesen sein, doch sie hat sich nichts anmerken lassen und mit der Arbeit weitergemacht wie immer. Ganz die tüchtige Assistentin und in jeder Beziehung professionell, auch Linda gegenüber. Aber ich bin sicher, dass sie innerlich nur so brodelt.«

»Und Dicky und Linda merken nichts von diesem Brodeln?«

»Linda vermutlich schon, ihr entgeht so leicht nichts. Aber Dicky bestimmt nicht. Im Gegenteil, er findet es großartig von Sabine, dass sie trotz der Trennung beruflich so treu zu ihm hält. Er mag es, dass sie seine Termine verwaltet, seine Flüge bucht und seine Therapeutensitzungen koordiniert. Die Wahrheit aber ist, dass sie gar keine andere Wahl hat, denn wenn sie den Assistentinnenjob hinschmeißt, hat sie kein Einkommen mehr.«

»Würde die Scheidung sie nicht zu einer reichen Frau machen?«, fragte Omi. »Ich habe gehört, dass Dicky ziemlich hochwertige Immobilien besitzt.«

»Ach, hat Dicky wieder mit der Villa in den Hamptons und dem Loft an der Upper Eastside angegeben?«

»Und mit dem Haus auf Martha's Vineyard«, bestätigte Omi.

»Da hatten Dicky und Linda mal ein Ferienhaus gemietet, für ein paar Wochen im Sommer. In den Hamptons genauso. Das Loft war auch nur gemietet, sie ziehen nächsten Monat in eine deutlich kleinere Wohnung. Wenn das alles Dicky gehört hätte, hätte er es schon längst flüssiggemacht. Er gibt das Geld mit vollen Händen aus, schneller als es reinkommt. Nein, an Vermögenswerten hat Sabine bei einer Scheidung nichts zu erwarten.«

»Könnte es nicht sein, dass sie trotzdem treu zu Dicky hält?«, fragte Omi nachdenklich. »Vorhin kam es mir so vor, als würde sie wirklich voll hinter seinem neuen Filmprojekt stehen.«

»Im Gegensatz zu mir, meinst du wohl, oder?« Rogers Gesicht verzog sich in einer Mischung aus entwaffnendem Humor und Verzweiflung. »Na ja, ich kenne die Zahlen besser als sie. Und ich schätze, sie will sich nach außen hin keine Blöße geben. Niemand soll ihr nachsagen können, dass sie Dicky in den Rücken fällt.«

»Du meinst, ihre Loyalität ist nur gespielt?«

»Mit letzter Sicherheit kann ich es nicht sagen«, räumte Roger ein. »Vielleicht tue ich ihr ja auch unrecht. Ich sollte wohl besser nicht so viel in ihr Verhalten hineininterpretieren. Ein wenig mehr Zurückhaltung wäre hier wahrscheinlich angebracht.«

»Ja, das kann manchmal eine Lösung sein«, meinte Omi. Es klang zerstreut, als ob sie in Gedanken bereits wieder meilenweit weg war, wahrscheinlich in ihrem neuen Krimi. Wir waren vor den Aufzügen angekommen, ich drückte auf den Knopf.

»Womöglich mache ich ihr nur deshalb diese Vorhaltungen, weil mir viel an ihr liegt«, erklärte Roger zu meiner Überraschung. »Wir waren mal zusammen. Ist schon eine Weile her, aber gute Zeiten vergisst man nun mal nicht so schnell. Damals habe ich sie und Dicky miteinander bekannt gemacht, und das war der Anfang vom Ende unserer Beziehung, denn sie hat sich Knall auf Fall von mir getrennt und ist zu ihm gezogen. Wir haben trotzdem beschlossen, gute Freunde zu bleiben.«

Damit hatte er erneut Omis Aufmerksamkeit gewonnen. »Das ist ja spannend«, sagte sie. Ohne Frage hätte sie gern mehr über Rogers und Sabines gemeinsame Vergangenheit gehört, doch der Aufzug war da.

»Ich nehme die Treppe«, sagte Roger. Er klopfte auf seine Smartwatch. »Sportprogramm. Befiehlt mir mindestens zehntausend Schritte pro Tag, und mir fehlen noch ungefähr neuntausendfünfhundert. Bis später, wir sehen uns.«

Er verschwand in Richtung Treppenhaus, und Omi schüttelte den Kopf, während wir den Aufzug betraten. »Seltsam, diese Lass-uns-Freunde-bleiben-Sache, oder? Scheint hier gehäuft aufzutreten.«

»Ich glaube, in der Filmbranche ist das normal. Diese Leute trennen sich andauernd, und immer heißt es, dass sie es voller Respekt und Liebe tun. Nie geben sie zu, dass ihre Ehe ein Riesenfehler war und dass sie sich am liebsten gegenseitig erwürgen würden. Immer wollen sie beste Freunde bleiben. Nach dem Motto ›Trennung ist die neue Freundschaft‹.«

»Die Frage ist, was davon bei Roger und Sabine Wunschdenken ist und was echt«, sinnierte Omi. »Oder mit anderen Worten: In wem brodelt es wirklich?«

»Du denkst, dass Roger seine eigenen Gefühle auf Sabine überträgt? Dass er ihr unterstellt, sie würde Dicky hassen, weil der zu Linda übergelaufen ist, während in Wahrheit Roger selber derjenige ist, der immer noch Frust schiebt, weil er von Sabine verlassen wurde?«

»Es wäre möglich«, sagte Omi. »Enttäuschte Liebe stellt manchmal schlimme Dinge mit den Menschen an.« Ihr Blick ging in die Ferne. »Gerade kommen mir ein paar sehr gute Ideen für einen neuen Roman. Ich glaube, ich gehe noch für eine halbe Stunde in meine Suite und mache mir einige Notizen.«

7

Unterdessen hielt ich mein Versprechen und rief bei der Fluggesellschaft an, um mich nach Omis verlorenem Laptopkoffer zu erkundigen. Ich nannte die Marke des Koffers und des Laptops und beschrieb alles, so gut ich konnte. Zu meiner Freude erklärte mir die nette Dame von der Fundstelle, dass genau so ein Koffer bei der Reinigung der Maschine gefunden worden sei. Und zwar mit einem Laptop darin, auf den meine Beschreibung exakt zutraf. Wir könnten den Koffer mitsamt Inhalt gern jederzeit abholen.

»Das ist großartig!«, sagte ich. »Hat sich denn auch der Eigentümer des anderen Koffers schon gemeldet?«

In der Leitung herrschte kurzes Schweigen, dann kam zurück: »Welcher andere Koffer?«

»Na, der Koffer mit dem silberfarbigen MacBook.«

Erneutes Schweigen. Dann meinte die freundliche Dame: »Von einem silberfarbigen MacBook wissen wir hier nichts. So ein Koffer wurde nicht gefunden.«

»Nein, er kann ja auch nicht gefunden worden sein. Weil er ja aus Versehen von uns mitgenommen wurde. Aber inzwischen wurde er bei Ihnen abgegeben, und ich wollte mich nur kurz erkundigen, ob sich der Eigentümer schon gemeldet hat. Denn der hatte ja nun gar keinen Laptopkoffer mehr, also auch nicht den von meiner Großmutter, weil sie ihren Koffer ja in der Maschine vergessen und dann aus Versehen den falschen mitgenommen hatte, der genauso aussah wie ihrer. Wir dachten die ganze Zeit, die beiden Koffer wären vertauscht worden, aber wenn Sie sagen, der Koffer von meiner Großmutter sei in der Maschine gefunden worden, muss der Eigentümer des MacBooks ja ganz ohne Koffer nach Hause gegangen sein.«

Diesmal dauerte das Schweigen etwas länger, und die Dame klang nicht mehr ganz so freundlich wie vorher. »Es wurde kein zweiter Koffer mit einem MacBook bei uns abgegeben. Wenn Sie ein silberfarbiges MacBook vermissen, sollten Sie bei der Fundstelle des Flughafens nachfragen.«

»Nein«, sagte ich hastig. »Wir vermissen ja überhaupt kein silberfarbiges MacBook. Weil es uns gar nicht gehört. Es muss jemand anderem gehören. Der sich aber, wenn ich Sie richtig verstanden habe, bisher noch nicht bei Ihnen gemeldet hat. Wie sind Sie denn mit Miss … äh, Linda wegen des MacBooks verblieben?«

»Das ist alles sehr verwirrend, Ma'am. Ich kenne keine Miss Linder. Ich müsste zuerst in meinen Unterlagen nach ihr suchen. Der Name Linder sagt mir aktuell leider gar nichts.«

»Linda. Das ist ihr Vorname.« Frustriert hielt ich inne. Ich wusste nicht mal Lindas Nachnamen. Wie absurd war das denn jetzt? Auf einmal kam ich mir vor wie in einem schrägen Film. »Und Sie sagen, sie hat den Koffer gar nicht vorbeigebracht?«

»Der Koffer wurde von Miss Garcia gefunden. Sie arbeitet als Reinigungskraft für unser Unternehmen und kümmert sich vorbildlich um die Sauberkeit in unseren Maschinen.«

»Ich meinte den Koffer mit dem silberfarbigen MacBook.«

»Wir haben hier kein MacBook unter den vergessenen Handgepäckstücken.« Die Stimme aus der Leitung klang zunehmend frostig. »Weder ein silberfarbiges noch ein anderes.« Anscheinend fühlte die Dame sich gerade ziemlich veräppelt. Ich kam mir mindestens genauso veräppelt vor. Allerdings nicht von ihr, sondern von Linda. Denn inzwischen ahnte ich, was passiert war. Oder genauer: Was *nicht* passiert war.

»Ich glaube, so langsam erkenne ich den Grund für dieses Missverständnis.« Ich bemühte mich um einen fröhlichen und verbindlichen Ton, denn ich war ja diejenige, die die ganze Verwirrung angezettelt hatte. »Wahrscheinlich hat Linda den Koffer noch gar nicht bei Ihnen vorbeigebracht. Den Koffer mit dem silberfarbigen MacBook.«

»Nein. Nein, das hat sie tatsächlich nicht. Vielleicht liegt er bei der Fundstelle des Flughafens. Wenn Sie ihn zurückhaben wollen, sollten Sie dort fragen.«

Ich stöhnte unhörbar. »Wir holen erst mal unseren Koffer ab. Den mit dem schwarzen Laptop, der meiner Großmutter gehört.«

Damit war die Dame von der Fluggesellschaft einverstanden, auch wenn sie sich mittlerweile anhörte, als müsste sie mit einer hochgradig gestörten Person telefonieren. Sie wies mich darauf hin, dass meine Großmutter ihren Ausweis mitbringen müsse, und dann war das Gespräch auch schon beendet.

*

Ich marschierte sofort rüber zu Dickys und Lindas Suite. Es dauerte eine Weile, bis Linda mir öffnete. Sie legte den Finger an die Lippen.

»Pst. Dicky schläft.«

»Kann ich kurz mit dir sprechen?«

»Sicher. Komm rein.« Sie hielt mir einladend die Tür zu ihrer Suite auf, und ich ging voraus in den Salon, wo Dicky wie hingemäht auf einem der Sofas lag und mit offenem Mund schlief. Linda hatte fürsorglich eine Decke über ihn gebreitet. »Der Arme. Er war so unendlich erschöpft«, flüsterte sie. »Er hat die ganze Nacht kein Auge zugekriegt.«

»Ich weiß. Pascal hat es mir erzählt.« Ich räusperte mich, um die Frage zu stellen, die mich hergetrieben hatte, doch es fiel mir schwer, die richtige Formulierung zu finden. Schließlich ging es um nicht mehr und nicht weniger, als Linda der Lüge zu bezichtigen. Während ich noch überlegte, wie ich die Sache angehen konnte, fiel mein Blick auf den aufgeklappten Laptop, der auf dem Couchtisch neben dem Sofa stand. Es war ein silberfarbiges MacBook. Der dazugehörige Koffer – es war der, den Omi aus Versehen vom Flughafen mitgenommen hatte – lag direkt daneben. Die Beweislage hätte nicht eindeutiger sein können.

Linda war meinen Blicken gefolgt. »Oh«, sagte sie. Das schlechte Gewissen stand ihr ins Gesicht geschrieben. »Da hast du mich wohl erwischt.«

»Du hast das MacBook nicht bei der Fluggesellschaft abgegeben«, stellte ich überflüssigerweise fest.

»Äh … nein.«

»Warum nicht?«

»Weil … Ich weiß auch nicht. Es ist ein brandneues Modell. Genauso eins wollte ich schon lange haben.«

»Du könntest dir doch selber eins kaufen.«

»Das hatte ich schon die ganze Zeit fest vor. Aber der Aufwand hat mich abgeschreckt.«

»Was für ein Aufwand?«

»Na, das Gerät bestellen oder es im Apple Store besorgen. Dieses MacBook hier war schon da. Es war betriebsfertig, ich konnte es direkt benutzen.« Sie senkte reumütig die Lider.

Ich hatte plötzlich einen Kloß im Hals, denn die Frage, die sich mir in diesem Zusammenhang als Nächstes aufdrängte, lag nach allem, was Roger vorhin gesagt hatte, ziemlich nahe. »Du könntest es dir aber leisten, oder? Ich meine, finanziell. Oder hast du es behalten, weil du kein Geld hast, um dir selbst ein MacBook zu kaufen?«

»Du liebe Zeit! Nein! Wie kommst du denn darauf?« Linda kicherte. »Weiß du, was ich jeden Monat allein für meinen Friseur ausgebe? Oder für unsere Bleibe hier im Hotel?«

Ich hatte keine Ahnung, bei wem sie sich die Haare machen ließ und was sie dafür bezahlte, aber nachdem Omi mir gesagt hatte, in welchen Regionen sich die Zimmerpreise im Waldorf bewegten, hatte ich zumindest von den Hotelkosten eine ungefähre Vorstellung. Linda hatte recht. Der Gedanke, sie könnte sich keinen Laptop leisten, war absurd.

Linda betrachtete mich aufmerksam. »Ich kann mir schon denken, wie du auf solche Ideen kommst. Wahrscheinlich bist du Roger über den Weg gelaufen, und er hat mal wieder sein übliches Gejammer vom Stapel gelassen. Dass *Dickyfilms* auf die Pleite zusteuert oder so was in der Art.«

Das konnte ich schlecht abstreiten, hatte aber auch keine Lust, darüber zu reden, also zuckte ich nur mit den Schultern. Die Unterhaltung kam mir zunehmend surreal vor, was zum Teil auch damit zusammenhing, dass wir sie im Flüsterton führten, um Dicky nicht zu wecken. Das funktionierte aber nur teilweise, denn jetzt bewegte er sich im Schlaf und stöhnte leise.

»Pleite«, murmelte er. »Bin so pleite – wenn 'ne Weltreise 'nen Dollar kosten würde, dann würde ich nicht mal außer Sichtweite kommen.«

»Der arme Kerl«, sagte Linda. »Hat ständig Albträume, weil er sich von der Mafia verfolgt fühlt. Um noch mal auf das MacBook zurückzukommen – ehrlich, ich wollte es zurückbringen. Aber bisher kam ich einfach noch nicht dazu. Und ich dachte, was kann es schon schaden, wenn ich das Modell mal teste, bevor ich mir selber eins kaufe. Ja, ich weiß, das ist unverzeihlich. Denn es gehört ja anderen Leuten. Die es sicher schon sehr vermissen.« Sie legte die Hand auf ihre Doppel-D-Brust, als wollte sie einen Eid schwören. »Ich bring's zurück. Heute noch. Ich erledige es, bevor ich mit Dicky zu diesem Hehler in die Bronx fahre.«

»Oh, du willst auch mit ihm dahin?«, fragte ich begierig. »Wer kommt denn sonst noch alles mit?«

»Na, Pascal und Sarah, als Dickys Sicherheitskräfte. Und Ranjid, weil der uns fährt. Und natürlich Dicky und ich.«

Ich hatte mitgezählt. Wenn sie die Großraumlimousine nahmen, waren noch zwei Plätze frei.

»Du und Gerti könnt natürlich auch gern mitfahren,

wenn ihr wollt. Dann können wir alle zusammen was Nettes unternehmen, sobald Dicky mit dem Interview fertig ist.«

»Warum nicht.« Ich ließ meine Stimme leicht gelangweilt klingen, während ich innerlich frohlockte, weil der Vorschlag von Linda kam, ohne dass ich mich dafür hatte anstrengen müssen. Jetzt musste nur noch Pascal von diesem Ausflug in die Bronx überzeugt werden.

»Es wäre wirklich nett von dir, wenn du bei Pascal noch ein bisschen Überzeugungsarbeit leisten könntest«, meinte Linda, als hätte sie meine Gedanken gelesen. »Er war vorhin nicht gerade Feuer und Flamme, als Dicky ihn bat, den Begleitschutz für diese Sache zu übernehmen.«

»Ach, wenn wir alle mitkommen, wird er kaum allein hierbleiben wollen. Und er müsste ja nicht mal zu dem Interview mit reingehen.«

»Er müsste höchstens im Notfall eingreifen«, bestätigte Linda. »Und genau genommen nicht mal dann. Denn wie immer werden sich Tom und Jerry ganz in der Nähe herumtreiben, die können wir dann einfach auf dem Handy anrufen. So gesehen bestünde überhaupt keine Gefahr für Pascal oder Sarah.«

»Dasselbe hatte ich mir auch schon überlegt.«

»Perfekt. Dann passt ja alles. Brechen wir gleich wie ausgemacht zu unserer Shoppingtour auf? Du, Gerti und ich?«

Dicky stöhnte erneut und redete im Schlaf vor sich hin. »Der Laptop des Don … Besser nicht in den Safe. Nein, auf keinen Fall das FBI! Überall Verbrecher!«

»Du liebe Güte«, sagte ich betroffen. »Er träumt aber wirklich sehr schlecht.«

»Stress und Schlafmangel. Typische Begleiterscheinungen während der Recherche- und Drehbuchphase. Das wird schon wieder. Wenn er erst mal mit den Dreharbeiten anfangen kann, ist er wieder ganz der Alte.« Linda blickte auf ihre Armbanduhr. »Wollen wir uns in einer halben Stunde unten in der Lobby treffen?«

»In einer halben Stunde passt es gut. Hm, ich hätte da mal noch eine Frage. Zu diesem Zorro-Typen, der dich gestern Abend vor der Damentoilette im Club belästigt hat.«

»Ja?«

»Was könnte er von dir gewollt haben?«

»Keine Ahnung, wirklich nicht. Wahrscheinlich das, was diese Typen immer von mir wollen. Am liebsten irgendwas mit Anfassen.«

»Es klang aber, als wollte er was ganz Bestimmtes. Er sprach von *Zeug*.«

»Was immer das sein soll – ich weiß nicht, was er meinte.«

Ich hatte den Eindruck, dass sie es sehr wohl wusste, mir aber nicht verraten wollte. Bei meiner nächsten Frage bemühte ich mich, noch leiser zu sprechen, um Dickys Schlaf nicht mit weiteren Albträumen zu belasten. »Könnte es nicht sein, dass dieser Zorro den Laptop des Don haben wollte?«

Linda machte große Augen. »Was? Wie kommst du denn auf diese dämliche Idee? Der Typ kennt Dicky doch gar nicht. Woher sollte er denn von seinen Recherchen in Neapel wissen?«

»Er könnte es irgendwie rausgekriegt haben.«

»Und wie?«

»Ich weiß nicht«, gab ich zu. »Vielleicht hat er euer Telefon abgehört oder so.«

»Du hast zu viel Fantasie. Das hast du sicher von Gerti geerbt. Willst du später auch mal Autorin werden?«

»So weit bin ich noch nicht bei meiner Berufsplanung. Ich will erst mal studieren.«

»Und was?«

»Jura«, behauptete ich. In Wahrheit wusste ich es noch gar nicht genau.

»Ah. Dann kannst du eines Tages Rechtsanwältin werden und Verbrecher verteidigen.«

»Ich könnte auch Staatsanwältin oder Richterin werden und Verbrecher in den Knast bringen.«

Das brachte sie für einen Moment zum Nachdenken. Schließlich meinte sie lächelnd: »Bis dahin wird es noch viele Jahre dauern.«

»Übrigens«, meinte ich. »Wo ist denn der Laptop des Don überhaupt?«

Sie blickte mich an, ohne mit der Wimper zu zucken. »Dieser Laptop existiert nur in Dickys Fantasie.«

Wieso hatte ich bloß den spontanen Eindruck, dass sie mich anlog? Doch anscheinend hatte sie alles gesagt, was sie zu dem Thema äußern wollte. Ich gab es auf und ging zurück in Pascals und meine Suite, um mich für den anstehenden Einkaufsbummel fertig zu machen.

*

Auf dem Gang begegnete ich Leif. Er stand vor Sarahs Zimmertür.

»Hi«, sagte ich. »Sarah ist nicht da.«

»Ich weiß.« Er lächelte mich an und sah dabei mit seinen azurblauen Augen und den blonden Wuschelhaaren so wikingermäßig gut aus, dass mir ein klein wenig der Atem stockte. Natürlich war diese Reaktion nichts im Vergleich zu dem, was Pascal bei mir auslöste (wenn er mich anlachte, blieb mir *richtig* die Luft weg), aber Leifs Ausstrahlung konnte man sich kaum entziehen. Zumindest nicht als weibliches Wesen. Mir entging allerdings nicht, dass Leif sich seiner Ausstrahlung sehr wohl bewusst war. Er setzte sein Lächeln auf eine Weise ein, die ein bisschen zu routiniert war. Außerdem sah man einfach zu viele von seinen unnatürlich weißen Zähnen. Dass er zudem nur Hemden trug, die seine Augenfarbe hervorhoben, fiel mir auch zum ersten Mal auf.

»Sarah hat mir ihren Zimmerschlüssel gegeben«, setzte er hinzu. »Solange sie hier in New York ist, brauchen wir nur eine Suite. Es ist eine ganz einfache Kosten-Nutzen-Analyse.«

Das waren genau Sarahs Worte. Oder stammten sie ursprünglich von ihm? Wie auch immer, es war nur logisch, dass er einen Schlüssel von Sarah bekommen hatte, denn wo sollte er sonst tagsüber auch hin? Er würde ja sicher nicht von früh bis spät auf dem Golfplatz herumwandern.

»Die Zusatzkosten für die Doppelbelegung übernehme ich natürlich«, erklärte er. »Die muss Sarah nicht bezahlen.«

Ich hätte ihm sagen können, dass Sarah nicht mal die Einzelbelegung bezahlen musste, weil Dicky uns alle eingeladen hatte, auf seine Rechnung hier im Hotel zu wohnen. Doch diese Auskunft verkniff ich mir. Sonst hätte Leif das womöglich als Anregung verstanden, Dickys Gastfreundschaft auch auf sich selber auszudehnen. Er schien ziemlich kostenbewusst zu sein. Dass er uns gestern Abend im Club ein paar Runden ausgegeben hatte, stand dazu nicht im Widerspruch, fand ich, denn im Vergleich zu den Drinks, die er uns spendiert hatte, riss eine Übernachtung im Waldorf Astoria ein deutlich größeres Loch ins Portemonnaie, und dieses Geld konnte er sich ja nun sparen.

»Wie war es beim Tennis?«, fragte ich höflich.

»Großartig. Sarah hat mich in zwei Sätzen geschlagen. Sie spielt fabelhaft.«

Noch eine Sache, die sie gut konnte. Schießen, tanzen, und jetzt auch noch Tennis … Gab es irgendetwas, worin sie kein Naturtalent war?

»Was habt ihr denn heute noch so vor?«, wollte Leif wissen.

»Meine Omi und ich gehen gleich mit Linda shoppen. Wir wollen zu Macy's und Saks.«

»Und was macht Dicky so lange? Nehmt ihr ihn mit?«

»Wohl eher nicht. Momentan schläft er tief und fest. Er ist letzte Nacht nicht ins Bett gekommen.«

»Ja, ich weiß. Wir haben ihn und Linda heute Morgen beim Frühstück getroffen. Sarah hat von dem Kerl erzählt, der Linda gestern Abend im Club belästigt hat. Daraufhin hatte Dicky eine Art Nervenzusammenbruch. Sarah meinte, das hätte er öfters, weil er sich einbildet, dass die Mafia hinter ihm her ist. Er identifiziert sich wohl etwas zu sehr mit seinem neuen Filmprojekt.« Leif gähnte. »Sorry. Ich leide auch ein bisschen unter Schlafmangel. Sarah und ich haben letzte Nacht durchgemacht. Ich glaube, ich lege mich für ein Stündchen aufs Ohr. Viel Spaß beim Shoppen.«

Ich bedankte mich, und er verschwand in Sarahs Suite, die jetzt auch seine war.

Auf dem Weg zu unserer eigenen Suite bekam ich eine Handynachricht von Pascal.

Haltet euch von Dicky fern. Habe hier von Tagungsteilnehmern des FBI bedenkliche Infos erhalten und warte noch auf Bestätigung.

Was für Infos?, schrieb ich aufgeregt zurück.

Pascal: *Zu möglichen Mafia-Bezügen.*

Ich: *Also gibt es die wirklich? Nicht nur in Dickys Fantasie*?

Pascal: *Don ist real und zur Fahndung ausgeschrieben, wegen Mord in Neapel. Soll sich aber aktuell wieder in den USA aufhalten.*

Meine Finger zitterten ein bisschen beim Tippen. *Hier in New York? Ist er hinter Dicky her?*

Pascal: *Weiß man nicht. Zusammenhänge noch nicht geklärt, aber Anfrage läuft. Muss auf Bestätigung warten, dann mehr. Bleibt so lange weg von ihm.*

Aha. Ich merkte, wie sich ganz tief drinnen in mir ein grimmiges Gefühl von Zufriedenheit ausbreitete. So unheimlich das alles war, es schien sich abzuzeichnen, dass Dicky kein paranoider Spinner war. Und ich hatte richtig damit gelegen, als ich ihm geglaubt hatte. Pascal und Sarah hatten ausnahmsweise mal nicht recht gehabt. Dicky war wirklich in Neapel bei dem Don gewesen und hatte dort alles erlebt, was er mir und Omi erzählt hatte. Seine Story war tatsächlich wahr. Das verunglückte Interview mit dem Don. Der Mord in der Mafia-Villa. Der Diebstahl des Laptops. Die brisanten Informationen, die sich darauf befanden und die sich um den größten Diamantenraub der jüngsten Geschichte drehten.

Möglicherweise enthielt der Laptop sogar Hinweise über

den Verbleib der geraubten Diamanten! Wollte Dicky der heißen Ware etwa auf die Spur kommen, indem er der Reihe nach alle Diamantenhehler aufsuchte, die es so in New York gab? Vielleicht wollte er die gar nicht bloß für seinen Film interviewen, sondern ihnen auch auf den Zahn fühlen, um auf diese Weise rauszufinden, wo der Don die Diamanten verkloppt hatte.

Aber welche Rolle spielte Linda bei der ganzen Sache? Ich war inzwischen überzeugt, dass sie genauestens Bescheid wusste und bei Dickys Recherchen mitwirkte. Ihre Aufgabe bestand darin, alles zu koordinieren und sich nebenher darum zu kümmern, dass Dicky nervlich nicht vollends schlappmachte, während er den Diamanten nachspürte und seinen authentischen Doku-Thriller darüber schrieb. Gleichzeitig tat sie uns gegenüber so, als wäre er einfach ein bisschen überängstlich, damit wir glaubten, die ganze Gefahr bestünde nur in Dickys Einbildung. Denn anderenfalls hätten Pascal und Sarah bei diesem Bodyguard-Nebenjob ganz sicher nicht mitgemacht, Waldorf-Luxus hin oder her.

»Du siehst so aufgeregt aus«, meinte Omi, als ich kurz darauf zu ihr in die Suite kam, um ihr von dieser neuen Entwicklung zu erzählen.

»Mit gutem Grund«, antwortete ich. »Scheint so, als hätten Dickys Mafia-Abenteuer einen realen Hintergrund. Und zwar eins zu eins.«

Natürlich wollte sie darüber sofort alles wissen, und nachdem ich ihr von den neuesten Informationen erzählt hatte, fühlte sie sich davon auf der Stelle frisch inspiriert. Sie diktierte eine spannende Szene für ihrem Verwechslungskrimi, in dem auf einmal auch ein Mafioso mitspielte – ein gefährlicher Don aus Sizilien, dessen Weg von Leichen nur so gepflastert war.

Die Handlung sollte darauf hinauslaufen, dass der Mafiaboss aus Versehen den Laptopkoffer der Bestsellerautorin mitnahm, während sie plötzlich in den Besitz seines Diamantenkoffers gelangte.

»Das bringt Elaine natürlich unmittelbar in Lebensgefahr«, erklärte Omi mir die nächsten Verwicklungen ihrer Story. »Denn der Don öffnet ihren Koffer mit Gewalt und findet anhand der Daten auf ihrem Laptop schnell heraus, wem er gehört.«

»Vielleicht verliebt er sich ja in sie«, überlegte ich. »Dann müsste er sie nicht umbringen.«

Omi schüttelte den Kopf. »Skrupellose Mörder sind keine wirklich brauchbaren Sympathieträger. Außerdem soll es ja diesmal ein Thriller werden. Kein Liebesroman.« Dann runzelte sie nachdenklich die Stirn. »Das heißt, warte mal … Er könnte sich schon in sie verlieben, aber auf eine unnatürlich besitzergreifende Weise. Das würde einen zusätzlichen Spannungseffekt in die Geschichte bringen. So ähnlich wie bei *Misery*, dem Roman von Stephen King, wo sich die psychotische Krankenschwester in den Bestsellerautor verknallt und ihm sogar einen Fuß amputiert, damit er nicht vor ihr weglaufen kann.«

»Echt gruselig«, stimmte ich zu. »Ich kenne nur die Verfilmung mit Kathy Bates. Hat sie nicht für die Rolle den Oscar bekommen? Ach, apropos besitzergreifend – Linda hat das MacBook gar nicht bei der Fluggesellschaft abgegeben, sondern es behalten.«

»Warum das denn?«

»Sie sagte, sie wollte es mal ausprobieren, bevor sie sich selber so eins kauft. Aber wenn du mich fragst, wollte sie es sich einfach unter den Nagel reißen. Sie hat anscheinend einen zwanghaften Drang, wertvolle Dinge zu besitzen.«

»Den hat sie wirklich«, pflichtete Omi mir bei. Nachdenklich fügte sie hinzu: »Vielleicht hatte sie eine schwere Kindheit.«

Anscheinend fand sie Lindas Verhalten nicht ganz so verwerflich wie ich. Für sie war die Hauptsache, dass ihr eigener Laptopkoffer zwischenzeitlich wieder aufgetaucht war und wir ihn heute noch am Flughafen abholen konnten.

»Wir können nach der Shoppingtour mit der Bahn rausfahren«, meinte sie. »Das geht schneller als mit dem Taxi. Und bei dieser Gelegenheit könnten wir das MacBook mitnehmen und dort abliefern. Dann kommt Linda nicht in Versuchung, es noch länger zu behalten. Ich fühle mich irgendwie dafür verantwortlich, schließlich habe ich es mitgenommen. Am Ende kriege ich noch den Ärger ab, wenn es nicht abgegeben wird.«

»Bis jetzt hat sich ja noch gar kein Besitzer gemeldet«, meinte ich. »Die Frau von der Fluggesellschaft wusste überhaupt nicht, wovon ich rede. Streng genommen kannst du den Koffer ja nur in der Maschine verwechselt haben, denn dort hat die Putzfrau ihn gefunden. Der Koffer mit dem MacBook muss also einem Passagier aus der ersten Klasse gehören, der mit uns geflogen ist. Ist es nicht seltsam, dass er noch nicht bei der Fluggesellschaft nachgefragt hat, ob sein Laptopkoffer gefunden wurde?«

Omi dachte nach. »Vielleicht glaubt der Eigentümer, er hätte den Laptopkoffer überhaupt nicht dabeigehabt. Womöglich denkt er, er hätte ihn gar nicht mit auf den Flug genommen, sondern zu Hause gelassen. Oder ganz woanders.«

»Glaubst du wirklich, es gibt Leute, die *so* vergesslich sind?«

»Du hast ja keine Ahnung«, gab Omi mit mildem Lächeln zurück. Sie erzählte mir, dass jedes Jahr Tausende von Koffern und Taschen auf deutschen Flughäfen auftauchten, die von niemandem vermisst wurden. Zumindest meldete sich anschließend keiner, der Anspruch darauf erhob.

»Und dabei kann es durchaus vorkommen, dass der Inhalt dieser Koffer richtig wertvoll ist«, sagte sie. »Da ist also nicht etwa bloß Plunder drin.« Anschließend berichtete sie, dass sie einmal in einer Reportage gesehen hatte, was mit dem ganzen herrenlosen Gepäck passierte – es wurde Stück für Stück meistbietend versteigert.

»Und zwar ungeöffnet«, schloss sie. »Die Leute kaufen sozusagen die Katze im Sack. Es könnte sonst was drin sein. Von vergammelten Turnschuhen bis hin zum neuen MacBook.«

»Krass«, befand ich. »Und was passiert, wenn ein paar Kilo Drogen in einem Koffer sind?«

»Das Gepäck wird vorher auf Rauschgift, Geld und Waffen gecheckt.«

»Diamanten könnten also durchs Raster fallen?«

»Das wäre die Frage«, sagte Omi. »Kommt vermutlich drauf an, wie gut sie versteckt sind. Aber in meinem Krimi würde das keine Rolle spielen. Da werden die Koffer ja nicht vergessen, sondern versehentlich vertauscht.«

»Was macht Elaine, wenn sie den Koffer des Don aufmacht und herausfindet, dass Diamanten drin sind?«

»Sie geht damit zum FBI. Genauer gesagt, sie hat es vor.

Doch der Don wird natürlich mit aller Gewalt versuchen, es zu verhindern. Er wird jemanden auf sie ansetzen, der sich als FBI-Agent ausgibt und der ihr den Koffer wegnehmen und sie töten soll. Erst im allerletzten Moment merkt sie, dass sie Opfer einer Täuschung wurde. In einer rasanten Verfolgungsszene muss sie dem Killer entkommen. Sie flieht in ein Haus, das sie für sicher hält …«

»Warte. Lass mich raten, was dann passiert: Der Don lauert ihr dort auf, und sie gerät in einen Kampf auf Leben und Tod. Den sie natürlich gewinnt.«

Omi nickte. »So ungefähr.«

»Ich finde, du solltest ruhig öfters Krimis schreiben.«

»Mal sehen, was mein Verlag dazu sagt.«

Ich kehrte in meine Suite zurück und bekam zwei Minuten später einen Anruf von Pascal.

»Alles stimmt«, sagte er. Seine Stimme klang ziemlich beunruhigt. »Ich habe über das LKA ein paar amtliche Anfragen laufen lassen, und vorhin kamen die Antworten. Diesen Don gibt es wirklich. Er heißt Roberto Donatello, ist amerikanischer Staatsbürger, und er hat tatsächlich während eines Familienbesuchs in Neapel einen Mann erschossen. Das FBI ist darüber informiert, und man weiß da anscheinend auch Bescheid, dass Dicky das Verbrechen als Zeuge beobachtet hat.«

Mir blieb die Luft weg. »Wahnsinn! Er war wirklich da und hat es gesehen!«

»Scheint so. Donatello wird mit internationalem Haftbefehl gesucht. Auch wegen eines Diamantenraubs, der kurz zuvor in Amsterdam stattfand und der ebenfalls auf sein Konto geht.«

Ich biss mir vor lauter Aufregung auf die Lippe. Das wurde ja immer spannender! »Wissen sie beim FBI auch was über den Laptop, den Dicky da mitgenommen hat?«

»Nein, offenbar nicht. Ich habe versucht, mehr darüber rauszufinden, aber da ist anscheinend nichts aktenkundig. Falls Dicky den wirklich geklaut hat, muss er das für sich behalten haben. Nach meinen bisherigen Informationen funktioniert seine Zusammenarbeit mit dem FBI nicht besonders gut. Er ist wohl bereit, in einem möglichen Mordprozess gegen Donatello auszusagen, verweigert sich aber dem üblichen Prozedere des Zeugenschutzprogramms.«

»Weil er dem FBI nicht traut«, erklärte ich. »Er glaubt, das FBI ist von der Mafia unterwandert. Das ist auch der Grund, wieso er den Laptop des Don lieber für sich behält.«

»Ich bin immer noch nicht davon überzeugt, dass es diesen Laptop wirklich gibt. Vielleicht hat Dicky sich das Ding einfach nur ausgedacht, um sein Drehbuch zu pimpen.«

»Und wenn nicht?«

»Dann steckt Dicky in echten Schwierigkeiten. Und zwar in noch viel schlimmeren als denen, die er im Augenblick sowieso schon hat.«

»Glaubst du, der Don hat schon Leute auf ihn angesetzt, um ihn als Belastungszeugen mundtot zu machen?«

»Mit so was muss man immer rechnen. Manche Typen können es nicht leiden, wenn man gegen sie aussagt. Das weißt du ja schließlich aus eigener Erfahrung, oder nicht?«

»Ja«, murmelte ich. Tatsächlich hatte ich im Vorjahr ein paar sehr üble Erfahrungen als Belastungszeugin machen müssen. Der Typ, der deswegen hinter mir her gewesen war, hätte mich um ein Haar erwischt. Er saß immer noch hinter

Gittern und würde wahrscheinlich die nächsten zehn, fünfzehn Jahre dortbleiben, aber allein die Vorstellung, dass er irgendwann auf freien Fuß kam, jagte mir ab und zu einen unangenehmen kleinen Schauer über den Rücken.

»Ich will, dass du dich von Dicky fernhältst«, ermahnte Pascal mich. »Das gilt auch für Gerti. Geht nicht mehr in seine Nähe.«

»Keine Sorge. Er liegt im Bett und schläft bestimmt den ganzen Tag. Und Omi und ich sind garantiert bis heute Abend in der Stadt unterwegs. Wir haben noch viel vor. Unter anderem wollen wir auch zum Flughafen rausfahren und Omis Laptopkoffer abholen.«

»Ach, ist der wieder aufgetaucht?«

»Ja, er wurde in der Maschine gefunden. Omi ist wirklich sehr erleichtert. Und wie läuft es bei dir auf der Tagung? Ist es interessant?«

»Durchwachsen. Momentan kann ich mich nicht besonders gut konzentrieren. Diese Mafia-Geschichte macht mich etwas nervös.«

»Ich sag doch, du musst dir keine Gedanken machen. Omi und ich werden einen ausreichenden Sicherheitsabstand zu Dicky einhalten.«

»Kann ich mich darauf verlassen?«

»Versprochen.«

*

Als Linda mich kurz darauf zu dem verabredeten Einkaufsbummel abholte, musste ich mich schwer beherrschen, sie nicht auf der Stelle mit Pascals neuen Erkenntnissen zu konfrontieren. Am liebsten wäre ich sofort damit herausgeplatzt, was ich über Dickys Mafia-Verstrickungen erfahren hatte und dass sie uns nicht länger Sand in die Augen streuen musste.

»Ich hätte da mal eine Bitte«, sagte sie, während sie einen Laptop aus ihrer Umhängetasche zog. Ich war so sehr damit beschäftigt, zu erraten, von welcher Marke die Tasche stammte (sie war sehr edel, sehr groß und sehr neu – vielleicht eine echte Kelly Bag?), dass ich erst beim zweiten Hinsehen richtig begriff, was für einen Gegenstand sie da gerade hervorgeholt hatte. Ein glänzendes, schwarzes, sehr hochwertig aussehendes Notebook. Auf dem Deckel prangten in Goldlettern die Initialen R.D.

»Das ist ein Laptop, an dem Dicky sehr hängt«, meinte Linda.

Ich starrte das Notebook an.

R.D. *Roberto Donatello.*

Vor lauter Schreck verschluckte ich mich und musste husten, bevor ich die Frage hervorkrächzen konnte, die sich mir logischerweise aufdrängte. »Ist das der Laptop des Don?«

Linda lachte schallend. »Du liebe Güte, nein! Ich sagte doch, der existiert nur in Dickys Fantasie! Dies hier ist ein Gerät, das er letztes Jahr von seinem Vater zum Geburtstag bekommen hat. Er hat sogar Dickys Initialen eingravieren lassen, siehst du? R.D., für Richard van Dyke.«

»Äh … und wo ist das *v* für *van*?«

»Das zählt in Holland nicht mit.«

»Hat Dicky dir das gesagt?«

»Natürlich«, sagte sie, worauf ich zwangsläufig ins Grübeln verfiel und mich fragte, ob nicht sie selber diejenige war, der Sand in die Augen gestreut wurde. Von Dicky.

»Da bist du wirklich ganz sicher?«, vergewisserte ich mich.

»Über was?«

»Dass Dicky dieses Notebook von seinem Vater bekommen hat?«

Sie wirkte sehr erstaunt. »Warum sollte er mich in diesem Punkt anlügen?«

»Weil … weil es vielleicht gar nicht sein Notebook ist.«

Sie blickte mich leicht beleidigt an. »Was willst du damit zum Ausdruck bringen? Dass wir Filmleute irgendwie dazu neigen, uns die Laptops anderer Leute unter den Nagel zu reißen? Ich sagte doch schon, dass ich das MacBook zurückbringen werde. Ich mache es spätestens morgen. Vielleicht sogar heute Abend noch.«

»Du kannst es uns später mitgeben«, erklärte ich. »Wir holen den Laptopkoffer von meiner Oma am Flughafen ab. Da können wir das MacBook bei der Gelegenheit gleich abliefern.«

»Meinetwegen«, sagte sie ungnädig.

Ich hatte den Eindruck, mich rechtfertigen zu müssen. »Ich wollte dir nichts unterstellen. Und Dicky auch nicht. Aber er hat so oft vom Laptop des Don gesprochen … Na ja, da dachte ich … Aber wenn du sagst, dass es den Laptop gar nicht gibt …« Ich räusperte mich. »Sorry, ich hatte dich gerade unterbrochen. Worum wolltest du mich bitten?«

Sie streckte mir das Notebook hin. »Könntest du es vielleicht bis zu eurer Abreise aufbewahren? Es reicht, wenn du es einfach irgendwo verstaust. Zum Beispiel im Schrank oder so. Du musst es nicht in den Safe legen, denn es ist ja nichts weiter als ein Erinnerungsstück. Dickys Dad ist vor ein paar Monaten gestorben, weißt du. Dicky hat sehr an seinem Vater gehangen. Deshalb wäre er sehr traurig, wenn das Notebook wegkäme.«

Ich starrte sie an. »Warum soll ich es aufbewahren? Wieso kann es nicht einfach bei euch liegen?«

»Weil schon zweimal versucht wurde, es zu stehlen.«

Diesmal war ich so perplex, dass ich außer einem überraschten *Oh* nichts herausbrachte.

»Anscheinend hat sich Dickys neurotisches Geplapper über irgendwelche Mafia-Laptops mit angeblich sensationell wichtigen Inhalten herumgesprochen«, meinte Linda. »Er hat ja auch wirklich allen möglichen Leuten davon erzählt. Irgendwer muss es wohl für bare Münze genommen haben.«

»Wer denn?«, fragte ich. »Vielleicht jemand vom organisierten Verbrechen?«

»Ich schätze, es war eher jemand von der Enthüllungspresse, die sind ja ständig auf der Jagd nach brisanten Storys. Wie auch immer, gestern habe ich ein Zimmermädchen dabei erwischt, wie es sich gerade mit dem Notebook aus der Suite schleichen wollte. Als sie mich sah, ließ sie es fallen und haute durchs Treppenhaus ab. Ich habe sofort den Sicherheitsdienst verständigt, aber sie war schon verschwunden. Momentan werden noch die Aufnahmen der Überwachungskameras ausgewertet, aber ich vermute, man wird sie nicht mehr finden, denn sie war garantiert nur als Zimmermädchen verkleidet. Ihre Haare sahen genauso unecht aus wie der Rest von ihr. Und für ein normales Zimmermädchen war sie entschieden zu schnell unterwegs.«

»Und das andere Mal?«

»Welches andere Mal?«

»Du sagtest doch gerade, es hätte *zwei* versuchte Diebstähle gegeben.«

»Na, beim ersten Mal warst du doch dabei.«

»Ich verstehe nicht ganz.«

»Am Flughafen. Als dieser dürre Kerl sich den Laptopkoffer vom Gepäckwagen gegriffen hat. Er hat bestimmt gehofft, dass da der Laptop drin war.«

Mein Hals fühlte sich plötzlich sehr trocken an. Natürlich! Wie hatte ich je glauben können, dass dieser Beanie-Typ ein ganz normaler Flughafendieb gewesen war? Er hatte sich den Laptop des Don schnappen wollen! Aber konnte es dabei wirklich um eine Enthüllungsstory gehen? Diese Variante erschien mir dann doch ein bisschen zu unglaubhaft.

Zweifelnd blickte ich Linda an. »Du meinst, es sind zufällig gleich mehrere Reporter hinter Dicky her?«

»Nein, wahrscheinlich nur einer. Der aber mehrere Leute vorschickt, die die Drecksarbeit für ihn machen. Recherche für Sensationsstorys ist oft ein gefährliches Geschäft, hart am Rande der Legalität. Manche brennen so für ihren Job, dass sie vor nichts zurückschrecken.«

Ich versuchte, mögliche Zusammenhänge zu rekonstruieren, die zu Lindas Version passten, und siehe da, es schien alles sehr logisch. Dicky hatte im Flugzeug wie ein Wasserfall alles Mögliche über seine Recherchen in Neapel und den Laptop des Don erzählt, ohne sich daran zu stören, dass er weder mich noch Omi wirklich kannte. Es war durchaus möglich, dass er seine Erlebnisse auch vor anderen Leuten ausgebreitet hatte. Einer davon hatte vielleicht enge Kontakte zur Presse, und von dort war der Weg zu irgendeinem Sensationsreporter sicher nicht weit. Der hatte vielleicht die goldene Gelegenheit erspäht, sich mithilfe des Laptops Informationen zu beschaffen, auf deren Basis er die Story seines Lebens herausbringen konnte. Ohne Rücksicht darauf, dass Dickys Filmprojekt damit tot war, denn den Ruhm der Exklusivität hatte dann ja schon jemand anderer geerntet. Eine Story war eben eine Story, ob sie nun als Dokumentarfilm oder als Presseartikel erschien.

»Wieso hast du das alles nicht gestern schon erzählt?«

»Ich wollte nicht so viel Wind machen. Vor allem aber wollte ich Dicky nicht noch mehr beunruhigen. Der ist sowieso schon so fertig mit den Nerven.«

»Und warum legst du den Laptop nicht einfach in euren Safe?«

»Der funktioniert nicht.«

Ich holte tief Luft. Mein Gefühl sagte mir, dass irgendwas an dem, was Linda erzählte, faul war. Mit jeder Sekunde, die verstrich, fiel es mir schwerer, ihr zu glauben. Ich hatte immer mehr den Eindruck, dass sie mich nach Strich und Faden belog. Bestimmt hatte sie diese ganze Zimmermädchen-Story frei erfunden. Aus irgendwelchen Gründen wollte sie, dass das Notebook aus Dickys unmittelbarer Umgebung verschwand, und sie schien der Meinung zu sein, dass es bei mir am besten aufgehoben war. Ob er wusste, dass sie es mitgenommen hatte? Und was führte sie damit im Schilde? Wollte sie es wirklich bloß für Dicky in Sicherheit bringen? Oder wollte sie es für sich selbst haben? Es wäre nicht das erste Mal gewesen; bei Notebooks hatte sie ein seltsames Verhältnis zu fremdem Eigentum.

Wie auch immer, der Teufel sollte mich holen, wenn ich mit ihr über ihre Motive diskutierte. Sie stand mit diesem Laptop vor mir, der höchstwahrscheinlich Roberto Donatello gehörte, einem weltweit gesuchten Mafioso. So dämlich, sie mit dem Ding wieder wegzuschicken, war ich ganz bestimmt nicht!

»Ich kann es gern für dich und Dicky aufheben.«

Linda reichte mir das Gerät, und ich umfasste es mit leicht zitternden Fingern. Bei dem Gedanken, dass ich hier vielleicht einige der wichtigsten kriminellen Geheimnisse seit Jahren in den Händen hielt, beschlich mich doch ein Hauch von Angst.

»Es sind keine Verbrechergeheimnisse auf dem Ding«, beteuerte Linda mir, als hätte sie meine Gedanken gelesen. »Du musst also wirklich keine Angst haben, dass du jetzt mörderische Informationen hütest oder so was in der Art.«

Nun ja, das würde ich spätestens dann sehen, wenn ich das Ding hochfuhr. Ich bedachte Linda mit einem scheinheiligen Lächeln. »Klar«, sagte ich. »Einen Laptop mit wichtigen Mafia-Geheimnissen würdest du mir ganz sicher nicht geben. Oder?«

»Nein«, sagte sie. »Das würde ich bestimmt nicht machen. Es wäre viel zu gefährlich. Vor allem für dich. Der Besitzer des Laptops müsste ja jederzeit damit rechnen, von irgendwelchen Mafia-Gangstern heimgesucht zu werden.«

»Was allerdings gleichzeitig die Gefahr für denjenigen, der ihn vorher besaß, verringern würde.«

Linda machte ein gekränktes Gesicht. »Hältst du mich für so egoistisch?«

Klar, dachte ich.

»Ich würde dich wirklich niemals absichtlich in Gefahr bringen«, behauptete Linda.

»Das ist echt nett von dir«, erwiderte ich. »Mit Mafia-Gangstern möchte ich ungern Kontakt haben.«

»Ich sage doch, dass die Mafia unmöglich hinter dem Laptop her sein kann, weil er nur ein Geschenk von Dickys Vater ist. Wenn es irgendwer darauf abgesehen hat, dann nur jemand, der *glaubt*, es sei der Laptop des Don.«

»Also ein Sensationsreporter.«

»Genau. Und vor so einem musst du ganz sicher keine Angst haben. Das Zimmermädchen hat keinen gefährlichen Eindruck gemacht. Und der dürre Typ am Flughafen auch nicht. Er war zwar schnell, aber nicht gewalttätig, oder?«

»Hm«, meinte ich. »Nur mal angenommen, das Zimmermädchen würde irgendwie rausfinden, dass Dickys Laptop jetzt bei mir ist ...«

»Damit musst du wirklich nicht rechnen. Wir beide sind ja ganz allein hier in deiner Suite. Keiner kriegt mit, wie ich dir den Laptop gebe. Wer außer dir und mir sollte ahnen, dass Dicky ihn nicht mehr hat?«

»Na ja, unterstellen wir mal den schlimmsten Fall.«

»Und warum sollten wir das machen?«

»Weil ich keine Haftung dafür übernehmen will, wenn sich doch noch ein Reportergehilfe hier einschleicht und das Ding klaut.«

»Das ist allein unser Risiko«, beruhigte Linda mich. »Also Dickys und meins. Im Fall des Falles würden wir dich ganz bestimmt nicht zur Verantwortung ziehen.«

»Die Daten auf der Festplatte – habt ihr eine Sicherungskopie davon gemacht?«

»Das war nicht nötig. Dicky hat das Notebook nie benutzt. Das Ding sieht zwar schick aus, funktioniert aber nicht. Dicky hat das Teil nicht ans Laufen gekriegt. Trotzdem hat er es aus sentimentalen Gründen behalten.«

»Wird er es denn nicht vermissen, wenn es auf einmal weg ist?«

»Ich werde ihm sagen, dass ich es sicher für ihn verwahre. Dann ist er beruhigt und macht sich keine Gedanken mehr.«

»Sagst du ihm auch, dass ich es jetzt habe?«

»Da halte ich es lieber mit dem guten alten Sprichwort«, meinte Linda vage.

»Welches gute alte Sprichwort?«

»Was er nicht weiß, macht ihn nicht heiß.« Sie lächelte mich strahlend an. »Willst du das blöde Ding nicht endlich weglegen? Wie lange wollen wir noch hier rumstehen und über langweilige Notebooks quatschen? Ich würde sagen, du schnappst dir jetzt deine Jacke und deine Handtasche, und dann holen wir deine Grandma ab und gehen endlich shoppen.«

*

»Natürlich lügt sie wie gedruckt«, flüsterte ich Omi zu. Wir standen in der Schuhetage von Saks und sahen Linda beim Anprobieren von diversen Luxusmodellen zu. Sie war in Freudenschreie ausgebrochen, als sie gesehen hatte, dass es Sonderangebote gab. Schuhe, die vorher über tausend Dollar gekostet hatten, gab es jetzt zum unschlagbaren Schnäppchenpreis von sechshundertneunundneunzig Dollar.

Ich hatte Omi in groben Zügen von meinem Gespräch

vorhin berichtet, während Linda sich mit Hingabe ein Paar Schuhe nach dem anderen über die Füße streifen ließ. Behilflich waren ihr drei perfekt gestylte und dezent geschminkte Mädchen in edlen dunklen Kostümen, die sich als unsere persönlichen Einkaufsberaterinnen vorgestellt hatten, aber hauptsächlich um Linda herumflatterten, weil Omi und ich keine Anstalten machten, was kaufen zu wollen. Omi hatte ihnen erklärt, dass sie auf zwölf Zentimeter hohen High Heels schlecht mit ihrem Freund Horst in der Rhön umherwandern konnte und dass sie in den letzten zehn Jahren ihre Schuhe immer im Sanitätshaus gekauft hatte. Und ich wollte einfach nicht so viel Geld ausgeben, ganz abgesehen davon, dass ich es auch gar nicht konnte.

»Wo hast du den Laptop denn hingelegt?«, erkundigte Omi sich leise.

»In den Kühlschrank.«

»Anscheinend ein beliebtes Versteck.«

»Zumindest eins, wo man nicht gleich danach suchen würde.«

»Hast du Linda gesagt, dass du ihn da reingetan hast?«

»Sie war dabei. Wieso?«

»Hm. Nur so. Konntest du ihn dir schon genauer ansehen?«

»Nein, dazu hatte ich keine Zeit. Linda hat mich ja sofort losgeschleppt, auf unsere Einkaufstour.«

Linda kam mit zwei Paar Schuhen zurück. Sie strahlte über das ganze Gesicht. »Seht nur, sind die nicht toll?«

Das waren sie eindeutig. Echte Louboutins, und noch nicht mal im Sonderangebot.

»Ich konnte einfach nicht widerstehen«, sagte sie überflüssigerweise. Um ihrer Freude über den gelungenen Kauf Ausdruck zu verleihen, musste sie unbedingt ein Selfie von sich selbst und ihren neuen Schuhen machen, eingerahmt von Omi und mir. Sie schickte es in die *Dicky-and-friends-*Gruppe und schrieb dazu: *Kaufspaß bei Saks.*

Prompt bekam ich einen Anruf von Pascal. »Entschuldigt mich kurz«, sagte ich zu Linda und Omi. »Ein wichtiger Anruf.« Ich ging hinter eines der Schuhregale, um in Ruhe telefonieren zu können.

Pascals Stimme klang unverkennbar ärgerlich. »Hatten wir nicht ausgemacht, dass du einen ausreichenden Sicherheitsabstand einhältst?«

»Ja, aber wir hatten dabei nur von Dicky gesprochen. Von Linda war nicht die Rede. Hinter ihr ist die Mafia sicher nicht her. Sie war ja bei dem Mord in Neapel nicht als Zeugin dabei.«

»Stellst du dich vielleicht gerade absichtlich ein bisschen dumm?«

»Kann sein«, räumte ich ein. »Andererseits – wir sind hier bei Saks. In der Schuhabteilung. Du weißt schon, die mit der eigenen Postleitzahl. Um uns herum sind zig Frauen, die Schuhe kaufen. Sicherer könnten wir in ganz New York nicht sein. Außer vielleicht noch bei Tiffany's, dort gibt es noch mehr Security als hier. Da wollen wir übrigens gleich auch noch hin. Was soll uns in der Fifth Avenue schon passieren?«

»Ich dachte, wir hätten eine klare Abmachung.«

»Was erwartest du denn von mir? Hätte ich Linda ins Gesicht sagen sollen, dass wir lieber alleine losziehen?«

»Ja.«

»Und mit welcher Begründung? Etwa, dass es uns in ihrer Gegenwart zu gefährlich ist?«

»Du hättest ihr beispielsweise sagen können, dass ihr lieber ins Museum geht statt zum Shoppen. Sie hätte ihre Schuhe genauso gut auch ohne euch kaufen können.«

»Sie hat uns schon selbst vorgeschlagen, mit uns noch ins Museum zu gehen. Wir haben die Auswahl zwischen dem MOMA und dem Naturkundemuseum. Ich tendiere eher zum Naturkundemuseum. Ich würde gern wissen, ob es in echt da auch so aussieht wie in *Nachts im Museum*.«

Pascal schwieg, und ich wartete, halb trotzig, halb besorgt, was als Nächstes von ihm kam. Er konnte es nun mal nicht leiden, wenn ich in Sicherheitsfragen eigenmächtige Entscheidungen traf. Dummerweise hatten wir schon mehrmals die Erfahrung gemacht, dass er in diesen Dingen immer recht und ich immer unrecht hatte. Er war ganz gewiss kein übervorsichtiger Feigling, im Gegenteil. Er traute sich mehr als jeder andere Mensch, den ich kannte (mal abgesehen von meiner Mutter, die sich jahrelang ohne jede Berührungsangst in eine Reihe von katastrophalen Beziehungen gestürzt hatte, bevor sie endlich in Bob den Mann ihres Lebens kennen- und lieben lernte). Pascal war ganz einfach ein gut ausgebildeter, praxiserprobter Realist. Und wenn er irgendwo eine Gefahr vermutete, gab es wahrscheinlich auch eine. Deshalb hatte er darauf bestanden, dass ich mich von Dicky fernhielt, und natürlich hatte er damit stillschweigend auch Linda gemeint. Es gefiel ihm nicht, dass ich seinen Rat einfach so in den Wind geschlagen hatte, und noch weniger mochte er es, dass ich so tat, als wäre das nicht weiter von Bedeutung.

»Was sollte ich deiner Meinung nach denn jetzt machen?«, fragte ich ein bisschen eingeschüchtert. »Soll ich mir eine Ausrede einfallen lassen und mit Omi ins Hotel zurückgehen?«

»Nein«, kam es sofort zurück.

Damit hatte ich gerechnet. Im Hotel wären wir zwangsläufig wieder in Dickys Nähe, und genau das wollte Pascal ja nicht. Anscheinend machte er sich ernsthaft Sorgen.

»Hast du inzwischen noch mehr herausgefunden?«, erkundigte ich mich.

»Nein. Über das LKA habe ich keine aktuelleren Informationen kriegen können. Und die hiesigen FBI-Agents, mit denen ich über den Fall gesprochen habe, sitzen gerade im Veranstaltungssaal und hören einem Vortrag zu. Was ich übrigens auch tun sollte, statt hier auf dem Gang zu stehen und mit dir zu telefonieren.«

»Tut mir leid.«

»Ich weiß.« Pascal seufzte. »Emmy, ich mache mir einfach Sorgen um dich, verstehst du das nicht?«

»Doch. Ich versteh es wirklich.«

»Aber?«

»Wieso aber?«

»Du hast es gerade so gesagt, dass ich ein *Aber* heraushören konnte. Also aber was?«

»Ich finde den Fall einfach so unglaublich spannend«, gab ich zu. »Die Sache mit der Mafia und den Diamantenhehlern und Dickys Recherchen und dem Laptop des Don … Ich will unbedingt wissen, wie es weitergeht!«

»Warum kannst du solche Fragen nicht den Profis überlassen?«

»Weil ich Dicky gut leiden kann und davon überzeugt bin, dass er auf unsere Hilfe angewiesen ist.«

»Du kennst ihn doch gar nicht. Nach außen hin wirkt er vielleicht wie ein leicht neurotischer und trotzdem sehr sympathischer Künstler. Aber vielleicht ist er einfach nur besonders begabt darin, anderen Menschen Sand in die Augen zu streuen.«

Exakt dasselbe war mir vor nicht allzu langer Zeit auch noch durch den Kopf gegangen, aber das sagte ich Pascal vorsichtshalber nicht, weil es nur Wasser auf seine Mühlen gewesen wäre.

»Du wirst nicht glauben, was Linda mir vorhin im Hotel gegeben hat«, meinte ich stattdessen mit aufgesetzter Fröhlichkeit. Ich musste es ihm sowieso sagen, also konnte ich es genauso gut sofort hinter mich bringen.

»Wahrscheinlich habe ich keine ruhige Minute mehr, wenn du es mir erzählst.«

»Ich kann damit auch warten, bis du heute von der Tagung zurückkommst.«

»Untersteh dich. Ich will es wissen. Sofort.«

»Einen Laptop. So ein ganz glänzendes, schwarzes Ding. Man konnte nicht sehen, was es für eine Marke ist, das stand nicht drauf. Nur die Initialen R.D. Wie Roberto Donatello. Ich glaube, es ist der Laptop des Don.«

Schweigen am anderen Ende der Leitung. Ich sah förmlich, wie Pascals Miene zu Granit versteinerte.

»Sie hat behauptet, es wäre einfach nur ein ganz normaler Laptop, den Dicky von seinem Vater bekommen hat«, fuhr ich eilig fort. »Ich soll ihn für sie aufbewahren, weil sie ihn nicht mehr in Dickys Nähe haben wollte. Angeblich ist die Sensationspresse hinter dem Teil her und will es stehlen. Sagt jedenfalls Linda. Aber ich habe das Gefühl, dass sie mich anlügt. Zum Beispiel passen die Initialen nicht richtig. Dicky heißt ja Richard *van* Dyke, also müsste noch ein *v* dazwischenstehen. Oder nicht?«

Pascal ignorierte meine Frage. »Was hast du damit gemacht? Es hochgefahren?«

»Dazu bin ich nicht mehr gekommen. Ich hab's in den Kühlschrank gelegt. Aber wenn du willst, gehe ich gleich ins Hotel zurück und schaue es mir näher an.«

»Unternimm nichts.« Seine Stimme klang sehr grimmig. »Ich komme sofort und checke das selbst.«

»Wann treffen wir uns?«

»Gar nicht. Ich sehe mir das Gerät an, und du machst weiter mit dem, was du sowieso vorhattest. Einkaufen, ins Museum gehen, was auch immer.«

»Ich wäre aber gern dabei, wenn du es dir ansiehst!«

»Nein.«

Das war sein letztes Wort. Was schon daran deutlich wurde, dass er im nächsten Moment auflegte.

»Ich soll euch beiden schöne Grüße ausrichten«, sagte ich, als ich hinter dem Regal hervorkam.

»Von wem?«, wollte Omi wissen.

»Von Pascal. Er wünscht uns noch viel Spaß beim Einkaufen.«

»Was machen wir denn als Nächstes?«, fragte Linda unternehmungslustig. »Oh, ich weiß! Wir sehen uns New York von oben an!«

*

Von oben bedeutete in dem Fall vom Dach des Rockefeller Centers, auch Top of the Rock genannt. Linda meinte, die Aussicht von dort sei besser als auf dem Empire State Building, und schon die Fahrt mit dem Lift sei ein Erlebnis der Extraklasse. Da sie uns bisher nur lauter tolle Sehenswürdigkeiten präsentiert hatte, vertrauten Omi und ich ihrem Urteil. Auf dem Spaziergang dorthin warfen wir einen Blick auf die Plaza, wo alljährlich zur Adventszeit in einer feierlichen Zeremonie der weltberühmte, gigantische Weihnachtsbaum illuminiert wurde.

Unterwegs hatte ich auf einmal schon wieder das Gefühl, von jemandem beobachtet zu werden. Ich drehte mich mehrmals um, konnte aber nichts Verdächtiges entdecken. Trotzdem verflog das mulmige Gefühl nicht. Im Gegenteil, es wurde immer schlimmer, bis es am Ende sogar Omi auffiel.

»Ist irgendwas?«, flüsterte sie mir zu.

»Ich weiß nicht. Mir war vorhin so, als würde irgendwer hinter uns herschnüffeln.«

»Geht mir auch so«, meinte sie.

Und dann sah ich ihn. Er lungerte am Eingang eines Ladens herum und drehte sofort den Kopf weg, als ich in seine Richtung starrte. Doch ich hatte ihn gleich erkannt.

»Dein Stalker ist wieder da«, sagte ich zu Linda. »Zorro wie er leibt und lebt. Da drüben steht er und tut so, als wäre er ganz zufällig hier.«

»Ja, ich weiß«, meinte sie seufzend. »Der Typ ist echt die reinste Pest. Aber ich lasse mir ganz sicher nicht den Tag von ihm versauen.«

Wir gingen schneller, und es gelang uns tatsächlich, ihm

auf dem letzten Wegstück zu entwischen. Jedenfalls war er nirgends mehr zu sehen, als wir das Hauptgebäude des weitläufigen Rockefeller-Komplexes betraten. Linda kaufte die Eintrittskarten für die Besichtigung der Dachetagen, während Omi und ich in der Eingangshalle ein überdimensionales, glitzerndes Gebilde aus herabhängenden Kristallen bestaunten. Zwischendurch vergewisserten wir uns ein paarmal, dass Zorro wirklich nirgends mehr zu sehen war, doch entweder hatte er sich gut versteckt, oder wir waren ihn tatsächlich losgeworden. Gemeinsam fuhren wir anschließend mit dem Expresslift nach oben. Es war tatsächlich ein besonderes Erlebnis, denn das Dach des Aufzugs war von flirrend bunten Lichteffekten und Filmsequenzen erleuchtet, die einem während der Fahrt nach oben entgegenzurasen schienen.

»Könnte dieser Zorro hinter dem Laptop her sein?«, fragte Omi mich unauffällig, als wir oben waren und Linda in eleganter Pose vorausstöckelte, wohl wissend, dass sie von allen Seiten verstohlen beobachtet wurde.

»Davon gehe ich stark aus«, antwortete ich. »Genau genommen war es der allererste Gedanke, der mir vorhin kam, als ich ihn da auftauchen sah. Allerdings weiß ich nicht, ob *Stuff* ein Ausdruck ist, mit dem man auch einen Laptop bezeichnen könnte. Vermutlich ist er eher hinter dem her, was auf der Festplatte des Laptops ist.«

»Das denke ich auch«, stimmte Omi zu. »Es müssen wirklich wichtige Daten sein.«

»Und wertvoll. Er hat Linda eine Beteiligung angeboten.«

Omi nickte. »Also meint er wohl, dass er das, was auf dem Laptop ist, irgendwie verwerten kann.«

»Worauf Linda aber keine Lust hat«, ergänzte ich. »Weshalb er ganz offensichtlich weiterhin versucht, sie vom Gegenteil zu überzeugen.«

»Das kann also noch spannend werden.«

»Ja. Vor allen Dingen dann, wenn er dabei Gewalt anwenden will. Der Typ hat einen echt irren Blick.« In meiner Magengegend breitete sich ein sehr unangenehmes Gefühl aus. Ich fragte mich, ob es vielleicht besser wäre, Pascal zu berichten, dass Zorro wieder aufgetaucht war. Aber dann sagte ich mir, dass das momentan viel Wind um nichts wäre, denn Zorro war ja nirgends zu sehen. Selbst wenn er unten noch irgendwo an der Rockefeller Plaza herumlungerte, würde er bestimmt nicht darauf warten, dass Pascal ihn sich schnappte und zur Rede stellte. Außerdem musste Pascal den Laptop checken. Das ging im Moment vor.

Inzwischen war Linda von zwei männlichen Fans entdeckt worden, die – Überraschung – Selfies mit ihr machen wollten und sich dabei so eng an sie schmiegten, dass sie sie wegschubsen musste, um sie wieder loszuwerden. Besonders entnervt wirkte sie jedoch nicht, als sie sich die Haare aus dem Gesicht strich. »Man kann kaum noch irgendwohin gehen, ohne erkannt zu werden. Das ist der Preis des Ruhms.«

»Du hast wohl keine Angst, dass mal einer wirklich zu weit geht, oder?«, erkundigte Omi sich interessiert.

»Nicht die Spur«, versicherte Linda. »Mich kann man nicht so leicht einschüchtern. Ich bin in diesen Dingen sehr tough.«

Aha, dachte ich. So tough, dass sie sich nicht zutraute, selber auf Dickys Laptop aufzupassen. Das Ganze war so widersprüchlich, dass es zum Himmel stank. Linda verfolgte einen besonderen Plan damit, dass sie mir das Ding untergejubelt hatte. Aber welchen? Hoffentlich konnte Pascal Licht ins Dunkel bringen. Mittlerweile war er vielleicht schon im Hotel und sah sich den Laptop an. Hoffentlich meldete er sich bald mit Neuigkeiten!

Ich war so tief in meine Grübeleien versunken, dass ich den Ausblick vom Top of the Rock kaum genießen konnte. Und dabei war das Panorama, das sich hier oben bot, wirklich grandios. Man konnte von der Aussichtsplattform aus ganz Manhattan überblicken, die prachtvolle Kulisse der umliegenden Wolkenkratzer ebenso wie das satte Grün des Central Parks. Linda knipste mich und Omi mit dem Empire State Building im Hintergrund und schickte das Foto in die *Dicky-and-friends*-Gruppe.

Postwendend kam eine Nachricht von Roger. *Ihr wollt aber hoch hinaus!*

Ein weiterer Kommentar folgte von Sabine. *Passt auf, dass ihr nicht runterfallt.*

Was sie uns wohl damit sagen wollte? Ihre Laune schien sich seit dem Morgen jedenfalls nicht nennenswert verbessert zu haben. Die Möglichkeit, dass sie es fröhlich gemeint hatte, zog ich nicht mal ansatzweise in Betracht. Ich sah sie förmlich vor mir, wie sie mir und Omi vor dem Starlight Roof im Waldorf über den Weg gelaufen war und ihre miese Stimmung verbreitet hatte. Grämliche Miene, unvorteilhaftes Kostüm, Tantenschuhe. Wenn man dagegen Lindas stromlinienförmige Erscheinung betrachtete, konnte man Sabines Hass auf Dickys neue Liebe verstehen. Auf einer Skala zwischen Trulla und Topmodel rangierte sie aus männlicher Sicht wohl am unteren Ende, und das wusste sie wahrscheinlich schmerzhaft genau. Ob Dicky als Mann die inneren Werte einer Frau mehr schätzte als die äußeren, war schwer zu sagen, aber wenn man ihn so mit Linda schäkern sah, konnte man sicher davon ausgehen, dass er ihren perfekten Body auf jeden Fall zu würdigen wusste. Dagegen konnte Sabine als Ex ja nur schlechter abschneiden.

Ich hatte kaum an Dicky gedacht, als von ihm ebenfalls eine Nachricht eintrudelte, offenbar war er mittlerweile aufgewacht. Das, was er schrieb, las sich ein bisschen kläglich. *Wieso habt ihr mich nicht zu eurer Tour mitgenommen? Ich bin ganz allein hier!*

Leif komplettierte die Chat-Unterhaltung, indem er sich auch noch zu Wort meldete; anscheinend hatte er inzwischen ebenfalls genug Schlaf nachgeholt. *Ich bin auch allein hier und zu allen Schandtaten bereit. Wie wäre es mit einem Bier an der Bar?*

Linda schickte einen Vorschlag in die Gruppe. *Wir können uns ja später alle auf einen Drink treffen. Wie wäre es um 18.00 Uhr?*

Damit erntete sie von allen Seiten Zustimmung. Sogar Sarah meldete sich und schickte ein Bild von einem schäumenden Bierglas in den Chat.

Wir hatten die Aussichtsplattform auf allen Ebenen umrundet und fuhren wieder mit dem Expressaufzug nach unten. Auf der Straße, die an der Stirnseite der Rockefeller Plaza vorbeiführte, rauschte der Verkehr vorbei. Wir blieben stehen und warteten darauf, dass die Fußgängerampel umsprang, damit wir rübergehen konnten. In diesem Augenblick hielt direkt vor uns ein Taxi. Der Fahrer stieg aus, rannte um den Wagen herum, riss die Beifahrertür auf und packte Linda. Sie schrie auf und wollte zurückweichen, aber er hatte sie schon am Wickel. Ehe ich auch nur einen zusammenhängenden Gedanken fassen konnte, hatte er sie auch schon ins Auto gestoßen. Statt sich zu wehren, hielt Linda inbrünstig und mit beiden Armen ihre Einkaufstüten umklammert, gerade so, als hätte sie mehr Sorgen um ihre kostbaren neuen Schuhe als um sich selbst.

Endlich erwachte ich aus meiner Erstarrung und stürzte mich auf den Kerl. Er hatte sich eine Baseballkappe aufgesetzt, die er tief ins Gesicht gezogen hatte, aber damit konnte er nicht verhindern, dass ich ihn – jedenfalls nach zwei oder drei Schrecksekunden – erkannte. Es war natürlich Zorro.

»Lass sie los!« Ich rempelte ihn weg und trat ihn gegen das Schienbein, um Linda ein bisschen Luft zu verschaffen. Doch er wich mir aus und drängte Linda so weit auf den Beifahrersitz zurück, dass er die Tür zuschlagen konnte. Mit der anderen Hand zog er eine Pistole und hielt sie mir unter die Nase.

»Hau ab, oder ich schieße.«

»Emmy, lass ihn!«, rief Omi warnend irgendwo hinter mir.

Ich war instinktiv einen Schritt zurückgestolpert. Linda saß mit weit aufgerissenen Augen und schreckensstarrer Miene zusammenkauert auf dem Beifahrersitz und glotzte durchs Seitenfenster auf die Pistole, die Zorro mir vor die Nase hielt. In diesem Moment sah sie alles andere als tough aus. Von der Frau, die sich angeblich nicht einschüchtern ließ, war sie gerade meilenweit entfernt. Sie stand ganz offensichtlich unter Schock. Und sie hatte Angst.

Dasselbe galt allerdings auch für mich. Ich hatte solchen Schiss, dass ich kaum noch aufrecht stehen konnte. Meine Knie zitterten derart, dass sie vermutlich im nächsten Augenblick unter mir nachgegeben hätten, wenn der Typ mir noch eine einzige Sekunde länger die Waffe vor die Nase gehalten hätte.

Doch er war bereits in einem Affenzahn um das Auto herum zur Fahrertür zurückgerannt und hinters Steuer gesprungen. Einen Moment später brauste der Wagen mit röhrendem Motor los und war gleich darauf im Gewühl des Straßenverkehrs verschwunden.

8

Ich zog mein Handy aus der Hosentasche und rief voller Panik Pascal an.

»Linda wurde entführt! Es war Zorro! In einem Taxi! Was soll ich jetzt machen?«

»Atme erst mal durch. Und dann erzählst du mir genau, was passiert ist.«

Ich gab mein Bestes, aber meine Stimme zitterte mindestens so schlimm wie meine Knie. Jedenfalls versagte sie mir ständig. Ich konnte kaum gegen das Schluchzen ankämpfen, das mir dauernd dazwischenkam, wenn ich die Einzelheiten beschreiben wollte.

Die ganze Entführung hatte kaum länger als zwanzig Sekunden gedauert, wenn überhaupt. Jedenfalls meinte Omi das später, und sie hatte ein sehr gutes Zeitgefühl. Mir selbst war es vorgekommen wie eine Ewigkeit.

Und anscheinend hatte es auf etwaige Zuschauer nicht mal besonders bedrohlich gewirkt – auch das sagte Omi später zu mir. Das wurde mir allerdings auch von allein klar, als ich mich verstört nach Hilfe umsah. Zwei, drei Passanten waren irritiert stehen geblieben, gingen dann aber ungerührt weiter. Alle anderen schlenderten ohne jedes Zeichen von Anteilnahme vorbei. Es war offenbar niemandem so richtig aufgefallen, dass hier gerade eine Frau gewaltsam in einem Taxi entführt worden war. Aber hier bremsten ja ständig Taxis mit quietschenden Reifen und fuhren abrupt wieder los, kaum dass die Fahrgäste mit Anlauf reingesprungen waren. Da war ein Taxi mehr, bei dem es fast genauso ablief, nichts Besonderes. Und die Pistole war einfach niemandem aufgefallen. Die Passanten hatten nur eine mit Einkäufen beladene, vollbusige Blondine gesehen, die es besonders eilig hatte, ihre neuen Schuhe nach Hause zu bringen. Und dass der Fahrer sie ins Auto geschubst hatte, war wohl einfach als freundliche Hilfestellung rübergekommen, wenn es überhaupt jemand bemerkt hatte.

Es war ein schlauer Schachzug von Zorro gewesen, sich für seine Aktion ein Taxi zu besorgen. Ich war von dem unerwarteten Überfall so durcheinander, dass ich es nicht mal auf die Reihe gekriegt hatte, mir die Nummer des Wagens zu merken. Aber vermutlich hatte er es sowieso geklaut.

Ich strengte mich an, Pascal alles zu erzählen und ihm auch noch meine wirren Schlussfolgerungen klarzumachen. Irgendwann meinte er, ich solle Ruhe bewahren und so schnell wie möglich ins Hotel zurückkehren.

»Bleib auf dem Zimmer, bis ich da bin. Ich brauche nicht mehr lange.«

»Sollten wir nicht die 911 anrufen?«, fragte ich.

»Das besprechen wir im Hotel.«

*

Als Omi und ich im Hotel eintrafen, war Pascal noch nicht da. Dafür stießen wir auf dem Gang vor den Suiten auf Dicky, der uns mit furchtsam geweiteten Augen entgegenstarrte. Ein paar Türen weiter lehnte Tom (vielleicht war es auch

Jerry, ich konnte die beiden immer noch schlecht auseinanderhalten) an der Wand und behielt Dicky im Auge.

»Gott sei Dank seid ihr da!« Dickys Stimme schwankte. »Es ist etwas Grauenhaftes passiert.«

Entsetzt erwiderte ich seinen stumpfen Blick und war auf das Schlimmste gefasst.

»Linda wurde entführt«, flüsterte er.

Ich atmete ruckartig aus. Das wusste ich ja schon. Einen Augenblick lang hatte ich befürchtet, Dicky hätte bereits eine andere Nachricht erhalten. Eine, die viel schlimmer war.

»Wir waren dabei, als es passiert ist«, sagte ich, während wir gemeinsam unsere Suite betraten. »Es geschah genau vor unseren Augen. Es war dieser Zorro-Typ. Ihr Stalker.«

»Das war kein Stalker.« Dicky sank auf einen Brokatsessel. »Er handelte im Auftrag.«

»Im Auftrag der Mafia?«, fragte Omi. Sie sah sehr bestürzt aus.

Dicky nickte. »Dahinter steckt kein anderer als der Don persönlich.« Er war kreidebleich. Seine blonden Kinderlöckchen standen wirr zu Berge, als hätte er einen Stromschlag abbekommen. »Ich wusste, dass es eines Tages so kommt«, fuhr er mit monotoner Stimme fort. »Das konnte doch gar nicht gut gehen. Ich hätte das Schicksal nicht herausfordern dürfen.« Er hing wie ein Häufchen Elend in dem Sessel. »Hast du vielleicht eine Beruhigungstablette?«, fragte er mich.

»Leider nicht.«

»Du, Gerti?«

»Ich gehe mal drüben bei mir nachsehen, was ich in meinen Beständen finde«, meinte Omi, schon auf dem Weg zur Tür.

»Wie hast du denn von der Entführung erfahren?«, wollte ich von Dicky wissen. »Hat Pascal dir Bescheid gesagt?«

»Nein«, sagte Dicky mit Grabesstimme. »Der Entführer selbst. Ich habe eine SMS von ihm bekommen. Sie wurde mir von Lindas Handy aus geschickt. Ich muss tun, was von mir verlangt wird. Sonst sehe ich Linda nicht lebend wieder.«

»Kann ich die Nachricht mal sehen?«

»Es ist besser, wenn du da nicht mit reingezogen wirst.«

»Das ist Blödsinn. Ich bin doch schon mit reingezogen worden! Schließlich wurde Linda direkt vor meinen Augen entführt! Ich habe den Typen gesehen und kann ihn beschreiben. Ich habe sogar ein Foto von ihm auf meinem Handy, weil ich ihn in dem Einkaufszentrum am Columbus Circle geknipst habe. Es ist ein sehr gutes, deutliches Bild. Als Fahndungsfoto wäre es perfekt.«

»Keine Fahndung. In der Nachricht steht ausdrücklich, dass ich nicht die Polizei einschalten darf.«

»Das sagen alle Erpresser. Es ist die typische Masche, das weiß ich aus eigener Erfahrung. Man begeht einen Riesenfehler, wenn man darauf hört.«

»Nicht in meinem Fall«, widersprach Dicky. »Weißt du, wer bei Entführungen sofort zuständigkeitshalber eingeschaltet wird, sobald man die Polizei informiert? Das FBI. Und denen kann man nicht trauen.«

Ich schüttelte entnervt den Kopf. Jetzt ging *das* wieder los!

»Du solltest mit Pascal darüber sprechen«, schlug ich vor. »Er ist schon auf dem Weg hierher.«

»Er kann mir auch nicht helfen«, meinte Dicky. »Keiner kann mir mehr helfen. Alle Mühe war umsonst.«

»Was genau will der Entführer denn von dir? Hat er das schon geschrieben?«

Dicky schüttelte stumm den Kopf.

Ich beschloss, aufs Ganze zu gehen. »Du weißt doch, was er will. Er ist hinter dem Laptop des Don her. Stimmt's?«

Dicky musterte mich verschreckt. »Wie kommst du darauf?«

»Was soll er sonst wollen? Wirst du ihm das Ding geben? Was hat er wohl mit den Daten vor, die auf der Festplatte gespeichert sind? Enthalten sie Hinweise auf die Diamanten, die der Don in Amsterdam geraubt hat? Erhofft sich Zorro, sie auf diesem Wege aufzuspüren? Will er damit eigene Geschäfte machen?«

Das waren anscheinend ein paar Fragen zu viel für Dickys Nervenkostüm, denn er verfiel in Schweigen und tat nichts weiter, als zutiefst deprimiert vor sich hin zu starren.

»Also, was ist jetzt?«, wollte ich wissen.

»Ich liebe Linda und würde alles für sie tun«, murmelte er. »Aber mir sind die Hände gebunden. Das, was diese Verbrecher von mir wollen, habe ich nicht mehr. Jemand hat es bereits entwendet.«

Na toll. Jetzt war ich in der Zwickmühle.

»Es könnte sein, dass ich es habe«, sagte ich widerstrebend.

Er sah mich mit einem trüben Blick an. »Was?«

»Den Laptop des Don.« Ich eilte zum Kühlschrank und holte das Notebook heraus. Es fühlte sich eiskalt an. Ob das der Elektronik schadete? Aber da das Ding laut Linda sowieso nicht funktionierte, spielte es wohl kaum eine Rolle.

»Woher hast du das?«, wollte Dicky verwirrt wissen.

»Linda hat es vorbeigebracht. Sie wollte, dass ich es für

dich verwahre. Damit es keiner klauen kann.« Ich wartete gespannt auf seine Reaktion. Vor allem interessierte mich, ob Lindas Verhalten sein Misstrauen weckte. Es musste ihm doch verdächtig vorkommen, dass Linda ohne sein Wissen den Laptop des Don einfach woanders deponierte. Doch sein Gesicht verklärte sich förmlich vor wehmütiger Zuneigung, als würde er das, was Linda getan hatte, in höchstem Maße anerkennen.

»Ich verstehe«, sagte er versonnen.

»Echt? Ich nicht. Vielleicht teilst du deine Erkenntnisse mit mir. Wieso wollte sie, dass ich das Ding für dich verwahre? Sie hat sich da so eine Story von einem diebischen Zimmermädchen ausgedacht. Und von irgendeinem Enthüllungsreporter, der angeblich hinter dem Laptop her ist. Aber ich glaube, das war alles frei erfunden. Um ihre wahren Absichten zu verschleiern. Und ich wüsste gern, welche das sind.«

Dicky nahm mir das kalte Notebook aus der Hand und klemmte es sich unter den Arm, ehe er sich aus dem Sessel erhob und zur Tür schlurfte.

»Dicky? Solltest du mir nicht was erklären?«, fragte ich.

»Wie? Nein, das wäre alles viel zu kompliziert. Manche Sachen musst du auch nicht unbedingt wissen. Das würde dich nur verwirren. Oder dich in Schwierigkeiten bringen.«

»Ach. Sollte ich das nicht lieber selbst entscheiden?«

»Ich glaube nicht.«

»Warte mal, du kannst doch jetzt nicht einfach mit dem Notebook weggehen!«

»Wieso nicht? Es gehört mir.«

»Das ist nicht wahr! Es gehört dem Don!«

»Wie kommst du denn darauf? Es ist meins. Es stehen ja

sogar meine Initialen darauf. Siehst du?« Er zeigte sie mir. »R.D. Richard van Dyke.«

»Und wo ist das *v* für van?«

»Das schreibt man in Holland nicht extra dazu.«

»Was du nicht sagst«, entgegnete ich langsam. »Woher hast du den Laptop denn?«

»Den habe ich in Amsterdam gekauft.«

»Wirklich? Linda meinte, du hättest ihn von deinem Vater geschenkt bekommen.«

»Genau. Ich habe das Ding gekauft. Und er hat es bezahlt und die Initialen in Auftrag gegeben.«

Ich starrte ihn an. Sein Gesicht zeigte keine Regung, doch ich war sicher, dass er mich gerade dreist anflunkerte.

Omi kam aus ihrer Suite zurück. »Hier habe ich eine Beruhigungstablette«, sagte sie zu Dicky und reichte ihm das abgetrennte Stück eines Tablettenblisters. »Aber möglichst nicht gleichzeitig mit Alkohol einnehmen.« Sie sah mich an. »Habt ihr schon die Polizei verständigt?«

Ich schüttelte ratlos den Kopf.

»Danke für die Tablette«, sagte Dicky zerstreut, ehe er an ihr vorbei auf den Gang hinaustrat und die Tür der Suite hinter sich zuzog.

Omi blickte ihm mit hochgezogenen Brauen nach. »Was war das denn gerade?«

»Das würde ich auch gern wissen.«

*

Pascal traf fünf Minuten später ein. Omi war kurz zuvor wieder in ihre eigene Suite zurückgekehrt und kriegte daher zum Glück nicht mit, wie er mich in seine Arme riss und mich küsste, als hätte er mich wochenlang nicht gesehen.

»Du kostest mich noch den letzten Nerv«, murmelte er mir ins Ohr, während er mich an sich presste. »Du musst eine Art eingebauten Magneten haben, dass du immer so seltsame und gefährliche Leute anziehst.«

»Aber auch tolle. Solche mit Dreitagebart und Lederjacke.« Ich rieb mein Gesicht an seiner kratzigen Wange und seufzte zufrieden.

»Hast du die Polizei angerufen?«, wollte er wissen.

Ich schüttelte sorgenvoll den Kopf. »Nein. Irgendwas stimmt an der ganzen Sache nicht.«

»Gut. Dasselbe denke ich nämlich auch. Richtige Entführungen laufen anders ab.«

»Linda sah allerdings schon so aus, als hätte sie Angst.«

»Fragt sich, wovor. Hätte sie vor dem Typen Angst gehabt, wäre ihre Gegenwehr deutlich heftiger ausgefallen.«

»Vielleicht hatte sie nicht *vor* etwas Angst, sondern *um* etwas«, mutmaßte ich.

»Wahrscheinlich um ihre neuen Schuhe«, meinte Pascal leicht lakonisch.

»Das habe ich zuerst auch gedacht, aber ich weiß nicht recht. Linda ist vielleicht manchmal schräg drauf, vor allem wenn es um ihr Outfit geht, doch *so* daneben ist sie nun auch wieder nicht. Ich denke, sie hatte Angst um mich. Beziehungsweise davor, dass Zorro mich erschießt.«

Pascal erstarrte. »Womit hätte er dich erschießen können?«

»Oh, hab ich dir das gar nicht erzählt? Er hatte eine Pistole. Mit der hat er mich bedroht.«

»Nein, diesen Teil hast du ausgelassen.« Pascal sah sehr

grimmig aus, wie immer, wenn ich ihm Informationen vorenthielt, die seiner Meinung nach wichtig waren.

»Es war nur eine ganz winzige Pistole«, beteuerte ich.

»Du weißt, was winzige Pistolen anrichten können.«

Ich erschauderte und konnte nichts gegen das Frösteln tun, das mich bei seinen Worten überlief. Einer der Verbrecher, die im vergangenen Jahr hinter uns her gewesen waren, hatte meine Mutter mit einer .22er niedergeschossen. Ein kleines Kaliber, aber wenn man richtig zielte, genauso tödlich wie ein großes. Jedenfalls war dieser Angriff Grund genug gewesen, um uns in ein Zeugenschutzprogramm zu stecken.

»Was denkst du?«, wollte ich wissen. »Sollten wir jetzt doch lieber die Polizei informieren? Dicky ist sehr dagegen.«

»Ich auch. Jedenfalls solange nicht definitiv klar ist, ob wir es wirklich mit einer Entführung und einer Erpressung zu tun haben. Im Augenblick kommt mir das alles eher wie eine ziemlich abgefahrene Inszenierung vor, ich kann mir nicht helfen.«

»So geht es mir auch«, sagte ich voller Unbehagen.

»Die ganze Sache stinkt«, erklärte Pascal. »Und zwar nach einer Menge Schwierigkeiten. Ich überlege ernstlich, ob wir nicht einfach unser Zeug zusammenpacken und in ein anderes Hotel ziehen.«

»Das würde sich doch gar nicht lohnen«, sagte ich sofort. »Bei den zwei Übernachtungen, die wir noch vor uns haben, wären es sinnlose Unkosten, wenn wir jetzt noch woanders einchecken würden.«

»Das wären dann wenigstens Übernachtungen, wie sie mir vorschweben – nämlich ungestörte.«

»Denk einfach an das Geld, das wir hier sparen. Davon

können wir uns in Berlin glatt ein Boxspringbett kaufen, wenn wir nächsten Monat zusammenziehen. Ich wollte es dir ja nicht so direkt sagen, aber deine Matratze ist ziemlich alt und ausgeleiert.«

»Das rechtfertigt nicht, dass du dich schon wieder mit bewaffneten Typen herumschlagen musst. So was brauche ich nicht jedes Jahr.«

Mir fiel ein, dass ich ihm noch eine wichtige Information voraushatte. »Fast hätte ich es vergessen – Zorro hat sich übrigens bereits bei Dicky gemeldet, von Lindas Handy aus. Dicky wollte mir die SMS allerdings nicht zeigen. Er war vorhin hier, aber man konnte nicht vernünftig mit ihm reden.«

Pascal wollte sofort alle Einzelheiten wissen und konnte es nicht fassen, als er hörte, dass ich Dicky den Laptop zurückgegeben hatte.

»Wieso um alles in der Welt konntest du damit nicht noch warten, bis ich hier bin? Dann hätte ich mir das Ding wenigstens mal ansehen können!«

»Er hat mir so leidgetan«, verteidigte ich mich. »Ich wollte nicht schuld daran sein, dass Zorro Linda vielleicht was antut, nur weil Dicky den Laptop nicht mehr hat.«

»Wenn es wirklich ein Mafia-Laptop wäre, hättest du ihn behalten und den Behörden übergeben müssen. Außerdem weißt du ganz genau, dass man Erpressern nicht nachgeben darf.«

Jetzt fühlte ich mich noch schlechter. »Dicky sagt, es wäre sein eigener Laptop, den er von seinem Vater bekommen hat. Angeblich ist er defekt. Also der Laptop, nicht der Vater. Obwohl, der ist ja auch tot.«

»Und das hast du ihm sofort geglaubt.«

Ich hasste es, wenn er diesen ironischen Ton anschlug. »Angenommen, ich hätte es ihm *nicht* geglaubt – was hätte ich denn deiner Ansicht nach machen sollen? Ihm das Ding wieder aus der Hand reißen?«

»Du hättest es einfach noch eine Viertelstunde im Kühlschrank lassen sollen. Dann wäre ich hier gewesen und hätte mir das Ding anschauen können.«

»Denkst du, es stimmt, was Dicky in seinem Drehbuch geschrieben hat? Dass es der Laptop des Don ist?«

»Wahrscheinlich ist es nur ein ganz normaler, kaputter Laptop.«

»Wenn das deine Meinung ist – warum meckerst du mich dann an, weil ich ihn Dicky zurückgegeben habe?«

Pascal fuhr sich mit einer frustrierten Geste durch die Haare. »Okay. Ich bin mir nicht mehr sicher, was es mit diesem dämlichen Ding auf sich hat. Die ganze Zeit dachte ich, Dicky würde sich da was zusammenfantasieren. Ich war sogar fest davon überzeugt, dass es gar keinen Laptop gibt, erst recht keinen, der diesem Don gehört, zumal keiner von meinen Behördenkontakten was darüber wusste. Aber jetzt fange ich an zu glauben, dass an der ganzen Sache vielleicht doch mehr dran ist.«

»Und kaum hast du dich dazu durchgerungen, deinen Standpunkt zu überdenken, komme ich daher und gebe das einzige Beweismittel aus der Hand«, stellte ich leicht sarkastisch fest. »Sorry, dass ich so dämlich war.«

Er bedachte mich mit einem entwaffnenden Lächeln. »Du bist nicht dämlich. Nur manchmal ein bisschen zu impulsiv.« Seine Stimme und sein Blick wurden dunkel, auf eine ganz spezielle Art.

Ich musste mich dazu zwingen, mich auf den ernsten Teil unserer Unterhaltung zu konzentrieren, schließlich war das jetzt sehr wichtig. »Mir fällt gerade ein, dass besagtes Beweismittel nur ein paar Türen weit entfernt ist«, fuhr ich fort. »Was hält uns eigentlich davon ab, Dicky zu bitten, uns das Teil vorzuführen? Wenn es wirklich kaputt ist, dürfte er ja eigentlich keine Einwände haben. Falls er sich weigert, hat er was zu verbergen, dann sollten wir vielleicht tatsächlich das FBI informieren.«

»Sehr guter Plan.« Pascal sah mich anerkennend an. »Ich gehe sofort zu ihm rüber und kläre das.«

»*Wir* gehen zu ihm rüber.«

★

»Wir sollten uns übrigens auch die SMS von Zorro zeigen lassen«, meinte ich auf dem Weg zu Dickys Suite.

Vor der Tür hielt sich immer noch Tom (oder Jerry) auf, der Pascal und mir gleichmütig zunickte, als wir näher kamen.

Pascal klingelte ein paarmal und klopfte zusätzlich an die Tür, doch es tat sich nichts.

»Er ist doch da drin, oder?«, erkundigte ich mich bei Tom. Inzwischen hatte ich mich festgelegt, dass er es war. Seine Haare waren etwas heller als die von Jerry.

»Er ist vorhin reingegangen und bisher nicht wieder rausgekommen, also müsste er drinnen sein«, erwiderte Tom achselzuckend. »Es sei denn, er wäre aus dem Fenster gesprungen.« Das klang gelassen, als wäre es ihm völlig egal, falls Dicky zu solch drastischen Mitteln greifen würde. Anscheinend hatte er keinen besonders guten Draht zu seinem Auftraggeber. Aber das war auch kein Wunder, immerhin ließ Dicky keinen Zweifel daran, dass er nicht viel von Tom oder Jerry hielt.

»Vielleicht hat er sich wieder hingelegt«, meinte ich. »Er hat eine Beruhigungstablette genommen.«

»Nur eine?«, erkundigte Pascal sich.

Ich nickte. »Omi hat sie ihm gegeben.«

Pascal hämmerte erneut an die Tür, die sich nach ein paar Sekunden endlich öffnete. Dicky stand im Rahmen und sah furchtbar aus. Das Hemd schlabberte zerknautscht um ihn herum, er hatte nur eine Socke an, und unter seinen geröteten Augen standen tiefe, dunkle Ringe.

»Was wollt ihr?«

»Nach dir sehen.« Pascal ging einfach an ihm vorbei in die Suite, und ich folgte ihm. Dicky knallte Tom die Tür vor der Nase zu, als hätte er Sorge, dass er ebenfalls reinkommen könnte.

»Emmy hat mir von der Entführung erzählt«, sagte Pascal. »Ich würde gern mehr darüber erfahren. Vor allem möchte ich wissen, was dieser Zorro dir für eine SMS geschrieben hat.«

»Die habe ich schon wieder gelöscht. Es stand drin, dass ich sie löschen muss, wenn ich Linda lebend wiedersehen will. Ich kann dir also nichts zeigen.«

»Dann erzählst du mir eben einfach möglichst genau, was er dir geschrieben hat.«

»Lieber nicht. Er ist ein Vollstrecker des Don und hat mir den ausdrücklichen Befehl erteilt, keine Polizei einzuschalten. Und du *bist* von der Polizei.«

»Von der deutschen Polizei«, hob Pascal hervor. »Die hat hier keine amtlichen Befugnisse. Es wäre also gar nicht dienstlich, sondern eine rein private Sache, wenn du mir erzählst, was der Typ dir geschrieben hat. Im Rahmen meines privaten Jobs als Bodyguard, für den du mich angeheuert hast. Du erinnerst dich doch sicher noch, dass du selber betont hast, dieser Job wäre rein privat, oder nicht? Also gibt es überhaupt keinen Grund, warum du mir nicht alle Einzelheiten erzählen kannst.«

Doch Dicky schüttelte nur den Kopf und sah dabei so bockig aus wie ein Kind, das sich weigerte, vor dem Zubettgehen die Zähne zu putzen. In vollem Bewusstsein der drohenden Karies.

»Es scheint wirklich ein übler Fall von Erpressung zu sein«, sagte Pascal. »Mit internationalen Konsequenzen. Wenn ich bedenke, dass es hier um den Laptop eines weltweit zur Fahndung ausgeschriebenen Mafia-Mörders geht ... Roberto Donatello soll übrigens aus Europa ausgereist und wieder auf dem Weg in die USA sein. Jedenfalls habe ich das heute zufällig auf meiner Tagung mitgekriegt, als ich mich mal ein bisschen seinetwegen umgehört habe.«

»Nein«, hauchte Dicky. Sein Gesicht verlor auch noch den Rest von Farbe, er sah aus wie ein Geist. »Jetzt ist er selbst hinter mir her! Du musst mich beschützen!«

»Ohne Informationen geht das schlecht. Du sagst, dass der Vollstrecker des Don dich erpresst, willst mir aber nicht erzählen, was in der SMS steht, die er dir geschrieben hat. So kann ich nicht arbeiten.«

»Er hat geschrieben: ›Du weißt, was ich will. Halte es bereit, oder sie stirbt. Lösch diese Nachricht, oder sie stirbt.

Keine Polizei, oder sie stirbt. Ich melde mich wieder.‹« Dicky wurde immer lauter, die letzten Worte schrie er fast. Schlagartig kehrte die Farbe in sein Gesicht zurück, und mit einem Mal sah er so unnatürlich rosa aus wie bei unserer ersten Begegnung am Frankfurter Flughafen.

Pascal nickte nachdenklich. »Na gut, das ist immerhin mal eine Information. Aber damit ist es nicht getan. Kommen wir jetzt zu dem Laptop des Don. Wo ist er?«

»Den gibt es nicht. Es gibt keinen Laptop.« Das klang so überzeugend, dass selbst Pascal für einen Augenblick irritiert war.

»Was soll das heißen, es gibt ihn nicht?«

»Es. Gibt. Keinen. Laptop.« Dicky sagte es mit großer Bestimmtheit. »Das heißt, es gibt schon einen. Aber der ist leer. Und kaputt. Es sind keine Daten drauf, ich schwöre es.«

»Gut, unterstellen wir mal, dass das stimmt. Was genau will dieser Zorro denn dann von dir? Was hast du, was er nicht hat, aber unbedingt haben möchte?«

Wieder setzte Dicky sein bockiges Gesicht auf. »Keine Ahnung.«

Pascal stieß sich von der Sofalehne ab, auf der er gesessen hatte. »Na gut. Dann war es das für mich. Emmy, wir checken aus und gehen in ein anderes Hotel.«

»Nein, geht nicht!«, flehte Dicky. Er sah so hilflos und entsetzt aus, dass ich Pascal vorwurfsvoll ansah, doch der überging das völlig ungerührt. Ich wusste, dass er beim LKA extra Schulungen in Verhörtechnik absolviert hatte. Anscheinend lernte man da auch solche Dinge wie *Guter Cop, böser Cop*.

»Wir kriegen wahrscheinlich auf die Schnelle sowieso kein anderes Hotelzimmer«, meinte ich tröstend, ganz im

Guter-Cop-Stil. »Sarah meinte, New York wäre mehr oder weniger ausgebucht. Jedenfalls in der Preiskategorie, die für uns infrage kommt.«

Dicky entspannte sich ein wenig. Diesmal war es Pascal, der einen vorwurfsvollen Blick in meine Richtung sandte.

»Ich kann mir denken, was Zorro will«, sagte ich entschieden. »Informationen. Und zwar über die Diamanten, die der Don in Amsterdam gestohlen hat. Hinter denen ist er her. Stimmt's?«

Dicky wirkte verblüfft und gleichzeitig ertappt. Er war dunkelrot angelaufen. Und so durcheinander, dass es ihm die Sprache verschlug. Er versuchte, was zu sagen, kriegte aber kein Wort raus. Schließlich nickte er einfach nur und sah dabei aus wie das personifizierte schlechte Gewissen.

»Also stimmt es«, sagte Pascal. Seine verdutzten Blicke gingen zwischen mir und Dicky hin und her. »Es geht um Informationen über den Verbleib dieser Diamanten! Du weißt irgendwas darüber!«

»Er ist ihnen auf der Spur«, warf ich ein. »Deshalb geht er zu diesen Diamantenhehlern. Um herauszufinden, wo die Steine sind. Habe ich recht, Dicky? Du bist ganz dicht dran, sie zu finden, oder?«

Dicky nickte abermals, und wieder stand ihm das schlechte Gewissen auf die Stirn geschrieben. Ich wandte mich mit triumphierendem Lächeln Pascal zu, doch der machte keine Anstalten, mich wegen meiner intelligenten Schlussfolgerungen zu bewundern. Er sah eher so aus, als hätte er in eine Zitrone gebissen.

»Woher genau hast du diese Informationen denn?«, fragte er Dicky.

Dicky wurde, wenn irgend möglich, noch röter. Seine Gesichtsfarbe hatte jetzt Ähnlichkeit mit einem holländischen Backstein.

»Waren sie etwa auf dem Laptop? Hast du sie da drauf entdeckt, bevor er kaputtging?«

Das trug ihm erzürnte Blicke von Dicky ein. »Wie oft soll ich noch sagen, dass da keine Daten drauf waren?!« Dicky sprang von dem Sessel auf und ging zur Anrichte, wo er sich aus einer Karaffe irgendwas Alkoholisches eingoss und es in einem Rutsch runterkippte. Dann drehte er sich wieder zu uns um und sah uns leidend an.

»Sie waren nicht auf dem Laptop. Sondern drin.«

»Auf einem Datenträger?«, fragte ich erstaunt. »Etwa auf einem Stick? Oder einer DVD?«

Er starrte mich an. »DVD. Mir ist unerklärlich, wie du immer so schnell die richtigen Zusammenhänge herstellst! Du hast wirklich einen messerscharfen Verstand.«

»Danke.« Geschmeichelt wandte ich mich Pascal zu. Diesmal sah er mich tatsächlich mit einem Hauch Bewunderung an, ehe er sich wieder auf Dicky konzentrierte.

»Kannst du mir diese DVD mal geben?«

Dicky nickte stumm. Er verschwand in einem der beiden Schlafräume und wühlte dort herum, ehe er mit einer DVD zurückkam, die er Pascal reichte. Es war eine schlichte silberne Scheibe ohne Aufschrift oder sonstige besondere Merkmale.

Pascal sah sich suchend um. Dicky erriet seine Gedanken und schüttelte bedauernd den Kopf. »Ich habe aktuell kein Notebook mit DVD-Funktion in Betrieb. Du musst schon dein eigenes benutzen.«

Dummerweise war Pascals Laptop in der Rhön zurückgeblieben, weil er das Gerät nicht hatte mitnehmen wollen. Sarah hatte ihres zwar dabei, aber sie war in Brooklyn auf der Tagung. Und Omis Laptop lag als Fundstück am Flughafen herum. Blieb noch das schicke silberfarbige MacBook, das ich durch die offene Tür auf einer Kommode im Schlafzimmer liegen sah. Dicky war meinem Blick gefolgt.

»Das könnt ihr nicht benutzten«, sagte er. »Der Akku ist aufgebraucht, und es war kein Ladekabel dabei.«

»Das müsst ihr übrigens noch abgeben. Ihr könnt es nicht einfach behalten.« Es kam mir kleinlich vor, Dicky daran zu erinnern, aber es musste sein. Nicht, dass Omi noch Ärger deswegen bekam. Schließlich war sie diejenige, die es aus Versehen mitgenommen hatte.

»Ich weiß, dass es zurückgegeben werden muss.« Dicky sah aus, als würde er in Tränen ausbrechen. »Linda ist leider nicht mehr dazu gekommen.« Heroisch setzte er hinzu: »Ich werde aber alles dafür tun, dass es zu seinem rechtmäßigen Besitzer zurückgelangt.«

»Ich weiß, wer garantiert ein Notebook hat, auf dem wir uns die DVD ansehen können«, sagte ich zu Pascal.

*

Pascal schob die DVD in Leifs Laptop und setzte sich mit dem aufgeklappten Gerät auf einen Sessel. Leif wollte sich hinter ihn stellen und ihm über die Schulter blicken, aber Pascal drehte sich so, dass Leif keine freie Sicht aufs Display hatte.

»Das ist streng vertraulich, tut mir leid.«

»Ich bin absolut verschwiegen und kann sehr gut Geheimnisse für mich bewahren. Wenn ihr wüsstet, was beispielsweise im Golfsport für Schiebereien stattfinden … Da könnte ich euch ein paar richtig üble Geschichten erzählen.«

»Das wäre dann aber nicht mehr verschwiegen«, meinte ich.

Leif bedachte mich mit einem irritierten Blick, dann versuchte er erneut, Pascal über die Schulter zu spähen, weshalb ich mich vordrängte und ihm die Sicht versperrte.

Doch die Vorsichtsmaßnahme war völlig überflüssig, wie sich gleich darauf herausstellte. Aus Leifs Notebook tönte Musik, und auf dem Monitor tauchten in rascher Folge die Bilder einer Filmsequenz auf.

»Na so was«, sagte Leif. Er hatte sich dicht hinter mich gestellt und lugte mühelos über meinen Kopf hinweg. Manchmal ist es wirklich blöd, wenn man so klein ist wie ich.

»Das ist ja Linda.«

Sie war es tatsächlich. Laut kreischend und in einem zerrissenen weißen Kleid rannte sie über eine einsame Landstraße.

Der Filmtitel wurde eingeblendet. Er lautete *Frankensteins Schwester.*

»Ist auf der DVD so eine Art Sneak Preview?«, erkundigte sich Leif. »Wollt ihr deswegen, dass es vertraulich behandelt wird?«

»Nein«, antwortete ich. »Der Film ist schon älter. Dicky muss die DVD verwechselt haben.«

»Ich glaube nicht, dass er sie verwechselt hat«, sagte Pascal. Er sah ziemlich wütend aus und holte die DVD aus dem Notebook, ehe er es Leif zurückgab. »Das war kein Versehen, sondern Absicht.«

»Ich verstehe überhaupt nichts mehr«, sagte Leif. »Was dachtet ihr denn, was auf der DVD sein müsste? Hängt es irgendwie mit dieser Mafia-Sache zusammen, die Dicky da am Laufen hat?«

»Was weißt du denn über diese Mafia-Sache?«, wollte Pascal von ihm wissen.

»Ich? Nichts. Nur das, was Dicky ab und an mal fallen lässt. Er erzählt ja ständig von seinen Mafia-Recherchen. Und dass er in Neapel war, bei einem echten Don. Der vor seinen Augen einen armen Kerl erschossen hat. Ach ja, und angeblich hat Dicky dann auch noch einen Laptop gefunden, den er mitgenommen hat. Linda meinte, Dicky würde da ein bisschen die Realität mit seiner Fantasie vermischen und die Dinge manchmal durcheinanderbringen. Weil das künstlerische Genie mit ihm durchgeht. Deswegen würde er sich auch verfolgt fühlen, und daher auch die Bodyguards. Aber Sarah hat mir erzählt, dass Dicky tatsächlich in Neapel war, und diesen Don gibt es wohl auch, weshalb man letztlich nicht so genau sagen könne, was daran nun wahr und was eingebildet ist.«

»Was hat sie dir denn sonst noch gesagt?«, fragte Pascal stirnrunzelnd.

»Nichts«, antwortete Leif. »Jedenfalls nichts, was mir wichtig vorgekommen wäre. Gibt's denn da noch was Interessantes? Ich frage mich beispielsweise, ob Dicky diesem Don wirklich einen Laptop geklaut hat. Und was er darauf wohl gefunden hat.« Er warf einen Seitenblick auf die DVD. »Das wohl sicher nicht, oder?«

»Danke, dass wir dein Notebook benutzen durften«, sagte Pascal. Er war schon auf dem Weg zur Tür.

»Keine Ursache. Wieso hast du eigentlich jetzt schon frei und Sarah nicht? Gehen wir heute Abend zusammen was essen? Wir vier? Ihr beide und Sarah und ich? Oder habt ihr schon was anderes vor?«

»Bis jetzt noch nicht«, sagte ich. »Von mir aus gern.«

Auf dem Gang warf Pascal mir einen entnervten Blick zu. »Musst du den Typen noch zu einem dämlichen Pärchentreffen ermutigen? Ich dachte, wir haben endlich mal einen Abend für uns beide.«

»Ja klar. Aber essen müssen wir doch sowieso, oder?« Ich senkte die Stimme und sah über die Schulter zurück, um mich zu vergewissern, dass die Tür von Sarahs Suite auch tatsächlich zu war. »Irgendwas stimmt nicht mit ihm.«

»Was meinst du damit?«

»Er kommt mir … unecht vor. Und ich würde gern den Grund dafür rausfinden.«

»Den kann ich dir sagen«, stimmte Pascal zu. »Er trägt mit neunzigprozentiger Sicherheit blaue Kontaktlinsen. Und ich wette, seine Zähne sind gebleacht. Die fand ich von Anfang an schon so unnatürlich weiß.«

»Deine sind genauso weiß. Aber das hab ich nicht gemeint. Findest du nicht, dass er sich auffallend intensiv für den Laptop interessiert hat?«

»Ich finde, wir sollten uns um den ganzen Mist nicht mehr kümmern und einfach die restliche Zeit unseres gemeinsamen New-York-Urlaubs genießen. Oder genauer gesagt: *deines* Urlaubs. Ich selber muss ja dummerweise arbeiten. Doch jetzt habe ich zufällig frei. Zwar völlig unbeabsichtigt und irregulär, und sicher kriege ich deshalb Stress mit Hagemann, wenn er erfährt, dass ich einfach einen so wichtigen

Workshop wie den zu Techniken der Gesichtserkennung ausgelassen habe, nur weil ich dachte, es wäre jemand entführt worden. Aber da ich nun schon mal hier bin, egal aus welchem Grund, sollten wir das Beste daraus machen. Was denkst du?« Nach dieser etwas sprunghaften kleinen Rede schloss er die Tür zu unserer Suite auf, zog mich in den Vorraum, machte die Tür wieder zu und schob mich gegen die Wand. Sein Mund streifte mein Ohr, ehe er meine Lippen fand und sie mit einem Kuss versiegelte, während er mich mit beiden Armen umschlang und mich fest an sich presste. Ich schmolz sofort dahin, wie immer in seinen Armen. Von einer Sekunde auf die andere waren mir Dicky, Leif und irgendwelche mafiösen Verstrickungen vollkommen gleichgültig. Ich wollte nur noch in Pascals Armen liegen. Mit der Betonung auf *liegen*. Das Schlafzimmer mit dem tollen Boxspringbett war höchstens zehn Meter entfernt. Na gut, vielleicht fünfzehn, die Suite war sehr weitläufig. Aber das spielte keine Rolle, denn obwohl Pascals Küsse mir den Verstand vernebelten, hinderte mich ein winziger, hartnäckiger Rest von Vernunft daran, mich einfach willenlos ins Schlafzimmer befördern zu lassen.

»Wir können jetzt nicht ins Bett gehen«, erklärte ich. »Nehmen wir mal an, Linda wurde tatsächlich entführt – ich könnte mich keine Minute lang auf dich konzentrieren!«

»Das würde ich so nicht unterschreiben«, brummte Pascal. Er küsste mich auf den Hals, und ich erschauderte, denn tatsächlich hatte ich große Probleme damit, mich *nicht* auf ihn zu konzentrieren. »Wenn Linda tatsächlich entführt wurde, fresse ich einen Besen«, fuhr er fort. »Und Dicky will doch überhaupt gar keine Hilfe von uns. Im Gegenteil. Er streut uns Sand in die Augen, führt uns aufs Glatteis, versucht uns für dumm zu verkaufen. Er tut alles, damit er in Ruhe sein Ding durchziehen kann. Und das besteht bestimmt nicht bloß darin, dass er einen Film drehen will.«

»Was soll das schon wieder heißen?«

»Ich weiß es nicht«, räumte Pascal ein. »Aber ich merke, dass da was im Busch ist. Was ziemlich Illegales. Und offen gesagt habe ich keine Lust, mich da in was reinziehen zu lassen. Eine angebliche Entführung, eine DVD mit angeblich brisantem Inhalt, die Kontakte zu irgendwelchen Diamantenhehlern – wer weiß, was da wirklich läuft. Als Nächstes sitzen wir vielleicht als Mittäter im Knast. Die amerikanischen Gefängnisse sind keine Freizeitparks. Dagegen ist der deutsche Strafvollzug das reinste Erholungsparadies. Apropos Erholungsparadies ... Wollten wir nicht gerade ins Bett? Wieso stehen wir hier die ganze Zeit nur rum und reden?«

Ich löste mich aus seinen Armen, was meine Chancen verbesserte, genauer nachdenken zu können. »Dicky hat aber *wirklich* Angst. Das ist echt. So was kann kein Mensch spielen. Und er ist davon überzeugt, dass auch die Entführung echt ist und auf das Konto des Don geht.«

»Wenn er nichts zu verbergen hat – warum legt er uns dann mit der DVD rein?«

»Vielleicht möchte er uns nicht noch tiefer in die Sache hineinziehen, um uns nicht zu gefährden.«

»Er würde *jeden* da reinziehen, wenn es ihm und seinem Film was nützt. Der Typ will uns einfach nur verarschen.«

Ich war nicht bereit, Dicky in so schlechtem Licht zu sehen. »Er sorgt sich, dass wir damit zum FBI gehen. Denen traut er nicht.«

»Und ich traue *ihm* nicht. Vor allem nicht nach dieser Frankenstein-Nummer.«

»Wir sollten mit ihm darüber reden. Reden ist immer gut.« Ich wählte Dickys Handynummer. Es dauerte eine Weile, bis er dranging. Seine Stimme klang verwaschen, als hätte er geschlafen, aber ich hörte trotzdem die Angst heraus.

»Emily? Wisst ihr was Neues über Linda? Hat sich der Kerl vielleicht bei euch gemeldet?«

»Nein, wir haben nichts gehört.« Ich stellte mein Handy auf laut, damit Pascal mithören konnte. »Ich rufe wegen der DVD an. Es waren keine geheimen Daten drauf. Sondern nur ein Film. *Frankensteins Schwester*. Kann es sein, dass du da was verwechselt hast?«

»Ja«, behauptete Dicky sofort. Er schaffte es nicht mal, erstaunt zu klingen. »Ich muss es mit der richtigen DVD verwechselt haben. Da sollte ich noch mal genauer nachsehen. Und wenn ich sie gefunden habe, gebe ich sie euch. Versprochen.«

Pascal nahm mir das Smartphone aus der Hand.

»Dicky, lass gut sein, okay? Wenn es tatsächlich eine DVD mit geheimen Mafia-Daten gibt, soll das FBI sich damit befassen. Genauso wie mit der Entführung. Sofern überhaupt eine stattgefunden hat.«

»Es war eine!«, rief Dicky. »Und der Don steckt dahinter!« Seine Stimme klang jetzt wacher. Und verzweifelt. »Ich will auf keinen Fall, dass das FBI eingeschaltet wird. Es gibt unabhängige Untersuchungen, wonach der Mob – das ist ein anderes Wort für Mafia – bis in die höchsten Kreise mit dem FBI vernetzt ist! Darüber wurden schon viele berühmte Filme gedreht, und die meisten beruhen auf wahren Begebenheiten! Ich sage nur *Black Mass*. Oder *L.A. Confidental*. Ach, und *American Gangster*. Und natürlich *The Black Dahlia*.«

»Lenk nicht ab«, sagte Pascal. »Und hör endlich auf, uns was vorzumachen. Das FBI *ist* doch längst eingeschaltet. Tom und Jerry sind FBI-Agenten.«

Ich sah ihn entgeistert an, doch er sprach unbeeindruckt weiter.

»Die beiden beschützen dich, weil du bereit bist, gegen den Don auszusagen. Du bist der wichtigste Belastungszeuge des FBI gegen Roberto Donatello. Hättest du uns diese Kleinigkeit irgendwann vielleicht noch erzählt, oder sollte das ebenfalls dein Geheimnis bleiben?«

Dicky schwieg ein paar Sekunden, bevor er mit gehetzter Stimme antwortete. »Ich wollte gar kein Belastungszeuge des FBI sein. Und ich wollte auch nicht von denen beschützt werden. Die haben sich mir regelrecht aufgedrängt!« Ein hysterischer Ton schlich sich in seine Stimme. »Man kann da keinem trauen!«

»Die Sache ist die, Dicky: Wir trauen *dir* nicht. Du hast irgendwas Illegales am Start, und damit wollen wir nichts zu tun haben.«

»Dann lasst es doch einfach!«, rief Dicky zornig. Und legte auf.

Mit hochgezogenen Brauen betrachtete Pascal die Anruf-beendet-Anzeige auf dem Display meines Handys. »Genau das wollte ich von ihm hören«, sagte er. »Damit bin ich hoffentlich offiziell aus diesem komischen Freizeitjob entlassen. Was meinst du, hat er mich gerade gefeuert? Ich denke ja. Dann können wir uns endlich um unseren eigenen Kram kümmern.«

Ich konnte es immer noch nicht richtig fassen. »Tom und Jerry sind FBI-Agenten? Das ist ja … Woher weißt du das?«

»Das war ziemlich schnell klar. Warum sonst hätte Dicky sie ständig abhängen wollen?«

Richtig. Das war uns allen schnell aufgefallen. Nur hatte ich es nicht in den passenden Zusammenhang setzen können. Ganz im Gegensatz zu Pascal, woran man wieder mal merkte, dass er eine mehrjährige kriminalistische Ausbildung genossen hatte. Er war Kommissar, ich bloß Abiturientin. Ein bisschen frustriert trat ich einen Schritt von ihm zurück. »Wir hätten mal darüber reden können, dass Tom und Jerry beim FBI sind, findest du nicht? Du wirfst Dicky vor, dass er es uns verschwiegen hat. Aber du selber erwähnst es mir gegenüber mit keiner Silbe.«

»Na ja, ich hatte es die ganze Zeit höchstens vermutet«, räumte Pascal ein. »Hundertprozentig weiß ich es auch erst seit einer knappen Stunde.«

»Woher?«

»Ich habe gesehen, wie Jerry einem Verkehrspolizisten seinen Dienstausweis gezeigt hat. Er stand unten vorm Gebäude im Halteverbot, und der Streifenbulle wollte ihm deswegen ein Ticket verpassen. Da hielt Jerry seine Marke aus dem Fenster, der Cop tippte an seine Mütze und zog ab.«

»Hm, wenn das FBI sowieso schon involviert ist, wissen die doch sicher über alles Bescheid, oder? Darüber, dass Zorro Linda entführt hat. Dass Dicky in Neapel dem Don diesen Laptop geklaut hat. Warum haben die nicht längst was unternommen?«

»Tatsächlich glaube ich, dass sie davon nichts wissen. Genau das meinte ich ja, als ich vorhin sagte, dass Dicky was

Illegales laufen hat. Er hat irgendwas vor und will nicht, dass Tom und Jerry es mitkriegen. Nur aus diesem Grund will er sie ständig loswerden.«

Das klang zwar schlüssig, aber ich war trotzdem nicht überzeugt und machte daraus keinen Hehl. »Ich glaube, er hat wirklich Angst vor dem FBI. Deshalb will er auch Tom und Jerry nicht in seiner Nähe haben. Nicht, weil er selber kriminell ist, sondern weil er denkt, *sie* könnten kriminell sein und vielleicht für den Don arbeiten. Er hält doch das ganze FBI für korrupt! Auch wenn er in dem Punkt ziemlich seltsam drauf ist – deswegen muss man ihm ja nicht gleich unterstellen, dass er was Verbotenes macht, oder? Vielleicht tun wir ihm bitter unrecht. Was ist, wenn er wirklich nur ehrenwerte Motive hat?«

»Welche denn?«, fragte Pascal skeptisch.

»Zum Beispiel, einen authentischen Film über die Mafia zu machen. Darum dreht sich doch alles bei ihm! Könnte es nicht sein, dass er mit dieser ganzen Geheimniskrämerei um den Laptop nur verhindern will, dass die brisanten Informationen in falsche Hände kommen?«

»Na gut. Unterstellen wir mal, dass dem so wäre. Und unterstellen wir – sozusagen in Dickys Interesse – auch gleich zusätzlich, dass das örtliche FBI möglicherweise irgendwie mafiös infiltriert ist.« Pascal legte den Kopf schräg und betrachtete mich eingehend. »Was sollten wir deiner Meinung nach dann jetzt tun?«

Ich dachte nach, aber mir fiel nichts ein. »Keine Ahnung«, gab ich ratlos zu. »Sorry, aber ich weiß es wirklich nicht.«

»Kein Problem. Ich habe einen Plan.«

»Echt? Was denn für einen?«

»Einen richtig guten. Wir machen einfach da weiter, wo wir vorhin aufgehört haben.« Er nahm mich schwungvoll in die Arme.

»Oh«, sagte ich kraftlos und war nicht ganz sicher, ob das wirklich so ein guter Plan war. Aber dann küsste er mich, und jeder Einwand erstarb mir buchstäblich auf den Lippen.

Mit einem Mal fand ich seinen Plan großartig. Aber nur für zwei Sekunden, dann läutete es an der Tür.

»Störe ich?«, rief Omi von draußen. »Ich wollte euch was Wichtiges erzählen!«

⋆

Genau genommen hatte sie zwei Informationen für uns. Eine davon kannten wir schon: Omi hatte rausgefunden, dass Tom und Jerry FBI-Agenten waren. Nicht zufällig wie Pascal, sondern ganz gezielt – sie hatte Tom danach gefragt.

»Erinnert ihr euch, dass wir uns darüber unterhalten hatten, wie komisch es doch ist, dass Dicky die beiden immerzu loswerden will? Obwohl er doch eigentlich froh sein sollte, dass er von ihnen beschützt wird? Das kam mir die ganze Zeit sehr widersprüchlich vor. Es sei denn, man betrachtet sein Benehmen unter dem Gesichtspunkt seiner FBI-Phobie. Vor denen hat er ja fast genauso viel Angst wie vor der Mafia, weil er davon überzeugt ist, dass die alle unter einer Decke stecken. Was natürlich Blödsinn ist. Aber es würde erklären, wieso Tom und Jerrys Anwesenheit ihm ständig so ein Graus ist. Also bin ich vorhin mal raus auf den Gang und habe Tom gefragt, ob er und Jerry vielleicht FBI-Agenten seien. Worauf er antwortete: ›Ja, Ma'am.‹«

»Einfach so?«, fragte ich verblüfft.

Omi nickte. »Anscheinend ist es überhaupt kein Geheimnis. Jedenfalls nicht, wenn man ausdrücklich fragt.«

»Was hat Tom denn sonst noch auf deine Frage gesagt?«, erkundigte ich mich.

»Auf diese Frage? Nichts mehr. Du weißt ja, dass er und Jerry nicht viele Worte machen. Meist kommt nicht mehr als ein *Ja, Ma'am* oder *Nein, Ma'am*. Was mich aber nicht daran gehindert hat, ihm weitere Fragen zu stellen. Denn ich finde, es liegt in unserem berechtigten Interesse, dass wir wissen, wie groß die *Gefährdungslage* wirklich ist.« Omi zwinkerte Pascal zu, was er mit einem schiefen kleinen Lächeln und einem verunglückten Achselzucken quittierte. Während der Zeit, die ich im vorigen Jahr im Zeugenschutzprogramm verbracht hatte, war *Gefährdungslage* eines seiner Lieblingswörter gewesen, er hatte mich damit schier in den Wahnsinn getrieben.

Und dann rückte Omi mit der zweiten Information heraus. Und die war wirklich sehr wichtig.

»Ich fragte ihn also, ob Dicky und die Leute in seiner engeren Umgebung – also auch wir – ernsthaft Übergriffe durch die Mafia zu befürchten hätten. Tom zuckte nicht mit der Wimper, als ich ihm diese Frage stellte. Er sagte einfach nur: ›Nein, Ma'am.‹«

»Nein?«, wiederholte ich erstaunt.

»Nein«, bestätigte Omi. »Oder genauer: Ja.«

»Was denn jetzt?«, erkundigte Pascal sich verwirrt.

»Das letzte *Ja* war die korrekte Antwort auf meine Frage«, sagte ich geistesabwesend. »Also meinte Tom, es gebe keine Gefährdungslage?«

»Ja. Das heißt, es gibt keine«, setzte Omi hinzu, damit niemand sie missverstehen konnte. »Ich habe extra noch mal nachgefragt und dabei betont, wie wichtig das für uns ist. Weil wir nämlich Wert darauf legen, nicht von irgendwelchen Gangstern erschossen zu werden. Daraufhin sagte er etwas, mit dem er mich wirklich nachhaltig überrascht hat.« Omi machte eine kurze dramaturgische Pause, bevor sie aus dem Gedächtnis Toms Worte zitierte: »Machen Sie sich keine Sorgen, Ma'am. Der Verbrecher, vor dem Jerry und ich Mr van Dyke beschützt haben, wurde heute verhaftet, es kam sogar schon in den Nachrichten. Er hat ein umfassendes Geständnis abgelegt und den Mord an seinem Assistenten in Neapel in allen Einzelheiten zugegeben. Mr van Dyke wird daher nicht mehr als Belastungszeuge benötigt und ist als solcher auch nicht mehr in Gefahr. Jerry und ich warten nur noch auf die offizielle Anweisung unserer Dienststelle, die jede Minute eintreffen muss. Dann werden wir von hier abgezogen, und unser Einsatz ist zu Ende.«

»Wow«, sagte Pascal konsterniert. »Das sind ja mal echte Breaking News.«

Omi nickte. »Tom hat sich höflich von mir verabschiedet und mir alles Gute gewünscht. Euch beide soll ich auch ganz herzlich grüßen. Er lässt euch ausrichten, dass es für einen romantischen abendlichen Absacker seiner Meinung nach keinen besseren Platz gibt als den Innenhof des Lotte New York Palace Hotels. Da bekommt man perfekte Cocktails, und man hat einen traumhaften Blick auf die St. Patrick's Cathedral. Und falls ihr vor der Abreise ein wirklich romantisches Dinner genießen möchtet, empfiehlt er euch das kleine, aber feine *Atera* in der Worth Street. Da kann man den Köchen bei der Arbeit zusehen. Tom sagt, das ist wie ein Essen bei guten Freunden.«

»Wow.« Das kam diesmal – nicht minder konsterniert – von mir. »Tom scheint ja privat ein richtig netter Typ zu sein. Ob Dicky auch schon von der Verhaftung weiß?«

»Das nehme ich doch schwer an.«

Ich wollte mich vergewissern und rief Dicky an. Diesmal ging er sofort dran und platzte mit derselben Frage heraus wie beim letzten Mal. »Hast du was von Linda gehört?«

»Nein«, antwortete ich bedauernd. Eifrig fuhr ich fort: »Aber es gibt wunderbare Neuigkeiten! Der Don wurde verhaftet! Er hat sogar schon den Mord gestanden. Du bist außer Gefahr!«

»Ja, ganz toll«, kam es schlecht gelaunt zurück.

»Tom hat es dir schon gesagt, oder? Freust du dich denn gar nicht?«

»Es geht so.«

»Willst du dich wegen Lindas Entführung nicht doch besser an das FBI wenden? Oder ihnen die Daten von Donatellos Laptop geben? Die hiesigen Behörden haben wirklich sauber und unbestechlich gearbeitet. Dass sie Donatello verhaftet haben, ist der beste Beweis!«

»Vergiss es«, sagte Dicky knapp, bevor er kurzerhand die Verbindung trennte.

Ich konnte verstehen, dass die Verhaftung des Don für Dicky kein Grund zum Jubeln war. Solange er nicht wusste, was mit Linda war, hatte er bestimmt keine ruhige Minute mehr. Ganz zu schweigen davon, dass er von Zorro erpresst wurde.

»Anscheinend traut er den Behörden immer noch nicht«,

stellte Pascal fest. »Er hat sich da total reingesteigert. Wir sollten an seiner Stelle die Polizei informieren. Es wird höchste Zeit, dass sie alles erfahren.«

Auch Omi fand, das sei nicht länger aufzuschieben. »Sie sollten wirklich Bescheid wissen. Dicky kann die Situation nicht mehr vernünftig beurteilen.«

Dagegen gab es eigentlich keine triftigen Argumente, schließlich bestand die Möglichkeit, dass Linda sich tatsächlich in der Gewalt eines Verbrechers befand, auch wenn es nicht wie eine richtige Entführung ausgesehen hatte. Jedenfalls ließ sich nicht leugnen, dass Dicky erpresst wurde. Ich wusste aus eigener Erfahrung, wie wichtig Polizeiarbeit in solchen Fällen war, aber bei dem Gedanken daran, dass wir Dickys Wünsche eigenmächtig übergehen wollten, bekam ich trotzdem Bauchschmerzen.

»Was ist, wenn dieser Zorro sauer wird, sobald er rauskriegt, dass die Polizei im Spiel ist? Er könnte Linda aus lauter Wut was antun! Dicky würde uns die Schuld dafür geben. Er würde uns das niemals verzeihen. Ich könnte es mir ja selber nicht verzeihen!«

Pascal blickte mich ernst an. »Emmy, du weißt, dass das kein triftiges Argument ist.«

Ja. Er sagte es. Ich ließ niedergeschlagen den Kopf hängen.

Pascal machte sich auf die Suche nach Tom und Jerry. Sie waren jedoch nicht mehr im Hotel, offenbar hatte ihre Dienststelle sie bereits abberufen. Aber wir kannten ja ihre Nachnamen – Agostino und Moretti –, was uns den Vorteil verschaffte, dass wir beim FBI anrufen konnten, ohne uns mit einer Frage nach zwei Beamten namens Tom und Jerry lächerlich zu machen.

»Eine Chance gebe ich Dicky noch«, meinte Pascal. »Er kann selbst beim FBI anrufen und denen alles erklären. Aber wenn er das nicht tut, mache ich es.«

Ich las mit, als er seine Nachricht an Dicky tippte.

Sorry, Dicky, aber ich halte es für besser, jetzt endlich das FBI einzuschalten. Und zwar auf der Stelle. Wenn du es nicht tun willst, übernehme ich das. Lass dir von denen helfen, dann wird alles gut.

Wir warteten gespannt auf Antwort. Eine halbe Minute später kam eine Nachricht von Dicky auf meinem Handy an. Sie lautete: *Große Freude. Linda hat sich gemeldet. War alles großes Missverständnis. Zorro wollte nur Nacktselfie. Bin unterwegs und treffe Linda gleich in der Stadt. Und was Laptop angeht: Habe eingesehen, dass ihr recht habt. Daher Laptop mit DVD an Tom übergeben, bevor er ging. Könnt ihn selber fragen, hier seine Nummer.*

Es folgte eine Handynummer. Pascal nahm mir, ohne zu zögern das Smartphone aus der Hand und drückte auf die Nummer, die daraufhin automatisch angewählt wurde. Tom ging sofort dran, und Pascal platzte nach einer kurzen Begrüßung direkt mit seiner Frage heraus.

»Stimmt es, dass Dicky Ihnen einen Laptop mitgegeben hat? So einen glänzenden, schwarzen, mit den Initialen R.D.? Nein, ich frage nicht, weil deutsche Ermittlungsbehörden irgendeinen amtlichen Anspruch darauf erheben. Ich will einfach nur wissen, ob Dicky Ihnen das Ding tatsächlich gegeben hat. Denn ich war gerade drauf und dran, das FBI über die Existenz dieses Laptops zu informieren. Das könnte ich mir in dem Fall ja sparen.«

Er hatte den Lautsprecher nicht angestellt, aber anscheinend entsprach Toms Antwort genau dem, was Dicky uns vorhin mitgeteilt hatte, denn Pascal entfuhr ein verdutztes »Echt jetzt? Eine DVD war auch dabei?«

Dann hörte er aufmerksam zu, ehe er sich freundlich bedankte, auch für die netten Tipps über romantische New-York-Locations. Ungläubig sah er mich anschließend an.

»Ich kann es kaum fassen, aber es stimmt wirklich. Tom hat den Laptop nebst DVD von Dicky gekriegt. Dicky hat zu ihm gesagt, es stamme vom Don. Momentan ist es zur Untersuchung im FBI-Labor.« Pascal schüttelte den Kopf. »Hammer. Ich hätte nie gedacht, dass dieser verrückte Holländer noch zur Vernunft kommt!«

Ich nickte strahlend, denn ich war unglaublich erleichtert. Jetzt mussten wir nicht hinter Dickys Rücken und gegen seinen Willen das FBI benachrichtigen. Und Linda war von ganz allein wiederaufgetaucht! Darüber freute ich mich am meisten. Und es erfüllte mich auch mit einiger Zufriedenheit, dass ich mit meiner Einschätzung von Anfang an richtig gelegen hatte. Die Entführung war im Grunde gar keine gewesen, sondern eher so eine Art … Einladung von Zorro an Linda, endlich auf seine Vorschläge einzugehen. Na gut, eine ziemlich grobe Einladung. Aber es war jedenfalls keine Entführung gewesen. Wobei ich nach wie vor stark bezweifelte, dass Zorro auf Selfies mit Linda aus war. In dem Punkt hatte sie Dicky garantiert belogen. Ich war davon überzeugt, dass sie Zorro schon länger kannte, und zwar nicht bloß von irgendwelchen Stalking-Aktionen. Es blieb dabei, dass es ihm um *Stuff* ging. Also Stoff. Zeug. Was immer er damit gemeint hatte. Höchstwahrscheinlich hatte Pascal doch recht gehabt, und es drehte sich um Drogen. Aber das war nicht unser Problem.

Omi war wieder in ihre Suite zurückgekehrt. Sie wollte unbedingt noch ein Kapitel ihres neuen Romans diktieren. Die Abholung ihres Laptops vom Flughafen hatten wir auf den nächsten Tag verschoben. Pascal führte im Schlafzimmer noch ein paar dienstliche Telefonate und recherchierte ein paar Sachen im Internet, um sich für die ausstehenden Vorträge auf der Tagung fit zu machen und den Stoff nachzuarbeiten, den er heute verpasst hatte. Ich saß unterdessen im Salon auf dem Sofa und las.

»Wo waren wir vorhin stehen geblieben?« Pascal kam zu mir in den Salon, setzte sich neben mich und streichelte meinen Arm. »Ist dir schon aufgefallen, dass wir jetzt freihaben? Ich meine, *richtig* frei. Wir können tun und lassen, was wir wollen.«

»Hättest du nicht eigentlich zu der Tagung zurückfahren müssen?«

»Nein, die ist für heute vorbei. Hat gerade eben aufgehört. Was immer sie besprochen haben, sie sind jetzt damit fertig. Ich kann mir alles von Sarah erzählen lassen. Sie hat sicher jede Menge Notizen gemacht.« Er lächelte mich an, dann streichelte er mich abermals. Es fühlte sich gut an. Sehr gut sogar. »Also, was geht so, Emmy? Welche Aktivitäten schlägst du für den Rest des Tages vor?«

»Ich … hm …« Entschlossen holte ich Luft. Zugegeben, nebenan stand ein supertolles, mit blütenweißer Bettwäsche bezogenes Boxspringbett. Es war der schiere Luxus. So ein traumhaftes Bett würden wir so schnell nicht wieder aus der Nähe sehen, geschweige denn drin schlafen oder es auf andere Weise benutzen. Aber ich fand den Hype, den Pascal darum veranstaltete, vielleicht ein kleines bisschen übertrieben. Jedenfalls gemessen an dem, was New York sonst noch zu bieten hatte. Und wir hatten davon höchstens einen winzigen Bruchteil gesehen. Die Zeit raste nur so dahin. Ehe ich mich versah, wäre dieser Urlaub vorbei. Natürlich konnte ich irgendwann noch mal herkommen. Ich hatte es sogar fest vor. New York war definitiv eine Stadt, bei der ein einziger Besuch nicht ausreichte. Aber kein Mensch konnte wissen, wann das nächste Mal sein würde. Von daher war es doch wohl verständlich, dass ich ein paar mehr Erinnerungen mit nach Hause nehmen wollte, als nur die an ein renommiertes Hotel. Das hier war New York!

»Was hältst du von Toms Vorschlägen?«, wollte ich wissen. »Du weißt schon. Dinner in der Worth Street. Absacker mit Blick auf St. Patrick's. Und hinterher vielleicht noch ein nächtlicher Spaziergang über die Brooklyn Bridge.«

»Wenn das dein Plan für den Abend ist, bin ich dabei.«

»Wirklich?«

»Natürlich. Dein Wunsch ist mir Befehl. Der Rest des Tages gehört dir. Und die Nacht auch. Du bestimmst, wo es langgeht.« Seine Stimme hatte einen zärtlichen Unterton angenommen. Mein Herz schlug heftig, und in diesem Moment liebte ich ihn so sehr, dass ich fast Angst davor bekam. Das Beste daran war die Gewissheit, dass er mich ebenfalls liebte. Tief und ehrlich. Ganz ohne Schnickschnack. Wir gehörten zusammen, auch ohne Verlobungsring. Insgesamt gesehen war die dritte Etage bei Tiffany's womöglich ein bisschen überbewertet.

»Gut«, sagte ich. »Dann suche ich gleich mal die genaue Anschrift von diesem Restaurant raus, das Tom uns empfohlen hat.«

9

Wir gönnten uns ein Taxi zur Worth Street, die sich praktischerweise nicht allzu weit entfernt von der Brooklyn Bridge befand.

Das Restaurant war leider auf Wochen hinaus ausgebucht. Und an diesem Abend sowieso, wie man uns bedauernd mitteilte. Wir ärgerten uns, weil wir nicht auf die Idee gekommen waren, vorher anzurufen.

»Wir machen einfach zuerst den Brückenspaziergang«, schlug ich vor. »Ein Lokal können wir uns auch hinterher noch suchen.«

Doch auf dem Weg zur Brooklyn Bridge fing es an zu nieseln. Blöderweise hatten wir keinen Schirm dabei.

Pascal legte den Arm um meine Schultern. »Das bisschen Getröpfel macht uns nichts aus, oder?«

»Nein, wir sind ja nicht aus Zucker«, stimmte ich zu.

Zwei Minuten später fing es jedoch an, stärker zu regnen, und dann schüttete es auf einmal wie aus Kübeln. Wir rannten los und retteten uns unter das Säulendach des großen Gerichts- und Verwaltungsgebäudes, ebenfalls eine New Yorker Sehenswürdigkeit. Aber kaum hatten wir uns zusammen mit einem halben Dutzend anderer nassgeregneter Passanten untergestellt, wurden wir von einem Sicherheitsbeamten verscheucht. Anscheinend betrachtete man uns als verbotene Versammlung.

Wir versuchten, ein Taxi zu kriegen, aber die waren allesamt besetzt und brausten wie gelbe Blitze vorbei.

Triefend nass beschlossen wir, uns zur nächsten Subway-Station durchzuschlagen. Pascal wollte mit Google Maps raussuchen, wo es eine gab, doch dabei fiel ihm das Handy runter und landete mit einem hässlichen Geräusch auf den Asphalt.

Er fluchte, als er den riesigen Sprung im Display seines sehr neuen und sehr teuren Smartphones sah. Aber richtig sauer wurde er erst, als er merkte, dass es nicht mehr funktionierte. Er verstummte abrupt und starrte auf das Display, was ein wirklich schlechtes Zeichen war. Wenn er so aussah, war seine Laune unrettbar im Keller.

»Wir haben ja noch meins«, sagte ich tröstend, aber das konnte den Abend auch nicht mehr retten. Wir hätten im Hotel bleiben sollen! Bisher lief dieser Abend gar nicht gut. Auf einer Romantik-Skala von null bis zehn waren leider nur Minuspunkte zu vergeben. Der Trend nach unten verstärkte sich noch, als wir in der U-Bahn saßen und feststellten, dass wir die falsche Linie erwischt hatten. Da waren wir jedoch schon in Brooklyn und mussten umsteigen, um wieder nach Manhattan zurückzukommen. Für die zusätzliche Fahrkarte reichte unser Kleingeld nicht mehr. Als Pascal zum Bezahlen seine Kreditkarte benutzen wollte, behauptete der Automat, sie sei ungültig. Zum Glück klappte es mit meiner Karte, aber ich konnte mir vorstellen, wie Pascal sich jetzt fühlte. Kaputtes Smartphone, ungültige Kreditkarte, und dazu noch die Lieblingslederjacke von Starkregen durchweicht, was die Leute während der Bahnfahrt wegen des strengen Geruchs meterweit von ihm abrücken ließ. Ich blieb natürlich dicht an seiner Seite, aber alle weiteren Pläne hatten wir stillschweigend begraben. Die Lust, eine Cocktailbar zu besuchen oder etwas anderes zu unternehmen, war uns beiden vergangen.

Zum Glück war es von der Grand Central Station nur ein kurzer Fußweg bis zum Hotel, sodass wir nur geringfügig nasser wurden, als wir sowieso schon waren. In der Lobby liefen wir Sarah und Leif über den Weg. Sarah sah wieder mal großartig aus. Sie trug eng anliegende Jeans und dazu ein türkisfarben gemustertes Top, das perfekt zu ihren Cowboystiefeln passte. Aber sie hätte auch in einem Müllsack toll ausgesehen. Dasselbe galt für Leif, der auch in jedem Outfit gut rüberkam. Trotzdem hatte er wieder ein Hemd angezogen, das den Farbton seiner blauen Augen (Kontaktlinsen?) besonders intensiv hervorhob. Wie auch immer, Sarah und Leif waren schon ein spektakuläres Paar, das alle Blicke der Umgebung auf sich zog.

Auch Pascal und mich konnte niemand übersehen. Wir sahen aus wie ersäufte Ratten und tropften mit unserem nassen Zeug den ganzen Teppich voll.

»Oh, da seid ihr ja«, sagte Sarah. »Ich hatte schon versucht, dich anzurufen, Kalli. Aber du warst nicht erreichbar. Und bei Emily ging nur die Mailbox dran.«

»Pascals Handy ist kaputt. Und bei meinem ist der Akku leer.« Ich ließ meine Stimme absichtlich fröhlich klingen, um von Pascals Gewittermiene abzulenken. Er mochte es nicht, wenn man ihm Spitznamen verpasste, und am meisten nervte es ihn, wenn jemand ihn Kalli nannte. Doch Sarah nahm darauf nur selten Rücksicht, genauso wenig wie seine anderen Kollegen beim LKA. Je mehr er sich darüber ärgerte, umso mehr Spaß machte es allen, ihn so zu nennen. Also hatte er schon vor langer Zeit aufgehört, sich darüber zu beschweren. Was allerdings niemanden davon abhielt, ihn weiterhin Kalli zu nennen.

»Du hast den besten Fachvortrag der ganzen Tagung verpasst«, sagte Sarah. »Der war so spannend, dass ich total vergessen habe, mir Notizen zu machen. Schade, dass du nicht dabei warst, da hast du wirklich was versäumt. War eigentlich irgendwas Wichtiges, oder wieso musstest du so plötzlich los?«

»Nein, alles gut«, sagte Pascal. »Unser Job bei Dicky hat sich übrigens mittlerweile erledigt. Der Anlass für unsere Nebentätigkeit ist sozusagen … weggefallen.«

»Ich hab's schon gehört«, sagte Sarah. »Gerti hat es mir erzählt. Ich hatte sie angerufen, nachdem ich euch nicht erreichen konnte. Ziemlich verrückt, das alles, oder? Aber Hauptsache, wir können noch bis zur Abreise hier im Hotel bleiben.«

»Dicky hat nichts davon gesagt, dass wir ausziehen müssen«, meinte ich.

»Ich hab übrigens ebenfalls versucht, dich anzurufen«, sagte Pascal zu Sarah.

»Ich hatte das Handy auf lautlos.« Sarah warf Leif einen verliebten Blick zu, ehe sie sich wieder Pascal zuwandte. »Was gab's denn?«

»Ich wollte dir von der Sache mit Dicky erzählen. Und unsere Verabredung bestätigen.«

»Was für eine Verabredung?«

»Na, wir wollten doch zu viert weggehen. Du und Leif und Emmy und ich.«

»Echt?« Sarah wirkte überrascht. »Ich dachte, das hätte sich erledigt, nachdem ihr ohne uns losgezogen seid.«

Das hatte ich eigentlich auch gedacht. Ich war genauso erstaunt wie Sarah, ließ mir aber nichts anmerken.

»Jetzt sind wir ja wieder da«, meinte Pascal. »Und wir waren auch noch nicht essen. Wir ziehen uns nur rasch was Trockenes an, dann kann es losgehen.«

»Okay, meinetwegen gerne. Wir warten so lange hier in der Lobby.«

Im Aufzug sah ich Pascal erstaunt an. »Was ist los mit dir? Warum willst du auf einmal doch mit den beiden weggehen?«

»Wieso? *Du* hast doch den Pärchenabend mit Leif ausgemacht.«

»Und du warst nicht gerade begeistert davon. Woher kommt auf einmal dieser Sinneswandel?« Ein Hauch von Argwohn beschlich mich. »Soll das jetzt etwa die Rache sein?«

Pascal sah mich perplex an. »Hä? Wofür denn?«

»Dafür, dass die letzten beiden Stunden so ein Reinfall waren.« Ich zählte es auf. »Es gab kein Dinner, wir hatten keinen Schirm, wir sind mit der falschen Bahn gefahren. Deine Lederjacke ist nass, dein Handy ist kaputt, deine Kreditkarte funktioniert nicht mehr. Und jetzt hast du auch noch den besten Vortrag der ganzen Tagung verpasst.«

Pascal grinste leicht anzüglich. »Und du glaubst ernsthaft, ich wäre deswegen so sauer, dass ich lieber zusammen mit anderen weggehen will, statt mit dir ins Boxspringbett?«

Ich merkte, dass ich errötete. »Keine Ahnung. Willst du?«

»Will ich was?«

»Das frag ich dich ja gerade.«

Er lachte. »Du weißt genau, was ich will.« Und dann zog er mich an sich und bewies es mir, leider nur ein paar Sekunden lang, dann hielt der Aufzug an und die Tür ging auf. Blöderweise genau vor den Augen eines Paares um die sechzig. Die Frau hatte toupierte, silbergraue Haare, der Mann trug ein silbergraues Toupet. Beide schnappten empört nach Luft, während wir rasch an ihnen vorbeitraten und im Eilschritt zu unserer Suite liefen.

»Das war knapp«, sagte Pascal. »Zwei Stockwerke mehr, und sie hätten richtig Grund gehabt, sich aufzuregen.«

Kichernd machte ich die Tür hinter uns zu. »Hoffentlich beschweren sie sich nicht über uns.«

Wir zogen uns um, wobei mir wieder einfiel, dass Pascal mir noch eine Antwort schuldig war.

Seine Miene wurde ernst, als ich ihn erneut fragte, wieso er unbedingt mit Sarah und Leif essen gehen wollte.

»Unser Gespräch heute hat mir keine Ruhe gelassen. Ich hab nicht aus dem Kopf gekriegt, was du über Leif gesagt hast.«

»Dass er mir … unecht vorkommt?«

»Ganz genau. Ich habe ein bisschen recherchiert und dabei herausgefunden, dass du recht hast. Und damit meine ich nicht seine weißen Zähne und seine blauen Augen. Obwohl ich sicher bin, dass er farbige Kontaktlinsen trägt«, meinte Pascal einschränkend, um mich dann mit seiner nächsten Bemerkung richtig zu schocken. »Das wirklich Unechte an ihm ist seine Legende.«

Nachdem ich im letzten Jahr monatelang in einem Zeugenschutzprogramm zugebracht hatte, wusste ich, dass *Legende* nicht nur ein anderer Begriff für eine alte Sage oder einen Mythos war, sondern auch die Bezeichnung für einen falschen persönlichen Hintergrund. Es ging um einen frei erfundenen Lebenslauf, mit dem man in eine neue Identität schlüpfen konnte, um vor anderen zu verbergen, wer man wirklich war.

»Du meinst, Leif ist überhaupt kein Golfer?«, fragte ich aufgeregt.

»Er spielt Golf, aber er ist kein Profi, und reich ist er auch nicht.«

»Aber Roger sagte doch …« Ich versuchte mich zu erinnern, was genau Roger über Leif gesagt hatte, als wir gemeinsam im Club gewesen waren.

Pascal spulte es sofort ab. Es war eine seiner leichtesten Übungen, jeden Satz wortgetreu wiederzugeben – er hatte ein eidetisches Gedächtnis. Anders gesagt: Es gab nichts, was er sich nicht merken konnte. Er musste es nur einmal gehört haben, dann war es für alle Zeiten abgespeichert.

»Roger sagte: ›Er hat sich gerade für die US Open Championship qualifiziert. Und sein Vater ist ein richtig dicker Fisch an der Wall Street.‹«

Ich nickte. »Genau. Und du meinst, das stimmt gar nicht?«

»Bezogen auf den richtigen Leif Erikson stimmt es.«

Ich hielt die Luft an vor Schreck. »Er ist gar nicht Leif Erikson? Hat er sich unter einem falschen Namen hier im Waldorf eingeschlichen? Oh mein Gott, ob Sarah … Weiß sie Bescheid?«

»Das ist die Frage. Ich hab sie angerufen, um es ihr zu sagen, aber sie ging ja nicht dran. Denkbar ist allerdings auch, dass sie es schon selber rausgekriegt hat. Sie ist ziemlich clever.«

Ich war schockiert. »Aber wenn sie es wüsste, wäre sie doch nicht mehr mit ihm zusammen! Er ist ein Betrüger!«

»Das ist relativ. Er selber hat in unserer Gegenwart nie behauptet, dass er reich ist. Oder dass er sich für irgendwelche Meisterschaften qualifiziert hat. Tatsache ist, dass er wirklich Leif Erikson heißt.«

»Echt?«, fragte ich konsterniert.

»Ja. Hammer, oder? Und das Verrückte ist – er sieht dem anderen Leif Erikson sogar ziemlich ähnlich. Genau genommen könnte er sogar sein Doppelgänger sein. Ich habe die Bilder im Internet verglichen – es ist wirklich verblüffend. Allerdings kultiviert er diese Ähnlichkeit offensichtlich auch gerne, vor allem dann, wenn es ihm gerade in den Kram passt. Ich könnte mir sogar vorstellen, dass er allein aufgrund der Namensgleichheit und der Ähnlichkeit überhaupt erst mit dem Golfen angefangen hat. Klar, dass er damit einen besseren Schlag bei Frauen hat. Zum Beispiel bei Sarah. Er wusste genau, dass sie ihn nach dieser ersten Begegnung in der Hotellobby googeln und für seinen tollen Namensvetter halten würde.«

»Und was macht er in Wirklichkeit beruflich?«

»Er arbeitet als Assistent in der Geschäftsleitung eines Unternehmens, das Golfschläger herstellt. Nebenberuflich jobbt er als Trainer auf dem Golfplatz in Brooklyn.«

»Das ist … krass.« Ich konnte es kaum fassen. »Und das hast du alles heute Nachmittag rausgefunden? Wieso hast du mir das nicht sofort erzählt?«

»Weil ich uns nicht den Abend ruinieren wollte.«

»Ja, der wäre dadurch sicher richtig mies geworden«, stimmte ich zu. »Obwohl man sich dafür zuerst den Regen und das kaputte Handy und die ungültige Kreditkarte wegdenken müsste. Sonst müsste man den Begriff *mies* irgendwie anders definieren.«

Pascal lachte über diesen schwachen Scherz, aber ich selbst konnte es nicht wirklich komisch finden. Der Fall warf immer mehr Rätsel auf, und meine Neugier war noch lange nicht gestillt. »Wenn Leif ein ganz normaler Typ mit einem Durchschnittsgehalt ist – wie kann er sich denn dann die teuren Klamotten und ein Zimmer hier im Waldorf leisten? Und das fette Bündel Bargeld, das er im Club dabeihatte?«

»Das wäre eine weitere wichtige Frage. Noch wichtiger finde ich aber diese: Wieso stand er genau zu dem Zeitpunkt unten in der Lobby, als wir im Hotel eintrafen? Als hätte er auf uns gewartet. Um über Sarah an uns ranzukommen. Beziehungsweise an Dicky.«

Ich spann diesen Gedanken fort und wurde immer besorgter. Die Möglichkeiten, die sich daraus ergaben, waren zu ungeheuerlich, um sie einfach so abzutun. »Könnte es sein, dass Dicky doch recht hat? Dass der Don jemanden im Hotel einschleusen wollte, um sich den Laptop zurückzuholen? Das würde auch erklären, wieso Leif so interessiert war, als wir uns die DVD bei ihm angesehen haben.«

»Ich würde ja gern sagen, das hätte sich erledigt, nachdem Dicky den Laptop beim FBI abgeliefert hat. Aber ich glaube, dass sich dadurch nicht viel geändert hat.«

»Du meinst, der Don ist immer noch hinter Dicky her?«

»Nein. Ich meine, dass Dicky immer noch was Illegales

laufen hat. Und dass Leif da möglicherweise irgendwie mit drinsteckt.«

»Müssten wir das nicht dem FBI melden?«

»Was denn genau? Wir haben nichts außer ein paar Vermutungen.«

»Aber Leif ist ... Er ist ... Er hat ...«

»... nichts getan, was eine Anzeige rechtfertigen könnte«, schloss Pascal. »Er verwendet keinen falschen Namen, hat keine falschen Behauptungen aufgestellt und nichts geklaut.«

»Dann müssen wir aber auf jeden Fall Sarah vor ihm warnen! Wir müssen sie aus seinen Fängen befreien!« Das klang zwar leicht pathetisch, aber es drückte genau aus, was ich fühlte. Die arme Sarah! Sie konnte noch so cool und clever und kampfsporterfahren sein – diesem falschen Wikinger war sie willenlos auf den Leim gegangen! »Sarah kann unmöglich wissen, dass er nicht der richtige Leif ist«, stellte ich voller Überzeugung klar. »Sie ist auf seine Masche reingefallen und hat keine Ahnung, dass er sie nur für irgendwelche miesen, heimlichen Pläne benutzt! Wir müssen herausfinden, was das für Pläne sind.«

»Genau deshalb wollte ich auch, dass wir heute Abend zusammen losziehen«, erklärte Pascal. »Obwohl es mit großen persönlichen Opfern verbunden ist.« Er warf einen entsagungsvollen Blick ins Schlafzimmer und seufzte.

*

Wir gingen in ein Restaurant mit Alkoholausschank in der Nähe des Hotels. Leif spendierte vor dem Essen eine Runde Aperitifs. Sarah und ich wählten Prosecco. Ich war so nervös wie lange nicht mehr und musste mich extrem anstrengen, halbwegs normal zu wirken. Aber das war schwer, weil ich ständig daran denken musste, dass ich einem Betrüger gegenübersaß, der nebenher vielleicht noch ganz andere Verbrechen plante. Aus lauter Sorge, ich könnte irgendwas Falsches sagen und mich damit verraten, hielt ich lieber ganz den Mund und befasste mich mit meinem Sektglas, als gäbe es nichts Wichtigeres auf der Welt. Doch auch das wirkte anscheinend merkwürdig.

»Du trinkst die ganze Zeit aus dem Glas«, stellte Sarah stirnrunzelnd fest.

»Haha«, lachte ich gespielt fröhlich. »Sollte ich vielleicht lieber aus der Flasche trinken?«

»Nein. Aber du könntest dir nachschenken lassen. Dein Glas ist nämlich leer.«

»Oh. Ach! Hehe! Meine Kontaktlinsen sind auch nicht mehr das, was sie mal waren!« Mein Lachen klang definitiv schrill. Und falsch.

»Ich wusste gar nicht, dass du Kontaktlinsen trägst«, sagte Sarah.

Um ein Haar wäre mir ein *Ich auch nicht* entschlüpft, aber Pascal stieß mir mahnend den Ellbogen in die Seite und brachte mich damit gerade noch rechtzeitig zum Verstummen.

»Du bist ganz rot im Gesicht«, sagte Leif. »Hast du vielleicht Fieber?«

Ich legte mir die Hände auf die Wangen. »Ja, ich glaube, es ist Fieber. Pascal, fühlst du mal?«

Er küsste mich auf die Wange. »Du bist heiß. Aber das bist du eigentlich immer.«

Diesmal lachte Leif, ein typisches, dämliches Männerlachen über einen typischen, dämlichen Männerwitz. Meine Nervosität wich zusehends einem Gefühl massiver Abneigung.

»Wie war es heute so auf dem Golfplatz?«, fragte ich.

»Ich war heute gar nicht dort.«

»Ach. Ich dachte, als Profigolfer muss man jeden Tag trainieren.«

»So streng sind die Regeln nicht. Man muss einfach nur so oft wie möglich spielen und Turniere gewinnen.«

»Verstehe. Wegen der hohen Preisgelder, oder?«

»Von irgendwas muss ein Profigolfer ja leben«, sagte Leif. Es klang gönnerhaft. Ich hätte ihm am liebsten eine Ladung Prosecco ins Gesicht geschüttet, aber dummerweise war mein Glas ja leer. Genauso erging es dem zweiten Glas, das die Bedienung auf einen Wink von Leif vor mir abgestellt hatte. Kaum stand es dort, war schon nichts mehr drin.

Von der Seite kam wieder ein Ellbogen. Übersetzt hieß das vermutlich: *Trink nicht so viel*! Aber ich musste mich auf die nächste Attacke vorbereiten. Mit etwas Alkohol schien es besser zu funktionieren, obwohl ich normalerweise nur wenig trank – ganz einfach aus dem Grund, weil ich schnell einen Schwips kriegte und dann ziemlich viel Unsinn redete.

»Ich bin ein Riesenfan von dir«, behauptete ich. »Profigolfer habe ich schon immer bewundert. Tiger Woods, Bernhard Langer, Kevin Costn… äh, Martin Kaymer – lauter tolle Typen. Aber du toppst sie alle, finde ich.«

»Danke«, sagte Leif geschmeichelt.

Sarah warf mir einen seltsamen Blick zu, aber ich ließ

mich nicht aus der Ruhe bringen. Sie würde gleich merken, worauf ich hinauswollte. Ich tat es nur, um ihr zu helfen und sie von diesem Schaumschläger zu befreien.

»Am besten fand ich ja deine Performance letztes Jahr bei den US Open«, behauptete ich.

»Ich wusste gar nicht, dass du dich so für Golf interessierst«, warf Sarah ein.

»Ich? Ich bin der größte Golffan aller Zeiten! Auch Frauen können übrigens sehr gut golfen, wenn sie wollen. Es gibt zum Beispiel eine tolle Spielerin namens Sarah äh Sandra Gal. Sie ist mein Vorbild. Ich selber hab's zwar noch nicht ausprobiert, aber ich habe es mir fest vorgenommen. Um auf die US Open zurückzukommen – das war ... wow. Du warst richtig gut, Leif!«

Neben mir hustete Pascal. Es klang, als hätte er sich verschluckt. Ich ignorierte es. Was immer er mir an heimlichen Zeichen geben wollte – er konnte es sich sparen. Jetzt hatte ich Fahrt aufgenommen. Meine Nervosität war endgültig verflogen. Leif sollte mich kennenlernen.

»Was hat dir denn an meinem Spiel besonders gut gefallen?«, fragte Leif in scheinheilig freundlicher Manier. Ha, er wollte mich auflaufen lassen, vermutlich war er sich sicher, dass ich Blödsinn faseln würde. Aber ich hatte mich vorbereitet. Außerdem hatte ich *Tin Cup* mit Kevin Costner und Rene Russo gesehen. Sogar dreimal. Einen romantischeren Film übers Golfen gab es meiner Meinung nach nicht. Und das, was ich dabei aufgeschnappt hatte, reichte locker, um Leifs falsches Spiel zu entlarven.

»Na ja, als du vor dem achtzehnten Loch auf dem Fairway in Führung lagst und auf dem Par fünf mit dem zweiten Schlag das Grün erreichen wolltest, trotz Wasserloch vor dem Grün und obwohl es so einen schlimmen Gegenwind gab – da war ich so was von geflasht! Ich meine, du hättest den Ball auch vor dem Wasserloch droppen und einen Strafschlag in Kauf nehmen können, damit hättest du das Par schaffen können. Aber du bist den mutigen Weg gegangen, weil du beweisen wolltest, dass du den Schlag schaffen kannst.«

»Ja, das war eine knifflige Situation«, erwiderte Leif. Seine blauen Augen (Kontaktlinsen?) leuchteten, als er mich über sein Sektglas hinweg ansah, und seine (gebleachten?) Zähne strahlten nicht minder, während er mich mit seinem falschen Lächeln bedachte.

»Und du hast sie bravourös gemeistert«, sagte ich.

»Habe ich das? Leider kann ich mich nicht so recht daran erinnern. Vielleicht verwechselst du mich da mit einem anderen Golfspieler.«

»Ach, wirklich?«, versetzte ich triumphierend. »Mit welchem denn?«

Dummerweise kam in diesem Moment die Bedienung und brachte uns das bestellte Essen. Wir hatten alle das Gleiche ausgesucht, Steak mit Ofenkartoffel und Krautsalat, und zum Nachtisch American Cheesecake. Der Duft des saftig gegrillten Fleischs stieg mir in die Nase und erinnerte mich daran, dass meine letzte Mahlzeit schon ziemlich lange zurücklag. Sofort verdrängte der Hunger alle anderen Pläne und forderte sein Recht. Gemeinsam mit den anderen fing ich an zu essen und nahm mir vor, die Sache mit der Verwechslung noch vor dem Dessert auf den Tisch zu bringen. Nachdem Leif selbst so unvorsichtig gewesen war, mir das passende Stichwort zu geben, würde der Rest ein Kinderspiel werden. Der Käsekuchen sollte ihm im Hals stecken bleiben!

»Aaalso«, sagte ich, nachdem ich den letzten Bissen meines Steaks verdrückt und mit einem ordentlichen Schluck Prosecco nachgespült hatte (aus irgendeinem Grund hatte Leif noch eine ganze Flasche davon kommen lassen und mir ständig nachgeschenkt – wollte er mich betrunken machen? Da musste er aber früher aufstehen! Ich hatte viel gegessen und eine gute Grundlage). »Wie war das noch mit dem letzten Schlag vor dem Wasserloch beim achtzehnten Par im fünften Loch?«

»Ich glaube, du meinst das Par fünf vor dem achtzehnten Loch.«

»Äh – ja. Genau.« Wie war das noch mal? Was wollte ich ihn fragen? Ha, jetzt fiel es mir wieder ein. »Mit wem verwechselst du dich? Äh, ich dich?«

»Ich muss mal für kleine Mädchen«, sagte Sarah. »Kommst du mit?« Sie erhob sich und sah mich auffordernd an.

Ich stand sofort auf, denn ich merkte, dass ich auch sehr dringend für kleine Mädchen musste. Außerdem war es praktischer, wenn ich mit ihr aufs Klo ging, dann musste ich die Toiletten nicht erst suchen.

»Weißt du, dass du ziemlich viel Blödsinn redest?«, fragte Sarah mich, kaum dass wir den Vorraum der Damentoilette betreten hatten.

»Ich habe meine Gründe«, teilte ich ihr höflich mit.

Meine vornehme Zurückhaltung schien sie nicht zu beeindrucken. Sie funkelte mich ausgesprochen verärgert an. »Deine Gründe interessieren mich einen Scheiß. Ich will nicht, dass du Leif so dämlich von der Seite anquatschst! Als wolltest du ihm irgendwas Mieses unterstellen!«

Genau das wollte ich tatsächlich, und in diesem Moment fiel mir mit Verzögerung auch endlich auf, dass Sarah und ich allein waren. Eine bessere Gelegenheit, als ihr unter vier Augen die Wahrheit über diesen falschen Golfer zu präsentieren, würde nicht kommen!

»Ich muss dir was sagen«, flüsterte ich, nachdem ich mich noch mal kurz vergewissert hatte, dass wirklich niemand in der Nähe war. Vorsichtshalber tat ich so, als würde ich mir die Hände waschen. »Leif ist gar nicht Leif. Ich meine, er ist schon Leif. Aber nicht *der* Leif.« Ich stellte fest, dass sich das, was ich da sagte, ziemlich bescheuert anhörte. Gesungen hätte es geklungen wie dieser Partysong, *Life is Life, nananana*!

Sarah sah mich verblüfft an. »Du weißt es?«

»Ich weiß was?«, fragte ich verwirrt zurück. »Weißt du es denn schon?«

»Offensichtlich«, gab sie mit entnervter Miene zurück. »Aber wenn du vorhattest, Leif mithilfe deiner Golfkenntnisse aus irgendwelchen Hollywoodfilmen hinter die Fichte zu führen, war das eine sehr blöde Idee.«

Leicht benommen starrte ich sie an. »Du hast recht. Er ist ja auch Golfer. Also der andere Leif.«

»Er ist der richtige Leif.«

»Wer?«, fragte ich. Irgendwie wurde das hier allmählich kompliziert.

»Der da drin am Tisch sitzt.« Sie grinste und sah dabei so unerhört hübsch aus, dass mir aus lauter Neid kurz der Gedanke kam, sie einfach in ihr Unglück rennen zu lassen, wenn sie nicht auf mich hören wollte. Doch dieser unverzeihliche Impuls verflog sofort.

»Du verstehst es nicht«, versuchte ich es erneut. »Es gibt zwei Leifs. Und da drin sitzt der falsche!«

»Ich weiß, dass Leif so eine Art Doppelgänger hat«, erklärte sie. »Das weiß jeder in der Golferszene. Ich habe ihn gleich am ersten Abend gegoogelt und es gesehen, und als ich ihn darauf ansprach, erzählte er mir davon. Der Typ – also der andere Leif – nutzt die zufällige Ähnlichkeit mit Leif oft für sich aus. Er meldet sich auf Golfturnieren an, läuft überall rum und erzählt, wie er heißt, markiert bei Frauen den dicken Hecht und so was alles. He, willst du nicht endlich mal aufhören, dir die Hände zu waschen? Du hast schon fast den ganzen Seifenspender leer gemacht.«

Ich trocknete mir hastig die Hände ab. »Woher willst du wissen, dass du nicht an den falschen Leif geraten bist?«

Sie zuckte mit den Schultern. »Ich weiß es halt.«

»Hast du in seinem Ausweis die Geburtsdaten verglichen oder gecheckt, ob er zufällig blaue Kontaktlinsen trägt?«

»Nein. Wozu auch. Das heißt, er trägt wirklich Kontaktlinsen. Aber ansonsten ist alles an ihm echt. Der falsche Leif könnte sich nie und nimmer ein Zimmer im Waldorf Astoria leisten. Und auch nicht die Uhr, die der richtige Leif trägt. Der, der da drin am Tisch sitzt.«

»Da könntest du dich ganz furchtbar täuschen.« Hektisch betätigte ich erneut den Seifenspender und ließ Wasser über meine Hände laufen, ehe ich mit verschwörerisch gesenkter Stimme fortfuhr: »Jemand könnte den falschen Leif engagiert und ihm teure Klamotten und eine teure Uhr gegeben haben, damit er sich dir gegenüber als echter ausgibt.«

»Und wozu sollte das gut sein?«, erkundigte Sarah sich.

Ich ließ mich von ihrer spöttischen Herablassung nicht beirren. »Natürlich dazu, dein Vertrauen zu gewinnen. Damit du auf ihn reinfällst und ihm auf diese Weise Gelegenheit verschaffst, sich unauffällig in unsere Gruppe einzuschleichen.«

»Welche Gruppe?« Sarahs Gesichtsausdruck schwankte zwischen Ärger, Belustigung und Unverständnis.

»Die *Dicky-and-friends*-Gruppe.«

Die Belustigung siegte. Sarah legte den Kopf in den Nacken und lachte schallend.

»Ach, Emmy, du bist manchmal so süß! Ich kann echt verstehen, dass Pascal in deiner Nähe dauernd hin und weg ist! Man muss dich einfach gernhaben, wenn du so niedlich vor einem stehst und Kleinmädchen-Unsinn verzapfst!«

Ich hätte trotz dieser Gemeinheit jetzt Ruhe bewahren und ihr erklären können, dass ich natürlich *nicht* die dämliche WhatsApp-Gruppe meinte, sondern die Leute, mit denen Dicky sich umgab. Und dass es dem falschen Leif dabei weder um Sarah noch um Dickys Umfeld ging, sondern einzig und allein darum, Zugang zu Dicky selbst zu bekommen. Beziehungsweise zu dem Laptop des Don. Hilfsweise zu den Daten, die Dicky darauf gefunden hatte.

Und *last, but not least* hätte ich sie darauf hinweisen können, dass Pascal ebenfalls glaubte, dass der Leif am Tisch der falsche war.

Aber all das blieb ungesagt, denn nach Sarahs Reaktion hatte ich wirklich keine Lust mehr, ihr weiteren *Kleinmädchen-Unsinn* zu erzählen.

Abgesehen davon hätte ich sowieso nichts mehr dazu sagen können, denn im nächsten Moment kamen zwei Frauen herein. Sarah wischte sich die Lachtränen aus den Augen und ging aufs Klo. Ich beeilte mich, ebenfalls eine Kabine zu belegen. Als ich wieder rauskam, war Sarah schon an unseren Tisch zurückgekehrt. Ich wusch mir ein letztes Mal mit der restlichen Seife aus dem Seifenspender die Hände und folgte ihr. Den restlichen Abend über saß ich nur stumm da und tat so, als ginge mich der Small Talk der anderen nichts an. Den Käsekuchen ließ ich stehen, und den übrig gebliebenen Prosecco auch.

*

»Was war denn auf der Damentoilette los?«, wollte Pascal wissen, als wir wieder in unserer Hotelsuite waren. Ich war heilfroh, dass der gruselige Pärchenabend endlich überstanden und Sarah mitsamt dem siegessicher grinsenden Leif aus unserem Blickfeld verschwunden war.

»Ich habe ihr das mit dem falschen Leif erzählt. Worauf sie behauptete, ich würde Unsinn verzapfen. Kleinmädchen-Unsinn, um genau zu sein. *Das* war los.«

»Du hättest besser auf meine Warnung achten sollen.«

»Welche Warnung meinst du? Etwa den Ellbogen, den du mir in die Seite gerammt hast? Dann hättest du vielleicht vorher *Warnung* draufschreiben sollen, bevor du mich damit anrempelst.«

»Es hätte schon gereicht, wenn du einfach mit dem Reden aufgehört hättest, statt diese dämliche Story aus *Tin Cup* nachzuerzählen.«

»Sie war nicht dämlich. Es war ein toller Film.«

»Aber du hast dabei etwas vergessen: Auch der falsche Leif spielt Golf. Vielleicht nicht so erfolgreich wie der echte, aber er kennt sich mit der Materie aus. Hast du ernsthaft angenommen, ihn mit deiner Golf-Expertise aus dem Kino als Hochstapler entlarven zu können?«

»Ja, reib mir nur unter die Nase, wie bescheuert das war.« Meine Laune sackte allmählich ins Bodenlose.

»Das war es wirklich.« Pascal runzelte die Stirn. »Du hast es ihr also gesagt, aber sie wollte es nicht glauben, oder was?«

»Nein, sie wusste es schon. Also dass es zwei Leifs gibt. Aber sie ist davon überzeugt, mit dem echten zusammen zu sein.«

»Hm, auszuschließen ist es nicht«, meinte Pascal. »Eigentlich sogar sehr wahrscheinlich.«

Ich starrte ihn ungläubig an. »Er trägt Kontaktlinsen! Sarah hat es selbst gesagt!« Ich dachte nach. »Gut, sie hat nicht gesagt, dass es blaue sind. Aber sie sehen blau aus!«

»Er hat eine schwarze AMEX.«

»Du meinst wohl Rolex.«

»Nein, das ist seine Uhr. AMEX ist die Kreditkarte.«

»Das ist kein Beweis. Die kann er auch von seinem Auftraggeber bekommen haben, um authentischer rüberzukommen.«

»Die Uhr vielleicht. Aber nicht die Karte. Die gibt es nur, wenn man mindestens eine halbe Million Jahresumsatz hat. Und man kriegt sie nur auf besondere Einladung. Das dauert seine Zeit, auf die Schnelle ist so was unmöglich zu machen.«

»Vielleicht ist es gar nicht seine.«

»Doch. Sein Name steht drauf. Ich hab's gesehen, als er sie rausholte und damit zum Bezahlen an die Kasse ging.«

Das brachte mich schlagartig zum Verstummen. Mühsam meinte ich schließlich: »Dann habe ich mich wohl vorhin in dem Restaurant so richtig lächerlich gemacht, oder?«

»Ich fand's lustig. Du bist immer so süß, wenn du Unsi… äh, seltsame und unlogische Dinge erzählst.«

»Ja, ganz großes Kino«, sagte ich verbittert.

»Ach, komm, sei nicht sauer.« Pascal nahm mich in den Arm und küsste mich aufs Ohr. »Ich hab einen Fehler gemacht, okay? Ich hätte aufgrund dieser Doppelgängerschaft nicht gleich das Schlimmste annehmen dürfen. Vor allem hätte ich Sarah mehr zutrauen müssen. Sie ist sehr clever. Aber das sagte ich schon, oder?«

»Ja«, sagte ich schlecht gelaunt. »Du sagst es andauernd. Ich kann's nicht mehr hören.«

»Bist du böse auf mich?« Er küsste mich erneut, diesmal auf die Wange, sehr dicht neben meinem Mund.

»Ich weiß nicht.«

Er küsste mich richtig. »Und jetzt?«

»Weiß nicht«, sagte ich atemlos, und das war die reine Wahrheit, denn ich wusste plötzlich wirklich rein gar nichts mehr. Außer, wie großartig es sich anfühlte, wenn er mich so fest an sich drückte wie gerade in diesem Moment. Und mich küsste, bis mir die Luft wegblieb. Wen interessierten da noch irgendwelche echten oder falschen Doppelgänger oder von welchem Loch bei welchem Par das Wasserhindernis am besten zu überwinden war?

Aus den Augenwinkeln sah ich das wunderbar einladende Boxspringbett, und in meinen Ohren tönte mein eigener

Herzschlag derartig laut, dass ich das Türklingeln zuerst gar nicht hörte. Pascal kriegte es schneller mit. Er ließ mich los und eilte aus dem Schlafzimmer durch den Salon in den Vorraum, um zu öffnen. Ich folgte ihm mit wackligen Knien.

»Guten Abend«, sagte Pascal. »Was ist los?«

Vor der Tür stand Sabine. Sie rang die Hände und machte einen äußerst besorgten Eindruck.

»Ihr müsst mir helfen! Dicky ist seit Stunden spurlos verschwunden!«

*

Sabine trug einen Hotelbademantel und sah ein bisschen erhitzt aus, als käme sie gerade aus der Sauna. Ich fragte mich unwillkürlich, ob sie auch hier im Waldorf Astoria ein Zimmer hatte; eigentlich hatte es doch geheißen, dass sie zu einer Bekannten gezogen war – nach New Jersey, das von Manhattan ein ganz schönes Stück entfernt war.

»Was ist passiert?«, wollte Pascal wissen. »Komm doch erst mal rein.«

Sabine tappte in den etwas zu großen Hotelpuschen an uns vorbei und wandte sich dann gleich wieder zu uns um, einen flehenden Ausdruck in dem geröteten Gesicht.

»Ich glaube, er ist wieder zu einem Hehler gefahren. Ich dachte, ihr wüsstet vielleicht, zu welchem. Weil ihr doch schon einmal bei einem dabei wart.«

»Wir wissen leider nicht, wo er sein könnte«, meinte Pascal bedauernd. »Aber wieso machst du dir deswegen Sorgen? Er will diese Leute doch nur für seinen Film interviewen.«

»Ja, aber das dauert doch nicht den ganzen Abend«, gab Sabine mit einem Unterton von Verzweiflung zurück.

»Ist er denn nicht auf dem Handy erreichbar?«

»Das lässt er bei diesen Gesprächen immer im Wagen oder im Hotel, weil er Angst davor hat, dass man ihn filzt und es ihm wegnimmt, ohne es ihm später zurückzugeben. Dicky hat zu Roger gesagt, diese hauptberuflichen Hehler hätten ziemlich viel Angst vor Überwachungssoftware, was er gut verstehen könne, und dass er deshalb niemanden provozieren wolle. Und jetzt ist er schon die ganze Zeit weg und meldet sich nicht! Leider sind Dickys andere Leibwächter fort. Dicky meinte, er hätte die beiden gefeuert.«

»Tja«, meinte Pascal mit gedehnter Stimme, während er einen Blick mit mir wechselte. »Das ist dann wohl etwas dumm gelaufen.«

»Was ist mit Ranjid?«, fragte ich. »Der hat ihn doch sicher wieder gefahren, oder?«

»Nein, Ranjid ist mit Roger unterwegs. Dicky hat sich allein auf den Weg gemacht.«

»Er könnte doch theoretisch auch ganz woanders sein«, gab ich zu bedenken.

Sabine schüttelte den Kopf. »Nein. Er hat mir erzählt, dass er noch mal einen Hehler interviewen wolle. Ich habe noch versucht, ihn zu überreden, das nicht zu tun, schon gar nicht allein, weil ich ein ganz schlechtes Gefühl dabei hatte. Doch er ließ sich nicht davon abhalten.«

»Wieso rufst du nicht einfach die Polizei?«, fragte ich.

Sabine blickte auf den Boden und sagte kein Wort.

»Hat er vielleicht in Wahrheit was Illegales vor?«, wollte Pascal wissen.

Jetzt wechselte Sabines Gesichtsfarbe von rosarot zu tomatenrot. Pascal suchte meinen Blick. *Siehst du, ich hab's doch gewusst*, teilten mir seine Augen mit.

Sabine räusperte sich. »Na gut. Sein Plan ist, diesen Diamantenhehlern was zu verkaufen.«

»Ich wusste es!«, rief ich. »Er hat auf dem Laptop Daten gefunden, aus denen hervorgeht, wo der Don die Diamanten versteckt hat. Und dieses Wissen will er jetzt an den Hehler verscherbeln! Stimmt's?«

Sabine hob stumm die Schultern.

»Ist das denn überhaupt strafbar?«, wollte ich von Pascal wissen.

»Schwer zu sagen, wie es hierzulande gehandhabt wird. Nach deutschem Recht wäre es keine Hehlerei. Informationen kann man so viele verkaufen, wie man will, es sei denn, es handelt sich um Staatsgeheimnisse. Es könnte allerdings ein Fall von Beihilfe sein, je nachdem, wem man dieses Wissen verkauft und was der Betreffende dann damit anstellt.«

»Was hast du jetzt vor?«, fragte ich Sabine.

»Ich warte noch eine Weile. Dann rufe ich wohl die Polizei.« Sie ging zur Tür.

»Übernachtest du denn auch hier im Hotel?«, fragte ich, obwohl kaum anzunehmen war, dass sie im Bademantel aus New Jersey gekommen war.

»Ja«, sagte sie zerstreut. »Ich hatte noch einen Gutschein, und weil ich heute sowieso den ganzen Tag in New York zu tun hatte, dachte ich, ich brauche ihn bei der Gelegenheit einfach mal auf.«

»Was ist denn eigentlich mit Linda?«, erkundigte ich mich.

»Was soll mit ihr sein?«

»Wo ist sie jetzt? Und wie fühlt sie sich nach der schlimmen Erfahrung heute?«

»Keine Ahnung, wo sie steckt. Ich hab sie heute noch gar nicht gesehen. Vor einer Stunde hatte ich versucht, sie anzurufen, aber sie geht nicht ans Telefon. Und die Tür von ihrer Suite macht sie auch nicht auf. Hält vermutlich ihren Schönheitsschlaf, die feine Madame. Wo soll da die schlimme Erfahrung herkommen? Für *mich* ist es eine schlimme Erfahrung! Ich nehme wenigstens Anteil an Dickys Sorgen! Ich kümmere mich um ihn, weil mir an ihm liegt!«

»Okay«, sagte ich lahm. Ich warf Pascal einen vorsichtigen Seitenblick zu, den er ratlos erwiderte. Ich sah, dass er zu demselben Schluss gekommen war wie ich – Sabine wusste gar nichts davon, dass Linda von Zorro verschleppt worden war. Anscheinend hatte Dicky es ihr nicht erzählt. Ich sah jedoch keinen Grund, diese Informationslücke zu füllen. Erstens hatte Linda es ja irgendwie geschafft, Zorro zu entkommen, und zweitens lag es offensichtlich nicht in Dickys Interesse, dass der Vorfall herumgetratscht wurde. Man musste zudem darauf Rücksicht nehmen, dass Sabine seine Ex und Linda seine Neue war. Dass die Neue schon seinen Verlobungsring trug, während er noch mit der Ex verheiratet war, machte es auch nicht gerade einfacher. Ebenso wenig die Behauptung der Ex, in Bezug auf seine Person viel teilnahmsvoller und fürsorglicher als ihre Nachfolgerin zu sein.

»Also müssen wir von unserer Seite aus jetzt nichts unternehmen?«, vergewisserte ich mich, während Sabine die Tür öffnete und auf den Gang hinaustrat.

Sie schüttelte nur stumm den Kopf und entfernte sich ohne ein weiteres Wort.

»Schreibst du uns eine Nachricht, sobald du was erfährst?«, rief ich ihr nach.

Sie ging ohne jede Reaktion weiter.

»Das war jetzt aber gerade sehr seltsam«, befand Pascal. Grüblerisch blickte er Sabine nach.

*

Nachdem sie verschwunden war, hätte es nahegelegen, dass Pascal und ich dort weitermachten, wo wir vor ihrem Auftauchen aufgehört hatten, aber uns war nicht danach. Wir machten uns beide Sorgen um Dicky. Ich saß im Salon auf dem Sofa und starrte abwechselnd zum laufenden Fernseher und auf mein Handy, aber von Sabine kam nichts.

Pascal versuchte derweil, irgendwie sein Smartphone wieder in Gang zu bringen. Er hatte es komplett auseinandergebaut, mit den Scheren, Feilen und Pinzetten aus meinem Nagelnecessaire, und alle Teile mit einem Ohrenstäbchen gesäubert, bevor er es Stück für Stück wieder zusammensetzte. Immerhin hatte er mittlerweile aufgehört, vor sich hin zu fluchen.

Irgendwann hielt ich die Anspannung nicht mehr aus und schrieb eine Nachricht an Dicky. *Melde dich bitte, wenn du das liest. Wir machen uns Sorgen.*

Keine Antwort. Im Fernsehen liefen irgendwelche blutrünstigen Nachrichten, es sah aus, als sei der Dritte Weltkrieg ausgebrochen. Bei genauerem Hinsehen stellte sich heraus, dass zwei Gewaltverbrecher einen Geldautomaten gesprengt hatten. Ein Reporter vor Ort hatte das Geschehen mit seinem Handy gefilmt, doch auf der verwackelten Aufnahme war kaum etwas zu sehen. Ein weiterer News-Beitrag zeigte einen weiteren Gewaltverbrecher, der auf der Flucht über den Highway war, verfolgt von ungefähr zehn Polizeifahrzeugen mit heulenden Sirenen. Übertragen wurde das Ganze von einem Hubschrauber aus, in dem eine Reporterin saß, die mit schriller Stimme jede Aktion auf der Straße kommentierte. So ging die Berichterstattung von der gefährlichen Front der Gewaltverbrechen in einer Tour weiter.

»Es geht wieder!«, sagte Pascal triumphierend. Er sah müde aus, aber glücklich.

»Toll.« Ich gähnte und hatte Mühe, die Augen offen zu halten. Die Nachrichten hatten wieder von vorn angefangen, vielleicht war es eine Endlosschleife. Mittlerweile war es fast halb drei morgens. Doch im nächsten Moment war ich hellwach, denn auf meinem Handy traf eine Nachricht von Dicky ein.

Alles in Ordnung. War viel unterwegs heute. Sehen uns morgen. Gute Nacht, D.

Mir fiel ein Stein vom Herzen. »Es geht ihm gut«, sagte ich erleichtert zu Pascal.

Endlich konnten wir zu Bett gehen, was wir dann auch umgehend taten. Mein Kopf hatte kaum das Kissen berührt, als ich auch schon wegdämmerte. Ich merkte gerade noch, wie Pascal den Arm um mich schlang und irgendwas Liebes in mein Ohr murmelte, das ich nicht verstand. Dann schwebte ich sanft ins Land der Träume hinüber.

*

Aus Dickys Drehbuch:

ÜBLE GEGEND IN DER BRONX
AUSSEN/INNEN/NACHT

Das verdreckte *Bob's best Buddies*. Der Wind heult durch die Straßen und treibt zerrissene Zeitungsblätter vor sich her. Aus einer dunklen Ecke rollt eine offene Konservendose über den Asphalt. Hinter einem Berg aus Müll liegt ein volltrunkener Penner. Im Hintergrund steigt Dicky aus einem Taxi, das anschließend schnell davonbraust.

DICKY
(VOICE OVER)

Wenn irgend möglich, sah die Gegend noch schlimmer aus als beim letzten Mal. Und diesmal war ich völlig auf mich gestellt, weil alle Leute, die mich auf diesem Weg hätten begleiten können, verhindert waren. Aber das war mir ganz recht so, denn heute Nacht ging es nur darum, dass ich mir mein Versagen und meine Niederlage eingestand. Meine hoffnungsfrohe Zuversicht hatte sich in lähmende Ausweglosigkeit verwandelt. Deshalb hatte ich mich kurzfristig dazu entschieden, diesen Weg allein zu gehen.

Dicky geht zum Eingang des Lokals. Über der Tür der defekte, flackernde Neonschriftzug *Bob's best Buddies*, bei dem noch weniger Buchstaben funktionieren als beim letzten Mal. Er klopft an die Tür. Der Kleiderschrank-Typ, der Dicky auch beim ersten Besuch in Empfang genommen hatte und von ihm *Master* genannt werden wollte, öffnet ihm.

DICKY

Hi … Master. Da bin ich wieder. Wie ausgemacht.

KLEIDERSCHRANK

Komm rein. Aber zieh vorher die Schuhe aus.

DICKY

Es sind diesmal echte Einzelstücke. Maßanfertigung. Handgenäht in Venedig. Das Beste, was derzeit in Italien zu haben ist.

KLEIDERSCHRANK

(wohlwollend)

Her damit.

Dicky zieht die Schuhe aus und gibt sie dem Kleiderschrank, ehe er ihm ins Haus hinein folgt.

Von: Dickyman@dickyfilms.com
An: Pretty@dickyfilms.com

Darling,
wieder einmal muss ich unmittelbar unter dem Eindruck des Geschehens mit dir kommunizieren, auch wenn ich weiß, dass du dies nicht lesen kannst. Ich wünschte, ich könnte dir mitteilen, dass ich mit dem Schuhmacher – der übrigens tatsächlich Bob heißt und das Lokal nach sich selbst benannt hat – handelseinig geworden bin. Tatsächlich stand ich schon nach meinem ersten Besuch so dicht vor einem Abschluss, doch es hat nicht sollen sein. Das ist umso bedauerlicher, als er für dieses Geschäft genau der Richtige gewesen wäre. Mich störte zuletzt nicht mal, dass er diesen seltsamen Tick hat, italienische Schuhe fremder Menschen zu sammeln (Master – so lässt sich sein Assistent nennen – erzählte mir, Bob hätte irgendwo oben im Haus einen klimatisierten Schuhschrank, wo er die Schuhe aufbewahrt, so wie andere Leute es mit Wein machen). Und ich fand es auch nur anfangs beunruhigend, dass Bob eine Abkürzung von Roberto ist – ein Name, der verständlicherweise schlimme Bilder in mir wachruft! Aber meine Furcht verflog, als ich hörte, dass seine Vorfahren aus Mexiko stammen. Eine solide Kultur mit beachtlichen kulinarischen Spezialitäten. Ich war schon immer ein großer Freund von Tacos und Enchiladas.

Mit diesem letzten Besuch im Keller des Schuhmachers, wo er wieder an seinem Chefsessel saß, umgeben von all seinem modernen Büro- und Hehlerei-Equipment, erfüllte ich nur eine traurige Verpflichtung – nämlich das Geschäft abzusagen, weil die Ware nicht mehr zur Verfügung steht.

Er trug es mit bewunderungswürdiger Fassung und versprach mir, jederzeit den ausgemachten Preis zu zahlen, falls es mir doch noch glücken sollte, die Dinge zu meinen Gunsten zu ändern und ihm die Ware zu bringen. Ich drückte ihm gegenüber meine tief empfundene Dankbarkeit für sein Verständnis aus und versprach ihm, seiner Figur in meinem Film einen einprägsamen und aufrechten Charakter zu geben. Er nennt mich seitdem Compadre, was mich mit stillem Trost erfüllt.

Nun hoffe ich, dich bald wieder bei mir zu haben. Ich werde alles auf mich nehmen, um dieses Ziel zu erreichen.
Kuss,
D.

10

Es war mir sehr recht, dass ich am nächsten Morgen weder Sarah noch Leif über den Weg lief. Nach dem Aufstehen hatte ich als Erstes sämtliche Google-Treffer über den falschen und den echten Leif miteinander verglichen, vor allem die Ergebnisse bei der Bildersuche. Schwer zu sagen, welcher welcher war, beziehungsweise, wer von ihnen echter oder falscher aussah, denn sie ähnelten einander wirklich auf frappierende Weise. Aber Pascal hatte recht, eine schwarze AMEX kriegte man nicht so ohne Weiteres – auch das war leicht zu googeln. Eine Welle von peinlichen Gefühlen durchflutete mich, nachdem ich mich im Internet ein bisschen schlauergemacht hatte.

Ich hatte noch geschlafen, als Pascal aufgebrochen war. Er wollte nicht zu spät zu der Tagung kommen, nachdem er dort gestern schon die Hälfte verpasst hatte. Heute standen wichtige Abschlussveranstaltungen an, auf denen hochkarätige Sicherheitsexperten aus der ganzen Welt ihre neuesten wissenschaftlichen Ergebnisse und ultimativen technischen Erkenntnisse präsentieren wollten. Das *Who's who* der Branchenbesten hatte sich in dem Tagungscenter versammelt und gab dort geballtes Wissen weiter, das den anwesenden Kriminalisten und Kriminalbeamten half, die Welt ein bisschen besser und sicherer zu machen.

Nachdem ich mich durch alle möglichen Leif-Treffer gewühlt hatte, gab ich es irgendwann auf und versuchte, nicht mehr daran zu denken. Es gab Wichtigeres zu tun. Ich war immer noch in New York, und ich hatte immer noch nicht annähernd meine To-do-Liste an Sehenswürdigkeiten abgearbeitet. Wenn schon die dritte Etage von Tiffany's flachfiel (wozu sollte ich ohne Pascal dort hingehen?), konnte ich mir wenigstens noch all die anderen tollen Orte ansehen, die man auf gar keinen Fall auslassen durfte. Omi brannte schon darauf, dass wir die nächste Tour in Angriff nahmen.

Beim Frühstück besprach ich mit ihr den Tagesplan. Sie war bester Dinge und sehr unternehmungslustig, obwohl sie die halbe Nacht an ihrem neuen Buch weitergearbeitet hatte.

»Heute habe ich eine Verfolgungsszene und eine Schießerei auf dem Programm stehen«, meinte sie, als ich fragte, wie sie vorankam. »Vielleicht gibt es sogar Tote.«

Ich suchte diverse Subway-Verbindungen heraus und notierte mir die Strecken, damit wir zwischen unseren Zielen keine überflüssigen Wege zurücklegen und nicht mehr als nötig zu Fuß gehen mussten. Omi war zwar für ihr Alter noch ausgesprochen rüstig, aber sie war sehr dafür zu haben, längere Wege auch fahrend zurückzulegen.

Wir fuhren zuerst mit der U-Bahn bis zur Südspitze Manhattans, wo die Fähre nach Staten Island ablegte. Während der Fahrt mit dem Schiff konnten wir die ganze Zeit gemütlich auf der Bank sitzen, auf die sonnenbeglänzte Bucht hinausschauen und Meeresluft schnuppern. Als wir an der Freiheitsstatue vorüberkamen, machte ich eine Reihe schöner Fotos, die ich an Mama und Bob schickte. Omi diktierte unterdessen eine spannende Verfolgungsszene, bei der Elaine um ihr Leben rennen musste und sich in letzter Sekunde auf eine Fähre retten konnte. Nachdem sie das Schiff gerade noch erreicht hatte, bemerkte sie, dass einer der Verfolger es auch an Bord geschafft hatte und irgendwo versteckt auf sie lauerte.

Wir fuhren gleich mit der nächsten Fähre wieder zurück nach Manhattan und setzten unsere Besichtigungstour im Financial District fort. Die Wall Street mit der Börse und den vielen Banken sah genauso aus wie im Kino, weshalb wir uns dort auch nicht lange aufhielten, sondern nach einem kurzen Bummel in Richtung Ground Zero weiterspazierten, wo sich neben dem neuen One World Trade Center genau an der Stelle, wo vorher die zerstörten Zwillingstürme gestanden hatten, zwei gewaltige quadratische Brunnen befanden, die an die schrecklichen Ereignisse des 11. September 2001 erinnern sollten. Wir waren beeindruckt von der erhabenen Atmosphäre der Gedenkstätte und besichtigten das Areal schweigend.

Bevor wir anschließend mit der U-Bahn wieder in Richtung Midtown zurückfuhren, besorgten wir uns an einem der zahlreichen Straßenstände frische Hotdogs, die wir genüsslich im Weitergehen verzehrten.

Omi seufzte zufrieden. »Ach, Kind, ich bin dir so dankbar!«

»Wofür?«

»Für diesen wunderbaren Urlaub.«

»Aber Omi! Was sagst du denn da! Ich müsste *dir* dankbar sein. Du bezahlst doch alles.«

»Was ist schon Geld«, meinte sie.

Über diese Worte musste ich ziemlich lange nachdenken.

Als Nächstes wollten wir endlich Omis Laptop vom Flughafen abholen, was am schnellsten gehen würde, wenn wir mit der Bahn rausfuhren.

Im Hotel machten wir uns kurz frisch, ehe wir uns wieder auf den Weg machten. Als wir vor dem Aufzug standen, tauchte zu unserer Überraschung Dicky auf. Ich freute mich, ihn zu sehen, bemerkte aber besorgt, wie mitgenommen er aussah. Sein Gesicht wirkte verquollen, als hätte er die letzte Nacht kaum geschlafen, und seine Haare standen in wirren Kringellöckchen vom Kopf ab. Das Hemd hing wieder einmal unordentlich und knittrig über der Hose, und es kam mir so vor, als hätte er in den letzten paar Tagen deutlich abgenommen. Er wirkte apathisch und nahm uns erst auf den zweiten Blick wahr, als ich ihn freundlich begrüßte.

»Hallo Dicky. Wie geht es dir heute?«

»Nicht so gut«, murmelte er mit verwaschener Stimme. »Bin restlos erledigt. Burnout, glaube ich. Kann nicht mehr. Schlimm, schlimm, schlimm.«

»Vielleicht arbeitest du zu viel. Du solltest auch mal an was anderes denken als nur an dein Drehbuch und deinen Film.«

»Das ist schwer«, flüsterte er. »Es ist mein Leben. Nur Linda zählt mehr.«

Ich war gerührt von seiner romantischen Ader. Er musste diese Frau wirklich über alles lieben, auch wenn Sabine das nicht so richtig wahrhaben wollte.

»Wie lief es denn gestern Abend? Warst du wieder bei einem … ähm, Hehler?«

Er starrte nur blicklos vor sich hin, als ginge ihn das Ganze schon nichts mehr an.

Ich deutete auf den Laptopkoffer, den er bei sich trug. »Hast du etwa gerade vor, das MacBook am Flughafen abzugeben?«

»Was?«

»Den Koffer mit dem Laptop. Willst du ihn abliefern?«

Er nickte lethargisch. »Ich muss es tun. Für Linda.«

»Hat sie keine Zeit, das selber zu erledigen?«, fragte ich voller Mitgefühl.

Er schüttelte schweigend den Kopf.

»Was für ein Zufall«, meinte Omi. »Wir wollten auch gerade zum Flughafen, um meinen Laptop abzuholen.« Auch sie sah Dicky mitleidig an. »Sollen wir den Koffer nicht gleich mitnehmen und die Rückgabe für dich erledigen? Schließlich war ich ja diejenige, die ihn aus Versehen mitgenommen hatte. Da wäre es nur fair, wenn ich ihn auch wieder abliefere. Du solltest dich vielleicht ein bisschen hinlegen. Nimm es mir nicht übel, aber du siehst furchtbar aus.«

Dicky reichte mir den Laptopkoffer. »Das wäre wirklich sehr nett von euch. Ich kann mich kaum auf den Beinen halten. Vielleicht brüte ich eine Grippe aus oder so. Mein Kopf fühlt sich ganz hohl an. Schlimm, schlimm, schlimm.« Seine Stimme klang zittrig. Er zog einen verknitterten Zettel aus seiner Jackentasche und gab ihn mir. »Hier ist die Anschrift.«

»Welche Anschrift?«

»Wo der Koffer hingebracht werden muss. Ist irgendwo in Queens.«

»Ach, soll er gar nicht am Flughafen abgegeben werden? Ist das die Adresse des Eigentümers?«

Dicky nickte mit dumpfer Miene.

»Hast du eine Uhrzeit mit ihm ausgemacht?«

»Soll in zwei Stunden da sein. Wollte noch in der Bar was trinken, bevor ich hinfahre. Das mache ich jetzt auch. Ich habe das Gefühl, dass ich das sehr dringend brauche. Und dann lege ich mich wohl wirklich lieber ins Bett. Ich glaube, ich habe Fieber.«

Er drehte sich um und stakste mit schwankenden Schritten davon.

»Du meine Güte«, sagte Omi. »Der sieht aber wirklich krank aus. Vielleicht sollte er lieber zum Arzt gehen statt in die Bar. Ich möchte gar nicht wissen, was er schon alles eingenommen hat.«

Wir beschlossen, zuerst Omis Laptop abzuholen und dann auf der Rückfahrt vom Flughafen in Queens Halt zu machen. Praktischerweise lag das sowieso auf der Strecke.

Alles klappte erstaunlich rasch und reibungslos. Für die Abholung des Laptops mussten wir nur ein Formular ausfüllen, Omi wies sich aus und sollte beschreiben, wie der Koffer und ihr Laptop aussahen. Dann bekam sie das gute Stück auch direkt ausgehändigt. Die Angestellte der Fluggesellschaft warf einen erstaunten Blick auf den Koffer, den ich die ganze Zeit über bei mir trug. »Sie haben ja denselben Koffer!«

»Ja«, sagte ich. »Das ist der andere. Der mit dem MacBook.«

»Welches MacBook?«

Mir wurde klar, dass ich nicht mit ihr telefoniert hatte, sondern mit einer anderen Angestellten. Vermutlich würde es endlos lange dauern, alles noch einmal zu erklären, nachdem es mir schon beim ersten Versuch so gründlich misslungen war. Trotzdem versuchte ich es.

»Das ist der Koffer, den meine Großmutter aus Versehen aus dem Flugzeug mitgenommen hatte. Der mit dem MacBook drin.« Ich versuchte, den Koffer zu öffnen, aber es ging nicht. Vermutlich hatte Dicky das Zahlenschloss verstellt. Hoffentlich gab das nicht noch Ärger mit dem Eigentümer!

»Der Verlust eines MacBook wurde nicht bei uns gemeldet«, sagte die Angestellte freundlich.

»Das hat sicher jemand anders bearbeitet. Der Eigentümer ist inzwischen bekannt. Wir bringen ihm den Koffer gleich vorbei.«

Die Angestellte hörte schon gar nicht mehr richtig zu, denn mit der Übergabe von Omis Koffer war ihre Aufgabe noch nicht erledigt. »Da wäre noch die Tüte«, sagte sie.

»Welche Tüte?«, wollte ich wissen.

»Die Duty-free-Tüte, in der Ihr Laptopkoffer steckte.« Sie verschwand kurz nach nebenan und kam mit einer Duty-free-Tüte zurück, die mit allem möglichen Kram vollgestopft war.

»Das ist nicht meine Tüte«, sagte Omi.

»Ach. Sind Sie sicher?«

»Vielleicht sollten wir erst mal schauen, was drin ist«, schlug ich vor. Ich hatte mich soeben an diese Versteigerungen erinnert, die es für verlorene Gepäckstücke gab. Wenn man Glück hatte, konnte man dabei richtige Schnäppchen machen.

»Eine Herrenjacke in Größe L, einige Spirituosen.«

»Hm, nein. Ist wirklich nicht unsere Tüte«, sagte ich.

»Na gut, dann geht die zurück.«

»Wahrscheinlich gehört sie demjenigen, dem auch das

MacBook gehört. Theoretisch könnten wir die Tüte mitnehmen und ihm geben.«

»Das geht leider nicht. Er muss zuerst den Verlust anmelden und sie dann selbst abholen.«

»Na gut. Wir können es ihm ja ausrichten.«

»Das können Sie gern tun.«

Damit war der ganze Vorgang zur allseitigen Zufriedenheit beendet, und wir konnten wieder abziehen. Doch vorher vergewisserte Omi sich noch, dass ihr Koffer unverschlossen war und dass sich tatsächlich ihr Laptop darin befand. Sie fuhr ihn hoch, prüfte ein paar Dateien und seufzte erleichtert, als sie alles unverändert und in bester Ordnung fand.

»Ich hatte mir ja doch ein paar Sorgen gemacht«, gab sie zu. »All die Entwürfe und Exposés – mir wäre sehr unwohl gewesen, wenn das in fremde Hände gekommen wäre!«

Zurück nahmen wir ein Taxi und ließen uns in Queens bei der Adresse absetzen, die auf Dickys Zettel stand. Das Haus, vor dem wir ausgestiegen waren, hatte schon deutlich bessere Tage gesehen. Eigentlich war es gar kein richtiges Haus, sondern nur eine verlotterte, morsche Bruchbude, bei der die Fenster und Türen mit Holzlatten zugenagelt waren und das Grundstück als Müllhalde diente. Die ganze Straße sah extrem heruntergekommen aus. Es gab zwar Häuser, die etwas weniger verwahrlost wirkten und in denen offensichtlich Menschen lebten, aber von denen ließ sich keiner blicken.

»Eine sehr trostlose Gegend«, stellte Omi fest. »Wer immer in diesem Haus hier wohnt, kann sich bestimmt keinen Flug in der ersten Klasse leisten.«

»Und ein teures MacBook auch nicht«, pflichtete ich ihr bei.

»Es sei denn, er hätte Zugang zu finanziellen Mitteln, die er nicht auf ehrliche Weise erworben hat.«

»Dann würde er aber nicht in so einer vergammelten Hütte wohnen«, wandte ich ein.

»Da hast du auch wieder recht.«

»Vielleicht hat er das MacBook aber auch geschenkt bekommen oder geerbt«, meinte ich. »Oder es irgendwo gewonnen.«

»Dann müsste er aber auch den Flug in der ersten Klasse gewonnen haben.«

Es war wirklich sehr seltsam. Ich sah auf die Uhr. Wir waren etwas zu früh. Zeit genug, einfach wieder zu verschwinden und doch lieber Dicky die Rückgabe des Koffers zu überlassen.

»Möglichweise ist der Eigentümer bereits ausgezogen und wohnt jetzt woanders«, überlegte Omi. »Das Haus sieht nicht so aus, als wäre es bewohnt. Wie soll man da rein- oder rauskommen, wenn die Tür vernagelt ist?«

»Vielleicht gibt es einen Hintereingang.«

»Das wäre denkbar. Allerdings kommt es mir wahrscheinlicher vor, dass Dicky sich eine falsche Adresse notiert hat.«

Das war in der Tat die einzig plausible Möglichkeit. Aber das ließ sich ja schnell herausfinden.

»Sekunde. Ich frag ihn mal.« Ich stellte den Laptopkoffer zu meinen Füßen ab, zog mein Handy heraus und wollte eine Nachricht tippen.

»Emmy!«, rief Omi. Ihre Stimme klang entsetzt.

Ich fuhr reflexartig herum, doch es war schon zu spät – jemand schlug mir mit Wucht das Smartphone aus der Hand. Und hielt mir im nächsten Moment eine Pistole vor die Nase, die mir auf absurde Weise bekannt vorkam.

Erschrocken hob ich den Blick. Vor mir stand Zorro.

*

Er sah wie üblich auf verwegene Art gut aus, auch wenn in seinem starren Blick ein wirklich beängstigendes Funkeln lag. Jetzt aber stand er vor allem viel zu dicht vor mir. Von der schrecklichen Nähe der Pistole ganz zu schweigen. Auch wenn sie klein aussah, war sie auf diese Entfernung ganz sicher tödlich.

»Versuch es gar nicht erst, alte Lady«, sagte er zu Omi, die nach dem Handy in ihrer Manteltasche tastete. »Sonst müsste ich leider diese nette Kleine hier erschießen. Und jetzt her mit dem Koffer.«

»Welcher Koffer?«, fragte ich überflüssigerweise.

Zorro wirkte für einen Moment verwirrt. Dann merkte er, dass zwischen meinen Füßen ein Laptopkoffer stand, der genauso aussah wie der, den Omi bei sich hatte. Sie trug ihren Koffer und ich den anderen.

»Welcher ist der von Dicky?«, wollte er wissen.

»Gar keiner«, behauptete ich. »Sie gehören beide uns. Einer mir, und einer meiner Oma.«

»Aufmachen«, forderte er, während er mir die Pistole direkt aufs Herz drückte. Ich kriegte keine Luft mehr und konnte mich nicht bewegen. Die Pistole konnte losgehen, wenn ich mich jetzt zu dem Koffer runterbückte. Und wenn ich mich nicht runterbückte, würde er mich erschießen.

Zorro sah sich rasch um. An der Straßenecke tauchten Leute auf. Sie gingen langsam, und schon von Weitem war zu sehen, dass es eine Gruppe schwarzer Jungs mit Basecaps und dicken Bomberjacken war, die über irgendwas grölende Witze rissen, während sie tänzelnd und hopsend näher kamen und dabei einen Baseball von einem zum anderen warfen. Besonders vertrauenerweckend sahen sie nicht aus, eher wie eine Straßengang.

Spontan überlegte ich, ob ich trotzdem um Hilfe rufen sollte. Das Risiko, dass die Jungs dann vielleicht selber die Koffer haben wollten (und möglicherweise unsere Handtaschen noch obendrein), könnte ich eingehen. Hauptsache, ich wurde nicht erschossen.

»Ach, was soll's«, sagte Zorro. Er griff sich den Koffer, dann schnappte er sich den anderen Koffer, den Omi ihm schon bereitwillig entgegenstreckte. Mit Riesenschritten eilte er anschließend davon und verschwand um die nächste Ecke, bevor ich wieder richtig zu Atem gekommen war.

Japsend holte ich ein paarmal tief Luft.

»Alles in Ordnung, Kind?«, fragte Omi mit ängstlicher Stimme.

Ich nickte. »Und bei dir?«

»Alles gut. Du weißt ja, meine Resilienz ist durch nichts zu erschüttern.« Das hatte sie letztes Jahr auch gesagt, als Mama und ihr damaliger Freund von einem Verbrecher angeschossen worden waren und das LKA uns alle ins Zeugenschutzprogramm verfrachtet hatte. Aber ich wusste, wie schwer ihr das damals alles zugesetzt hatte. Auch jetzt sah sie alles andere als widerstandsfähig aus – denn nichts anderes bedeutete resilient –, sondern war aschfahl geworden.

»Vielleicht solltest du dich für einen Moment hinsetzen.«

»Auf die Erde? Und mir damit meinen guten Mantel ruinieren? Auf keinen Fall.«

Die Jungs mit den Basecaps hatten uns inzwischen erreicht und blieben stehen. Sie hatten mit ihren Faxen und Sprüchen aufgehört und starrten uns abwägend an.

»Wurden Sie hier etwa gerade ausgeraubt, Ladys?«, fragte einer von ihnen mit ausgesuchter Höflichkeit. Er hatte den Baseball unter den Arm geklemmt und blickte uns mit freundlicher Neugier an.

Ich gab mir Mühe, nicht allzu verblüfft dreinzuschauen und beantwortete die Frage mit einem stummen Nicken.

Der Junge schnalzte bedauernd mit der Zunge. »Das tut mir sehr leid, Ma'am. Die Gegend ist leider nicht wirklich sicher. Sie sollten sich besser im Bereich der Hauptstraße halten.« Er nickte uns zu, bevor er mit den anderen weiterzog. Der Baseball flog wieder hin und her, und nach ein paar Schritten fingen sie auch wieder mit dem Hopsen und Grölen an.

Ich fischte mein Handy von der Schutthalde, auf der es nach Zorros heftigem Schlag gelandet war. Hoffnungsvoll drückte ich auf den Home Button, aber es tat sich nichts. In einer Mischung aus Zorn und Trostlosigkeit sah ich es an. Auch das noch!

»Es ist im Eimer«, stellte ich fest.

»Besser das Handy als du«, sagte Omi.

*

Wenigstens war Pascal schon wieder im Hotel, als Omi und ich von unserem Abstecher des Grauens zurückkehrten. Es wäre mir sehr unangenehm gewesen, ihm schon wieder die Tagung zu versauen. Heute hatte er bis zum Schluss alles anhören können und war bester Laune. Er empfing mich frisch geduscht im Hotelbademantel. Und mit zwei Gläsern Sekt.

»Du kommst ziemlich spät.« Er zog mich neben sich aufs Sofa und küsste mich kurz, aber intensiv. »Wieso hast du dich nicht gemeldet? Hast du nicht gelesen, was ich dir geschrieben hatte?«

»Ich … äh, mein Empfang war gestört.« Ich schluckte und sah zu Boden. »Genau genommen ist mein Handy kaputt.«

Sein verheißungsvolles Lächeln wich einem besorgten Ausdruck. Er kannte mich zu gut. Die Sache mit dem Pokerface war etwas, das ich wohl niemals lernen würde.

»Was ist los, Emmy?«

Ich fing an zu heulen. Er nahm mich in den Arm.

»Raus damit. Erzähl es mir.«

Wohl oder übel musste ich berichten, was Omi und mir passiert war. Pascal war so wütend, dass er eines der beiden Sektgläser umstieß, als er mit einem Ruck von dem Sofa aufsprang und zur Tür marschierte.

»Wo willst du hin?« Ich stand ebenfalls auf und lief ihm nach.

»Zu Dicky.«

»Du hast nur einen Bademantel an.«

»Ich habe noch eine Boxershorts drunter. Das reicht völlig. Mehr haben Boxer vor dem Kampf auch nicht an.«

Das klang wirklich beängstigend.

»Was hast du vor?«

»Das wirst du gleich sehen.« Pascal hämmerte gegen die

Tür von Dickys Suite. »Mach sofort auf! Ich weiß, dass du da drin bist!« Er hämmerte weiter. »Entweder du machst diese Tür jetzt auf, oder ich komme mit einem Sonderkommando vom FBI wieder!«

Drei Sekunden später ging die Tür auf, und Dicky stand vor uns. Er sah grauenhaft aus. Seine Gesichtsfarbe ähnelte schimmeligem Mozzarella, und seine Augen waren rot unterlaufen wie bei einem übernächtigten Vampir.

»Was hast du getan, du verlogener Halunke?!«, schrie Pascal ihn an.

»Ich tat das, was ich musste«, sagte Dicky mit hohler Stimme. »Ich habe die Forderungen der Mafia erfüllt.«

»Welche Mafia? Meinst du etwa Roberto Donatello? Du weißt ganz genau, dass er verhaftet worden ist! Er hat den Mord in Neapel gestanden und wird dafür lebenslänglich kriegen!«

»Seine Arme reichen auch bis außerhalb des Knasts. Und er wollte sein Eigentum zurück. Er wird es brauchen. Schon deshalb, weil seine Anwälte ein Vermögen kosten.«

Pascal stürmte an ihm vorbei in die Suite und sah sich um. »Aha!«, rief er zornig. »Dachte ich es mir doch!«

Das *Corpus Delicti* lag genau wie beim letzten Mal auf der Kommode im Schlafzimmer – das silberfarbige MacBook, das eigentlich schon längst hätte zurückgegeben werden müssen. Nur der dazugehörige Koffer war verschwunden – kein Wunder, denn den hatte sich ja Zorro gegriffen. Fragte sich nur, was Dicky reingetan hatte.

»War der Laptop des Don in dem Koffer?«, fragte ich.

Dicky stritt es gar nicht erst ab. »Mir blieb keine andere Wahl.«

Mittlerweile kapierte ich überhaupt nichts mehr. »Aber den Laptop des Don hast du doch schon dem FBI gegeben! Tom hat es Pascal sogar telefonisch bestätigt!«

»Das war nicht der Laptop des Don«, erklärte Pascal grimmig. »Sondern irgendein anderer, der genauso aussah.«

Pascal baute sich vor Dicky auf, der verschüchtert einen Schritt zurückwich. »Stimmt's? Du hast dir einfach hier in New York einen identisch aussehenden Laptop gekauft und ihn unbrauchbar gemacht, damit er nicht funktionierte, weil der Laptop des Don ja angeblich ebenfalls kaputt war. Dann hast du die Initialen draufmachen lassen, bevor du ihn Tom untergejubelt und ihm weisgemacht hast, dass du ihn in Neapel beim Don hast mitgehen lassen.«

»Es war die einzige Möglichkeit, euch davon abzuhalten, das FBI einzuschalten«, sagte Dicky. Seine Stimme klang zutiefst erschöpft. »Ihr wart drauf und dran, es zu tun, das musste ich verhindern. Ihr hättet sonst Linda in Gefahr gebracht.«

»Aber Zorro hatte Linda doch bereits freigelassen!«, rief ich.

»Nein, das habe ich euch nur vorgegaukelt. Damit ihr das FBI aus dem Spiel lasst. Er hat sie nach wie vor in seiner Gewalt.«

Pascal schüttelte mit angewiderter Miene den Kopf. »Diese ganze idiotische Nummer wird mir langsam zu viel.«

Allmählich wurde ich ebenfalls wütend. Anklagend sah ich Dicky an. »Hast du Zorro gesagt, dass Omi und ich an deiner Stelle den Koffer nach Queens bringen? Du hast uns in die Höhle des Löwen geschickt!«

Dicky stand das schlechte Gewissen ins Gesicht geschrieben. Betreten blickte er zu Boden.

Ich war empört. »Du hast in Kauf genommen, dass er uns erschießt! Er hat uns mit einer Pistole bedroht!«

Dicky zog verzweifelt den Kopf ein. »Ich hätte den Koffer selbst hinbringen sollen, ich weiß! Es war ein schwerer Fehler, euch damit zu belasten, ich kann es mir selbst nicht verzeihen! Aber ich konnte einfach nicht mehr. Ich war restlos am Ende, mit Beruhigungsmitteln vollgepumpt! Es tut mir leid! Ihr müsst es meinem Gemütszustand zugutehalten! Ich war außer mir vor Angst, dass der Kerl Linda noch mehr antut! Er hat sie schwer gefoltert!«

»Er hat … *was*?«, fragte ich schockiert.

»Lass dich doch von diesem durchgeknallten Holländer nicht verscheißern«, sagte Pascal.

Dicky musterte ihn mit dem Ausdruck eines verschreckten Bambis. »Es ist sehr grob und unhöflich von dir, mich so zu beleidigen. Ich verstehe ja, dass du wütend bist, denn du liebst Emily und kannst es nicht ertragen, wenn jemand sie in Gefahr bringt! Der männliche Beschützertrieb ist ein machtvoller Impuls, er kann das ganze Leben beherrschen! Aber dasselbe gilt für mich in Bezug auf Linda. Sie ist mein Ein und Alles! Ich würde mein Leben für sie geben, um sie aus der Gewalt dieses psychopathischen Handlangers der Mafia zu befreien!«

Pascal wandte sich zur Tür. »Ich kann mir diesen Schwachsinn nicht länger anhören. Komm, Emmy, wir gehen.«

»Aber … wenn es stimmt … Was ist, wenn der Kerl Linda wirklich misshandelt hat?«

»Es ist die reine Wahrheit!«, rief Dicky pathetisch aus.

Ich wusste nicht mehr, was ich glauben sollte. »Dicky, woher willst du denn wissen, dass Zorro Linda gefoltert hat?«

Dicky holte sein Handy und zeigte uns ein Video. »Das hat er mir heute Morgen geschickt. Von ihrem Smartphone aus. Als ultimative Drohung, damit ich ihm gebe, was er will. Ich hätte es auch so getan, ich hatte es ihm doch schon versprochen! Aber er musste ja unbedingt noch zusätzlichen Druck aufbauen, bis ich wie ein verletztes Tier in der Falle saß. Könnt ihr jetzt verstehen, wieso ich dermaßen durch den Wind bin?«

Das Video drehte mir den Magen um. Linda wimmerte und japste und schrie zum Steinerweichen, jedenfalls in den Pausen, in denen sie nach Luft schnappen konnte. In der übrigen Zeit konnte sie nur darum kämpfen, nicht zu ertrinken, während eine schwarz behandschuhte Hand ihren Kopf immer wieder in einen mit Wasser gefüllten Bottich drückte.

»Das nennt man Waterboarding«, sagte Dicky mit zitternder Stimme. Er hatte das Gesicht abgewandt, weil er die schreckliche Szene nicht noch einmal mit ansehen wollte.

»Es ist ein Fake«, sagte Pascal bestimmt.

»Es sieht aber echt aus«, wandte ich ein. Mir war immer noch schlecht.

»Ja, weil sie Schauspielerin ist.«

»Es *ist* echt!«, schrie Dicky. Seine Augen hatten sich mit Tränen gefüllt.

Pascals Gesicht zeigte zum ersten Mal eine mitleidige Regung. »Es tut mir leid, alter Junge. Aber ich fürchte, sie und dieser Zorro haben dich ganz fürchterlich reingelegt.«

Es klingelte an der Tür. Dicky erstarrte furchtsam, doch dann straffte er sich und ging, um zu öffnen.

»Linda!«, schrie er mit einem Aufschluchzen. Und dann warf er beide Arme um sie und presste sie an sich. Sie sah ein wenig derangiert aus. Ihre Strumpfhose war zerrissen, von einem ihrer Louboutins baumelte ein Riemchen herab, und ihre feine zartblaue Designerjacke hatte ein paar undefinierbare Flecken, von denen manche nach Blut aussahen.

»Liebster! Ich bin so unendlich glücklich, wieder hier zu sein!« Sie schluchzte ebenfalls und hielt ihn fest umklammert. Sein Kopf war irgendwo zwischen ihren übergroßen Brüsten vergraben, und sein Rücken zuckte, weil er so sehr weinen musste. Unter beiderseitigen Liebesbeteuerungen lagen sie sich in den Armen und hatten keinen Blick mehr für ihre Umgebung.

Ich musste schlucken, weil der Anblick so romantisch und herzbewegend war. Hier war nichts inszeniert, auch nicht von Lindas Seite aus. Ihr Gefühlsausbruch war echt, und der von Dicky sowieso. So etwas konnte sich kein Mensch einfach so aus dem Stand rausschwitzen. Die beiden liebten sich über alles, das sah man auf den ersten Blick.

Das sagte ich auch zu Pascal, nachdem wir die beiden ihrer tränenreichen Wiedersehensfreude überlassen hatten und wieder in unsere eigene Suite zurückgekehrt waren.

»Du siehst immer alles durch die rosarote Brille«, sagte er. Es klang ein kleines bisschen gönnerhaft. Aber ich ließ mich nicht aus der Ruhe bringen.

»Sie lieben sich. Punkt.«

»Na gut. Dann tun sie's halt. Darüber will ich bestimmt nicht mit dir streiten.«

Das hörte sich schon deutlich zuvorkommender an. Sein Zorn auf Dicky war anscheinend verraucht. Aber romantische Stimmung wollte zwischen uns nicht mehr aufkommen.

Pascal zog sich Jeans und Sweatshirt an, dann kümmerte er sich um mein kaputtes Handy. Ich war froh, dass er es am Ende wieder in Gang brachte, immerhin ein kleiner Lichtblick an diesem Abend. Unter den zwischenzeitlich aufgelaufenen Nachrichten war auch die von Pascal.

Wann kommst du?, hatte er geschrieben. *Möchte kleine Überraschungsfeier mit dir veranstalten.*

Die war dann ja leider gründlich misslungen.

Ich dachte darüber nach, ob Pascal vielleicht auch den Laptop des Don wieder ans Laufen bekommen hätte, wenn er die Gelegenheit gehabt hätte, sich damit zu befassen. In der Zeit, in der ich das Gerät auf Lindas Bitte hin aufbewahrt hatte, hätte ich einfach nur entschlossener handeln müssen. Aber solche nachträglichen Überlegungen nützten nicht das Geringste, denn jetzt war es sowieso zu spät. Der Laptop des Don war weg, auch Omis Laptop war weg, nur das silberfarbige MacBook, das bisher niemand vermisste, lag immer noch in Dickys Suite herum. Linda würde es hoffentlich demnächst abgeben, sobald sie sich von ihrem Waterboarding-Trauma erholt hatte.

Was diese Foltergeschichte anging, befand ich mich allerdings in einem Zwiespalt. Pascal hatte mit solcher Entschiedenheit darauf bestanden, dass die Aufnahme ein Fake war, dass ich inzwischen nicht mehr wusste, was Wahrheit oder Lüge war. Sosehr ich nach wie vor davon überzeugt war, dass Linda Dicky aufrichtig liebte, so wenig ließ sich leugnen, dass an der ganzen Entführung – die ich schließlich mit eigenen Augen gesehen hatte – irgendwas faul war. Ich war mir immer noch sicher, dass Linda und Zorro sich kannten. Natürlich ließ sich daraus keineswegs herleiten, dass er sie nicht hätte foltern können; schließlich gab es genug Leute, die andere Leute folterten, obwohl – oder sogar gerade weil – sie einander kannten. Aber als Linda vorhin so überraschend aufgetaucht war, hatte sie auf mich nicht wie ein echtes Folteropfer gewirkt. Ich kannte Folteropfer zwar bisher nur aus Filmen, aber der Punkt war, dass Linda exakt *so* ausgesehen hatte – nämlich wie ein Film-Folteropfer, das man sorgsam für die Dreharbeiten zurechtgemacht hatte.

Ich hielt es für immer wahrscheinlicher, dass Linda und Zorro das Waterboarding gemeinsam inszeniert hatten, um Dicky zu täuschen und ihm auf Biegen und Brechen den Laptop abzuluchsen.

Pascal machte sich unterdessen andere, nicht minder ernste Gedanken. Er überlegte, ob er Zorro anzeigen sollte. Schließlich hatte der mich mit der Pistole bedroht und Omis Laptop geraubt. Das war ein Verbrechen, sogar dann, wenn man sich die möglicherweise nur vorgetäuschte Entführung und das vielleicht ebenfalls bloß vorgespielte Waterboarding wegdachte. Und Pascal war nicht der Mensch, der so was einfach auf sich beruhen lassen konnte. Der Gedanke, Zorro ohne Anzeige davonkommen zu lassen, war ihm zuwider. Ich konnte ihn verstehen, sah aber auch das Dilemma bei der ganzen Sache.

»Es wäre ziemlich schwierig, das alles dem FBI zu erklären«, gab ich zu bedenken. »Es ginge schon damit los, dass Zorro zwei Koffer geklaut hat. Wie soll man denen das erklären? Ganz zu schweigen davon, dass in einem der Koffer der Laptop des Don war. Von dem wir die ganze Zeit wussten, dass Dicky ihn in Neapel gestohlen hat.«

»Das haben wir doch gar nicht ernst genommen«, widersprach Pascal. »Wir dachten, dass er sich das für sein Drehbuch ausgedacht hat!«

»*Du* dachtest das. Ich fand von Anfang an, es könnte durchaus was dran sein. Und außerdem – wie willst du beweisen, dass du das Ding für einen Teil von Dickys Fantasie gehalten hast? Schließlich lag es sogar eine kurze Weile hier bei uns in der Suite. Wenn das rauskommt, sind wir garantiert wegen Mitwisserschaft oder so was dran. Vor allem, wenn sie hören, dass wir Dicky zu einem stadtbekannten Hehler begleitet haben.« Ich schüttelte den Kopf. »Eine Anzeige wäre vermutlich nicht sehr schlau. Zumal automatisch auch Dicky dran wäre, wenn du Zorro anzeigst. Immerhin trägt er die Verantwortung dafür, dass Zorro Omi und mich überfallen hat.«

»Allein deswegen sollte ich das FBI informieren!«, gab Pascal grollend zurück. »Was dieser Holländer sich uns gegenüber schon alles geleistet hat, passt in keine Windmühle!« Doch bei all seinem Ärger übersah er genauso wenig wie ich die Scherereien, die wir uns einhandeln würden, wenn wir jetzt zur Polizei gingen. Es fehlte noch, dass wir selber Stress mit dem FBI kriegten, weil wir nicht verhindert hatten, dass Dicky wichtiges Beweismaterial aus dem Dunstkreis der Mafia unterschlagen hatte!

»Ich gehe mal nach Omi schauen«, meinte ich. »Vielleicht können wir ja nachher noch eine Kleinigkeit zusammen essen gehen.«

»Aber nur wir drei. Du, Gerti und ich.«

Dagegen war nichts einzuwenden. Mein Bedarf an anderweitiger Gesellschaft war mehr als gedeckt. Das galt sowohl für Sarah und Leif als auch für Dicky und den Rest seiner Entourage. Wahrscheinlich hatte ich allmählich sogar genug von New York. Mittlerweile war ich fast so weit, dass ich mich auf zu Hause freute, inklusive Schule.

Omi war nicht in ihrer Suite. Ich schrieb ihr eine Handynachricht, worauf sie prompt antwortete: *Bin unten in der Lobby. Komm mal runter, möglichst schnell.*

Beunruhigt eilte ich zum Aufzug und fuhr nach unten. In der Lobby stand Omi, halb versteckt hinter einer Säule, und äugte angestrengt in Richtung Ausgang.

»Was ist los?«, fragte ich.

»Dicky ist gerade mit einem Mann weggegangen. Ich war zufällig hier unten, weil ich noch ein paar Briefmarken für die Postkarten besorgen wollte, die ich für meine Bekannten geschrieben habe. Lauter Leute ohne Handy, denen man noch auf altmodische Weise Urlaubsgrüße schicken muss. Und da sah ich diesen Kerl vorn am Ausgang stehen. Ich überlegte die ganze Zeit, woher ich ihn kannte, als auf einmal Dicky auftauchte und sich zu ihm gesellte. Da, schau, die beiden stehen draußen!«

»Das ist der Typ vom Flughafen!«, stieß ich aufgeregt hervor.

»Genau«, stimmte Omi zu. »Der, der mir meinen Laptopkoffer klauen wollte!«

Tatsächlich, es war Beanie. Und das, was da soeben zwischen ihm und Dicky stattfand, sah aus wie eine konspirative Besprechung. Die beiden mussten sich kennen!

»Jetzt gehen sie weg«, sagte Omi. »Komm, wir folgen ihnen!« Sie zog mich am Arm mit sich, und ohne zu zögern ging ich mit. Während wir Dicky und Beanie in Richtung Grand Central Station folgten, fragte ich mich, wieso ich vorhin allen Ernstes geglaubt hatte, genug von New York zu haben. Während die anderen Mädchen aus meiner Stufe ganz normale Osterferien verbrachten, erlebte ich einen richtigen Krimi. Ständig passierten irgendwelche spannenden und unerwarteten Dinge!

»Wahrscheinlich wollte er am Flughafen gar nicht deinen Koffer klauen«, sagte ich. »Sondern den anderen.«

»Falsch«, sagte Omi. »Er wollte ihn nicht klauen. Er *sollte* ihn klauen.«

»Du meinst, er war so eine Art … Auftragsdieb?«

»Allerdings. Und zwar in Dickys Auftrag, wie es scheint.«

Die beiden betraten die Haupthalle der Grand Central Station, gingen aber nicht die große Treppe hinunter, sondern blieben etwas abseits in einer Ecke stehen, wo sie die Köpfe zusammensteckten und sich weiter unterhielten. Anscheinend waren sie nur hier reingegangen, um unbeobachtet miteinander reden zu können. Was sicher auch bestens geklappt hätte, wenn Omi nicht zufällig noch ein paar Briefmarken gebraucht hätte. Tja, dumm gelaufen für Dicky und Beanie.

Während sie sprachen, ließ Beanie seine Blicke durch die Halle schweifen – und dann sah er uns. Seine Miene erstarrte vor Schreck. Er sagte irgendwas zu Dicky, bevor er abhaute und im nächsten Moment im Gewühl der vielen Passanten untergetaucht war. Er lief nicht so schnell wie bei unserer ersten Begegnung am Flughafen, sicher wollte er nicht zu viel Aufmerksamkeit auf sich lenken. Aber er eilte so zügig davon, dass man schon hätte rennen müssen, um ihn einzuholen. Woran ich allerdings überhaupt kein Interesse hatte. Wozu auch, denn Dicky stand ja nach wie vor an derselben Stelle und glotzte Omi und mich erschrocken an, als wir uns vor ihm aufbauten.

»Sicher wollt ihr jetzt wissen, woher ich diesen Typen kenne«, stotterte er.

»Wie hast du das erraten?«, fragte ich.

»Es gibt eine ganz einfache Erklärung dafür.«

»Darauf bin ich schon gespannt.«

»Ich hoffe aber sehr, du beleidigst uns jetzt nicht mit faulen Ausreden«, riet ihm Omi. Ihre Stimme klang ganz ruhig, sogar freundlich. Sie sah ihn aufmunternd an.

Dicky schluckte, als müsste er eine riesengroße, bittere Pille hinunterwürgen, dann nickte er angestrengt. »Na gut, ihr hättet es euch sicher selber irgendwann zurechtgereimt. Warum soll ich nicht zugeben, wie es war. Der Junge hatte noch Geld von mir zu kriegen, für eine kleine Gefälligkeit. Er heißt Sam und hat schon häufiger für mich gearbeitet. Sam ist ein Stunt Actor. Ich habe ihn gelegentlich engagiert, wenn ich jemanden für gefährliche Dreharbeiten brauchte.«

»Und sein letztes Engagement bestand darin, dass er den Laptopkoffer klauen sollte«, sagte ich.

Dicky nickte stumm.

»Wie hat es sich denn abgespielt?«, wollte Omi wissen. »Wann hast du beschlossen, deinen Laptopkoffer gegen meinen zu vertauschen? Schon vor dem Abflug in Frankfurt, oder erst in der Maschine?«

»Erst in der Maschine. Da sah ich, dass die beiden Koffermodelle identisch waren.« Dicky senkte verlegen den Kopf. »Ich hatte schreckliche Angst, bei der Kontrolle aufzufliegen. Bei der Einreise wird oft noch mal routinemäßig das Gepäck kontrolliert.«

»Und da dachtest du, eine alte Frau wie ich kommt mit dem Laptop des Don sicher eher durch die Kontrolle als du«, schlussfolgerte Omi.

»Es wäre allerdings um ein Haar schiefgegangen«, sagte ich, rückblickend von Entrüstung erfüllt. »So wie bei dem Typen mit dem Salamisandwich.«

»Ja«, räumte Dicky ein. Ein Ausdruck von Reue zeigte sich auf seinem Gesicht. »Es war wirklich knapp! Ich war sehr froh, dass es geklappt hat!«

»Wie hast du das mit dem Tausch in der Maschine angestellt?«, erkundigte Omi sich. Sie schien gar nicht sauer zu sein, nur neugierig. »Nein, warte, ich kann es mir denken: Du hattest deinen Laptopkoffer in einer Duty-free-Tüte, oder? Versteckt unter einer Jacke und Spirituosen. Als ich während des Flugs schlief und Emmy hinten bei Pascal war, hast du ihn aus der Tüte geholt und stattdessen meinen hineingelegt. Die Tüte hast du unter einen unbenutzten Sitz geschoben, wo sie nach der Landung liegen blieb. Den Laptop des Don hast du mir vor die Füße gestellt, in der Hoffnung, dass ich es nicht merke. Nun, es fiel mir ja tatsächlich nicht auf. Ich merkte ja nicht mal, dass du diese Tüte nicht mehr hattest, als wir ausstiegen. Und ich schöpfte auch keinen Verdacht, als du den Laptopkoffer nach der Landung unbedingt für mich tragen wolltest. Ich dachte, du seist lediglich höflich. Du hast mir den Koffer nur zurückgegeben, weil du Angst hattest, damit in der Kontrolle hängen zu bleiben.« Omis Augen leuchteten, während sie mit kriminalistischem Sachverstand die gesamte Abfolge der Geschehnisse der Reihe nach zerpflückte. »Natürlich war klar, dass du mir den Koffer irgendwie wieder wegnehmen musstest. Zu diesem Zweck trat dann Stuntman Sam auf den Plan. Damit es nicht so aussah, als hätte er es einzig und allein auf den Laptopkoffer abgesehen, tat er so, als wollte er noch andere Dinge klauen. Dein iPad. Die Handtasche einer zufällig vorbeikommenden Frau.« Sie nickte lebhaft, und ein Hauch von Bewunderung klang aus ihren Worten. »Sehr gut inszeniert, das muss ich schon sagen!«

Dicky wirkte tatsächlich geschmeichelt. »Danke, Gerti. Du ahnst nicht, wie sehr mich das freut. So ein Lob von jemandem, der sich auf diese besondere Art der Dramaturgie versteht, ist mir mehr wert als jede Kritik in der New York Times!« Er dachte kurz nach. »Streng genommen war es aber wohl Lindas Idee. Eigentlich ist sie zuerst darauf gekommen und hat mir geraten, es so zu machen. Ich will mich nicht mit fremden Federn schmücken.«

»Jetzt übertreib mal nicht«, wehrte Omi ab. »Erzähl lieber wie es weiterging. Oder nein, lass es mich erzählen, ich bin gespannt, ob ich richtigliege. Da Sams Stunt fehlschlug, weil Pascal ihn sich schnappte und ihm den Laptop wieder wegnahm, musstest du improvisieren. Du musstest unbedingt in unserer Nähe bleiben, um den Laptop wieder an dich bringen zu können.«

»Leider war ich in der akuten Situation sehr verwirrt«, sagte Dicky. »Wenn Linda nicht die rettende Idee gehabt hätte, Pascal und Sarah als Bodyguards anzuheuern und euch alle mit ins Waldorf zu nehmen, wäre ich verloren gewesen.«

»Ja, das war ziemlich clever von ihr«, stimmte Omi nachdenklich zu. »Und es war ja auch ihre Idee, den Koffer zu einem angeblichen Öffnungsservice mitzunehmen, nachdem ich ihn nicht aufkriegte.«

Dicky wurde rot. »Ich hatte natürlich eine Zahlenkombination eingestellt.«

»Natürlich. Die ihr beide folglich kanntet. Ihr habt den Koffer aufgemacht, das funkelnagelneue MacBook reingetan und ihn mir dann zurückgebracht.«

Ich blickte sprachlos von Omi zu Dicky und wieder zurück. *So* war das also gelaufen!

»Linda hat es extra gekauft. Wir hatten gehofft, dass du es als Ersatz für deinen Laptop betrachtest, das wäre am einfachsten gewesen.«

Ich mischte mich ein, weil ich die ganze Reihenfolge noch mal genauer beleuchten wollte. »Also, du hast während des Flugs die Laptopkoffer vertauscht. Omis Laptop blieb in deiner Duty-free-Tüte im Flieger. Den Laptop des Don nahmen wir mit ins Hotel, nachdem Sam es nicht geschafft hatte, ihn für dich zurückzuklauen. Im Hotel konnte Omi den Koffer nicht aufmachen, weil es ja nicht ihrer war und du eine Zahlenkombination eingestellt hattest. Worauf Linda anbot, ihn von einem Spezialservice öffnen zu lassen, während sie in Wahrheit nur den Laptop des Don da rausholen wollte. Was sie auch tat und dafür ein schönes neues MacBook hineinlegte, das sie extra dafür besorgt hatte.« Ich rieb mir die Schläfen, um nichts von den weiteren Ereignissen durcheinanderzubringen. »Nun hattest du den Laptop des Don wieder und konntest mit den Daten, die sich darauf befanden, das tun, was du von Anfang an vorgehabt hattest.« Ich hielt inne. »Äh, was genau hast du denn damit vorgehabt?«

»Ja, das wäre auch meine nächste Frage gewesen«, meinte Omi.

»Ich wollte es für meinen Film verwenden.« Eine Spur fanatischer Leidenschaft mischte sich in Dickys Tonfall. Seine Augen funkelten. »Es ging mir immer nur um den Film! Alles, was ich tat, stand im Zeichen der Kunst! Kunst und Wahrhaftigkeit, das sind stets meine wichtigsten Anliegen gewesen! Nur Linda ist mir noch wichtiger.« Unvermittelt ließ er den Kopf hängen, und das Strahlen in seinem Blick erlosch. »Nun ist alles verloren und vorbei. Mein Film ist Geschichte.« Tränen traten in seine Augen, aber dann schüttelte er den Kopf und rang sich ein Lächeln ab. »Ich will nicht undankbar sein. Denn dafür habe ich Linda zurückbekommen. Das ist ein größeres Geschenk als alles andere.«

Ich hätte ihn am liebsten angefaucht, endlich mit diesem schmalzigen Blödsinn aufzuhören, aber inzwischen kannte ich ihn so gut, dass ich wusste, wie ernst es ihm damit war. Dummerweise schien er in allem, was Linda betraf, ein Brett vorm Kopf zu haben. Und zwar eins von der meterdicken Sorte. Er begriff einfach nicht, dass sie auf irgendeine Weise bei dieser Erpressung mit drinsteckte.

»Du glaubst also immer noch ernsthaft, dass Zorro ein Handlanger des Don ist, oder?«, fragte ich.

»Natürlich«, sagte Dicky. »Der Don hat nach jemandem gesucht, der sich in New York auskennt und mit unseren Gewohnheiten vertraut ist. Und der einen Hang zum Verbrechen hat. Dabei stieß er auf diesen Kerl, diesen Stalker, und hat ihn angeheuert. Um mich an meiner verwundbarsten Stelle zu treffen und sich auf diese Weise zu holen, was er wollte.«

»Hast du schon mal in Erwägung gezogen, dass Zorro vielleicht ein ganz eigenes Süppchen kocht?«, fragte Omi.

»Nein, warum auch. Denn es liegt doch auf der Hand, dass er für den Don arbeitet. Woher hätte er sonst wissen sollen, dass ich dessen Laptop aus Neapel mitgenommen hatte?«

»Es wussten alle möglichen Leute«, meinte Omi. »Unter anderem wir. Du hast mir sogar die erste Szene aus deinem Drehbuch erzählt.«

»Mir auch«, fügte ich hinzu. »Wir wussten alle davon. Omi, Sarah, Pascal, ich …« Den Rest der Aufzählung ließ ich vielsagend in der Luft hängen.

»Aber ihr vier habt es diesem Zorro ganz sicher nicht verraten, oder?«

»Nein«, stimmte ich zu. »Aber jemand anders vielleicht. Es wussten ja noch mehr Leute.«

»Wer denn zum Beispiel?«

»Na, da wären noch Sabine, Roger, Leif, Linda …« Mit besonderer Betonung des letzten Namens hielt ich inne und sah Dicky bedeutungsvoll an. Jetzt *musste* er aber allmählich kapieren, wer ihn reingelegt hatte!

Mit großen Augen erwiderte er meinen Blick. »Bei Gott«, sagte er langsam. »Du hast recht! Ich sollte aufhören, mich auf den Don als einzigen Drahtzieher zu versteifen!«

»Ganz genau«, stimmte ich zu. »Zumal der im Knast sitzt und ganz sicher die nächsten dreißig bis fünfzig Jahre drinnenbleibt.«

»Leif«, platzte Dicky heraus. »Den hatte ich bis eben überhaupt nicht auf dem Schirm! Aber, jetzt, wo du es sagst … Natürlich! Wer tauchte plötzlich zur selben Zeit auf, als wir im Hotel eincheckten? Leif! Und wer hat sich an Sarah rangemacht, kaum dass sie ihm über den Weg lief? Leif! Und wer hat ihr und Lindas Vertrauen ausgenutzt, um sich als Mitglied in unsere Gruppe einzuschleichen?«

»Leif«, schloss ich. Ein Seufzen lag in meiner Stimme. Es hätte wirklich so gut gepasst, wenn Leif bei diesem ganzen schmutzigen Spiel mitgemischt hätte, sei es als Komplize von Zorro oder von Linda oder von beiden. Oder als Einzelgänger. Oder vielleicht sogar als Spion und Vollstrecker des Don. Aber diesen Gedanken behielt ich lieber für mich, denn damit hätte ich nur wieder Panik bei Dicky ausgelöst. Außerdem hatte ich die Theorie von Leif als Gangster ja zu meinem Bedauern sowieso begraben müssen.

»Er ist ein sehr erfolgreicher Profigolfer und hat mit der Sache nichts zu tun«, erklärte ich. »Ich gebe zu, es wäre möglich gewesen. Aber er scheidet aus.«

»Wieso bist du dir da so sicher? Vielleicht ist er nicht der, für den er sich ausgibt, sondern spielt nur eine Rolle! Ich habe beruflich andauernd mit solchen Typen zu tun. Sie tönen sich die Haare, tragen farbige Kontaktlinsen und teure Uhren, ziehen Designerklamotten an und machen auf dicke Hose. Ich wette, genau so einer ist das! Er und Zorro, die beiden machen gemeinsame Sache! Dieser Leif ist ein Möchtegern-Gentleman-Gangster, der sich einbildet, das ganz große Rad drehen zu können, indem er sich Donatellos Erbe unter den Nagel reißt!«

»Ich glaube, das hat er nicht nötig. Er hat eine schwarze

AMEX. Und ja, es ist seine eigene. Sein Name steht drauf. Pascal hat es gesehen.«

Dicky sah mich verblüfft an. »Wirklich?« Dann schüttelte er den Kopf. »So ein Ding fabriziere ich dir in weniger als einer Stunde mit dem 3-D-Drucker.«

»In dem Fall nicht. Er hat damit bezahlt, als wir gestern essen waren.«

»Habt ihr ihn am Tisch mit der Karte zahlen sehen? Oder ist er zur Kasse gegangen?«

Ich dachte nach, dann sagte ich zögernd: »Er ist damit zur Kasse gegangen.«

»Aha«, sagte Dicky. »Dann ist wohl alles klar. Auf dem Weg zur Kasse hat er die selbst gebastelte Superkarte wieder eingesteckt und eine von seinen echten, aber billigen Kreditkarten rausgeholt, um damit zu bezahlen.« Vor Aufregung bildeten sich rote Flecken auf seinen Wangen. »Emily, Gerti – wie gut, dass ich euch beide habe! Ich bin so froh, dass es euch gibt! Ihr seid meine Rettung! Wir müssen dem Kerl das Handwerk legen! Dann schaffe ich es vielleicht sogar, mir Donatellos Laptop zurückzuholen!«

»Dicky, ich glaube, du steigerst dich da womöglich in etwas hinein«, meinte ich behutsam.

»Nein«, sagte er. »Ich bin Künstler und habe eine Vision.«

»Eine Fata Morgana ist auch eine Vision«, warf Omi ein.

»Nicht bei mir. Meine Visionen leuchten und erhellen den Horizont. Der Horizont ist meine Zukunft, und das Leuchten kommt von der Geschichte, die ich aufschreiben und verwirklichen muss. *Das* ist die Vision, der ich folgen muss, wo immer sich die Chance dafür bietet.« Ein Strahlen verklärte sein Gesicht, und einen absurden Moment lang glaubte ich wirklich, eine Art metaphorisches Leuchten darin zu erkennen. »Ihr werdet schon sehen«, verkündete er. »Am Ende wird doch noch was aus meinem Film!« Mit freudiger Entschlossenheit fügte er hinzu: »Und ich habe auch schon einen Plan, wie wir es anstellen, diesen Golfer auszutricksen. Ich werde heute Abend eine kleine Feier geben, zu der ich euch alle einladen werde …«

*

Pascal fand den Plan weniger brauchbar, denn er war nicht davon abzubringen, dass Dicky irgendwelche illegalen Machenschaften ausgeheckt hatte.

»Dieser Holländer führt dich permanent an der Nase herum, und du kaufst ihm alles ab«, hielt er mir vor. Dann wandte er sich an Omi, die mit mir zusammen in unsere Suite zurückgekehrt war. »Von dir hätte ich ehrlich gesagt etwas mehr Vernunft erwartet.«

Omi grinste. »Ich bin *sehr* vernünftig. Aber es gibt Fälle, in denen meine Neugier siegt. Das ist wahrscheinlich so eine Art kriminalistischer Forschungsdrang. Verspürst du den denn nicht ebenfalls? Bei dir müsste es doch eigentlich von Berufs wegen viel stärker ausgeprägt sein als bei mir. Ich löse meine Fälle nur im Roman. Du in der Realität.«

»Ja, und deswegen lege ich in meiner Freizeit auch großen Wert darauf, freizuhaben. Deshalb heißt es ja auch Freizeit. Mit anderen Worten, da möchte ich nicht auch noch irgendwelche Fälle lösen.«

»Aber reizt es dich denn gar nicht, herauszufinden, was hinter dieser ganzen Laptopgeschichte steckt? Ich für meinen Teil würde für mein Leben gern wissen, wieso alle möglichen Leute so eifrig hinter diesem Ding her sind. Auch Dicky will es unbedingt zurückhaben, obwohl er wiederholt beteuert hat, dass es gar nicht funktionstüchtig ist. Was steckt dahinter?«

»Mir reicht eigentlich schon die Gewissheit, dass es mit hundertprozentiger Sicherheit illegal ist. Da kommt wohl der Beamte in mir durch. Wenn man seine Nase zu tief in solche Angelegenheiten hineinsteckt, kann das auf Ermittler einen negativen Eindruck machen. Mitwisser sind oft Mittäter, ob sie es nun wollen oder nicht. Du weißt schon – mitgefangen, mitgehangen.«

»Ich glaube, in diesem Fall können wir es vertreten, Dickys Einladung anzunehmen«, meinte Omi fröhlich. »Ich werde es jedenfalls tun.«

»Ich auch«, erklärte ich.

Pascal seufzte. Er war mal wieder überstimmt.

Er stellte sich hinter mich und blickte mir über die Schulter. Ich saß an dem edlen englischen Sekretär und bekritzelte ein Blatt Hotelpapier mit lauter Linien, Punkten und Abkürzungen.

»Was zeichnest du da?«

»Eine Art Diagramm.«

»Wovon?«

»Von den verschiedenen Laptops und Koffern. Für einen besseren Überblick.« Ich deutete auf die erste Linie, die in mehrere Punkte unterteilt war, mit denen ich bestimmte Ereignisse und Etappen verdeutlichen wollte.

»Das hier ist der Laptop des Don.« Ich wies auf den ersten Punkt der Hauptlinie. »Dicky hat ihn in Neapel gestohlen. Er hat den Koffer, in dem er zuerst war, weggeworfen und einen neuen besorgt, der zufällig so aussah wie der von Omi. Alles war genauso wie am Anfang seines Drehbuchs.«

»Hat er euch eigentlich inzwischen noch mehr aus seinem Drehbuch erzählt?«, unterbrach Pascal meine Erläuterungen.

»Nein«, sagte Omi. »Dicky ließ zwar ab und zu ein paar Andeutungen fallen, beispielsweise über die Diamantenhehler, die er noch interviewen wollte, aber wie es genau weitergeht, wissen wir nicht. Er meinte, wir sollen uns von dem fertigen Skript überraschen lassen.«

»Hm.« Pascal wandte sich wieder meinem Diagramm zu und deutete auf den nächsten Punkt. »Was ist an dieser Stelle passiert?«

»Da steckt Dicky den Laptop des Don am Frankfurter Flughafen in eine große Duty-free-Tüte, in die er zusätzlich seine Jacke und seine Einkäufe aus dem Shop legt, damit niemand den Koffer sieht.« Ich legte den Finger auf einen anderen Punkt. »Am meisten ärgert mich die Stelle hier, als Linda mir den Laptop des Don zur Aufbewahrung in unsere Suite brachte. Da hätten wir Gelegenheit gehabt, uns das Ding genauer anzusehen.«

Zum Schluss zeigte ich auf den letzten Punkt, an dem sich zwei Koffer-Linien trafen. »Hier schnappt sich Zorro beide Laptops, den von Omi und den des Don. Das ist sozusagen die Endstation.«

Ich hatte noch zwei Zusatzlinien gemalt, aber die waren weniger wichtig. Die erste stand für das silberfarbige MacBook, das nach wie vor – bloß inzwischen ohne Koffer – in Dickys und Lindas Suite lag, und die zweite Linie symbolisierte das Gerät, das Dicky extra für das FBI besorgt hatte, um es da als Laptop des Don auszugeben.

Auf dem Papier kreuzten sich alle Linien mehrmals an diversen Stellen. Es sah fast so verworren aus, wie es sich in meinem Kopf anfühlte.

Leicht frustriert sah ich zu Pascal hoch. »Das ist alles sehr verzwickt, oder?«

»Nein«, sagte er. »Eigentlich ist alles ganz einfach.«

»Hm«, sagte ich. »Schon klar.« Er hatte ja auch bloß ein eidetisches Gedächtnis. Wer mit so was punkten konnte, brauchte keine Diagramme, um vier unterschiedliche Laptops plus zwei identisch aussehende Koffer auseinanderzuhalten. Ganz zu schweigen von den vielen beteiligten Akteuren, die allesamt unterschiedliche Interessen an den unterschiedlichen Laptops hatten.

Ich beschloss, noch ein bisschen im Internet zu recherchieren, bevor wir zu Dicky rübergingen. Mich interessierte vor allem eine mögliche Verbindung zwischen Leif und Zorro – eine Idee, auf die Dicky mich erst gebracht hatte. Außerdem hatte ich nach wie vor Linda als mögliche Verdächtige auf dem Schirm, auch wenn Dicky diese Alternative standhaft von sich wies. Vielleicht gab es ja auch hier Verbindungen zu Leif. Blieben noch Sabine und Roger, die ebenfalls von Dickys heimlichem Mitbringsel aus Neapel gewusst hatten. Auch sie waren zu Dickys kleiner Abschiedsparty eingeladen.

Omi erhob sich von ihrem Sessel und ging zur Tür. »Ich diktiere noch ein paar Takte von meinem Krimi. Holt mich bitte ab, wenn es so weit ist und die Stunde der Wahrheit schlägt.«

11

Dicky wirkte sehr aufgekratzt, als er uns öffnete.

»Guten Abend, Gerti. Du siehst fabelhaft aus. Die New Yorker Großstadtluft scheint dir gut zu bekommen. Und du, Emily – wie entzückend dich diese Farbe kleidet! Sie passt wunderbar zum Blond deiner Haare. Pascal, du siehst natürlich *immer* großartig aus. Hast du schon mal überlegt, zum Film zu gehen?«

»Die Schauspielerei liegt mir nicht. Ich bin mit Leib und Seele Polizeibeamter.«

Es kam mir so vor, als würde Dicky bei diesen Worten leicht zusammenzucken, aber dann wurden wir von Roger abgelenkt. Er stand an einem mit Flaschen bestückten Sideboard und mixte fachmännisch ein paar Drinks. Mit seinem lockeren, cremefarbenen Leinenanzug, zu dem er eine schmale Krawatte und ein schlichtes Button-down-Hemd trug, wirkte er auf lässige Weise elegant. Wie üblich hatte er zur Begrüßung einen Witz auf Lager, der zu Pascals letzter Bemerkung passte.

»Wisst ihr zufällig, welches die vier schwersten Jahre im Leben eines Polizeibeamten sind?«, fragte er leutselig.

Keiner wusste es.

»Die erste Klasse in der Schule«, erklärte Roger. Der Lacherfolg fiel mäßig aus. Trotzdem setzte er sein breitestes Grinsen auf und winkte Sarah und Leif zu, die gleich nach uns eintrafen und mal wieder wie Mister und Miss Topmodel aussahen. Sie begrüßten die übrigen Anwesenden, darunter auch Linda und Sabine.

Linda schien die Strapazen der angeblichen Entführung rein äußerlich sehr gut überstanden zu haben. Ihre Haare waren makellos frisiert, ihr eng anliegendes Kleid sah atemberaubend aus, ihre neuen Louboutins wirkten unfassbar schick, und ihr Make-up war einfach perfekt. Nichts an ihrem Erscheinungsbild deutete darauf hin, dass Zorro sie letzte Nacht fast ertränkt hätte. Im Gegenteil, sie strahlte förmlich aus allen Knopflöchern. Sie empfing Sarah und Leif mit fröhlichen Luftküsschen und reichte ihnen frisch gemixte Drinks.

»Wodka Tonic«, sagte sie. »Cheerio!«

Auch Omi, Pascal und mir drückte sie Gläser in die Hand und prostete uns zu. Anders als gestern nahm ich nur mikroskopisch kleine Schlucke. Ich war entschlossen, meine Konzentration und meine Argumentationsfähigkeit nicht wieder aus Versehen in Alkohol zu ertränken.

Während Sarah und Leif Linda fröhlich zuprosteten, stand Sabine eher deplatziert neben der munteren Runde und futterte mit missmutigem Gesichtsausdruck Marshmallows aus einer Tüte. Mir fiel auf, dass sie Linda oft anstarrte und dabei sehr unzufrieden aussah. Ich konnte mir gut vorstellen, woran das lag. Wenn man Sabine – rein optisch betrachtet – mit Linda verglich, hätte sie eigentlich viel besser zu Dicky gepasst, sowohl von der Größe als auch vom Grad der Attraktivität her. Beide waren ein bisschen zu rundlich und eher untersetzt, während Linda Dicky mehr als einen halben Kopf überragte und gertenschlank war, auch ohne

Spanx. Das brachte mich mal wieder zu der Frage, wie Dicky es geschafft hatte, sich so eine Frau zu angeln. Sicher, sie hatte ein paar Filme mit ihm gedreht. Aber seine größten Erfolge als Regisseur und Drehbuchautor lagen schon eine Weile zurück, und ich wusste, dass es in der letzten Zeit eher mau für ihn gelaufen war. Vielleicht schaffte er es ja wirklich, mit dem neuen Projekt wieder Oberwasser zu bekommen. Wobei sich natürlich die Frage aufdrängte, wie er das finanzieren wollte. Irgendwie schien er sich einzubilden, dass er dazu nur den Laptop des Don brauchte. Was immer das Ding an Wert verkörperte – Dicky war offenbar davon überzeugt, es gewinnbringend vermarkten zu können, obwohl es doch angeblich leer und kaputt war.

Jetzt klopfte Linda mit ihrem überdimensionalen Verlobungsring gegen ihr Glas. »Mein geliebter Dicky möchte eine Rede halten.«

Der geliebte Dicky himmelte sie verliebt an. Sabine verdrehte im Hintergrund die Augen und sah aus, als würde sie sich gern übergeben, aber als sie merkte, dass ich sie beobachtete, drehte sie rasch den Kopf weg. Roger sah ein bisschen genervt aus, anscheinend hatte er schon genug Reden von Dicky gehört.

»Liebe Freunde«, begann Dicky. »Ich habe euch heute Abend spontan zu dieser kleinen Party eingeladen, weil ich etwas Besonderes mit euch zu feiern habe. Umso mehr freue ich mich, dass ihr alle so kurzfristig kommen konntet. Übrigens, für diejenigen, die noch keine Zeit für ein Dinner hatten – ich habe beim Hotel leckeres Fingerfood bestellt, das uns gleich auf die Suite gebracht wird. Sabine, du solltest noch ein bisschen Platz dafür übrig lassen.«

Sabine ließ die Tüte mit den Marshmallows sinken und schaute gekränkt auf den Boden.

Dicky schien es gar nicht zu bemerken. »Wer die hervorragende Küche des Hotels kennt, der weiß, dass niemand von uns hungrig schlafen gehen muss.« Er strahlte in die Runde und tat so, als wäre er völlig entspannt, aber es war nicht zu übersehen, dass er nervös war. Sein Blick huschte immer wieder verstohlen zu Leif hinüber, als wollte er abschätzen, wie er ihn am besten entlarven konnte. Dasselbe fragte ich mich offengestanden auch. Anders als Dicky war ich mir längst nicht mehr sicher, dass Leif einer von den Bösen war, denn ich hatte mir vorhin noch mal ungefähr fünfhundert Bilder von ihm im Netz angesehen und fand, dass er mit jedem Klick immer mehr wie der echte Leif aussah.

Doch das konnte ich Dicky jetzt schlecht sagen. Er hätte es wahrscheinlich auch gar nicht hören wollen. Seit er herausgefunden hatte, dass es zwei Leifs gab, war die Sache für ihn klar. Er hielt den hier anwesenden Leif für Zorros Komplizen und Hintermann. Als Omi und ich gemeinsam mit ihm von der Grand Central Station zum Hotel zurückgegangen waren, hatte er aus dem Stand eine Liste mit ungefähr einem Dutzend verdächtiger Umstände zusammengestellt, und dabei wusste er noch nicht mal, wie sehr Leif sich für die DVD interessiert hatte, die wir auf seinem Notebook angeschaut hatten. Dass es sich dabei nur um einen zweitklassigen Horrorfilm gehandelt hatte, war für ihn eine ziemliche Enttäuschung gewesen. Was er tatsächlich erwartet hatte, konnten wir natürlich nicht wissen. Es war mir allerdings ein Rätsel, wie Dicky es anstellen wollte, Leif als Gangster zu überführen.

»Dicky, alter Junge, du hast noch gar nicht gesagt, was ihr feiern wollt«, sagte Roger.

»Ich habe mein Drehbuch fertig.«

»Wow«, sagte Roger verblüfft. »Das ging aber schnell.«

»Ja, ich hatte eine sehr ergiebige Schaffensperiode.«

»Dann solltest du es mir geben, damit ich was für die Akquise an der Hand habe. Nichts wirkt bei den Geldgebern überzeugender als ein gutes Skript. Vielleicht kriegen wir ja doch noch eine Produktion in Gang.«

»Das Ende muss noch etwas zurechtgefeilt werden. Damit bin ich bisher nicht recht zufrieden.«

»Musst du wissen«, versetzte Roger achselzuckend. »Aber trotzdem – Glückwunsch, Alter!«

»Welches Ende hattest du dir denn für deinen Film vorgestellt?«, erkundigte sich Leif freundlich.

Dicky musterte ihn durchdringend. »Nur das beste. Dem Filmemacher gelingt es, den Laptop des Mafiabosses wieder an sich zu bringen und seinen Inhalt zu Geld zu machen.«

»Ach«, sagte Leif mit mildem Erstaunen. »Wie ist ihm denn der Laptop abhandengekommen?«

Dicky erdolchte ihn fast mit Blicken. »Durch Gewalt und Erpressung.«

»Muss ein echt wertvolles Teil sein«, befand Leif. Sein Lächeln sah auf den ersten Blick sonnig aus, aber vielleicht hatte es auch einen leicht wölfischen Anstrich, das ließ sich von meiner Position aus schlecht beurteilen.

»Ja, sehr wertvoll«, meinte Dicky. Ein Ausdruck von Niedergeschlagenheit breitete sich auf seinem Gesicht aus, aber dann straffte er sich kämpferisch. »Es ist ein ganz besonderer Laptop mit ganz besonderem Inhalt.«

»Oh, warte, kennt ihr den?«, warf Roger ein. »Sagt die alte Dame: ›Hm, das blöde Waffeleisen geht überhaupt nicht.‹ Schreit der Enkel entsetzt: ›Oma, wirst du wohl die Finger von meinem Laptop lassen?!‹«

Außer Sabine konnte diesen Witz mal wieder keiner lustig finden, und als sie merkte, dass niemand ihre Heiterkeit teilte, verstummte ihr Kichern abrupt.

Sarah hatte die Arme vor der Brust verschränkt. »Vielleicht möchtest du uns ja endlich den wahren Grund für diese Einladung sagen«, erklärte sie. »Ich meine, es ist ja gut und schön, dass wir heute hier die Fertigstellung deines Drehbuchs feiern, und ich finde es auch toll, dass wir uns alle noch mal sehen, bevor wir wieder nach Deutschland fliegen müssen. Aber irgendwie scheint es doch die ganze Zeit um irgendwelche Laptops zu gehen. Gerti und Emmy sind beispielsweise heute in Queens überfallen worden. Ihnen wurden zwei Laptops geraubt. Von einem Typen, dem ich schon mal Prügel androhen musste, weil er Linda belästigt hat. Findet ihr das nicht auch ein bisschen seltsam?«

Ich sah sie überrascht an. »Woher weißt du das?«

»Weil ich dabei war.«

»Nein, ich meine nicht Zorros Auftauchen im Club. Sondern den Überfall in Queens.«

»*Ich* hab's ihr erzählt«, sagte Pascal. »Und ich muss sagen, dass ich es auch sehr seltsam finde. Linda, hast du eine Idee, was dein Stalker mit den zwei Laptops machen will? Du hast ja gestern eine gewisse Zeit mit ihm verbracht. Hat er sich da vielleicht geäußert, was er vorhat?«

Dicky trat unruhig von einem Fuß auf den anderen. Ihm

war anzumerken, dass ihm der Verlauf der Unterhaltung nicht behagte. Ganz offensichtlich hatte er sich vorher eine andere Dramaturgie zurechtgelegt. Dass jetzt die Spur auf einmal in Lindas Richtung wechselte, gefiel ihm bestimmt nicht. Aber mit Sarahs Schilderung hatte das Gespräch eine eigene Dynamik entwickelt, die nicht umzukehren war.

»Ich habe keine Ahnung, was dieser Mistkerl vorhat«, sagte Linda. Es klang patzig. »Ich kenne das Arschloch überhaupt nicht.«

Ich wollte Einspruch erheben, aber Dicky kam mir zuvor. »Das ist doch jetzt nebensächlich«, behauptete er. »Es geht in erster Linie darum, wer wirklich dahintersteckt. Wie ihr wisst, dachte ich lange, Roberto Donatello hätte mir seine Leute auf den Hals geschickt. Aber nach Gesprächen mit Fachleuten …« An dieser Stelle warf er Omi und mir einen dankbaren Blick zu – »… bin ich davon überzeugt, dass in Wahrheit jemand anderer es auf den Laptop abgesehen hatte. Jemand, der diesen Stalker angeheuert hat, um die schmutzige Arbeit für ihn zu erledigen.« Die ganze Zeit ließ er Leif nicht aus den Augen.

Der schob die Hände in die Hosentaschen. »Das klingt spannend«, meinte er in aufgeräumtem Ton. »Ich habe eine echte Vorliebe für gute Krimis. Vor allem, wenn sie Bezüge zur Wirklichkeit haben. Vorausgesetzt, es kommt nicht zu realitätsfern rüber.«

Sarah seufzte. »Hör zu, Dicky. Bevor du dich da in irgendwas Absurdes verbeißt, solltest du lieber die Reißleine ziehen.«

»Lass ihn doch, Darling«, meinte Leif nachlässig. »Es macht Spaß.« Er grinste. »Soll ich euch beweisen, dass ich der richtige und einzig wahre Leif Erikson bin? Wir können auf den Court gehen und mein Handicap testen.«

»Das würde gar nichts besagen«, mischte sich Sabine ein. »Der andere Erikson ist auch Golfer.« Anscheinend hatte sie sich zwischenzeitlich ebenfalls informiert. Sie starrte Leif mit bösen Blicken an.

Roger blickte verständnislos von einem zum anderen. »Hab ich da was nicht richtig mitgekriegt? Was hat Golf mit diesem Laptop zu tun? Oder gar mit zwei Laptops? Wer zum Teufel ist *der andere Erikson*? Und wieso geht es auf einmal um Raub? Da scheint ja einiges passiert zu sein. Hättet ihr mich irgendwann auch mal informiert, oder gehöre ich neuerdings nicht mehr zu deinen engeren Vertrauten?« Er sah Dicky vorwurfsvoll an. »Wer ist denn sonst immer der Erste, zu dem du mit schlimmen Sorgen kommst?«

Dicky lächelte seinen alten Freund und Produzenten ein wenig schuldbewusst an. »Tut mir leid, Roger. Aber die letzten Tage war ich nicht richtig bei der Sache. Es ist so viel passiert. Ich konnte kaum klar denken.« Dann wandte er sich wieder Leif zu. »Wie würdest du es denn beweisen wollen, außer mit Golf?« Ein lauernder Ausdruck trat auf sein Gesicht. »Vielleicht mit deiner schwarzen AMEX?«

Sarah warf mir einen wütenden Blick zu, den ich aber so ungerührt erwiderte, wie es mir möglich war.

Leif grinste und zuckte mit den Schultern. »Wieso nicht?« Er zog seine Brieftasche hervor, zückte die Karte und ließ uns alle einen bewundernden Blick darauf werfen. »Um zu checken, ob sie funktioniert, benötigt man leider ein entsprechendes Gerät.«

»Zufällig habe ich so was hier«, erklärte Dicky triumphierend. Er eilte nach nebenan ins Schlafzimmer und kam mit einem mobilen Kartenlesegerät zurück, das er allem Anschein nach schon eingeschaltet hatte.

»Ich fass es nicht«, sagte Sarah. »Wo hast du das denn auf die Schnelle besorgt?«

»Man hat so seine Beziehungen«, sagte Dicky gönnerhaft, nur um seine Bemerkung sofort abzuschwächen, als er Sarahs aufgebrachte Miene sah. »Von meinem Friseur geliehen. Ich muss es morgen früh zurückgeben.« Er hielt es Leif hin. »Sagen wir, zehn Dollar?« Gleichzeitig fummelte er einen Zehndollarschein aus seiner Hosentasche und reichte ihn Leif. »Für den Beweis.«

Leif steckte die Karte ungerührt in das Gerät. Wir warteten alle atemlos und ein bisschen ungläubig, weil er sich wirklich auf diese schräge Nummer einließ, aber gleich darauf war alles klar. Man sah es daran, dass Dickys Gesicht einen zutiefst enttäuschten Ausdruck annahm. Er musste gar nichts sagen. Doch Leif ließ es sich nicht nehmen, das Geschehen zu kommentieren. »*Hole in One*«, sagte er – beim Golf der Fachausdruck für ein Einlochen mit einem einzigen Schlag. Den Zehndollarschein warf er neben Roger auf das Sideboard. »Für die Drinks.« Zu Sarah sagte er: »Wollen wir vielleicht jetzt woanders weiterfeiern?«

»Unbedingt.«

Dicky ließ vernichtet den Kopf hängen und rührte sich nicht, doch als Leif und Sarah zur Tür gingen, riss er sich zusammen. »Es tut mir leid«, sagte er leise.

Sarah hob nur die Hand, ohne sich zu ihm umzudrehen. Eine Geste, die alles Mögliche besagen konnte, in diesem Fall aber vermutlich so viel bedeutete wie *Du kannst mich*.

Wir anderen sahen uns betreten an, bis Linda die verlegene Stille mit einem perlenden Lachen unterbrach, als wäre das Ganze einfach nur eine amüsante Showeinlage gewesen. Sie legte Dicky den Arm um die Schulter und küsste ihn zärtlich, was er mit einem dankbaren Seufzen erwiderte. Sabine wandte sich ruckartig ab und verschwand stumm im Bad. Roger kippte seinen Drink runter wie Wasser. Er schien angestrengt nachzudenken, aber alles, was dabei herauskam, war wieder nur ein müder Witz. »He, kennt ihr den? Überfährt ein Mann ein Huhn. Pflichtbewusst bringt er es auf die angrenzende Farm. ›Sir, ich habe leider Ihr Huhn überfahren.‹ Der Farmer erwidert: ›Das ist keins von meinen. Die sind nicht so flach.‹«

»Ja, toll«, sagte Linda. »Hast du eigentlich noch was anderes drauf als dämliche Witze?«

»Mach du es doch erst mal besser«, sagte Roger eingeschnappt.

»Ich habe nicht deinen bescheuerten Ehrgeiz, die Leute ständig mit schlechten Witzen langweilen zu müssen.«

»Nein, deine Spezialität sind eher Lügen.«

Dickys Kopf fuhr hoch. »Was hast du da zu Linda gesagt?«

»Nichts, was sie nicht schon selber wüsste.«

»Was für eine Unverschämtheit! Du entschuldigst dich sofort bei ihr!«

»Ich denke gar nicht dran.«

Dicky blickte ihn zutiefst entsetzt an. »Roger, wie kannst du nur!«

»Ja, wie kann ich nur«, äffte Roger ihn nach. »Das frage ich mich auch schon die ganze Zeit. Wie kann ich noch deine Filme produzieren. Wie kann ich irgendwo Geld auftreiben, um deine Sachen an den Start zu bringen. Wie kann ich es aushalten, mir von Linda ständig vorwerfen zu lassen, dass ich meinen Job nicht mehr gut genug mache.«

»Du machst ihn nun mal nicht gut genug«, erklärte Linda mit wütender Stimme.

»Da hast du es. Welchen Beweis brauchst du noch.« Roger rieb sich die Bauchgegend. Er sah elend aus. »Hast du vielleicht eine Magentablette?«

»Im Bad«, sagte Dicky kühl.

Sabine kam gerade aus dem Bad zurück und räumte das Feld für Roger, der krachend die Tür hinter sich zuschlug.

Sabine fuhr verschreckt zusammen. »Was hat er denn?«

»Einen Haufen Probleme«, versetzte Linda. »Genau wie du.«

»Was willst du damit sagen?«

»Das fragst du noch? Schau mal auf deine Hand. Und dann auf meine. Fällt dir da vielleicht was auf?«

»Liebes, bitte«, sagte Dicky gequält.

»Warum denn?«, schnappte Linda. »Gibt es vielleicht einen speziellen Grund, wieso sie immer noch ihren blöden Ehering trägt? Obwohl du längst mit *mir* verlobt bist? Was will sie uns wohl damit sagen?«

Sabine reckte ihr Kinn. »Das wirst du nie im Leben verstehen, jedenfalls nicht, solange du aufrecht stehst. Denn dein bisschen Verstand entfaltet sich nur in der Horizontalen.«

»Der war echt gut«, murmelte Pascal neben mir.

Aber Sabine hatte gerade erst angefangen. »Dir fehlt überhaupt jedes Verständnis für Anstand und Sitte. Du bist und bleibst eine … Nein, ich sag es lieber nicht. Das muss Dicky schon selber rausfinden. Und ich wette, bis dahin wird es nicht mehr lange dauern.« Sie klemmte sich ihre Handtasche unter den Arm und rauschte zur Tür hinaus.

»Wow«, sagte Linda. »Was für ein Abgang.«

Dicky wand sich vor Unbehagen, er schien nicht zu wissen, wohin er schauen sollte, auch nicht, als kurz darauf Roger aus dem Bad kam und ebenfalls Anstalten machte, zu verschwinden.

»Danke für die Einladung«, sagte er mit eisiger Stimme. »Ich denke nicht, dass wir das so bald wiederholen sollten.« Er nickte Pascal, Omi und mir zu. »Viel Spaß noch in New York. Und eine schöne Heimreise.«

Drei Sekunden später war er ebenfalls weg.

Dicky ließ sich völlig niedergeschmettert in einen Sessel fallen. »O mein Gott, was habe ich da nur gemacht? Meine allerbesten Freunde! So sollte das doch nicht laufen!«

»Deine allerbeste Freundin bin immer noch ich«, erklärte Linda ein wenig spitz.

»Ja, natürlich, Schatz. Aber …«

»Aber was?«

»Es ist mies gelaufen. Ich hatte ein Ziel, und das habe ich nicht erreicht.« In vollem Bewusstsein seiner Niederlage fügte er hinzu: »Ich habe *keins* von meinen Zielen der letzten Monate und Jahre erreicht. Ich bin ein Versager!« Mit brüchiger Stimme schloss er: »Wenn das Leben ein Glückskeks ist, steht bei mir drin: Das Glück hat dich verlassen.«

Ich war ziemlich sicher, dass das ein Clint-Eastwood-Spruch war. Aber in dem Moment passte er fabelhaft zu Dicky.

»Unsinn«, widersprach Linda. »Du bist ein großartiger Autor, ein einfühlsamer Regisseur und ein fabelhafter

Mann! Wir werden heiraten und drei Kinder kriegen und für den Rest unseres Lebens glücklich sein.«

Sie sagte es mit solcher Überzeugung, dass ich nur staunen konnte. Ihre Fähigkeit zum Lügen war wirklich ungewöhnlich stark entwickelt. Und das Schlimme daran war – Dicky glaubte ihr unbesehen alles, was sie ihm an Honig um den Bart schmierte.

»Ich verstehe nicht, was du noch an mir findest«, sagte er mutlos.

»Heirate mich erst mal, dann beweise ich es dir. Was hältst du davon, wenn wir schon mal einen Termin festlegen? Ich dachte an eine kleine Feier, höchstens hundert Leute, nur die engsten Freunde.«

Dicky nickte und lächelte leicht gezwungen. »Das klingt sehr … schön.«

»Falls du Sorge wegen des Geldes hast – das regelt sich schon. Sobald du deinen Film rausgebracht hast, rollt der Rubel wieder.«

Sie wurde unterbrochen, weil das bestellte Fingerfood gebracht wurde, lauter köstliche, gefällig angerichtete und bunt garnierte Appetithäppchen auf silbernen Platten.

Omi räusperte sich. »Also ich hab Hunger. Ihr nicht?«

Sie schnappte sich einen der bereitgestellten Teller und bediente sich. Dicky blieb wie ein Häufchen Elend im Sessel hocken, und Linda streichelte ihm sanft übers Haar. Wäre ich nicht inzwischen so überzeugt davon gewesen, was für eine verlogene Person sie war, hätte man es wirklich für echte Zuneigung halten können.

»Na ja, ich nehm mir auch mal was«, verkündete Pascal. Er lud sich ebenfalls den Teller voll. Garnelenspieße, Kaviar-Blinis, Lachstörtchen, Mini-Quiches, schaumige kleine Frischkäse-Häppchen … es sah wirklich alles sehr lecker aus. Doch mir war der Appetit vergangen. Und auch sonst reichte es mir. Ich konnte es nicht mehr ertragen, wie Linda mit Dicky umging. Wie sie ihn zum Sklaven seiner Gefühle machte und ihn quasi am Nasenring durch die Manege führte. Er war ihr willenlos verfallen und unfähig, ihren Reizen und ihrer angeblichen Liebe zu widerstehen. Wie hatte ich die ganze Zeit glauben können, dass sie ihn wirklich liebte? Sie hatte ihn zu ihrer Marionette gemacht und ließ ihn von früh bis spät zappeln. Er war nicht mehr Herr seiner Entscheidungen und hatte sein Leben komplett nach ihren Bedürfnissen ausgerichtet, während sie ihn belog, dass sich die Balken bogen.

»Ich finde, du solltest Dicky jetzt endlich die Wahrheit sagen«, platzte ich heraus. »Oder besser: Du solltest aufhören, ihn anzulügen.« Dann holte ich tief Luft. So, jetzt war es draußen.

Omi hörte verdutzt auf zu essen. Auch Pascal sah mich mit großen Augen an. Und mit einem Hauch von Anerkennung, wie ich feststellte. Das bestärkte mich darin, weiterzumachen. Denn mir lag was an Dicky. Der Himmel wusste, wieso, aber ich mochte diesen verrückten, unberechenbaren Holländer. Er war kreativ, klug, dickköpfig und auf eine fast kindliche Art visionär: Es stimmte, was er über seine Visionen gesagt hatte – sie schufen ein Leuchten. Aber nicht nur an seinem Horizont, sondern auch um ihn herum, und jeder, der sich die Mühe machte, genauer hinzuschauen, konnte es sehen.

»Was erlaubst du dir!?« Linda musterte mich mit zusammengezogenen Brauen. Das würde Falten geben, wenn sie nicht aufpasste.

»Ja, wirklich, Emily! Was nimmst du dir heraus!«, fügte Dicky mit erstauntem Tadel hinzu.

»Sie soll dir endlich erzählen, wie gut sie Zorro kennt.«

»Da gibt es nichts zu erzählen«, behauptete Linda. »Weil es nämlich nicht stimmt.«

An dieser Stelle stockte das Gespräch. Ich hatte mir nichts für den Fall zurechtgelegt, dass sie es einfach abstritt. Und ich hatte keine Beweise, dass sie log, obwohl ich es genau wusste. Es war kein Wissen, das sich auf bekannte, unwiderlegbare Tatsachen stützte. Sondern eines von der Sorte, die sich aus hundertprozentiger Gewissheit speist. Wobei das, zugegeben, reine Gefühlssache war.

Just in diesem Moment, als sich die Unterhaltung in eine Art hässliche Hängepartie zu verwandeln drohte, landete eine Nachricht auf meinem Handy. Und auf Pascals Handy. Und Omis Handy. Und Dickys Handy. Ja, sogar auf dem von Linda. Es plingte aus allen Richtungen gleichzeitig. Da war mir klar, dass die Nachricht im *Dicky-and-friends*-Chat eingegangen war. Sie kam von Sabine.

Es war ein Video. Man sah schon vor dem Anklicken des Startbuttons, worum es ging, aber wir drückten natürlich trotzdem alle drauf.

Linda stieß einen entsetzten Schrei aus. Dicky atmete scharf ein und ließ dann ein unterdrücktes Schluchzen hören. Omi räusperte sich leicht verlegen. Und Pascal sagte gar nichts, sondern guckte einfach nur.

»Du musst es dir wirklich nicht zu Ende anschauen«, sagte ich zu ihm. »Wir wissen ja sowieso alle, wovon es handelt.«

Es war ein Video für Erwachsene, und Linda und Zorro spielten darin tragende Rollen. Es war nur ungefähr eine Minute lang, aber in Anbetracht des Inhalts hätten auch drei Sekunden gereicht.

Ich wusste ja bereits, dass Linda schon ziemlich freizügige Rollen gespielt hatte, unter anderem auch in Dickys Filmen. In *Frankensteins Schwester* beispielsweise hatte sie in vielen Szenen kaum was angehabt. Aber dieser Streifen hier war das, was man *Hardcore* nannte. Im Unterschied zu normalen Erotikfilmen war alles, was da gezeigt wurde, vor der Kamera in sämtlichen Einzelheiten genau so passiert.

»O Gott«, flüsterte Linda. »Dicky, das tut mir so leid! Du solltest das niemals sehen!«

Er erwiderte nichts, sondern glotzte nur vollkommen vernichtet vor sich hin.

»Dicky«, sagte sie verzweifelt. »Das ist ewig her! Es war lange vor deiner Zeit! Ich war jung und brauchte das Geld!«

»Der Standardspruch«, murmelte Omi.

Linda hörte es zum Glück nicht. »Das hat überhaupt nichts mit uns zu tun! Ich liebe dich über alles!«

»Jetzt kannst du ruhig auch den Rest zugeben«, sagte ich zu ihr.

Sie schoss empörte Blick auf mich ab, als hätte ich selbst das verräterische Video in den Gruppenchat geschickt. Doch dann sah sie Dicky an und schluckte heftig. Ihre Augen füllten sich mit Tränen. Man konnte sehen, wie nahe es ihr ging, dass ihm dieses Video zugespielt worden war. Für einen Moment war ich verunsichert. Es sah auf einmal doch wieder so aus, als würde sie ihn tatsächlich lieben.

»Ja, gut!«, rief Linda mit zitternder Stimme. »Ich war mal

mit ihm zusammen. Und wir haben zusammen … gearbeitet. Aber ich habe schnell gemerkt, dass er nicht zu mir passte. Er ist total gestört. Vor drei Jahren machte ich Schluss. Aber es war unheimlich schwer, ihn loszuwerden. Er wollte sich nicht mit dem Ende unserer Beziehung abfinden, obwohl es schon so lange vorbei war. Ständig rief er mich an und schrieb mir Mails. Ich musste zweimal meine Handynummer ändern, weil er nicht aufhörte, mich zu belästigen. Und er hat mich erpresst. Einmal wollte ich ein gerichtliches Kontaktverbot erwirken. Da drohte er damit, Dicky einen dieser … Filme zu schicken. So weit wollte ich es nicht kommen lassen.«

»Warum hast du dich mir denn nicht anvertraut?«, wollte Dicky leise wissen.

»Weil ich nicht wollte, dass du mich so siehst!« Linda schluchzte. »Sabine hat recht. Ich bin eine …«

»Sag es nicht«, fiel Dicky ihr ins Wort. Er sprang von seinem Sessel auf. »Du bist eine wunderbare Frau! Es ist eine schreckliche, unverzeihliche Gemeinheit von Sabine, dieses Video in den Chat zu stellen! Aber glaub mir, damit kann sie bei mir nichts erreichen. An meinen Gefühlen ändert sich nichts! Ich liebe dich mehr als mein Leben!«

Linda schluchzte noch lauter. »Ich weiß. Deshalb wollte ich in deinen Augen auch immer perfekt sein. Nicht wie diese … Schlampe da in diesem Video. Das bin ich nicht mehr!« Sie warf beide Arme um Dicky und weinte filmreif in sein Haar. »Du bist die Liebe meines Lebens.«

»Diesen Dialog würde ich wirklich gern in einem meiner Bücher verarbeiten«, sagte Omi, aber sie sprach so leise, dass nur Pascal und ich es verstanden. Dicky und Linda waren damit beschäftigt, sich gegenseitig ihre ewige Liebe zu beteuern. Zwischendurch fuhr Linda mit ihrer Beichte fort, anscheinend hatte sie das Bedürfnis, endlich reinen Tisch zu machen.

»Er hat meinen Mailaccount gehackt. Leider habe ich das zu spät bemerkt. So konnte er alles lesen, was du mir seit deiner Rückkehr aus Neapel geschrieben hast. Er wusste Bescheid. Über den Don. Den Laptop. Deine Pläne. Alles. Er fing an, mich zu erpressen. Er wollte, dass ich seine Forderungen erfülle, anderenfalls drohte er nicht nur, dir einen der scheußlichen Filme zu schicken, sondern auch, dich beim FBI anzuschwärzen. Ich war in einem Zwiespalt! Als er mich gestern verschleppte, wagte ich nicht, mich zu wehren, aus Angst, dass er seine Drohung wahr machen würde.«

»Und was war mit dem Waterboarding?«, mischte Pascal sich ein. Er tippte geschäftig auf seinem Handy herum, als wäre das Ganze mittlerweile nur noch am Rande von Interesse für ihn.

Lindas Gesicht nahm einen märtyrerhaften Ausdruck an. »Ich hatte zwei Möglichkeiten. Entweder spielte ich bei dieser Folterinszenierung mit, oder er hätte mich wirklich gefoltert. Also spielte ich mit und machte alles, was er verlangte. Aber ich tat es nur für dich, Dicky.«

»Ja, klar«, sagte ich halblaut.

Doch Linda hörte es. »Es ist wahr!«, fauchte sie mich an. »Ich wollte, dass Dicky ihm den Laptop gibt. Damit endlich Ruhe war.«

»Moment mal«, sagte Dicky verwirrt. »Du gibst zu, dass du es wolltest?«

»Ja. Weil ich die Diamanten rausgenommen und durch Glaskristalle ersetzt hatte. Die durfte er gerne haben. Soll er doch versuchen, sie zu verkaufen.« Linda lachte höhnisch. »Ich hoffe, sein Hehler gießt ihm Beton um die Füße und wirft ihn in den Hudson River.«

»Na endlich«, sagte Pascal. »Wurde aber auch Zeit, dass die echte Wahrheit auf den Tisch kommt.« Es klang, als wäre das alles keine sonderlich große Überraschung mehr für ihn. Auch Omi nickte nachdenklich, als wäre es völlig logisch, dass es die ganze Zeit gar nicht um den Laptop gegangen war, sondern um das, was dringesteckt hatte – und das waren allem Anschein nach keine *Daten* über Diamanten, sondern … gleich die Diamanten selbst. Ich musste das allerdings erst mal verdauen, und es dauerte ein paar Sekunden, bis ich überhaupt begriffen hatte, was Linda meinte.

»Der Laptop war gar kein richtiger Laptop?«, fragte ich fassungslos. »Sondern nur ein … Behälter für die Diamanten?«

»Eine gut gemachte Attrappe«, bestätigte Dicky.

»Dann ist es ja logisch, dass er nicht funktionieren konnte«, entfuhr es mir, was Dicky ein Lachen entlockte. Er sah auf einmal sehr entspannt aus. Beinahe glücklich. Zärtlich blickte er zu Linda auf. »Wieso hast du es mir nicht gesagt?«

Weil sie die Diamanten für sich allein haben wollte, du armer, gutgläubiger Kerl. Doch kaum war mir diese gehässige Schlussfolgerung in den Sinn gekommen, verwarf ich sie auch schon wieder. Niemand konnte mehr ernsthaft bestreiten, dass Linda Dicky tatsächlich über alle Maßen liebte. Ihre nächste Äußerung bestätigte das dann auch.

»Weil ich dir dann alles hätte erklären müssen. Die Sache mit der Erpressung, alles eben. Das wollte ich dir einfach nicht antun.«

»Dafür kannst du *mir* erklären, wieso du uns die Laptopattrappe mit den Diamanten zur Aufbewahrung gegeben hast«, sagte ich. »Oder waren da schon die Glasklunker drin?«

»Weder noch«, meinte Pascal. »Es war der Ersatzlaptop, den Dicky besorgt hatte, um das FBI an der Nase herumzuführen.«

»Nein, den hatte *ich* besorgt«, sagte Linda. »Für ein Ablenkungsmanöver. Ich wollte verhindern, dass das FBI anfängt, wegen des Laptops herumzuschnüffeln. Deshalb habe ich es so eingerichtet, dass einer von diesen beiden Nasen es mitkriegte, als ich das Ding zu euch in die Suite gebracht habe.«

Dicky blickte sie überwältigt an. »Mein Liebes! Was für eine großartige, vorausschauende, kluge Frau du bist! Ich kann kaum fassen, dass du zu mir gehörst!« Er strahlte bis zu den Ohren und sah wirklich aus wie der glücklichste Mensch der Welt. »Nun wird alles gut! Mein Film ist gerettet!« Mit großen Schritten eilte er ans Büfett. »Jetzt muss ich was essen. Liebling, was ist mit dir?«

»Ich hatte schon einen Drink. Mehr Kohlehydrate darf ich heute nicht.«

»Mach eine Ausnahme. Zur Feier des Tages.«

»Na gut. Schenk mir noch einen ein.«

Dicky wandte sich an uns. »Meine lieben Freunde.« Er hatte Tränen der Rührung in den Augen. »Ich habe euch so viel zu verdanken! Ohne eure Hilfe und Unterstützung stünde ich jetzt nicht da, wo ich bin: nicht nur dicht vor der Realisierung meines Herzensprojekts, sondern auch mit ausreichenden Mitteln versehen, um mindestens drei weitere hochkarätige Filme zu produzieren!«

»Hochkarätig trifft es«, meinte Omi.

»Ja«, warf Pascal ein. »Obwohl du bei der ganzen Sache etwas sehr Wichtiges übersiehst, Dicky.«

»Wirklich? Was denn?« Dicky schenkte großzügig mehrere Gläser voll und verteilte sie an uns.

»Du darfst die Diamanten nicht verkaufen. Sie gehören dir nicht.«

Dicky machte eine wegwerfende Geste. »Schon klar, ich habe sie dem Don gestohlen. Aber ihm gehörten sie auch nicht, also kann er keine Ansprüche darauf erheben.«

»Nun ja, sie gehörten anderen Leuten. Gehören sie immer noch. Man verliert nicht das Eigentum an einer Sache, nur weil sie zweimal hintereinander gestohlen wird.«

»Aber die Versicherung hat längst dafür gezahlt!«, wandte Linda ein.

»Das macht aber nicht Dicky zum Eigentümer der Diamanten, sondern höchstens die Versicherung.«

»Das ist vielleicht in Europa so«, sagte Dicky eigensinnig. »Hier gibt es bestimmt andere Gesetze.«

»Nein«, sagte Omi freundlich. »Es ist auf der ganzen Welt so. Wenn du die Diamanten verkaufst, wäre es leider strafbar. Was du vermutlich auch selber weißt. Und Linda ebenfalls. Sonst hättet ihr ja auch dem FBI nicht diese Scharade mit dem zusätzlichen Laptop vorführen müssen.«

Dicky und Linda sahen aus wie ertappte Sünder.

»Ihr könntet da wohl nicht mal ein Auge zudrücken?«, erkundigte Dicky sich beschämt.

»Ganz sicher nicht«, sagte Pascal. »Das würde uns zu Mittätern machen.«

»Einen Trost habt ihr aber«, sagte Omi. »Die Belohnung, die die Versicherung für die Rückgabe der Diamanten ausgesetzt hat, ist enorm. Sie reicht vielleicht nicht für drei Filme. Aber für einen ganz sicher.«

»Wirklich?« Dickys Niedergeschlagenheit verflüchtigte sich wie von Zauberhand. »Das ist ja großartig! Liebes, wieso habe ich daran nicht gleich gedacht! Warum habe ich nicht von Beginn an Kontakt zu der Versicherung gesucht und sofort die Belohnung kassiert, statt mich in New York auf diese anstrengende Hehlersuche zu begeben?«

Weil sie für euch beide richtig Kasse machen wollte, dachte ich. Und *diesen* Gedanken verwarf ich nicht, denn Lindas Miene zeigte, dass es ihr genau darum gegangen war.

»Wäre es sehr vermessen, die Steine einmal sehen zu dürfen?«, erkundigte sich Omi. »Ich wollte schon immer wissen, wie so was in natura aussieht.«

»Ja, das würde mich auch mal interessieren«, stimmte ich zu. Genau genommen wollte ich es schon die ganze Zeit, seit vorhin herausgekommen war, dass sie sich irgendwo hier in der Nähe befinden mussten.

»Nun ja, sie sehen in geschliffenem Zustand nicht sehr viel anders aus als die Schmuckkristalle, die ich besorgt hatte«, meinte Linda. »Allerdings sind echte Diamanten viel härter. Unter allen in der Natur vorkommenden Mineralien sind Diamanten die härtesten, habt ihr das gewusst? Auf einer Skala von eins bis zehn haben Diamanten als einzige eine zehn.«

Ja, das hatte ich gewusst, aber bergeweise echte Diamanten kannte ich bisher nur aus Filmen. Ich konnte es kaum erwarten, sie zu sehen.

»Ich kann sie euch gern mal vorführen. Wenn wir sie sowieso zurückgeben müssen, brauche ich sie ja auch nicht länger zu verstecken.« Linda verschwand im Bad und kam mit ihrem Schmuckkoffer zurück.

»Du hast sie *da* drin?«, erkundigte Omi sich verblüfft. »In einem ganz normalen, schlichten Schmuckkoffer?«

»Er ist nicht schlicht, sondern von Louis Vuitton. Außerdem hat er einen doppelten Boden. Habe ich selber mit Heißkleber hineingebastelt.«

»Oh, genau wie in *Die Gespielin des Königs*«, sagte Dicky erfreut. »Als die Hauptfigur ein Versteck für die Juwelen aus der Schatzkammer sucht!« An uns gewandt fügte er hinzu: »Das war Lindas und mein erster gemeinsamer Film.«

»Ja«, bestätigte Linda. »Das hat mich inspiriert. Ein viel besseres Versteck als im Safe. Dort würde es nämlich jeder sofort vermuten. Aber niemals beim Schmuck.« Sie öffnete das edle Köfferchen. Und schrie entsetzt auf.

Wir liefen sofort alle zu ihr hinüber und schauten ihr über die Schulter. Aus dem Schmuckkoffer quoll eine Handvoll fetter weißer Marshmallows.

*

»O mein Gott«, sagte ich. »Das muss Sabine gewesen sein!«

»Sie hat sicher auch *Die Gespielin des Königs* gesehen«, mutmaßte Omi.

In dem Moment bekam Pascal einen Anruf auf seinem

Handy und ging dran. Schweigend hörte er sich an, was der Anrufer ihm zu sagen hatte.

»Ja«, meinte er anschließend. »Ich würde sagen, ihr solltet ihn herbringen. Hier ist aktuell sicherlich keiner daran interessiert, ausgerechnet jetzt noch die Polizei einzuschalten.«

»Was ist los?«, fragte ich verwirrt. »Wer war das?«

»Sarah.« Er ging die Tür öffnen, und gleich darauf kamen Sarah und Leif hereinspaziert. Mit Roger, den Leif im Schwitzkasten vor sich herschob.

»Roger!«, rief Dicky entgeistert. »Du?«

»Du kannst mich jetzt loslassen«, sagte Roger wütend zu Leif. »Ihr habt doch, was ihr wolltet.«

Sarah wog einen Lederbeutel in der Hand. »Ja. Ein ganz schönes Pfund. Was passiert jetzt damit?«

»Ich gebe es natürlich der Versicherung zurück«, sagte Dicky.

»Das war die ganze Zeit unser Plan«, behauptete Linda. Mit böse geschlitzten Augen starrte sie Roger ein. »Was fällt dir ein, einfach in meinen Sachen herumzuwühlen und mich zu beklauen?«

»Du kannst mich ja wegen Diebstahls anzeigen«, versetzte Roger hämisch.

Dicky betrachtete Roger wie etwas, das sich gerade vor seinen Augen in ein hässliches, schleimiges Kriechtier verwandelte. »Dass du mein Vertrauen missbrauchst, ist eine Sache. Aber dass du den Verdacht dann auch noch auf die arme Sabine lenken musst, ist wirklich der Gipfel!«

»Na ja«, meinte ich. »Manch einer würde meinen, sie hätte es verdient, nach allem, was sie sich vorhin erlaubt hat.«

Dicky überlegte. »Damit hast du vielleicht recht. Aber

trotzdem war es eine sehr miese Nummer. Roger, ich dachte, wir seien Freunde!«, fügte er dann anklagend hinzu. »Ich habe dir vertraut!«

»Ach, halt die Klappe.« Rogers Bereitschaft, zu jedem Thema ein sinnfreies Witzchen abzusondern, schien rapide gesunken zu sein. Er verzog das Gesicht und rieb sich die Schulter, die nach Leifs brutalem Griff wohl leicht lädiert war.

Beeindruckt wandte ich mich an Sarah und Leif. »Woher wusstet ihr, dass Roger mit den Diamanten abhauen wollte?«

»Pascal hat es mir geschrieben«, sagte Sarah.

»Ach. Und woher wusstest du es?«, wollte ich von ihm wissen.

»Ich wusste es nicht. Es war eine reine Vorsichtsmaßnahme. Nachdem mir klar geworden war, dass der Laptop nur ein Behälter für die Diamanten war – übrigens habe ich das auch erst heute Abend begriffen, als ich dein Diagramm betrachtet habe –, ging ich davon aus, dass die Diamanten noch irgendwo hier in der Suite sein mussten. Und als es auf einmal diesen Streit mit Roger und Sabine gab und beide kurz hintereinander im Bad waren, kam mir der Verdacht, dass die Steine da drin versteckt sind und einer der beiden es herausgefunden hat. Folglich schickte ich Sarah eine Nachricht und bat sie, die Augen offen zu halten und zu checken, wer von den beiden als Erster versuchen würde, das Hotel zu verlassen. Und das war offenbar Roger.«

»So ist es.« Sarah warf den schweren Beutel von einer Hand in die andere. »Kalli, ich finde, wir sollten an Ort und Stelle die Versicherung benachrichtigen. Quasi von Amts wegen. Damit gewährleistet ist, dass dieser … *Fund* auch wirklich gemeldet wird. Soll ich da vielleicht mal eben anrufen und Bescheid sagen, was wir hier haben?«

»Ist nicht nötig«, sagte Dicky schnell. »Ich schreib denen rasch eine Mail.« Er zückte sein iPad und fing zu tippen. »Soll ich euch eine Kopie schicken?«

»Ich bestehe darauf«, sagte Sarah. Sie zog die Brauen hoch. »Woher weißt du eigentlich, welche Versicherung es ist?«

Dicky wurde rot und sagte kein Wort. Mir war klar, was das bedeutete: Er hatte es schon vorher gewusst.

Pascal warf mir einen bezeichnenden Blick zu. *Siehst du, dieser Holländer ist doch ein Schlitzohr,* sagten seine Augen. *Das mit der Belohnung wusste er schon lange. Er wollte einfach nur auf anderem Wege mehr absahnen.*

Ich hob die Schultern. Dann war es halt so. Dicky war eben … Dicky. Vielleicht hatte er aber auch bloß so lange wie möglich die Diamanten besitzen wollen. Ich hätte es verstanden. Diamanten waren … unvergänglich.

Mein Herz klopfte schneller, als ich mich an Sarah wandte. »Kannst du den Beutel vielleicht mal kurz aufmachen?«

DANACH

Den letzten Tag unseres New-York-Aufenthalts hatte Pascal frei, sodass wir die gemeinsame Zeit noch richtig genießen konnten. Was wir dann auch ausgiebig taten und uns einiges anschauten, was noch auf meiner Liste stand.

»Wo möchtest du jetzt noch gern hin?«, fragte Pascal irgendwann im Laufe des Nachmittags.

»Ich weiß nicht«, sagte ich. Mittlerweile taten mir ein bisschen die Füße weh. Vor allem die ausgedehnten Märsche durch die Museen – Naturkundemuseum, Museum of Modern Art, anschließend hatte ich passen müssen – hatten mich geschafft, auch mental. Ich war immer noch ganz erschlagen von all den Eindrücken.

Wir schlenderten Arm in Arm durch den Central Park. Auch dort hatten wir schon alle möglichen sehenswerten Ecken erkundet, beispielsweise den Zoo. Oder die Statue eines Schlittenhunds namens Balto, der vor ungefähr hundert Jahren tatsächlich gelebt hatte und durch einen Rettungseinsatz in Alaska berühmt geworden war. Oder den Ladies Pavillon mit der grandiosen Kulisse des Parks und der hinter dem angrenzenden See aufragenden Skyline, eine beliebte Location für Hochzeitsbilder. Und natürlich Bethesda Terrace mit der aus ungezählten Filmen bekannten, mit wunderschönen Mosaikfliesen verzierten Unterführung und dem großen Engelsbrunnen.

Bei dem frühlingshaften Wetter waren scharenweise Nannys mit edel angezogenen kleinen Kindern unterwegs, und ungefähr genauso viele Hundesitter mit ebenfalls sehr edlen Rassehunden, von denen sie meist mehrere dabeihatten. Viele reiche Leute aus der näheren Umgebung des Parks ließen ihre Kinder und Hunde anscheinend gern vom Personal an die frische Luft bringen.

Ab und zu wurden wir von gemächlich rollenden Kutschen überholt, die von altmodisch mit Zylinder und Weste livrierten Kutschern gelenkt wurden. Hinter ihnen saßen meist verliebte Paare – ein romantischer Anblick.

Wahrscheinlich waren in diesen Kutschen schon mehr Verlobungen geschlossen worden als irgendwo sonst in New York. Ich unterdrückte ein Seufzen. Als wir den Park verließen und über die Fifth Avenue in Richtung Hotel zurückgingen, kamen wir bei Tiffany's vorbei. Pascal hatte keinen Blick für den Laden. Ich tat so, als wäre es mir völlig gleichgültig, aber es gab mir trotzdem einen kleinen Stich, und ich blickte verstohlen und etwas wehmütig zurück.

Mittlerweile war es Zeit für den Aufbruch. Unsere Koffer standen schon gepackt bereit. Omi war ebenfalls reisefertig. Sie hatte noch das eine oder andere Mitbringsel für ihre Bekannten in unserem Rhöner Dorf besorgen wollen, unter anderem für ihren Freund Horst, der noch nie in seinem Leben aus Hessen herausgekommen war.

Von Dicky und Linda hatten wir uns schon am Morgen verabschiedet. Sie waren gleich nach dem Frühstück mit unbekanntem Ziel abgereist. Linda meinte, eine kleine Karibikkreuzfahrt wäre vielleicht nett, da könnte Dicky in Ruhe sein Drehbuch überarbeiten, und dann würde man weitersehen. Pascal sagte mir später, die beiden wollten höchstwahrscheinlich eine Weile abtauchen, denn man könne bezweifeln, ob das FBI wirklich so bereitwillig auf Dickys Version eines ehrlichen Finders einsteigen würde, zumal er denen ja dummerweise einen extra zu Täuschungszwecken angeschafften, leeren Laptop untergejubelt hatte, ganz zu schweigen von der DVD, auf der sich garantiert auch nichts Verwertbares befand. Wenig später hatte Pascal entdeckt, dass bei der Mail, die Dicky an die Versicherung geschrieben und als Kopie an uns weitergeleitet hatte, ein Buchstabendreher in der Adresse war. Ein ganz kleiner und unauffälliger, aber das reichte ja schon, um eine Mail unzustellbar zu machen. Und die Diamanten wieder im Geheimversteck zu bunkern. Pascal war vor lauter Ärger über diesen Trick (er glaubte keine Sekunde, dass es ein Versehen war) drauf und dran gewesen, doch noch das FBI zu informieren, aber Sarah hatte vorgeschlagen, dass wir lieber erst mal nach Hause fliegen sollten. Nur für den Fall, dass bei den amerikanischen Behörden der Eindruck aufkäme, wir hätten bei der ganzen Sache womöglich irgendwie unsere Finger im Spiel gehabt. Dann säßen wir nämlich, ehe wir wussten, wie uns geschah, vielleicht für die nächsten zwanzig Jahre in einem US-Knast. Das könnte uns nicht mehr passieren, wenn wir erst wieder daheim waren. Sarah meinte, im deutschen Grundgesetz gebe es eine Vorschrift, dass Deutsche nicht ans Ausland ausgeliefert werden dürfen, ganz egal, wie viel Dreck sie am Stecken hatten.

Ich schrieb eine Mail an Dicky, in der ich ihn inständig bat, die Diamanten unbedingt abzuliefern, falls er es noch nicht getan hätte. Vorsorglich wies ich ihn darauf hin, dass manche Diamanten nichts als Unglück brachten, vor allem gestohlene. Nicht von ungefähr ließ ich den Namen eines Films fallen, den er sicher genauso gut kannte wie ich. *Blood Diamonds*. Ich wusste, das würde ihm zu denken geben. Kurz darauf traf seine Antwort ein, sie war kurz, aber aussagekräftig und lautete: *erledigt*.

Tatsächlich wurde zwei Wochen später, als wir schon längst wieder zu Hause waren, in den Nachrichten eine Meldung gebracht, derzufolge die in Amsterdam geraubten Diamanten wiederaufgetaucht waren. Bis auf einige fehlende Steine waren sie der Versicherung vollzählig zugegangen, von einem anonymen Absender per Post übersandt.

Ich grübelte eine Weile, wieso Dicky auf die Belohnung verzichtet hatte, worauf Pascal nur nüchtern meinte, von Verzicht könne keine Rede sein, denn sobald Dicky versucht hätte, die Versicherung abzukassieren, hätte das FBI eine Menge Fragen an ihn gehabt, und das wisse Dicky sehr genau.

»Man kann nicht Diamanten im Wert von Zigmillionen irgendwo mitgehen lassen und dann behaupten, man hätte sie zufällig erst Wochen später gefunden. Es gibt da zwar so was wie tätige Reue, vielleicht hätte er also trotzdem eine Chance auf die Belohnung gehabt. Aber darauf wollte er es wohl nicht mehr ankommen lassen und hat sich lieber ein paar von den Steinen rausgepickt.«

»Wenn überhaupt, hat Linda sich die rausgepickt«, widersprach ich.

Es stellte sich dann jedoch heraus, dass weder das eine noch das andere zutraf, wie ich später von Dicky erfuhr. Der Schwund ging auf das Konto des chinesischen Hehlers, den Dicky als Erstes aufgesucht und ihm unvorsichtigerweise ein paar der Steine als Musterstücke vorgeführt hatte. Alle übrigen hatte Dicky allesamt zurückgegeben, womit sein aufregendes Diamanten-Abenteuer ein eher unspektakuläres, aber zum Glück auch glimpfliches Ende gefunden hatte.

Von: Dickyman@dickyfilms.com
An: Emily.Jensen@freemail.de

Liebe Emmy,
vielen Dank für deine lieben Grüße, ich habe mich unglaublich darüber gefreut. Auch Linda bedankt sich sehr herzlich für deine guten Wünsche!

Immer noch muss ich daran denken, wie sehr mein Leben sich durch deine Einwirkung zum Besseren gewendet hat. Du hattest ja so recht! Linda wollte es anfangs nicht wirklich glauben, aber nachdem ich ihr meinen Standpunkt ausführlich dargelegt hatte, war sie einverstanden, mit mir gemeinsam ein völlig neues Kapitel aufzuschlagen, ohne die Belastungen der Vergangenheit. Es ist das Gesetz der Dramaturgie, im Grunde ist es ganz einfach, weshalb es mir ein Rätsel ist, warum ich es nicht schon viel früher von allein begriffen habe, weil es das Erste ist, was Drehbuchautoren lernen: Keine Erlösung ohne Opfer. Nur wer zu völliger Selbstaufgabe bereit ist, kann am Ende den höchsten Preis gewinnen. Übertragen auf unsere Situation machte es meine Entscheidung letztlich ganz leicht, und wie richtig diese war, zeigte sich sofort. Denn nachdem ich die Mitbringsel (in meinen Nachrichten und sonstigen Äußerungen nenne ich sie nur noch so) aus meinem Leben hinausbefördert hatte, hörte die ständige Angst end-

lich auf. Wir denken jetzt sogar bereits ernsthaft darüber nach, bald unseren Aufenthalt auf dieser namenlosen kleinen Karibikinsel zu beenden und nach New York zurückzukehren. Die Stadt fehlt uns. Auch wenn man online immer mit dem Rest der Welt verbunden ist – es ist einfach nicht dasselbe. Außerdem hat Sabine endlich die Scheidungspapiere unterschrieben, auch das ist ein Teil der neu gewonnenen Freiheit.

Alles andere scheint sich ebenfalls unerwartet positiv zu entwickeln. Die Produktionsfirma, der ich nach Rogers Rückzug die Realisierung meines Filmprojekts anvertraut habe, macht mittlerweile sehr gute Fortschritte. Es sind sogar schon Verhandlungen über Auslandsrechte im Gange.

Große Freude habe ich bei deiner Nachricht empfunden, dass Gerti mit ihrem neuen Krimi so viel begeistertes Feedback bei ihrem Verlag ernten konnte. Sicher wird das Buch im Handel ähnlich enthusiastisch aufgenommen. Vielleicht sollten wir uns eines Tages doch noch einmal ernsthaft über eine Verfilmung unterhalten.

Der eigentliche Grund meiner heutigen Mail betrifft übrigens ebenfalls deine Großmutter: Du wirst es nicht glauben, aber ihr Laptop wurde gefunden! Vorletzte Woche ging der New Yorker Polizei ein schlimmer Widerling ins Netz, den wir beide unter dem Namen Zorro kennen. Da er offenbar unter sehr fragwürdigen Umständen aufgegriffen wurde, sah die Polizei sich veranlasst, seine Wohnung zu durchsuchen. Dabei wurde unter anderem Gertis Laptop entdeckt. Der kleine Schmierfink hatte tatsächlich bereits ganz unverfroren begonnen, einen

Teil ihrer unveröffentlichten Entwürfe und Exposés auszuschlachten und für eigene Zwecke umzuschreiben! Da bei der New Yorker Polizei – genau wie auf allen möglichen anderen Arbeitsplätzen – sehr viele Hobbyautoren zu finden sind (möglicherweise sind sie sogar zahlreicher als jene Beamte, die sich ihr Zubrot bei der Mafia verdienen), stach den Ermittlern diese unredliche Urheberrechtsverletzung rasch ins Auge. So konnte man der Sache sofort einen Riegel vorschieben. Dies zu eurer Beruhigung. Zudem wurde Zorros Fall der Staatsanwaltschaft vorgelegt. Er wird wohl mit einer Anklage rechnen müssen, was ich von Herzen begrüßen würde. Ob eine Rückführung des Laptops nach Deutschland möglich und machbar ist, entzieht sich allerdings meiner Kenntnis. Ich weiß auch nur davon, weil ein befreundeter Kollege, der Kontakte zur Polizei hat, mir davon erzählt hat. Da du mir aber neulich schriebst, dass deine Großmutter mit dem MacBook, das Linda ihr zum Abschied geschenkt hat, sehr zufrieden ist, nehme ich an, dass sie den Verlust auf längere Sicht verschmerzen kann, zumal ihr ja von allen wichtigen Dateien Back-ups hattet.

Auf alle Fälle werde ich versuchen, mehr über die Sache in Erfahrung zu bringen, insbesondere über die näheren Umstände von Zorros Ergreifung. Sobald ich genauere Kenntnisse habe, lasse ich euch daran teilhaben.

Einstweilen grüße ich dich in freundschaftlicher Verbundenheit und bleibe bis zur nächsten Mail
Dein alter Freund
D.

NOCH MAL ZURÜCK ...

Den wichtigsten Teil unserer New-York-Reise hätte ich fast vergessen. (Nein, stimmt nicht, ich habe ihn absichtlich bis zum Schluss aufbewahrt, aus dem einfachen Grund, *weil* es der wichtigste Teil war – die Heimreise.)

Unser Rückflug verlief in entspannter Atmosphäre. Die Maschine war nicht ausgebucht, sodass Pascal und ich nebeneinandersitzen konnten. Meinen Platz in der ersten Klasse hatte ich an Sarah abgetreten, was sie zumindest teilweise damit versöhnte, dass ich so beharrlich versucht hatte, Leif als Betrüger zu entlarven. Sie war wirklich sehr verliebt und tauschte noch am Flughafen pausenlos Nachrichten mit ihm aus. Er hatte fest vor, demnächst mal nach Deutschland zu kommen.

Wir nahmen den Nachtflug, und die ersten Stunden der Reise verbrachte ich im Tiefschlaf, mit Maske über den Augen und in eine Decke gekuschelt. Als ich aufwachte, war es hell. Wir flogen dem Tag entgegen und würden gegen Mittag landen. Ich hatte einen Platz am Fenster und blickte auf die dichte, weiße Wolkendecke hinab. Der Himmel wölbte sich in einem endlos weiten, strahlend blauen Bogen über die Welt, und die Sonne erfüllte alles mit blendendem Licht. Ein Seufzen stieg in mir hoch. Es sah so wundervoll aus! Nicht mal all die romantischen New-York-Locations zusammengenommen konnten diesen Anblick toppen. Man wünschte sich, ein Engel zu sein, die Flügel auszubreiten und durch diesen goldenen Himmel davonzufliegen.

»Hallo, Schlafmütze«, sagte Pascal neben mir mit leiser Stimme. Er griff nach meiner Hand und streichelte sie. »Hast du was Schönes geträumt?«

»Keine Ahnung.« Ich gähnte und spähte über die Sitze, ob irgendwo schon Kaffee in Sicht war. »Und du?«

»Ich hatte einen Albtraum.«

»Echt? Wovon handelte er?«

»Von dir.«

»Haha.«

»Genau genommen handelte er davon, dass du Nein gesagt hast.«

»Nein zu was?«

Er holte eine kleine, türkisblaue Schachtel hervor.

Ich hielt den Atem an, und gleichzeitig vollführte mein Herz einen Salto.

»Ich hab mit Sarah drüber gesprochen«, sagte er. »Und mit deiner Omi. Beide meinten, ich solle den schönsten Moment abwarten. Gerti sagte noch, ich soll ihn dir geben, wenn wir dem Himmel am Nächsten sind. Und das sind wir ja jetzt, denn wir fliegen gerade mitten durch.«

Er öffnete die Schachtel, und ich konnte den Ring kaum sehen, weil mir plötzlich Tränen die Sicht erschwerten.

»Na, was sagst du?«, wollte er wissen.

In dem Moment tauchte neben unserer Sitzreihe die Stewardess auf. »Guten Morgen. Darf ich Ihnen Kaffee servieren?«

Ich hatte nur Augen für Pascal. Eigentlich hätte ich einfach nur *Ja* sagen können, aber dann hätte er nicht gewusst, ob ich bloß Kaffee wollte. Der Spruch, der mir stattdessen spontan als Antwort einfiel, war immer schon in allen

Filmen meine Lieblingsstelle gewesen, auch wenn er normalerweise anderen vorbehalten ist.

Ich strahlte ihn an. »Sie dürfen die Braut jetzt küssen.«

Von: Dickyman@dickyfilms.com
An: Emily.Jensen@freemail.de

Liebe Emmy,

wie versprochen habe ich weiter nachgeforscht und schicke dir einfach die beigefügte Pressemeldung, die wohl für sich spricht und mich dazu inspiriert hat, das Ende meines Drehbuchs noch einmal umzuarbeiten.

Es grüßt dich mit freudiger Genugtuung,
Dein alter Freund
D.

ANHANG

NEW YORK. AUS DEN AKTUELLEN POLIZEINACHRICHTEN

In der Nacht von Samstag auf Sonntag musste bei einem Sondereinsatz des NYPD in der Bronx ein Mann aus einer prekären Situation befreit werden. Zufällig vorbeikommende Passanten hörten Hilferufe aus einer Bar, die früher unter dem Namen *Bob's best Buddies* betrieben wurde. Beim Erstürmen des Gebäudes wurde ein vorbestrafter Mann verhaftet, der allgemein unter dem Spitznamen *Der Schuhmacher* bekannt ist. Gefasst wurde außerdem ein Komplize, der in den Akten als *Master of Pain* geführt wird. Beide wurden nach heftiger Gegenwehr festgenommen und befinden sich seither in polizeilichem Gewahrsam. Ihr Opfer, dessen Hilfeschreie zu dem Einsatz geführt hatten, musste zunächst mit Spezialwerkzeug aus einem mit Schnellbeton gefüllten Kübel befreit werden. Vorsorglich wurde er in eine Klinik gebracht. Bei den nachfolgenden Untersuchungen stellte sich heraus, dass sich in seinem Verdauungstrakt eine größere Anzahl von Schmuckkristallen befand, die er nach seinem Bekunden gegen seinen Willen hatte herunterschlucken müssen. Unklar ist nach bisherigem Stand, ob zu ihrer Entfernung eine Operation nötig ist oder ob einem Verlassen des Körpers auf natürlichem Wege der Vorzug gegeben werden sollte.

Da der Mann sich bei seinen Aussagen in erhebliche Widersprüche verstrickte, hat das Department bereits weitere Ermittlungen aufgenommen.

Aus Dickys Drehbuch:

ÜBLE GEGEND IN DER BRONX
AUSSEN/INNEN/NACHT

Hässliche Straße in der Bronx. Die Leuchtreklame über dem *Bob's best Buddies* ist endgültig defekt. An der Tür der Bar steht ein windiger, geschniegelter Typ von südländischem Äußeren, der eine entfernte Ähnlichkeit mit der Filmfigur Zorro aufweist. Auf sein Läuten öffnet der Mann mit der kleiderschrankähnlichen Statur namens Master.

KLEIDERSCHRANK
(späht die Umgebung aus)
Bist du allein da?

ZORRO
Natürlich. Wie ausgemacht.

KLEIDERSCHRANK
Was sind das für beschissene Schuhe?

ZORRO
Äh … Turnschuhe. Ganz neue Nikes.

KLEIDERSCHRANK
Die kannst du anlassen.

Sie gehen ins Haus.

KELLER IN DER BAR
AUSSEN/INNEN/NACHT

Später, im Keller des Schuhmachers. Zorro sitzt auf einem Stuhl, der Schuhmacher prüft vor ihm liegende glitzernde Steine mit einer Lupe, legt sie wieder hin. Bedenkt Zorro mit einem haifischartigen Lächeln.

SCHUHMACHER
Heute schon Abendessen gehabt?

Abblende.

ENDE

Die Namen aller handelnden Personen, Filmgesellschaften und Mafia-Gangster sind frei erfunden, eventuelle Ähnlichkeiten oder Übereinstimmungen wären rein zufällig.